BOLÍVAR

UN HOMBRE EN LA HISTORIA

ANTONIO FERNÁNDEZ BENAYAS

DEDICATORIA

Va por ti, preciosa Clarita Manzano Fernández. Tienes toda una vida para lograr todo lo bueno que te propongas, para ser lo que puedes ser, para demostrar tu deseo de que la gente sea mejor y más feliz, para vivir en plena armonía con tus padres, tus abuelos, tus tíos, Alba, Irene, Sofía, David, Daniel, el resto de tu familia y todos los demás.

CONTENIDO

AGRADECIMIENTOS

A todos los que, con su saber hacer y oportuna investigación, me han ayudado a conocer e intentar dar a conocer mejor a Simón Bolívar, un hombre que, como todos sabemos, cambió radicalmente la marcha histórica de Hispanoamérica.

Mención principal debo hacer de Salvador de Madariaga, Marie Arana, Gerhard Masur, Roberto Barletta, Perú de Lacroix y, ¿por qué no?, del Nóbel García Márquez, cuyo "General en su laberinto" pone el acento en lo singular del personaje.

INTRODUCCIÓN

Para este modesto escritor español, que nació durante la República, fue niño, muy niño, con la Guerra Civil Española, que creció, estudió y se hizo hombre curioso con Franco, que, en su juventud, viajó durante unos cuantos años por Europa hasta considerarse un buen conocedor del Marxismo y sus más destacadas derivaciones a base de la lectura de muchos libros junto con animados y muy frecuentes diálogos con veteranos republicanos españoles. Retornado a España, siguió y sigue con atención todo aquello de los "principios fundamentales", los "Polos de Desarrollo", la muerte de Franco, los temores sobre el después, la llamada "Modélica Transición" y los avatares de los sucesivos gobiernos llamados democráticos hasta llegar a lo que parece una hecatombe con una epidemia universal como factor principal..., escribir sobre **Simón Bolívar**, llamado el **Libertador de América**, era un comprometedor desafío en cuanto que, por otras razones que no vienen al caso, se siente tan hispanoamericano como español.

Mucho se ha escrito y se sigue escribiendo sobre Bolívar, el personaje del que más se habla en Hispanoamérica, aunque, la verdad sea dicha, no con la objetividad necesaria para considerarle tal cual fue, según nuestro modesto entender.

Al respecto, recordamos a don Salvador de Madariaga con su dicho de que "la historia de Bolívar está erizada de dificultades para el investigador de buena voluntad". Todo hay que estudiarlo a través de una bruma de nociones seudo -históricas. Los documentos no se encuentran siempre cuando más se desearían y a veces fallan en el momento de más interés. Pluma en ristre, vela sobre la gloria del héroe una guardia fiel de caballeros del Santo Sepulcro con quién tendrá que habérselas el desdichado investigador si por acaso logra penetrar hasta la ciudadela por el dédalo dialéctico que la defiende. Añádase la resistencia que el investigador experimenta en sí mismo al tener que diferir de personas por quienes siente deferencia como eruditos, estimación como amigos, y gratitud como cooperadores.

No hay aspecto de la vida de Bolívar, desde su cuna (¿era del todo blanco?) hasta su muerte (¿murió como cristiano?), que no provoque acalorados debates en los que no siempre se lucha por la gloria del héroe con un sentido realista del valor de las municiones que se manejan, ni aun de la posición que se defiende. Sirva de ejemplo la entrega de Miranda a las autoridades españolas después de la Capitulación de La Victoria; conflicto si los hay en la mitología venezolana, pues en este episodio el Libertador resulta ser uno de los conspiradores que entregan al Precursor.

Desde un esfuerzo por situarle adecuadamente en su tiempo y lugar, nuestra pretensión no es la de profundizar hasta el fondo del pozo de la verdad puesto que nos acercamos al personaje y a su pervivencia en la historia a través de lo que sobre él y ello han escrito el propio señor Madariaga junto con otros muchos biógrafos e historiadores de los que hacemos referencia al final de un libro escrito sin mayor afán que el de descubrir la razón y la trascendencia de la vida y obra de un hombre al que, muy probablemente, un Nietzsche habría identificado con su Zaratustra.

Salvador de Madariaga

Capítulo 1º

LA PATRIA, LA HISTORIA Y LA GENTE

En el punto de la Historia, en que nos toca vivir, nadie puede dudar de la original españolidad de Simón José Antonio de la Santísima Trinidad Bolívar Palacios Ponte Andrade y Blanco, más conocido como Simón Bolívar, nacido el 24 de julio de 1783 en Caracas, capital de la que era entonces una provincia española llamada Capitanía General de Venezuela. Eran tiempos en los que se hablaba de españoles europeos y españoles americanos, aunque muchos de estos últimos no llevasen sangre española. Dicho esto y procurando vernos libres de cualquier sectarismo de uno u otro signo,, habremos de ver a Bolívar, llamado el Libertador, ni más ni menos, como **un hombre y su circunstancia**, que habría dicho el atento espectador español de la Historia don José Ortega y Gasset (1883-1955).

Volviendo a las especiales circunstancias en las que tuvieron lugar los primeros encuentros humanos en el Nuevo Mundo, bueno es recordar que los llamados Reyes Católicos, Isabel de Castilla (1451-1504) y Fernando de Aragón (1452-1516) desde que, a la vuelta de Cristóbal Colón (1451-1506) de aquel viaje de 1492 hacia lo desconocido, tuvieron conciencia de que, allende los mares, en tierras hasta entonces no pisadas por los europeos, vivían seres humanos a los que los avatares de la Historia convertían en súbditos con los que contar y a quienes proteger según los cánones de una Doctrina que proclamaba y sigue proclamando que todos los seres humanos somos iguales en dignidad natural.

Es fácil hacer retórica con una romántica versión de la conquista y colonización de América si recordamos que, a la rendición de

Granada. mostrados ya el poder de la Cruz y que el mundo era redondo, el afán misionero de Fernando e Isabel les empujó a la nueva cruzada de evangelizar China siguiendo el camino más corto, es decir, la línea recta hasta donde se pone el sol; no fue China, sino un nuevo mundo el que ayudaron a descubrir y evangelizar.

Claudio Sánchez de Albornoz (1893-1984) creía que el evento fue natural consecuencia de lo primero. Apunta «como verdad indestructible, que la Reconquista fue la clave de la Historia de España» y que «lo fue también de nuestras gestas hispanoamericanas» «Repito lo que he dicho muchas veces: si los musulmanes no hubieran puesto el pie en España, nosotros no habríamos realizado el milagro de América»

El hecho es que Colón descubrió un inmenso y nuevo mundo del que extraer riquezas y al que cristianizar. Es fácil creer que lo segundo no fue la principal motivación de todos los comprometidos en la Gran Aventura, pero sí que hubo personas que pensaron en el bien que podían hacer a "los hermanos encontrados en Ultramar" y, en consecuencia, el Evangelio contó con oportunos servidores y voceros.

En realidad, la conquista y colonización o españolización de la América hispánica fue una derivación de las luces y sombras de lo que era la España de entonces con sus corrientes de altruismo, ambición, aventura o simple forma de romper la rutina de una forma de vivir un tanto insípida y de la que muy bien podían huir equipados con la espada, la Cruz, la pluma, el arte de administrar y, también, el de mejorar las formas de vida según las directrices de unos reyes, cuyo proceder les había merecido el título de católicos.

La España de entonces era católica con disciplinada obediencia al Papa, a la sazón un español llamado Rodrigo Borja, personaje no muy ejemplar, el mismo que llegó a ser Papa con el nombre de Alejandro VI y de quien se dice fue un pésimo vicario de Cristo, un sagaz soberano de este mundo y que, a pesar de todas sus probadas flaquezas, no alteró un ápice los fundamentos de la Doctrina.

Mientras que, en el resto de Europa, incluida la cristiana Francia, el Papado sufre las tensiones de los vaivenes políticos y de su propio carácter de centro de poder temporal con la consiguiente pérdida de zonas de influencia, prestigio y autoridad, España, con carácter general, mantiene su respeto y devoción hacia los sucesores de San Pedro sin parar mientes en las ostensibles flaquezas humanas de alguno de ellos. Es como si España siguiera un peculiar camino sin mayor preocupación que la de hacer historia desde su condición de católica, pese a quien pese.

Evangelizar y españolizar simultáneamente y no sin reprobable violencia en lo segundo: eso fue lo que hicieron los monjes y guerreros españoles que realizaron la hazaña de romper barreras entre pueblos y civilizaciones, aunque, en su inmensa mayoría no respondieran a otras motivaciones que la "sed de aventura", la "pasión por la gloria" o, en un plano mucho menos digno, un incondicionado afán de enriquecerse a base de saqueos y despojos (la fatídica "auri sacra fames", que tanta sangre ha hecho verter). Sí que hubo abusos, demasiados abusos, puestos de manifiesto tal vez un poco exageradamente, por implacables censores al estilo de un Fray Bartolomé de las Casas. Claro que, al respecto, cabe también señalar que el necesario primer paso de un cordial entendimiento entre distintos pueblos o razas es el de intentar descubrir lo afín entre unos y otros desde el primer momento de conocerse y, ciertamente, hasta la llegada de los españoles, ni siquiera los incas y los aztecas, los dos más avanzados ("progresistas", se diría hoy) de aquellos pueblos tenían la menor idea de la existencia del otro:

> «Los naturales del Nuevo Mundo, escribe Madariaga, no habían pensado jamás unos en otros no ya como una unidad humana, sino ni siquiera como extraños. No se conocían mutuamente, no existían unos para otros antes de la conquista".

Si largo y penoso es el camino hasta el reconocimiento de los derechos del hermano de otra religión, raza o color, al que se ha sometido por las armas, es forzoso reconocer que, entre tanto atropello e injusticia, muchos de los misioneros que acompañaban a los soldados procuraron ese reconocimiento y, también, la Reina Católica, quien, ya cercana la muerte, expresó su voluntad de evitar toda clase de "agravios" a sus súbditos de Ultramar. Lo expresa así el codicilo que la reina hizo añadir el 23 de noviembre de 1504, dos días antes de fallecer, al testamento que había firmado en Medina del Campo el 12 de octubre de 1504:

> "Por cuanto al tiempo que nos fueron concedidas por la Santa Sede Apostólica las Islas y Tierra Firme del Mar Océano, descubiertas y por descubrir, nuestra principal intención fue al tiempo que lo suplicamos al Papa Alejandro Sexto, de buena

memoria, que nos hizo la dicha concesión, de procurar inducir y traer los pueblos de ellas y convertirlos a nuestra santa fe católica, y enviar a las dichas Islas y Tierra Firme, prelados y religiosos y otras personas doctas y temerosas de Dios, para instruir a los vecinos y moradores de ellas en la fe católica, y enseñarlos y doctrinarlos en las buenas costumbres, y poner en ello la diligencia debida, según más largamente en las letras de la dicha concesión se contiene; por ende suplico al Rey mi señor muy afectuosamente, y encargo y mando a la dicha Princesa mi hija y al dicho Príncipe su marido, que así lo hagan y cumplan y que este sea su principal fin, y en ello pongan mucha diligencia, y no consientan ni den lugar que los Indios vecinos y moradores de las dichas Indias y Tierra Firme, ganadas y por ganar, reciban agravio alguno en sus personas ni bienes, más manden que sean bien y justamente tratados, y si algún agravio han recibido lo remedien y provean por manera que no se exceda en cosa alguna lo que por las letras apostólicas de la dicha concesión nos es infundido y mandado".

****

En la llamada **Concordia de Salamanca del 24 de noviembre de 1505** se pretendió interpretar en sus justos términos el testamento de la fallecida reina y, en consecuencia, se otorgaba al rey viudo, Fernando, que se había casado el 19 de octubre del mismo año con Germana de Foix (1488-1535), la categoría de "Gobernador de Castilla" con cierto poder de asesoramiento y control sobre los "Reyes de Castilla", Juana la Loca (1479-1555) y Felipe el Hermoso (1478-1506).

Ello no cuadraba con las pretensiones del este último, que se veía a sí mismo como rey sin necesidad de injerencia alguna, máxime cuando en la mente de todos estaba la incapacidad de su esposa para gobernar, por lo que se consideraba con pleno derecho para decidir por sí mismo sobre cualquiera de los principales asuntos de estado sin admitir razón alguna para la intervención del padre de ella, suegro suyo y, en el mejor de los casos, simple asesor, papel que Fernando el Católico no estaba dispuesto a asumir.

En razón de tal posicionamiento, fueron convocadas las Cortes Castellanas, que, contraviniendo las últimas voluntades de Isabel, suscribieron lo que se llamó la "Concordia de Villafáfila" (27-6-1506) por el que se declara a la reina Juana con incapacidad para gobernar al tiempo que se reconocía a su marido, el archiduque Felipe de Habsburgo con pleno derecho para asumir todas las funciones de Rey de Castilla ("jure uxoris"), por lo que el Rey Fernando se debía replegar a sus posesiones de Aragón en Italia. Así sucedió hasta que la imprevista muerte de su yerno obligó a Fernando a responsabilizarse de todo los que pudiera ocurrir en Castilla. Mientras tornaba de Italia a España, las funciones de regencia fueron asumidas por el Cardenal Cisneros (1436-1517), personaje clave en la historia española tanto en aquellos meses, en los que el príncipe Carlos (1500-1558) no contaba más que cinco años de edad, como lo fuera en la vida de Isabel I la Católica, reina de Castilla, y lo sería desde la muerte de Fernando II el Católico, rey de Aragón (23 de enero de 1516), hasta la entrada en la Península del referido nieto y sucesor Carlos I de España y V de Alemania (19 de septiembre de 1517), el cual, tres años más tarde (26 de octubre de 1520), fue proclamado Emperador (Káiser) del Sacro Imperio Romano Germánico como Carlos V, lo que añadió extensos territorios europeos a su Corona mientras, en el Nuevo Mundo, guerreros, misioneros y emprendedores cumplían sus respectivos proyectos de vida no siempre en la piadosa línea, que había diseñado la Reina Católica en su Testamento.

****

Al respecto de los grandes conquistadores españoles de entonces, es de justicia referirnos en primer lugar al capitán Hernán Cortés Monroy Pizarro, primer marqués del Valle de Oaxaca, más conocido como Hernán Cortés (1485-1547), el conquistador y promotor cultural de todo lo que se llamó Nueva España. Aun siendo uno de los más victoriosos caudillos militares que recuerda la Historia, sabemos que intentó poner al servicio de España y de la Religión Católica todas sus conquistas, entre ellas el formidable imperio azteca. Con no menor que cualquier otro conquistador, también se preocupó de trasmitir la religión y la cultura recibida en todas las tierras que fue incorporando a la Corona de España. Sobre su forma de obrar nos ilustra su carta a "la Reina Doña Juana y al Emperador Carlos V, su hijo" (10-7-1519), frente a la tarea que asume y espera:

> "Vean vuestras reales majestades si deben evitar tan gran
> mal y daño (el de las terribles injusticias que observa en el
> Nuevo Mundo) y si cierto Dios Nuestro Señor será servido si

por manos de vuestras reales altezas estas gentes fueran introducidas e instruidas en nuestra muy santa fe católica y conmutada la devoción, fe y esperanza que en estos sus ídolos tienen en la divina potencia de Dios; porque es cierto que, si con tanta fe, fervor y diligencia a Dios sirviesen, ellos harían muchos milagros..."

Fue el de Cortés un estilo de "conquista" muy distinto al de Drake, Raleigh, Hawkins o Morgan, siempre obsesionados por el botín a cualquier precio. No se descubre ningún secreto si se recuerda cómo fueron los piratas (corsarios, filibusteros, bucaneros...) los que abrieron caminos de expolio y atropello de pueblos enteros a la pujante burguesía de Inglaterra, Holanda o Francia:

"Contrabando de esclavos, saqueo de ciudades, asalto de navíos, en los hechos; rufianes y bandidos, aventureros, geniales marinos, hombres de empresa, financieros y hombres del Estado, la misma reina en cuanto a las personas..."

La "legalidad" de la colonización inglesa, holandesa e, incluso, francesa o portuguesa se amparaba en lo que pomposamente se llamó "razón de estado" y que, de hecho, no era más que la perniciosa expresión de la ambición política y del interés económico de unos pocos. Cierto que de ello no se libró una buena parte de la colonización española, pero siempre, o casi siempre, con el poso de una cierta sed de "universalización de la Fe y de la Cultura". Los resultados avalan esa substancial diferencia. Fueron, de hecho, dos estilos de vida los que se enfrentaron y que, cada uno por su lado, pretendieron hacer historia. En el estilo de Drake, Raleigh y otros muchos ejecutores de la política imperial de Isabel I de Inglaterra privaba el beneficio rápido al precio de destruir o humillar al competidor, de aniquilar o esclavizar pueblos enteros, de traducir sagrados valores en "razón de estado", etc. etc.

Sin llegar a una idílica reproducción de Utopía, lo de Hernán Cortés, de otros "conquistadores" y de algunos de sus patrocinadores fue muy distinto: en las nuevas "provincias españolas", tras feroces campañas de guerra y avasallamiento en no pocos lamentables casos, se mezclaron las razas, se levantaron iglesias, se fundaron ciudades, escuelas y universidades cultivando valores de armonía y convivencia e, incluso, se establecieron lazos comerciales y relaciones laborales en una relativa autonomía por ambas partes y al margen de eso que ahora se llama darwinismo social y entonces era simple expresión del paganismo materialista tan caro a la burguesía y que ha hecho correr tanta sangre inocente.

Cierto que, tanto en Hispanoamérica como en otros marcos de la presencia española, hubo no pocos atropellos y sangrientos abusos por parte de nuestros antepasados. Pero la historia da testimonio de una radical diferencia en el modo de obrar y "hacer empresa" entre el español y el inglés, holandés e, incluso, francés ó portugués. Son muchas las referencias históricas sobre la radical diferencia en las pautas de acción de unos y otros. A título de ejemplo, recordamos a Salvador de Madariaga (Auge y Ocaso del Imperio Español en América):

> "Un buen fraile, tan amante de la verdad como de la caridad, rinde al instante justicia a los conquistadores y encomenderos que no cayeron en el vicio de los demás: 'Yo sé y veo cada día que hay algunos españoles que quieren más ser pobres en esta tierra, que, con minas y sudor de indios, tener mucho oro; y, por esto, hay muchos que han dejado las minas. Otros conozco, que de no estar bien satisfechos de la manera como acá se hacen los esclavos, los han ahorrado. Otros van modificando y quitando mucha parte de los tributos tratando bien a los indios. Otros se pasan sin ellos porque les parece cargo de conciencia servirse de ellos'".

Sobre la misma cuestión, en su libro "Leyendas negras de la Iglesia", se pronuncia de la siguiente manera Vittorio Massori (1941), el famoso periodista italiano que entrevistó y colaboró con san Juan Pablo II en la redacción del libro "Cruzando el umbral de la Esperanza":

> "A menudo se finge ignorar que las increíbles victorias de un puñado de españoles contra miles de guerreros no estuvieron determinadas ni por los arcabuces ni por los escasísimos cañones (que con frecuencia resultaban inútiles en aquellos climas porque la humedad neutralizaba la pólvora) ni por los caballos (que en la selva no podían ser lanzados a la carga). Aquellos triunfos se debieron sobre todo al apoyo de los indígenas oprimidos por los incas y los aztecas. Por lo tanto, más que como usurpadores, los ibéricos fueron saludados en muchos lugares como liberadores. Y esperemos ahora a que los historiadores iluminados nos expliquen cómo es posible que en más de tres siglos de dominio hispánico no se produjesen

revueltas contra los nuevos dominadores, a pesar de su número reducido y a pesar de que por este hecho estaban expuestos al peligro de ser eliminados de la faz del nuevo continente al mínimo movimiento.

La imagen de la invasión de América del Sur desaparece de inmediato en contacto con las cifras: en los cincuenta años que van de 1509 a 1559, es decir, en el período de la conquista desde Florida al estrecho de Magallanes, los españoles que llegaron a las Indias Occidentales fueron poco más de quinientos (¡sí, sí, quinientos!) por año. En total, 27.787 personas en ese medio siglo".

Por su parte, SS Juan Pablo II había dicho el 12 de octubre de 1984, en la conmemoración del descubrimiento de América por Cristóbal Colón:

"La llegada de los descubridores a Guanahani significa una fantástica ampliación de las fronteras de la humanidad, el mutuo hallazgo de dos mundos, la aparición de la ecúmene entera ante los ojos de los hombres, el principio de la historia universal en su proceso de integración, con todos sus beneficios y contradicciones, sus luces y sus sombras".

****

Entre las "sombras" de aquellos tiempos, cabe citar las obras y decires de algunos predicadores a los que costaba trabajo reconocer iguales en dignidad natural a todos y cada uno de los habitantes del Nuevo Mundo, de los que, muy seguramente había mucho que aprender si se hacía de la paz el principal medio de entendimiento. Tal fue el caso de Ginés de Sepúlveda (1491-1573), al que la Historia recuerda como incondicional apóstol de la "guerra justa" a favor de lo que él entendía por "expeditiva Evangelización" de seres que él decía ver a medio camino entre las bestias y él mismo.

Ese controvertido personaje bien puede ser catalogado entre los que, por sus estudios, ilustración, parcialidad y soberbia, se creen muy por encima del resto de los mortales en el conocimiento de la Verdad. Son los mismos que se empeñan en no ver lo que no quieren ver y que, aun llamándose cristianos, toman al verdadero amor y a la verdadera libertad como bonitos recursos literarios y no como sólidos cimientos de una deseable fraternidad universal, tal como vino a demostrarnos el mismísimo Hijo de Dios.

De ese hosco personaje llamado Ginés de Sepúlveda son las siguientes indebidas apreciaciones sobre los seres humanos que componían las diversas sociedades del Nuevo Mundo:

"Con perfecto derecho los españoles imperan sobre estos bárbaros del Nuevo Mundo e islas adyacentes, los cuales en prudencia, ingenio, virtud y humanidad son tan inferiores a los españoles como niños a los adultos y las mujeres a los varones, habiendo entre ellos tanta diferencia como la que va de gentes fieras y crueles a gentes civilizadas. ¿Qué cosa pudo suceder a estos bárbaros más conveniente ni más saludable que el quedar sometidos al imperio de aquellos cuya prudencia, virtud y religión los han de convertir de bárbaros, tales que apenas merecían el nombre de seres humanos, en hombres civilizados en cuanto pueden serlo? Por muchas causas, pues y muy graves, están obligados estos bárbaros a recibir el imperio de los españoles [...] y a ellos ha de serles todavía más provechoso que a los españoles [...] y, si rehúsan nuestro imperio (imperium), podrán ser compelidos por las armas a aceptarle, y será esta guerra, como antes hemos declarado con autoridad de grandes filósofos y teólogos, justa por ley natural. La primera [razón de la justicia de esta guerra de conquista] es que siendo por naturaleza bárbaros, incultos e inhumanos, se niegan a admitir el imperio de los que son más prudentes, poderosos y perfectos que ellos; imperio que les traería grandísimas utilidades, magnas comodidades, siendo además cosa justa por derecho natural que la materia obedezca a la forma. Juan Ginés de Sepúlveda: De la justa causa de la guerra contra los indios" (Citado por Enrique Dussel, 1942)

Esa arbitraria manera de ver el descubrimiento conquista y evangelización del Nuevo Mundo, en las antípodas del sentido común, tropieza por demás con un mínimo rigor en el análisis de lo que, ya entonces, se venía conociendo a través de los documentos escritos que iban llegando. Debido a ello, responsables políticos y gentes de lo común con buena voluntad tomaron posiciones de justo equilibrio, máxime cuando pudieron contar con el directo testimonio de testigos y muy comprometidos en los avatares y venturas de la obra iberoamericana en sí. Ciertamente, nadie puede negar que, en los comienzos del "encuentro" los desmedidos afanes de medro o enriquecimiento personal de no pocos españoles corrieron paralelos con la simple sed de aventura y, también, con el generoso vuelco de lo mejor de sí mismos por parte del espíritu misionero del reducido número que se tomaba en serio su condición de cristianos llamados a volcar lo mejor de sí mismos en la comprometedora tarea de lo que Teilhard llamó **amorización de la Tierra.**

Fue así cómo, frente a despiadados e incontables atropellos, la Historia nos habla de las heroicidades y contagiosas vivencias de los misioneros que obraban ganados por el "hambre y sed de justicia" (Mt. 5,6). Entre esos misioneros cabe recordar al dominico fray Antonio Montesinos (1475-1540), cuyo memorable sermón del Adviento del año 1511 en la isla La Española (hoy Haití y República Dominicana) incluía los siguientes párrafos:

"Para dároslos a conocer me he subido aquí, yo que soy voz de Cristo en el desierto de esta isla, y por tanto, conviene que con atención, no cualquiera, sino con todo vuestro corazón y con todos vuestros sentidos, la oigáis; la cual voz os será la más nueva que nunca oísteis, la más áspera y dura y más espantable y peligrosa que jamás pensasteis oír". "Esta voz, dijo él, que todos estáis en pecado mortal y en él vivís y morís, por la crueldad y tiranía que usáis con estas inocentes gentes. Decid, ¿con qué derecho y con qué justicia tenéis en tan cruel y horrible servidumbre a estos indios? ¿Con qué autoridad habéis hecho tan detestables guerras a estas gentes que estaban en sus tierras mansas y pacíficas, donde tan infinitas de ellas, con muertes y estragos nunca oídos, habéis consumido? ¿Cómo los tenéis tan opresos y fatigados, sin darles de comer ni curarlos en sus enfermedades, que de los excesivos trabajos que les dais incurren y se os mueren, y por mejor decir, los matáis, por sacar y adquirir oro cada día? ¿Y qué cuidado tenéis de quien los doctrine, y conozcan a su Dios y creador, sean bautizados, oigan misa, guarden las fiestas y domingos? ¿Estos, no son hombres? ¿No tienen almas racionales? ¿No estáis obligados a amarlos como a vosotros mismos? ¿Esto no entendéis?

¿Esto no sentís? ¿Cómo estáis en tanta profundidad de sueño tan letárgico dormidos? Tened por cierto, que en el estado [en] que estáis no os podéis más salvar que los moros o turcos que carecen y no quieren la fe de Jesucristo"(Wikipedia)

Políticos y encomenderos de La Española, con el gobernador Diego de Colón (1479-1526), hijo del Descubridor, al frente, se dieron por aludidos y surgió un conflicto que se agravó tras un segundo sermón de fray Antonio, para quien no había justicia superior a la Evangélica, de la que los poderes temporales eran subsidiarios. Para defender lo que también él consideraba de justicia y razón, el superior local de la Orden de los Dominicos envió al misionero Montesinos hacia España con el encargo directo de pedir amparo a la Corona.

A raíz de una cordial entrevista entre el fraile y el rey Fernando, éste, no sin tener en cuenta la piadosa disposición de la fallecida reina Isabel hacia los "súbditos de las nuevas tierras", convocó a teólogos y juristas con el encargo de establecer doctrina, a la que habría de seguir la adecuación de las leyes de Indias. Fue así cómo, el 27 de diciembre de 1512, el propio rey Fernando firmó las llamadas **Leyes de Burgos** u Ordenanzas para el tratamiento de los Indios, en las que, luego de definir los "justos títulos" de dominio sobre las tierras descubiertas y por descubrir, según la pauta trazada por las llamadas "bulas alejandrinas", se otorgaba al indio la naturaleza jurídica de hombre libre y, como tal, se reconocían sus derechos sobre la propiedad y la forma de vivir como protegido súbdito del Rey de España, tanto mejor si, tras el pertinente "requerimiento", pedía ser bautizado y, por lo tanto, se libraba de la reprobación con la que, en una sociedad pretendidamente cristiana, se seguía tratando a herejes y paganos.

Bonita y aparentemente piadosa la letra de las **Leyes de Burgos**; cosa muy distinta resultó ser su aplicación, según la cual, la condición de "hombre libre" no eximía al indio de trabajar en el ámbito de lo que se llamaba "encomienda", núcleo de trabajo bajo la autoridad del "comendero", en el que confluían no pocas de las atribuciones del antiguo señor feudal. Por demás, la figura del "requerimiento" o "invitación a dejarse bautizar", en la mayoría de los casos, no pasaba de un artificio que para no pocos de los "encomenderos" y sus valedores permitía establecer una sustancial diferencia entre el indio pagano y el indio bautizado: aquel podía ser perseguido hasta su exterminio mientras que éste gozaba de una consideración más o menos hipócrita por eso de ser reconocido "uno de nuestros hermanos inferiores"

A cinco siglos de distancia, vemos que las tales "**Leyes de Burgos**" no pasaban de ser una forma de provisional e inestable compromiso en el que, al hilo de la persistente (y anti evangélica) identificación del poder temporal con el poder espiritual, se planteaban no pocos problemas de índole jurídico-teológica: Si es cierto que todos los seres humanos somos iguales en dignidad natural ¿qué razón hay para requerir el hecho del bautismo para lograr la condición de súbdito con sus subsiguientes derechos y obligaciones?

****

En este punto, no podemos dejar de referirnos al infatigable y peculiar fray Bartolomé de las Casas (1484-1566). Con apenas dieciocho años, ya relativamente bien formado en lo que hoy llamaríamos ciencias humanas, junto con su padre, forma en 1502 parte de una de las expediciones de colonizadores hacia las Indias y participa de forma destacada en refriegas de pacificación de La Española (isla de Haití y Santo Domingo), lo que le vale el regalos de una encomienda con sus correspondientes indios "encomendados".

Como uno de tantos encomenderos, Bartolomé se aplicó al enriquecimiento con el trabajo ajeno hasta que vio sacudida su conciencia por el encendido y humanitario verbo del citado fray Antonio Montesinos al asistir como simple oyente al famoso y "revolucionario" sermón de Adviento del año 2011; de resultas de ese aldabonazo a su conciencia, las Casas se aplicó al estudio de la Teología y fue ordenado sacerdote en 1512 (se cree que fue el primer sacerdote ordenado en el Nuevo Mundo) para, un año más tarde, formar parte como capellán de la expedición que conquistó Cuba al mando de Diego Velázquez de Cuéllar (1465-1524), el cual premió los buenos oficios del fraile con una nueva encomienda a la que renunció cuando llegó a entender que no debía hacerse cómplice de una forma de esclavitud en la que el "encomendado" perdía buena parte de sus derechos como ser humano ante los incontrolados abusos del "encomendero".

Comienza entonces su lucha en defensa de los indios, compaginando, desde este primer momento, la integridad moral, la habilidad política, la osadía y una retórica en la que no faltan las subidas de tono y las desorbitadas exageraciones. Viaja a España y logra ser recibido por Fernando el Católico, a quien lee un memorial sobre lo que, según él, estaba sucediendo en Cuba. A la muerte del rey, se entrevista con los regentes Cisneros y Adriano de Utrech y les dirige el **Memorial** de remedios para las Indias de 1516, un plan de reforma basado en la explotación agrícola por parte de labradores castellanos e indios libres, con el cual Las Casas participa de lleno en la literatura utópica de su momento, y que no en vano ha sido comparado con la Utopía de Tomás Moro, publicada en el mismo año.

Vuelto al Nuevo Mundo, el padre Las Casas mantuvo una actitud que le ocasionó serias dificultades con los conquistadores, autoridades coloniales y "encomenderos", nada dispuestos a ver mermados sus privilegios, aunque, para ello, hubieran de marginar las leyes en vigor, entonces un tanto lasas, ésa es la verdad.

Fray Bartolomé no ceja en su empeño hacia una estricta justicia social y, de acuerdo con el superior de la Orden, viaja nuevamente a España para tratar de entrevistarse con el propio Emperador Carlos V, al que supone mal informado de todo lo que ocurre en el Nuevo Mundo. Al respecto, ha redactado una especie de memorial de injusticias, que dedica al joven príncipe don Felipe y que pudo leer en la audiencia que le concedió el Emperador en Valladolid (1542).

Fue el tal memorial un anticipo de la "Brevísima relación de la destruición de las Indias", un opúsculo publicado en 1552 y que hará historia por el tremendismo y probable exageración con que fray Bartolomé de las Casas expone lo que ha llegado a conocer de forma directa y ha escuchado o leído "sobre lo que otros han visto" en el trato de los indios y en los estilos de los distintos conquistadores. Por lo que respecta a la conquista y colonización del Perú, en dicho opúsculo pueden leerse párrafos como los siguientes:

> "Si se hubiesen de contar las particulares crueldades y matanzas que los cristianos en aquellos reinos del Perú han cometido e cada día hoy cometen, sin dubda ninguna serían espantables y tantas que todo lo que hemos dicho de las otras partes se escureciese y paresciese poco, según la cantidad y gravedad dellas... / Todos los otros españoles, por imitar a su buen capitán y porque no saben otra cosa sino despedazar aquellas gentes, hicieron lo mesmo, atormentando con diversos y fieros tormentos cada uno al cacique y señor del pueblo

o pueblos que tenían encomendados, estándoles sirviéndoles dichos señores con todas sus gentes y dándoles oro y esmeraldas cuanto podían y tenían. Y sólo los atormentaban porque les diesen más oro y piedras de lo que les daban. Y así quemaron y despedazaron todos los señores de aquella tierra.../ Otra vez, porque no le dieron un cofre lleno de oro los indios, que les pidió este cruel capitán, envió gente a hacer guerra, donde mataron infinitas ánimas, e cortaron manos e narices a mujeres y a hombres que no se podrían contar, y a otros echaron a perros bravos, que los comían y despedazaban".

Al parecer, por expresa iniciativa del Emperador, fray Bartolomé de las Casas repite la lectura de su memorial ante el Consejo de Indias, ampliado por los teólogos y juristas convocados al efecto en Valladolid. De dicha convocatoria sale la promulgación de las llamadas "**Leyes Nuevas**" el 20 de noviembre de 1542 (el más destacado "manifiesto revolucionario" de la época), según las cuales era de obligado cumplimiento:

* Cuidar la conservación y gobierno y buen trato de los indios.

* Que no hubiera causa ni motivo alguno para hacer esclavos, ni por guerra, ni por rebeldía, ni por rescate, ni de otra manera alguna.

* Que los esclavos existentes fueran puestos en libertad, si no se mostraba el pleno derecho jurídico a mantenerlos en ese estado.

* Que se acabara la mala costumbre de hacer que los indios sirvieran de cargadores (tamemes), sin su propia voluntad y con la debida retribución.

* Que no fueran llevados a regiones remotas con el pretexto de la pesca de perlas.

* Que los oficiales reales (del virrey para abajo) no tuvieran derecho a la encomienda de indios, lo mismo que las órdenes religiosas, hospitales, obras comunales o cofradías.

* Que el repartimiento dado a los primeros conquistadores cesara totalmente a la muerte de ellos y los indios fueran

puestos bajo la Real Corona, sin que nadie pudiera heredar su tenencia y dominio.

A medias satisfecho de sus gestiones en cuanto veía reflejadas en leyes una parte de sus aspiraciones (hubiera deseado imponer por la tremenda la igualdad en dignidad y trato entre conquistadores y conquistados), fray Bartolomé de las Casas regresó al Nuevo Mundo como obispo de Chiapas (México) y desde su nueva dignidad eclesiástica, peleó sin descanso con encomenderos, funcionarios, conquistadores, parte del clero y propios feligreses para hacer cumplir al pie de la letra las recién promulgadas leyes, dándose la circunstancia de que un tal Francisco Tello de Sandoval, que ostentaba el cargo de Visitador de la Real Audiencia de Nueva España y que, como tal, era el encargado de hacerlas cumplir, optó por dejarlas sin efecto ante las presiones del virrey Antonio de Mendoza e incluso del obispo fray Juan de Zumárraga y de los provinciales de algunas órdenes religiosas.

A pesar de tales dificultades y no sin hacerse con multitud de enemigos, algo logró fray Bartolomé, flamante obispo de Chiapas, aunque no lo suficiente para defender sus posiciones y, mucho menos, para sentar escuela, por lo que se vio en la obligación de regresar a España (1547) con el propósito de encontrar refuerzos con los cuales hacer valer el necesario cumplimiento de las leyes.

Aquí, además del inconveniente de que el Emperador vivía una más de sus largas ausencias a causa los múltiples problemas con protestantes, turcos y franceses, se encontró con que el tema que le preocupaba era víctima de divagaciones y más divagaciones sin resultado práctico alguno. Moderno sofista o maestro en el arte de aliñar medias verdades con la retórica mostraba ser el anteriormente citado clérigo Ginés de Sepúlveda, en cuyo currículo académico contaba con no poco peso el haber sido confesor de Carlos V, lo que no dejaba de prestarle un gran prestigio, en el que se apoyaba para dogmatizar sobre esto y aquello: esgrimiendo la autoridad de Aristóteles, defendía la vieja teoría pagana de que el inculto o el vencido en la batalla venía a ser algo así como un medio hombre merecedor de la "protección" que le brindaba el depender incondicionalmente del ciudadano libre, máxime si éste era cristiano y el otro un empedernido idólatra.

Como precedente de las modernas y estériles tertulias televisivas, en el no tan lejano y extraño año 1550, tuvo lugar una extraordinaria aunque estéril sucesión de diálogos y conferencias en la Junta de

Valladolid con el especial protagonismo de Ginés de Sepúlveda y fray Bartolomé de las Casas, enfrentados en un duelo dialéctico desde posiciones que, merced al cruce de intereses con la consiguiente tibia interpretación del Evangelio, resultaron irreconciliables por lo que el juego polémico terminó "en tablas" y, en muy alto grado, sus derivaciones para el hombre de lo común facilitaron el hecho de que las "**Leyes Nuevas**" de 1542, como tantas otras, fueron "respetadas pero no cumplidas", aunque, eso sí, el obispo fray Bartolomé de las Casas fue nombrado en 1551 "Procurador de los Indios", cargo que mantuvo hasta su muerte en 1566 (82 años de edad). No hizo otro viaje más hacia el Nuevo Mundo, pero sí que siguió polemizando (**no uséis el Cristianismo como expeditivo medio de enriqueceros**) y escribiendo, escribiendo, a favor del derecho a la igualdad entre todas las razas humanas.

****

Con sus luces y sus sombras (sin duda que, habida cuenta de las debilidades habituales en los poderosos, más de éstas que de aquellas), Felipe II, llamado Rey Prudente, no dejó de seguir la línea de su padre, el rey-emperador Carlos V, y de sus bisabuelos, los Reyes Católicos, en cuanto a no apartarse de los "dictados de las Sagradas Escrituras", de las lecciones de la Historia y, también, de procurar el bien de los súbditos como responsabilidad prioritaria de gobierno. ¿Es ahí en donde radican las principales notas de la "Monarquía Hispánica"? Seguro que no al cien por cien; pero sí que parece que, en cierta proporción, al menos, si la comparamos con otras monarquías de la misma época, tan inspiradas o influidas algunas de ellas por lo estrictamente material o por las corrientes de subversión "protestante".

Pero sí que, al menos, en apariencia, así fue durante el siglo que va desde 1492, año de la Conquista de Granada y del Descubrimiento del Nuevo Mundo, hasta 1598, año de la muerte de Felipe II. El siglo siguiente, es decir, el XVII, deja de ser lo mismo en cuanto los principales protagonistas, los llamados "austrias menores" se comportaron de muy distinta manera, tanto que, según buena parte de los historiadores, es con Felipe III, el primero de estos "austrias menores", cuando se inicia la decadencia de la "Monarquía Hispánica".

Fue una decadencia que ya vio venir el propio Felipe II tanto por la consciencia de sus propios errores y limitaciones como por no ver talla de gobernante en el hijo que habría de sucederle: "Dios que me ha dado inmensos territorios no me dado al hijo capaz de gobernarlos" es un dicho que se le atribuye cuando veía próxima su muerte y albergaba serios temores sobre el desmoronamiento de toda la Monarquía Hispánica, máxime cuando no daba tregua el acoso de luteranos, calvinistas, anglicanos y demás rivales, entre éstos, la vecina Francia, particularmente atenta al partido que podía sacar de la llamada Guerra de los Ochenta Años (1548-1648), en la que se jugaba la soberanía de Flandes..

****

Veinte años contaba Felipe III (1578-1621) cuando sucedió a su padre el 13 de septiembre de 1598 como rey de España y Portugal. Desde el primer día, hizo ver un escasísimo interés para abordar las responsabilidades heredadas; de ello se encargó el más oportunista de sus cortesanos: Francisco Gómez de Sandoval (1553-1625), marqués de Denia, el cual, muy pronto, pudo dejar rienda libre a su ambición, contando para ello con un equipo de paniaguados incondicionales y la bobalicona aquiescencia de un rey cuyas principales ocupaciones eran la caza y los más triviales espectáculos, mientras huía de todo lo que, fuere como fuere, podía resolver un valido que, por delegación, había accedido al supremo poder político con más deudas que rentas.

Pese a su pusilánime mediocridad, es de rigor de reconocer en Felipe III un decidido apoyo a la causa de la evangelización del Nuevo Mundo, ello, tal vez, porque era ahí en donde encontraba el camino para descargar su conciencia por la falta de sentido de la responsabilidad, que cabe exigir a un rey. Al hilo de esa preocupación real, no cabe ignorar la obra evangelizadora de los religiosos que seguían ó precedían a militares y civiles.

Tanto fue así que, a principios del siglo XVII, el catolicismo misionero marcaba su impronta por doquier en las nuevas tierras, y combatiendo los males que tanto tiempo había combatido en el viejo mundo. Con la lucha surgieron los primeros santos americanos: el heroico arzobispo de Lima, Santo Toribio de Mogrovejo (1538-1616), el gran misionero franciscano San Francisco de Solano (1549-1610), cuya predicación, señalada por una renovación del milagro de Pentecostés, convirtió por millares a los indios del Chaco, y la religiosa dominica Santa Rosa de Lima (1586-1617), nacida, efectivamente, en tierra americana, lo mismo que su coetáneo, el lego dominico San Fray Martín de Porres, hijo mestizo de un noble español libertino.

Nacido también en el Nuevo Mundo (Asunción del Paraguay) fue San Roque González de Santa Cruz S. J. (1576 -1628), proclamado santo por el papa Juan Pablo II en el año 1988 en reconocimiento a su iniciativa y prosecución en la fundación y mantenimiento de múltiples misiones, algunas de ellas ya con el peculiar carácter de las llamadas "reducciones jesuíticas". Es, precisamente, en la reducción "Todos los Santos del Kaaro" (a orillas del Río Uruguay) en donde es quemado vivo el 15 de noviembre de 1628 con la particularidad de que su corazón permanece intacto en medio del resto del cuerpo consumido por las llamas.

La Compañía de Jesús había formulado la doctrina de estas reducciones dentro de las llamadas conquistas espirituales, constituyéndolas como centros de culturización religiosa y civil a la par de refugios para los indígenas, ya que, en la selva, eran presa fácil para los pretendidos colonizadores, entre ellos, no pocos tratantes de esclavos.

Eran éstas unas poblaciones integradas por centenares de indios cada una de ellas. El centro lo constituía la iglesia con sus misioneros y sus religiosas, su escuela y su hospital. Toda la población desarrollaba su vida natural bajo la atenta dirección de los Padres. El trabajo estaba repartido y sometido a inspección, y toda la comunidad cuidaba de ello en un régimen paternal que se aproximaba, como ninguna otra institución anterior o posterior, a la plena realización de lo que el Evangelio puede hacer por la vida, tanto pública como privada. Era, realmente, el inicio de la **Ciudad de Dios** sobre la tierra. Hacia 1750 eran casi 100.000 los indios que vivían en estas poblaciones regidas por los jesuitas, habitantes en verdad de un "paraíso terrenal", que, desgraciadamente, no duró mucho, tal cómo, podremos ver más adelante.

****

Que la España de sus "mejores tiempos" fue lo que fue porque se abrió al mundo con toda su potencialidad religiosa y cultural de entonces, nadie puede negarlo. Tampoco se puede negar que, por iniciativa de una piadosa reina, seguida por la obra de unos pocos con la Cruz como enseña tras la ruta abierta por el quijotismo o la ambición de los llamados conquistadores, a juicio de las personas de buena voluntad, los de allí llegaron a ser considerados iguales a los de aquí en la cuestión de la dignidad natural.

Al albur de las facilidades prestadas por la Monarquía Hispánica, primer poder político y militar de la época, en pocos años, recordémoslo, se establecieron fluidas líneas de comunicación entre unos y otros de los nuevos pueblos y de éstos con la Metrópoli hasta salvar distancias con el resto del mundo entonces apenas interrelacionado.

En la Metrópoli, es decir, en España, cundió el afán intelectual por interpretar a la luz del Evangelio el carácter de la nueva situación. Es en ese campo en donde hemos de situar al dominico Francisco de Vitoria (1483-1546), principal figura de la llamada **Escuela de Salamanca**, en la que, claramente, se sitúa lo espiritual por encima de lo temporal al tiempo que aporta moderación y espíritu constructivo a las apreciaciones de personajes como los citados Juan Ginés de Sepúlveda y Bartolomé de las Casas para trazar las bases del Derecho de Gentes que, por lo que se refiere a la presencia de los españoles en América, ve justificada en una serie de argumentos explicitados en ocho "títulos":

1. Los españoles tienen derecho a viajar y permanecer en aquellas provincias, mientras no causen daño, y esto no se lo pueden prohibir los bárbaros.

2. Los españoles tienen el derecho de propagar la religión cristiana en América.

3. La protección de los naturales convertidos al cristianismo cuando sean perseguidos por otros pueblos paganos.

4. Si los indios ya son cristianos, el Papa puede darles como señor cristiano a los Reyes Católicos.

5. Cuando hay delitos contra natura, tales como sacrificios humanos o antropofagia, los españoles están obligados a intervenir.

6. La voluntaria elección de los indios aceptando como príncipe al rey de España.

7. La amistad y la alianza con pueblos indios; si los españoles actúan como aliados de unos u otros, también pueden participar de los frutos de la victoria.

8. No podía ser afirmado con certeza, pero sí traerse a discusión el supuesto del atraso o escasez de inteligencia de los indios, lo que llevaría a la necesidad de intervenir para protegerles.

En un tiempo en el que, la verdad sea dicha, reputados eruditos católicos pretendían explicar lo inexplicable perdiendo su tiempo en aventurera y "modernista" divagación, ofrece confianza el comprobar cómo la Cristiandad cuenta con personajes de la talla de Francisco de Vitoria que, al igual que el viejo Sócrates, luego de reconocer lo mucho que les falta para presumir de saber algo (sólo sé que no sé nada), se abren a la Realidad, meditan y meditan (rezan) en continuo esfuerzo por acercarse a una Verdad, que solo puede ser vislumbrada a través del prisma del Evangelio.

Por demás, Vitoria sentó escuela poniendo de actualidad los postulados básicos de una ciencia del saber ("Filosofía, sierva de la Teología"), previamente formulados por los Santos Padres y explicados por maestros de la talla de San Agustín de Hipona (354-430) o Santo Tomás de Aquino (1224-1274), perennes lumbreras de la Iglesia, todo ello con amplio conocimiento de las diversas corrientes intelectuales que pugnaban por lograr la orla de la respetabilidad en los principales centros docentes de Europa, incluida la Universidad de la Sorbona en la que Vitoria cursó estudios e impartió magisterio entre los años 1508 y 1522.

Desde París y su universidad de la Sorbona, entonces reputada como el lugar de encuentro de las más conspicuas corrientes de pensamiento, Vitoria regresó a España muy convencido de que una revitalizada Escolástica, aliñada con los más nobles colores del humanismo cristiano o teocéntrico ofrecía las adecuadas soluciones a problemas tan acuciantes como las discordias entre príncipes cristianos, la "difuminación" del poder espiritual en el poder temporal, la rebeldía protestante, el peligro turco y los avatares de la problemática ocupación del Nuevo Mundo.

Vitoria no escribía grandes libros: según la pauta de la Summa Theologica, impartía lo que se llamaban "reelecciones" (De Indiis y De Iure Belli las más difundidas), que sus alumnos copiaban y distribuían entre sí como temas de reflexión sobre los grandes temas de la actualidad de entonces en un proceso de hacer escuela: fue ésta la muy famosa Escuela de Salamanca, principal referencia para la intelectualidad católica del Siglo de Oro Español. A su especial talla intelectual Vitoria unía lo que podemos llamar sentido de la proporción en lo tocante a la fe sencilla y a la piedad de las personas de lo común, que nos lleva a prestar ayuda a todos los que más la necesitan, incluso en el caso de que éstos no se la pidan, circunstancia que Vitoria veía en los más humildes de los habitantes del Nuevo Mundo. A ellos se refiere en su "reelección" "De Temperantia" cuando dice:

> "No vale decir que ellos no piden o no quieren ese auxilio, pues es lícito defender al inocente aunque él no lo pida; más aún, aunque se resista, máxime cuando padece una injusticia en la cual él no puede ceder su derecho, como sucede en el caso presente. Pues nadie puede dar a otro el derecho a que le mate o le devore o a que le inmole en sacrificio"

Desde una profundización en el estudio de la Teología, Vitoria atrajo al redil del sentido común, de las coordenadas del Derecho Natural y del Realismo Cristiano a los sinceramente preocupados por desarrollar la ciencia de los deberes y de los afectos humanos de forma que la divagación gratuita y los estériles giros retóricos brillaran por su ausencia en el ámbito de un magisterio en buena parte orientado hacia la paz de los pueblos y la justicia en las relaciones entre los estados con muy diversos condicionamientos históricos con tan positivo resultado que la **Escuela de Salamanca**, nacida del magisterio de Vitoria, acertó con el diseño de uno de los más trascedentes capítulos de la Historia de España.

Tal forma de creer, razonar y vivir se puede aplicar al celebérrimo jesuita Francisco Suárez (1548-1617), el mismo que, tomando de San Ignacio el empeño de trabajar "a la mayor gloria de Dios" (divisa de la Compañía de Jesús, recuérdese) y, desde la misma "Escuela de Salamanca", continuó la obra del dominico Francisco de Vitoria hasta resultar ser el "Doctor Eximius y Pius" (Doctor eximio y piadoso) de la Iglesia Católica según definición del Papa Paulo V (Breve de 1607). Utiliza las "herramientas" intelectuales de su tiempo para actualizar y revitalizar la exposición de las verdades eternas que él ve apuntadas en el realismo aristotélico, cumplidamente razonadas en la Suma Teológica de Santo Tomás y jerarquizadas para su aplicación práctica por su reconocido maestro Francisco de Vitoria.

Cuando Suárez se documenta, reflexiona y escribe, aparca cualquier prurito de originalidad para apuntar hacia lo indiscutible transcribiendo desde la fe la más fiel literalidad de lo dicho por Apóstoles, Evangelistas, Santos Padres y grandes Doctores de la Iglesia con Santo Tomás como guía indiscutible y sin obviar lo dicho por otros certeros observadores de la Ley Natural: logra así una inigualable Concepción del Mundo (Weltanschauung) según el realismo cristiano.

En donde sí que se puede apreciar novedosa originalidad aliñada con evidente valor intelectual (escaso respeto al "qué dirán" oficial) es cuando Suárez "hace política", es decir, cuando se ocupa y preocupa por encontrar la más adecuada y cristiana solución a los más graves problemas de su tiempo, incluidas las complejas, interesadas y obsoletas relaciones entre los poderosos, sus exégetas, los libres buceadores de la verdad y todos los demás: para el Padre Francisco Suárez ni el Papa ni el Emperador pueden asumir el papel de Dios por la sencilla razón de que ni el uno ni el otro hacen todo bien con el agravante de que, demasiadas veces, sus errores entorpecen la natural y cristiana convivencia entre los hijos de Dios, cuestión que es de justicia poner en claro cuando se aborda en profundidad todo lo concerniente al "Derecho de Gentes", aplicable sin discriminación alguna a los nuevos hermanos de Ultramar.

En su libro "Guerra, Intervención y Paz Internacional", Suárez trata sin falsos idealismos todo lo que toca a la "defensa armada" como principal objeto de reflexión: no es intrínsecamente mala si se acude a ella como medio para "conquistar la paz" y luego de haber apurado todas las otras soluciones para recuperar la situación anterior a un indebido, arbitrario y gravísimo atropello. Claro que, desde la Doctrina de la Iglesia, cabe preguntarse ¿es legítima la forzada conversión de los paganos o usar de la violencia para la práctica de los valores cristianos?

Haciéndose eco del dicho aristotélico de que "no hay guerras legítimas sino las que se hacen para defenderse", Suárez ve en la guerra defensiva un medio para restablecer la paz siempre en línea de ponderación de forma que el bien que se pretende en ningún caso sea inferior al mal que el uso de la violencia pueda ocasionar. Según ello, para el hombre de hoy incluso la guerra defensiva es difícil de justificar si ello implica el uso de medios tales como las armas nucleares con su secuela de muerte y destrucción indiscriminadas. Así lo señaló el inolvidable San Juan XXIII en su ilustrativa encíclica "Pacem in terris" en la que hace ver que en la era atómica **«resulta un absurdo sostener que la guerra es un medio apto para resarcir el derecho violado»**

Pero sí que son de actualidad las aportaciones que en el libro citado hace Suárez respecto al Derecho de Gentes y a la definición de responsabilidades en la ineludible disposición de los cristianos para velar por la paz y la armonía en todos los órdenes de la vida social, ello, claro está sin obviar los problemas por escasez de entendimiento, violación de derechos o exceso de atropellos por una u otra parte: no hay otro responsable que la primera autoridad de una nación para declarar la guerra de forma que cualquier inferior que la declare o intente declarar debe ser acusado de sedicioso para ser condenado en justicia por el tribunal competente.

Ni mucho menos, puede ser considerada legítima una guerra como las que propugnaron y siguen propugnando no pocos caudillos con la disculpa de efectuar bautizos masivos de gentes que ni habían oído hablar del Hijo de Dios hecho hombre, ni tenían voluntad expresa de practicar unas virtudes cristianas desconocidas por ellos: recordemos que la conversión a la doctrina del Amor y de la Libertad resulta efectiva por contagio y no por el discriminado ejercicio de la violencia.

Desde esa óptica, creemos que hay mucho que decir sobre algunas prácticas "evangelizadoras" de los conquistadores y algunos de sus acompañantes hacia los indios del Nuevo Mundo: al respecto, recordemos cómo en no pocas ocasiones, el caudillo de turno pretendía justificarse colocando en le vanguardia de su ejército de ocupación a tal o cual monje que, en un lenguaje que ninguno de los oyentes entendía, leía de corrido el llamado "Requerimiento" o pregón estandarizado, aceptado como cobertura legal tanto para no pocas forzadas conversiones como para alguna que otra acción de indiscriminado exterminio lo que prestó argumentos para la censura, a veces exagerada, de personajes como el propio fray Bartolomé de las Casas, de quien es la siguiente categórica descalificación:

"El Requerimiento es una burla de la verdad y de la justicia y un gran insulto a nuestra fe cristiana y a la piedad y caridad de Jesucristo, y no tiene ninguna legalidad".

****

Por lo que venimos recordando, sí que se puede decir que, superadas las tensiones de las primeras décadas, lo más substancial de la presencia de España en Hispano América fue el vuelco de su ser y poder ser en un "sugestivo proyecto" de hermanamiento y solidaridad con el resultado de que los asuntos de allí junto con sus protagonistas de cualquier raza y nivel social, "según la Ley", eran tratados en el mismo plano que los de aquí: aquellos eran los reinos o provincias españolas de Ultramar no de distinta manera a como los de Castilla, Navarra y Aragón eran los reinos españoles de la Península Ibérica. De ello se hizo eco Salvador de Madariaga cuando escribía:

«La idea de colonia en su sentido moderno no existía en la España del siglo XVI. Méjico una vez conquistado vino a ser otro de tantos Reinos como los que constituían la múltiple Corona del Rey de España, en lista con Castilla, León, Galicia, Granada y otros de la Península, con Nápoles y Sicilia y otros de Ultramar -reinos de todos los que el Rey de España respondía ante Dios-» (Cortés 543-544).

La historia nos dice que, ante las "oportunidades" que ofrecía el Nuevo Mundo, fue muy distinta de la española la actitud de otras potencias europeas, incluida la de Portugal. A la vista está la extraordinaria diferencia entre un más o menos traumático acercamiento de pueblos cual fue el caso de Sudamérica y la colonización de Norteamérica: en la primera se dio un amplio y progresivo proceso de mestizaje biológico y cultural, mientras que, en la segunda, podríamos decir que fue la marginación entre europeos y autóctonos una de las ineludibles reglas de la conquista y colonización.

Ante la realidad de esa diferencia, bueno es discurrir sobre la parte que nos toca para que no sean los violentos ni los egoístas los que escriban las más importantes páginas del encuentro entre distintas razas y civilizaciones. Si del poder de opresión sobre otros pueblos se hace un motivo de orgullo, a la vista está que no es el triunfo en las trifulcas y batallas, ni son las riquezas o los volubles vientos de la fortuna lo que nos hace más personas (nos ayuda a perseguir con éxito nuestro poder ser).

Por lo que atañe a lo que fueron "reinos y provincias españolas de Ultramar", resulta ilustrativa la labor del plantel de mujeres y hombres de buena voluntad que seguía a descubridores, conquistadores y colonizadores de las nuevas tierras: a ellos corresponde el principal mérito de un hermanamiento que ha hecho historia en esta España y en los pueblos de Hispano América, en donde, a pesar de la desidia y mediocridad de los poderosos, pervive cierta convicción de que somos de la misma familia y que, por lo tanto, carece de sentido el que miremos en distinta dirección al abordar los problemas que a unos y a otros nos afectan.

****

Claro que, en honor a la verdad, debemos de reconocer como muy minoritarios los comportamientos de buena voluntad; tanto que, en multitud de casos, los responsables del orden social se comportaban de tal forma que llegaron a traducir en letra muerta las más significativas leyes sobre la humanitaria igualdad entre todos los pobladores del Nuevo Mundo, lo que no dejó de despertar la justa réplica de fervientes y bien documentados misioneros como lo fue el agustino **fray Alonso de la Veracruz** (1509-1584), piadoso hombre de acción al que la Historia reconoce como uno de los pensadores más destacados de la Hispanoamérica del siglo XVI.

Nacido en el seno de una familia muy acomodada, desde muy joven, dio muestras de fe cristiana, buena voluntad e incansable ansia de saber, que le llevó a ser uno de los más destacados seguidores del gran teólogo y jurista Francisco de Vitoria, que le tuvo como discípulo en la llamada **"Escuela de Salamanca"** para, de seguido y animado por una fuerte vocación misionera, viajar hasta Nueva España, ingresar en la Orden de San Agustín, completar sus estudios de teología, ser ordenado sacerdote y dedicarse de lleno a la evangelización del pueblo tarasco (Mesoamérica), en cuyo idioma pronto pudo difundir los valores de la Buena Nueva. Logró muy positivos resultados puesto que, en lugar de imponer el castellano como "superior" forma de entenderse tal como algunos pretendían, no veía mejor forma que situarse a nivel de los indígenas, hablarles en su propio idioma y, entre coloquio y coloquio sobre cuestiones ordinarias, hacerles comprender las bondades de las verdades evangélicas, llevarlos al Bautismo con pleno convencimiento y, sin violentar para nada su libertad personal, incorporarles a la civilización occidental.

Tal como leemos en Wikipedia, "Fray Alonso de la Vera Cruz no fue un filósofo encerrado en la clásica «torre de marfil», sino un pensador comprometido y un misionero ejemplar. Fundó en 1540 el convento de San Juan Bautista en Tiripetío, donde enseñó filosofía y teología (145 años antes del primer curso de filosofía en los Estados Unidos, en Hardvard College, 16853), allí también estableció la primera biblioteca de América. También fundó, en Pátzcuaro, el Real Colegio de San Nicolás Obispo, una de las primeras universidades del continente (junto con el Colegio de la Santa Cruz de Tlatelolco, fundado en 1533), con tres cátedras (Teología, Derecho Canónico y Leyes), donde tuvo como alumno a uno de los hijos del Calztontzin (prócer de Michoacán).

En 1553 fue designado catedrático en la Real y Pontificia Universidad de México. Poco tiempo después se le nombró maestro de Teología y de Artes y se instituyó, bajo su dirección, una cátedra de Santo Tomás. Empezó a escribir un tratado de filosofía, el primer libro de filosofía escrito en América, sin descuidar su vida de religioso. En tres ocasiones sirvió como procurador de su Orden. Regresó a España en 1562 para defender las funciones y privilegios de las órdenes religiosas; se convirtió en consejero de los grandes personajes españoles de su tiempo, y se le designó prior del Monasterio de San Felipe el Real (Madrid) y visitador de Castilla la Nueva. Pero su destino estaba en América. No quería permanecer en España, a pesar de las halagüeñas proposiciones del Rey. Volvió al Nuevo Mundo en 1572, donde fundó el Colegio de San Pablo, redactó libros, apadrinó algunos exámenes de doctorado y se preocupó constantemente por la evangelización de las Filipinas. Entre sus discípulos más distinguidos figuran Francisco Cervantes de Salazar (1513-1575), escritor y maestro universitario; fray Esteban de Salazar y Andrés de Tordehumos, escritores de vasta vigencia en su circunstancia histórica y geográfica.

El incondicionado y sereno estudio de las verdades cristianas por parte de fray Alonso de la Veracruz, en línea con las tradicionales aportaciones de san Agustín y Santo Tomás, reconocidos maestros de la "Escuela de Salamanca", queda de manifiesto en las obras de carácter teológico tituladas *Commentaria in Secundum Magistri Sententiarum librum, Commentaria in Epistolas Sancti Pauli in Universitate Mexicae e cathedra dictata* y *Relectio de libris canonicis*. Reconocidos sus méritos en un terreno en el que nos sentimos legos, al objeto del presente ensayo interesa fijar la atención en las observaciones del fraile agustino sobre la situación creada en el Nuevo Mundo tras la arribada de los españoles a partir de 1492.

Según fray Alonso, auténticamente cristiano hubiera sido situar siempre a la Cruz por delante de España desde la generosa y lógica preocupación por humanizar la gestión de gobierno de los jefes naturales, lo que, sin duda alguna, habría evitado buena parte de los ríos de sangre: En el pasado, así ocurrió con las más significativas de las grandes conversiones, como fue la de Recaredo en la Hispania gótica del siglo VI y, sin duda, ésa había sido la intención de Hernán Cortés al intentar atraer al Cristianismo a Moctezuma, proyecto que no pudo llevarse a cabo tras el asesinato de éste por sus propios compatriotas.

En cuanto muy pocos, casi ninguno, de los caudillos españoles obraron con la Cruz como principal guía de conducta, el poder político directo en Hispanoamérica cuenta con escasos jefes por ley natural, cuál habría sido si los antiguos caciques no hubieran sido depuestos o muertos en su práctica totalidad y, como lógica continuación de tal situación, los sucesivos gobernantes hubieran salido de entre los más capaces de los hijos de un estrecho hermanamiento entre "naturales y visitantes". Tal quiso hacer ver fray Alonso de Veracruz en un ensayo, del que solo se conserva una pequeña parte y que llevó por título **Releetio de dominio infidelium et de justo bello** ("Sobre el dominio de los infieles y la guerra justa").

∗∗∗∗

Es de justicia reconocer que, fuera por propio convencimiento, por deferencia a las disposiciones de sus abuelos, los Reyes Católicos, o por recomendación del generoso y valiente fraile Alonso de la Veracruz, el rey emperador Carlos I de España y V de Alemania, el 9 de julio de 1538 emitió una Real Provisión en la que se disponía que, por ninguna causa de guerra, aunque fuera bajo título de rebelión, se redujera a servidumbre a los naturales. Este pronunciamiento fue confirmado de manera definitiva por medio de una Real Cédula el 20 de noviembre de 1542, en idénticos términos.

Claro que, en honor a la verdad, hemos de reconocer que la manifiesta preocupación por evangelizar de los Reyes Católicos, Carlos V y Felipe II, fue perdiendo la ya débil consistencia en los sucesores hasta prácticamente desaparecer con el malhadado Carlos II el Hechizado.

El de Felipe III (1598-1621), hijo y sucesor de Felipe II, transcurrió sin pena ni gloria para la totalidad del Imperio. Agotada España y sus enemigos tras las continuas guerras europeas del siglo anterior, se paralizaron los conflictos con Francia, Inglaterra y los rebeldes holandeses, con los que se firmó la Tregua de los Doce Años. Con Felipe IV (1621-1665) y su valido, el Conde-Duque de Olivares, España volvió a implicarse en los grandes conflictos europeos. La monarquía española participó en la Guerra de los Treinta Años (1618-1648), apoyando a los Habsburgo de Viena (Emperador del Imperio Germánico) y a los príncipes católicos alemanes. El fin de la Tregua de los Doce Años (1609-1621) añadió un nuevo frente al conflicto.

El conflicto se inició con victorias de los Habsburgo, como la toma de Breda a los holandeses y las victorias de Nordlingen y la Montaña Blanca en el conflicto germánico. Pronto cambió el signo del conflicto y las derrotas se repitieron, como en Rocroi ante Francia, mientras que franceses e ingleses atacaban las posesiones americanas. La impotencia de los Habsburgo llevó finalmente al Tratado de Westfalia (1648) por el que se ponía fin a la Guerra de los Treinta Años y en el que España reconoció la independencia de Holanda.

La Paz de Westfalia no marcó el fin de las hostilidades. La guerra continuó hasta 1659 contra Francia. Finalmente, en la Paz de los Pirineos (1659), Felipe IV aceptó importantes cesiones territoriales, Rosellón y Cerdaña, Artois... en beneficio de la Francia de Luis XIII.

La débil monarquía de Carlos II (1665-1700), fue incapaz de frenar al expansionismo francés de Luis XIV y España hubo de ceder diversos territorios europeos en las Paces de Nimega, Aquisgrán y Ryswick. Su muerte sin descendencia provocó la "incivil" Guerra de Sucesión (1701-1713) al trono español en la que al conflicto interno se superpondrá un conflicto europeo general. La Paz de Utrecht en 1713 significó el fin del imperio español en Europa con la entronización en España de Felipe V de Borbón (1683-1746, r. 1700-1746), nieto del super ególatra Luis XIV de Francia, el "Rey Sol" (1638-1715).

En paralelo con la regresiva influencia política, se fue apagando el eco internacional de la prestigiosa y prestigiada **"Escuela de Salamanca"** con lo que, en la propia Península, empezaron a constituir cuerpo de doctrina mucho de lo que venía de afuera, en especial lo procedente de Francia, en la que el "espíritu geométrico" de la obra del francés René Descartes (1596-1650) había abierto el camino a lo que podemos llamar **"Fiebre ideológica de la Modernidad"** con la consecuente minusvaloración de la responsabilidad personal, la sacralización del liberalismo insolidario y la aparición del forzado hijo de ambos fenómenos: el **Despotismo Ilustrado**.

****

Reconocida hija de ese **Despotismo Ilustrado** fue la trayectoria política del rey de España **Carlos III de Borbón** (1716-1788, r.1759-1788), del que hoy, no sin dejar de reconocerle buena disposición para la gestión municipal ("el mejor alcalde, el Rey", se dijo de él en Madrid), nos sentimos en la obligación de atribuirle la máxima responsabilidad en el punto de partida del imparable desmembramiento de la América Hispánica con la promulgación de su "**Pragmática Sanción de 1767**". Con esta que, por sus probados efectos y en el mejor de los casos, bien podemos considerar **inoportuna arbitrariedad**:

> "Carlos III de España dictaba la expulsión de los jesuitas de todos los dominios de la corona de España, incluyendo los de Ultramar, lo que suponía un número cercano a los 6.000. Al mismo tiempo, se decretaba la incautación del patrimonio de la Compañía de Jesús. Previamente se había producido su expulsión de Portugal (1759), de Francia (1762), y posteriormente se produjo la supresión de la Compañía de Jesús por el Papa (1773, breve apostólico Dominus ac Redemptor de Clemente XIV), aunque sobrevivió en Rusia y volvió a autorizarse por Pío VII en 1814".

Mucho se ha escrito y discutido sobre las "razones" del Rey para romper con una labor que ha dejado ejemplarizantes recuerdos históricos como el de las "**Misiones del Paraguay**" y de tantos centros en los que, a la luz del Evangelio y en probado respeto a la Ley Natural, se aprendía a compaginar las cosas de este mundo con el afán de llegar a ser todo lo que cada uno (y, de rebote, la tierra en la que uno vive) puede llegar a ser lo que puede ser. Al parecer, la "razón" de más peso fue la de poner coto de un poder que, al menos, en el terreno de la formación de los jóvenes, tendía a neutralizar las "derivaciones progresistas" del **Despotismo Ilustrado**. Máxime cuando los jesuitas, obsesivo objeto de persecución por parte de volterianos y otros muchos "filósofos de salón, se tomaban muy en serio su "cuarto voto" por el que se ligaban incondicionalmente a la voluntad del papa reinante, cuya autoridad estaba continuamente puesta en entredicho por el llamado galicanismo católico, al que, muy seguramente, Carlos III de Borbón supeditaba su fe religiosa.

Fueran esas u otras las principales razones, el caso fue que, con los resultados que cabía esperar y otros que surgieron en lógica sucesión, la «Pragmática sanción de su Majestad en fuerza de ley para el extrañamiento de estos Reinos a los Regulares de la Compañía, ocupación de sus Temporalidades, y prohibición de su restablecimiento en tiempo alguno, con las demás prevenciones que expresa», en expresión de cínico y despótico absolutismo, decía lo siguiente:

"Habiéndome conformado con el parecer de los de mi Consejo Real en el Extraordinario que se celebra con motivo de las ocurrencias pasadas, en consulta de 29 de enero próximo, y de lo que sobre ella me han expuesto personas del más elevado carácter; estimulado de gravísimas causas, relativas a la obligación en que me hallo constituido de mantener en subordinación, tranquilidad y justicia mis pueblos, y otras urgentes, justas y necesarias que reservo en mi Real ánimo; usando de la suprema autoridad económica que el Todopoderoso ha depositado en mis manos para la protección de mis vasallos y respeto de mi Corona: he venido en mandar que se extrañen de todos mis dominios de España e Indias, Islas Filipinas y demás adyacentes, a los Religiosos de la Compañía, así Sacerdotes, como Coadjutores o Legos que hayan hecho la primera profesión, y a los Novicios que quisieran seguirles; y que se ocupen todas las Temporalidades de la Compañía en mis Dominios; y para su ejecución uniforme en todos ellos, os doy plena y privativa autoridad; y para que forméis las instrucciones y órdenes necesarias, según lo tenéis entendido y estimaréis para el más efectivo, pronto y tranquilo cumplimiento. Y quiero que no sólo las Justicias y Tribunales Superiores de esos Reinos ejecuten puntualmente vuestros mandatos, sino que los mismos se entiendan con los que dirigiereis a los Virreyes, Presidentes, Audiencias, Gobernadores, Corregidores, Alcaldes Mayores y otras cualesquiera Justicias de aquellos Reinos y Provincias; y que en virtud de sus requerimientos cualesquiera tropa, milicia o paisanaje den el auxilio necesario sin retardo ni tergiversación alguna, so pena de caer el que fuere omiso en mi Real indignación; y en cargo a los Padres Provinciales, Propósitos, Rectores y demás Superiores de la "Compañía de Jesús" se conformen de su parte a lo que se les prevenga, puntualmente, y se les tratará en la ejecución con la mayor decencia, atención, humanidad y asistencia de modo que en todo se proceda a mis soberanas intenciones. Tendréis lo entendido para su exacto cumplimento, como lo fío de vuestro celo, actividad y amor a mi Real servicio, y daréis para ello las órdenes e instrucciones necesarias, acompañando ejemplares de este mi Real Decreto, a los cuales estando firma de vos, se les dará la misma fe y crédito que al original".

No todos los "hijos de San Ignacio" acataron sin alzar la voz la **pragmática sanción real**, luego secundada por un Papa que optó por el "mal menor" con el "breve" citado, tal vez temeroso de que una categórica desautorización, que pudo dictarle su conciencia de Pastor Universal, habría ocasionado a la Iglesia un problema no menos grave que la nunca olvidada ruptura luterana, precursora ésta de una nueva especie de humanismo en el que, a diferencia del humanismo cristiano, basado en una fraternidad libre y responsablemente asumida por la conciencia de cada persona, promueve un individualismo radical al dictado de los franceses más "ilustrados" (Rousseau, Voltaire, Diderot, etc.,) y bajo la perspectiva de que serán los otros los promotores de la armonía universal sin que a mí me corresponda otra responsabilidad que la de cuidar de mi yo soberano.

****

Antes de entrar a estudiar a **Bolívar**, indiscutible figura principal de la llamada "Independencia Latinoamericana", vemos imprescindible una breve referencia al porqué y el qué de esa Independencia y, para no extendernos en retóricas, que no vienen al caso, copiamos literalmente parte de lo que se dice al respecto en el "Atlas Histórico de la América Latina".

Las luchas por la independencia en el siglo XIX en América Latina se produjeron en el contexto de las revoluciones europeas, tal como sugirió Juan Bautista Alberdi, son un capítulo de la revolución española, así como esta es un capítulo de la revolución francesa.

La Revolución Francesa (1789) propició el inicio de la primera gesta independentista exitosa en América Latina, ocurrida en Haití, donde los esclavos afroamericanos entendieron que también en su territorio se debían aplicar los derechos proclamados en Francia. Los ideales liberales de igualdad, libertad y fraternidad se radicalizaron en la isla caribeña, proceso que culminó con la formación del primer Estado independiente de la región (1804) y la primera República Negra.

Como consecuencia de la Revolución Francesa —y de la toma del poder de Napoleón Bonaparte como representante de la alta burguesía al frente del gobierno— se desataron en Europa las guerras Napoleónicas (1799-1815), que repercutieron en forma directa en la situación política del mundo colonial.

En 1807, Francia, con la complicidad de España, invadió Portugal con el objetivo de garantizar el bloqueo continental. La invasión napoleónica al mando de Jean Andoche Junot con veintiocho mil soldados franceses generó que la Corte portuguesa —María I y Juan VI de Braganza— se trasladara, custodiada por Inglaterra, a Río de Janeiro (Brasil).

En 1811, los franceses fueron expulsados de Portugal y los liberales realizaron las primeras tentativas de realizar reformas constitucionales. En 1813, se estableció una regencia a cargo del general irlandés William Beresford y, en 1816, desde Brasil Juan VI se hizo cargo del trono. Los liberales continuaron la lucha y, en 1817, realizaron una conspiración acaudillada por Gomes Freire de Andrade vinculada a los liberales españoles, que fue derrotada. Pero este bando se reorganizó y en agosto de 1820 triunfó la Revolución liberal de Oporto que suprimió el absolutismo y la regencia inglesa de Beresford, se nombró una Junta Provisional Revolucionaria y acordó el regreso de Juan VI, quien en 1822 debió jurar la Constitución liberal. El retorno de la familia real a Europa, determinó la independencia de Brasil, ya que asumió el hijo del monarca, Pedro I, que gobierna el imperio sin atravesar por rupturas sociales y económicas. En Europa, en tanto, triunfó la reacción absolutista en Portugal (1823).

Pero la expansión napoleónica no solo se realizó sobre Portugal. En 1808, se produjo la invasión a España, que provocó el motín de Aranjuez, las abdicaciones de Bayona y la proclamación de José I Bonaparte como rey de España y de las Indias. La detención de Fernando VII y la imposición de un rey extranjero, causaron levantamientos populares y movimientos de resistencia de carácter nacional motorizados por las Juntas Populares, elegidas por el sufragio universal. Además, la invasión napoleónica produjo una alianza de España con Inglaterra, su histórico enemigo. Esta alianza se formalizó a principios de 1809 con la firma del tratado entre George Canning, ministro de Relaciones Exteriores y Juan Ruiz Apodaca, embajador con plenos poderes en Londres.

Además de armas, dinero y buques, Canning prometió un ejército —el mismo que estaba preparando para una nueva invasión al Río de la Plata— y a cambio de estos recursos, los ingleses exigieron beneficios económicos.

En un comienzo, la Revolución española (1808-1814) tuvo un carácter nacional, es decir, el objetivo central era expulsar al invasor francés y recuperar la soberanía política; pero, rápidamente, apareció una dimensión social de carácter liberal democrático, lo que generó que la guerra del pueblo español contra el francés fuera, no solo una guerra contra el invasor, sino, a la vez, una guerra civil entre los sectores liberales y los defensores del antiguo régimen absolutista. Así lo entendió la Junta Central Suprema que, en un manifiesto, planteó: «La Providencia ha decidido que en la terrible crisis que atravesamos, no pudierais dar un solo paso hacia la independencia sin que al mismo tiempo no os acercara hacia la libertad» (Junta Central, septiembre de 1808).

Esta transformación se operó cuando las clases dominantes de España juraron obediencia a la monarquía impuesta por los franceses. Mientras el pueblo español y algunos sectores del ejército se habían levantado contra el invasor (mayo de 1808), los Grandes de España le habían expresado a José Bonaparte: «Señor, los Grandes de España fueron siempre conocidos por su lealtad hacia sus soberanos, y V. M. hallará en ellos la misma fidelidad y afección» (junio de 1808).

José Bonaparte era hermano de Napoleón y ocupaba el trono arrebatado a los Borbones en la farsa de Bayona (5 de mayo de 1808). El Consejo Real de Castilla aseguró al hermano de Napoleón, que él representaba «el retoño eminente de una familia destinada por el celo mismo a reinar» (Consejo Real de Castilla, junio de 1808). Estas posiciones permitieron que, en julio de 1808, se proclamara la Constitución bonapartista, firmada por noventa y un españoles entre los que figuraban duques, condes, marqueses y varios superiores de órdenes religiosas. Lo único que objetaron de la Constitución fue la abolición de sus antiguos privilegios y exenciones.

En este contexto, se conformaron al interior de España dos bandos: los colaboradores de los Bonaparte y los sectores liberales, de raigambre popular, aliados a un sector del ejército. Como los colaboradores de Napoleón pertenecían a la alta nobleza sostenedora del absolutismo, la lucha nacional devino también en una lucha social, en la cual los revolucionarios buscaron terminar con los privilegios feudales. El 20 de julio de 1808, José Bonaparte entró en Madrid junto a 14 000 franceses y fueron derrotados por Francisco Javier Castaños en la batalla de Bailén, enfrentamiento en el que se destacó José de San Martín. José Bonaparte tuvo que trasladarse de Madrid a Burgos, mientras que la revolución alcanzaba su punto más alto y la nobleza, recientemente defensora de Bonaparte, se mantenía a la expectativa especulando si se sumaba al movimiento de resistencia.

En este marco, de 1808 a 1810, la resistencia se organizó políticamente mediante la formación de Juntas, que buscaban impulsar reformas anti absolutistas. La Junta Central Suprema fue constituida en Aranjuez, el 25 de septiembre de 1808, por treinta y cinco representantes de las Juntas Provinciales, los cuales seguían a cargo del gobierno de sus respectivas provincias. Afirmó en octubre de 1808:

Una tiranía de 20 años ejercida por gente absolutamente incapaz nos ha conducido al borde del precipicio… El dominio ejercido por un solo hombre, siempre caprichoso y casi siempre injusto, se ha prolongado demasiado tiempo; demasiado tiempo se ha abusado de nuestra paciencia, de nuestro legalismo, de nuestra lealtad generosa; por esto ha llegado el momento de llevar a la práctica leyes beneficiosas para todos. Son necesarias las reformas en todos los terrenos (Junta Central Suprema, octubre de 1808).

Poco tiempo después, en un manifiesto dado a conocer por la Junta Central en Sevilla, en octubre de 1809, se sostenía: «Un despotismo degenerado y caduco ha desbrozado el camino a la tiranía francesa. Dejar que el Estado sucumba a consecuencia de los antiguos abusos, constituiría un crimen tan monstruoso como entregaros a manos de Bonaparte» (Junta Central Suprema, octubre de 1809).

Pero, el 19 de noviembre de 1809, cambió el rumbo de la guerra. La desastrosa batalla de Ocaña fue la última batalla campal dada por los españoles, a partir de la cual, la resistencia en el plano militar quedó reducida al accionar de las guerrillas y el territorio español controlado en su totalidad por los franceses, excepto la ciudad de Cádiz, en Andalucía, y algunas regiones gallegas.

En este marco, el 29 de enero de 1810, como forma de frenar la creación de juntas autónomas, la Junta Central fue reemplazada por un Consejo de Regencia formado por el obispo de Orense Pedro Quevedo Quintano, el general Castaños, Francisco de Saavedra, el general Antonio Escaño, y Esteban Fernández de León. El movimiento juntista estaba dividido entre «Liberales» (partidarios de las reformas democráticas y de corte capitalista) y los llamados «Serviles» (partidarios del feudalismo y el absolutismo). Con la creación del Consejo de Regencia, se fortalecieron los Serviles, lo que marcó un claro retroceso de la revolución. Los reveses continuaron y, hacia 1812, la resistencia estaba prácticamente vencida, situación que generó que muchos militares (entre los cuales se encontraba José de San Martín) se dirigieran a América con el fin de continuar la lucha anti absolutista que fracasaba en la Península.

En mayo de 1810, el Consejo de Regencia se trasladó a Cádiz y, en septiembre, convocó a «Cortes extraordinarias», pero el presidente de la Regencia renunció tras negarse a reconocer la soberanía de las cortes, ya que, como representante de los Serviles, reivindicaba que la soberanía residía en el rey. El choque final entre la Regencia y las Cortes se produjo cuando el bibliotecario de las Cortes publicó su Diccionario crítico burlesco. Ante este acto, algunos diputados pidieron la restitución de la Inquisición. La mayoría de los diputados rechazó esta medida, en febrero de 1813, mediante un decreto de supresión que debía ser leído en las parroquias, el decreto también declaraba bienes nacionales todos los que pertenecieron a la Inquisición. Ante la respuesta negativa del clero a leer el decreto, se profundizó el fortalecimiento de los Serviles que lograron imponerse en las elecciones generales de 1813.

A pesar de los conflictos internos, estas Cortes extraordinarias promulgaron —bajo el impulso de los diputados liberales— la Constitución de 1812. Esta Constitución, sancionada el 19 de marzo de 1812, día de San José por lo que fue llamada la «Pepa» y de allí lo de «viva la Pepa», era muy avanzada para su época, comparable a la dictada por los jacobinos franceses. De hecho, cuando en 1814, Fernando VII restauró el absolutismo y anuló la Constitución, la tachó de jacobina. Sin embargo, la Constitución se inspiraba también en la tradición pactista del pensamiento hispánico del siglo XVI y XVII, tal como la del jesuita Francisco Suárez (1548-1617).

Esta Carta Magna planteó ideas como «la soberanía tiene su origen esencial en el pueblo, se abolen las torturas, las exacciones y las confiscaciones de bienes» (Constitución española de 1812 o Constitución de Cádiz), además promulgó el derecho electoral a todos los españoles «excepto a los del servicio doméstico, los criminales y los declarados en quiebra» (Constitución española de 1812 o Constitución de Cádiz). También, establecía que no hacía falta poseer algún bien para ser elegido diputado. Respecto a los impuestos, los extendía a todos los españoles, quienes, en proporción de sus medios, debían contribuir a sufragar los gastos del Estado. Extendía, asimismo, el servicio militar a todos los españoles y suprimía las aduanas interiores; además, establecía la libertad de imprenta, la venta de la tierra en posesión de la realeza, así como también, los terrenos comunales, con el fin de saldar la deuda pública y poder repartirlas por sorteo entre los soldados desmovilizados y los campesinos pobres. Se revocaban, además, todas las leyes feudales relativas a los contratos agrícolas y reconocieron a los españoles de América los mismos derechos políticos que a los de la Península.

Sin embargo, en la convocatoria a las Cortes, España con once millones de habitantes eligió doscientos ocho diputados mientras que, a Hispanoamérica, con trece millones de habitantes solo se le permitió enviar sesenta y seis diputados. Algunos de ellos se alistaron en el partido Servil y otros en el Liberal, dejando en evidencia el carácter de conflicto ideológico civil desatado en ambos continentes. Es de destacar la intervención del diputado guatemalteco Manuel Llano, que además de criticar la desigual representación de los americanos, abogó por la unidad de Hispanoamérica:

> Las provincias de América, aunque agitadas, están en el caso que las provincias libres de la Península; y esta providencia podría calmar los ánimos y restablecer la unión; porque los movimientos de insurrección en aquellos países no son por querer separar, sino por el deseo de recobrar sus derechos (Manuel Llano, discurso pronunciado ante las Cortes de Cádiz, 1812).

Capítulo 2º

EL PARTICULARISMO VENEZOLANO Y LA INDEPENDENCIA DE HAITÍ.

Fue en su tercer viaje (mayo-octubre 1493) cuando Colón exploró las costas y parte de tierra firme de Venezuela. De acuerdo con las descripciones de Colón, los indios de esta zona eran más blancos que los indios vistos en las islas en sus dos anteriores viajes, lo que, en principio, no fue óbice para ser tratados de igual manera que los "otros indios más obscuros": herramientas de trabajo por encima de seres humanos con iguales derechos y obligaciones que los llamados "encomenderos", es decir, los recién llegados con responsabilidad de velar por un nuevo orden con responsabilidades sociales **mejor definidas y más compartidas**, como cabía esperar de su **"cristiana y más civilizada condición"** En este punto es de rigor recordar que, al margen de las promesas de "comportamiento cristiano" hechas a los reyes, para los cuales era imprescindible que **"los moradores de las Indias y Tierra Firme sean bien y justamente tratados"**, Cristóbal Colón y sus hermanos Bartolomé (1460-1514) y Giácomo o Diego (1453-1513), en los que delegó funciones de gobierno, no pocas veces pusieron sus respectivas ambiciones o sed de enriquecimiento por encima del bienestar de los gobernados o "encomendados": En las crónicas de la época se observan numerosas reservas sobre la forma en que los hermanos Colón manejaban los asuntos administrativos. Por demás, La Española, isla con mayor presencia de los recién llegados, en vez de aportar dinero a las arcas reales, solo demandaba gastos. Todo ello fue considerado en sus justos términos por los Reyes de España, que se vieron obligados a otorgar poderes de supervisión y resolución al acreditado jurista don Francisco de Bobadilla, llegado a las Indias el 23 de agosto de 1500. Había zarpado a principios de junio al mando de 500 soldados y 14 amerindios, previamente esclavizados por Cristóbal Colón y ahora devueltos a sus tierras en plena libertad y con cierto conocimiento de los valores cristianos.

Ya en Santo Domingo, Bobadilla se hizo reconocer como autoridad superior a cualquier otra e inició su investigación al hilo de diversas quejas de que traía constancia escrita no tardando en deducir la realidad de no pocas de ellas, más debidas a las corrupciones y abusos de sus hermanos que a la iniciativa del propio Descubridor, en el que vio un encubridor, por lo que se vio obligado a ordenar el apresamiento y el traslado a España de los tres hermanos Colón quedando él como Gobernador General tal como se determinaba en sus cartas credenciales. Fue una responsabilidad que, según las crónicas, ejerció escrupulosamente hasta la llegada de Nicolás de Ovando y Cáceres (1460-1511, g. 1502-1509)). Seguidamente, embarcó hacia España falleciendo en la travesía a causa de una tempestad que hundió el barco.

Sin la presencia de su principal testigo de cargo, Cristóbal Colón fue liberado por mediación de la reina Isabel y, con la advertencia de no acercarse a La Española ni inmiscuirse en los asuntos de gobierno de aquellos territorios, logró financiación para la realización de un cuarto viaje (1502-1504) a las Indias con el proyecto de encontrar un paso hacia lo que se sabía eran tierras de residencia del Gran Khan. En ese viaje, además de las Caimán y otras islas menores, fueron descubiertas y bordeadas las costas de Honduras, Nicaragua, Costa Rica y Panamá, cuyo istmo les cerró el paso hacia el Océano Pacífico, descubierto el 25 de septiembre de 1513 por Vasco Núñez de Balboa (1475-1519). Ese cuarto viaje terminó con el regreso de Colón España tras el naufragio del último de los cuatro barcos iniciales.

****

Leemos que fue el 13 de febrero de 1502, fecha en que Nicolás de Ovando partió de España con 32 embarcaciones, siendo la flota de embarcaciones más grande con destino hacia el continente americano. Se embarcaron en total unos 1500 colonizadores, y a diferencia de Cristóbal Colón, este grupo de colonizadores fue elegido al azar para representar a la sociedad española en el Nuevo Mundo. Fue la primera gran armada colonizadora, financiada fundamentalmente con capital privado, aunque también la Corona participó, sobre todo en tareas organizativas. El plan de Ovando, trazado por los Reyes Católicos, era desarrollar tanto la economía básica de La Española como establecer las estructuras políticas, sociales, religiosas y administrativas de la colonia. Con él viajaron Francisco Pizarro (1478-1541), explorador y conquistador del Imperio Inca, y fray Bartolomé de las Casas (1474-1566) que, en su tiempo, fue nombrado "Procurador o protector universal de todos los indios de las Indias Hispánicas" y, hasta hoy, goza de extraordinaria resonancia histórica por su "Brevísima relación de la destrucción de las Indias", polémico libro publicado en 1552.

Cuando Nicolás de Ovando asumió el cargo de Gobernador General, se encontró con que la población nativa se hallaba en estado de rebelión. Dicha rebelión fue sofocada a través de una serie de campañas sangrientas, para, seguidamente, ocuparse de la reorganización económica, no siempre al dictado de la moral evangélica: desarrolló la industria minera. Introdujo el cultivo de la caña de azúcar, con plantas importadas de las Islas Canarias mientras que autorizaba a los colonizadores para que, a su libre albedrío, utilizaran asalariados nativos no solamente para el servicio doméstico sino, también, para extraer el oro de las minas.

Para las más pesadas tareas agrícolas, por primera vez en los dominios españoles de Ultramar, el gobernador Ovando autorizó la importación de esclavos africanos en el más infamante mercado de la Historia de la Humanidad. Con ello pretendió hacer ver que no se apartaba de la norma establecida, según la cual, los indígenas americanos no podían ser tratados como esclavos, lo que daba pie para otros procederes como el de algunos españoles que llegaron a solicitar partidas de esclavos africanos tanto para el uso doméstico como para cualquier tarea que les pareciera convenir a sus propios intereses.

En sus primeros años como gobernador, Ovando había disfrutado de plenos poderes y una autonomía casi total respecto de la metrópoli. Sin embargo, a partir de 1507, al tomar el rey Fernando de Aragón de nuevo el control de Castilla, el poder de Ovando empezó a decaer. El Rey Católico nombró responsable de los asuntos de Indias al obispo Juan Rodríguez de Fonseca (1451-1524), el cual, de inmediato y a través de sus delegados eclesiásticos, se aplicó a desmoronar alguno de los más acusados desaguisados de Ovando. El rey Fernando también sustituyó a numerosos cargos de la administración de Ultramar por hombres afines a la Corona; en particular, por Miguel de

Pasamonte (1470-1525), hombre de su absoluta confianza, que impuso cierto orden hasta el 9 de julio de 1509, en que se produjo la llegada de Diego Colón, nuevo virrey por haber heredado de su hermano ese derecho según lo estipulado en las citadas **Capitulaciones de Santa Fe** con la familia Colón.

Siguieron seis años de no más honradez ni eficacia hasta que, por iniciativa del Cardenal Cisneros (1436-1517), Diego Colón hubo de regresar a España siguiendo la orden de traspasar los asuntos de gobierno a tres religiosos jerónimos hasta la llegada de un nuevo virrey o gobernador general. Mientras tanto, seguían los descubrimientos, conquistas y evangelizaciones de nuevos territorios de forma que, en poco más de un siglo, buena parte del Continente Americano llegó a formar parte del Imperio Español.

Con el progresivo **apoderamiento español del Nuevo Mundo** ("apoderado" es sinónimo de representante, administrador, procurador, encargado y tutor), se hizo necesario establecer los derechos y obligaciones del "procurador", es decir, de la máxima autoridad política en ciernes. Es ahí en donde cobró un papel fundamental lo que un Aristóteles llamó virtud cívica, cuestión que, en la traducción cristiana, equivale a "espíritu evangélico", que, con todas las debilidades de la condición humana, no dejó de estar presente en la acción (colonizadora y evangelizadora) de los Reyes Católicos, Isabel y Fernando, y de su nieto Carlos I de España y V de Alemania, este último excesivamente condicionado por su papel de caudillo en aquellas "guerras de Religión", pero sin dejar de estar preocupado por equilibrar la dificilísima balanza de lo temporal y lo espiritual.

De hecho y a la vista del posicionamiento de la España de entonces, bien podemos decir que, en aquel primer gran capítulo de hispanización de una parte del mundo, transcurridos los tiempos de masivos e indebidos enfrentamientos sangrientos, se entró en un proceso de **responsable apoderamiento** (no de apropiación, como en "otros casos") con la Religión y una humanizadora Cultura compitiendo con lo viejo, la aventura y el amor al dinero: algo no muy diferente a lo que había sucedido quince siglos atrás con Roma y Jerusalén como principales protagonistas.

****.

Tras la conquista de los reinos Azteca e Inca y el sometimiento de otros pueblos, los territorios españoles se organizaron inicialmente en dos grandes virreinatos: el de Nueva España, con capital en la Ciudad de México (la antigua México-Tenochtitlan) y el del Perú, gobernado desde Lima, llamada "Ciudad de los Reyes".

El virreinato de Nueva España, constituido el 8 de marzo de 1535, llegó a comprender, además de México, los actuales estados estadounidenses de California, Nevada, Colorado, Utah, Nuevo México, Arizona, Texas, Oregón, Washington, Florida, parte de Kansas y de otros cuatro estados de lo que hoy es U.S.A., una pequeña parte de lo que hoy es Canadá, toda la América Central con Cuba como Capitanía General sobre otras islas del Caribe y la Capitanía General de Filipinas, de la que dependían todos los territorios hispano asiáticos: Todo un imperio, dentro de "un Imperio en el que no se ponía el sol". Por su parte, el Virreinato del Perú fue constituido en el año 1542 y llegó a comprender casi toda América del Sur, incluyendo Panamá y algunas islas de Oceanía.

En el año 1701, con la llegada de los Borbones al Trono Español, cambió el criterio real respecto a los nombramientos de virreyes: si antes debían ser personajes de la nobleza, acreditados por su hoja de servicios cívico militares y a los que se recomendaba ecuanimidad en la confirmación o elección de todos los responsables políticos al margen de su raza o lugar de nacimiento, con la nueva dinastía, fueron elegidos virreyes sin mayor acreditación que la de una probada afinidad a la persona del monarca y con plena libertada para nombrar gobernadores o jefes de cabildo entre sus propios amigos, preferiblemente españoles. Fue ésa una política que dañó el clima de confiada adhesión de muchos criollos que llegaron a no perdonar el sentirse marginados.

Otro cambio substancial fue el de la división territorial en dos grandes virreinatos de forma que el 29 de mayo de 1717 se instituyó el virreinato de Nueva Granada, suprimido en 1723 y restablecido definitivamente el año 1739. Su capital fue Santa Fe de Bogotá con jurisdicción sobre los territorios actuales correspondientes a Venezuela, Colombia, Ecuador y Panamá. En 1776 se creó el virreinato del Río de la Plata, con capital en Buenos Aires e integrado por las gobernaciones del Río de la Plata, Córdoba del Tucumán, Paraguay y el Alto Perú. En 1778, Chile cobra autonomía respecto al virreinato del Perú con el nombre de Capitanía General de Chile.

Al respecto, leemos que fue Carlos III de Borbón el realmente el responsable de la profundización de todos los cambios institucionales operados en América a finales del siglo XVIII. Desde su instalación en Madrid en 1759, habría de producir el giro más importante de la política colonial de la Monarquía española hacia sus posesiones ultramarinas; que llegó a controlar en Hispanoamérica una extensión territorial de aproximadamente 8 millones de kilómetros cuadrados. En efecto, ese vasto territorio de 8 millones de kilómetros cuadrados de la Corona Española en el Nuevo Mundo se había ido organizando con instituciones propias, diseñadas para América, conforme el poblamiento iba avanzando con la fundación de pueblos, villas y ciudades en una región tan grande, en un periodo de tiempo tan corto y en una forma tan regular y ordenada como España lo hizo en América. Sin embargo, la sola penetración en el territorio no bastaba para asegurar el ámbito de la Gobernación y de la Provincia, necesario era fundar pueblos, villas y ciudades, entendidas estas no como el asentamiento de un campamento o una ranchería; sino como la ocupación del territorio mediante Acta levantada con toda la solemnidad necesaria por un Escribano, donde se fijaba el termino territorial de la población y se designaban sus autoridades en Virreinatos, Audiencias y Capitanías Generales, instituciones que gozaron de gran autonomía.

****

El caso de Venezuela merece atención aparte: empezó siendo algo así como tierra de nadie, dependiendo a efectos jurídicos de la Real Audiencia de Santo Domingo, hasta el 27 de marzo de 1527 en que sirvió de moneda de cambio para Carlos V, cargado de enormes deudas por los avatares de su elección y posterior suntuosa coronación como Sacro Emperador Romano Germánico con múltiples y costosísimas guerras, algunas por él sufridas más que emprendidas a causa de puntillosas discrepancias entre luteranos y católicos.

Además de los Fugger, a los que hubo de compensar con concesiones mineras y otras prebendas, estuvieron los Welser entre los principales acreedores y fue con ellos con los que el Rey-Emperador Carlos I de España y V de Alemania concertó la cesión o venta del territorio suramericano que hoy se llamó y sigue llamándose Venezuela. Los Welser y los Fugger, banqueros alemanes en perpetua rivalidad entre sí, dominaron la economía mundial durante buena parte del siglo XVI, siendo sucedidos por los banqueros genoveses a partir de los tiempos de Felipe II y Felipe III. No eran banqueros en el sentido clásico de la palabra, sino banqueros comerciantes que entregaban dinero a base de arriendos o propiedades de los más diversos caracteres, por lo que estaban encantados de aceptar pagos en forma de minas, recursos naturales, territorios e incluso botines de guerra.

Si bien las relaciones comerciales de los grandes empresarios alemanes con España contaban con una larga tradición y una lista bastante completa de personajes que ponían su firma en aquellos contratos, los prestamistas imperiales fueron todos superados por estas dos poderosas familias. Los cuatro hermanos Welser, Bartolomé (1488-1561), Lucas, Ulrice y Jacobo, administraron la sociedad que su padre, Antón Welser, un exitoso comerciante de aquella ciudad alemana, había establecido en 1476 para la explotación de las minas de plata en Europa central, el comercio de textiles flamencos, lana inglesa y productos orientales.

Extendieron sus negocios con factorías en Flandes, Venecia, Portugal y España. Pero en 1517 surgieron diferencias entre los miembros de la familia y la mayor parte se establece en Nuremberg, de manera que solo Bartolomé Welser permaneció en su ciudad originaria. Sería él, junto con los Fugger y otros banqueros genoveses, quienes proporcionaron el dinero necesario para obtener el voto de los príncipes electores alemanes y conseguir la coronación imperial del rey de España Carlos I , compitiendo contra el heredero francés.

Fue aquel 27 de marzo de 1527, cuando Carlos I de España y V de Alemania como Sacro Emperador Romano Germánico, firmó una capitulación con los banqueros alemanes Welser de Augsburgo, concediéndoles el gobierno de Venezuela. Al título de gobernador que se le otorgó a los Welser se le añade el de Capitán General con autoridad sobre el ejército allí destacado.

Leemos que, por delegación de la familia Welser, fue el alemán Ambrose von Alfinger (1500-1533) gobernador dictador de Venezuela desde marzo de 1529 hasta el 31 de mayo de 1533, fecha de su muerte por una flecha envenenada en la guerra de exterminio que había emprendido contra la tribu de los chitareros, indígenas hoy extintos: Fue sucedido por los también alemanes Nicolás Federmann, Georg Hohermut von Speyer y Philipp von Hutten, quienes se adentraron en la cuenca occidental del Orinoco, los Llanos y la cordillera de los Andes llegando, en el caso de Federmann, hasta la planicie de Santa Fe de Bogotá, todos ellos a la desaforada búsqueda del mítico Eldorado que, al parecer, representaba el principal interés de la familia Welser, así como encontrar el Mar del Sur, pero tanto el esfuerzo como los recursos invertidos en estos objetivos no dieron su fruto, aunque sí señalaron el camino para la futura conquista del territorio venezolano. Tras los reiterados intentos poco exitosos de los gobernadores enviados por los Welser para establecer un gobierno estable en sus territorios, el descontento de los castellanos que habitaban Coro y acusaciones de diversa índole, el Consejo de Indias retiró la concesión a los Welser en 1546 por incumplimiento del contrato de arrendamiento, donde se incluía la fundación de varias ciudades y fuertes, y la obligatoriedad de extender el cristianismo entre los indígenas. También en ello puede haber influido el hecho de su posición ambigua en el ámbito religioso, siendo sospechosos de apoyar al movimiento luterano en Augsburgo, lo cual les hizo ganar muchos enemigos en la corte y deterioró sus relaciones con los Habsburgo.

A su regreso a casa después de numerosas correrías, Philipp von Hutten, a quien acompañaba Bartolomé Welser, heredero de la banca alemana, se tuvo que enfrentar con el español Juan de Carvajal, quien había sublevado a la población de soldados arruinados contra la pésima gestión de los Welser. Se dice que el español encargó a un negro cortarles las cabeza a los dos aventureros con un machete poco después de apresarlos, «y como el instrumento tenía embotados los filos con la continuación de haber servido en otros ejercicios más groseros, con prolongado martirio acabaron con la vida aquellos desdichados, más a las repeticiones del golpe que al corte de la cuchilla». Carvajal no debía temer represalias. El Consejo de Indias retiró la concesión a los Welser ese mismo año por incumplimiento del contrato de arrendamiento. Tampoco en la Corte imperial les quedaban ya muchos aliados a estos banqueros, dadas las sospechas de que estaban apoyando al movimiento luterano en Augsburgo.

En 1556, con la quiebra del Tesoro Español decretada por Felipe II, que afectó también a los Fugger, pero en mayor medida a los Welser y a los genoveses, se inició un rápido declive de las actividades financieras de la familia. En 1614, tras una decadencia provocada también por la Guerra de los Treinta Años, fue declarada de forma abrupta la quiebra de la Casa Welser, siendo Matías Welser encarcelado y perdiéndose el rastro de sus archivos.

En 1561, desde el Perú, llega a Venezuela la banda de los llamados "marañones", obsesionados por enriquecerse a cualquier precio. Les dirige Lope de Aguirre (1515-1561) el Loco, que se hace pasar por capitán de un refuerzo militar y, como tal, encuentra libre el paso a la isla Margarita, en donde se gana la confianza del gobernador para luego asesinarlo con toda su guardia y hacerse dueño de la Isla en lo que Bolívar llamó "primer movimiento de independencia venezolana". Desde allí, Aguirre organiza expediciones de saqueo hasta que. en Barquisimeto, es asesinado por sus propios expedicionarios, que no le perdonan el haberles embaucado con la promesa de inimaginables tesoros (el mítico Eldorado, incluido).

El siglo XVI, de forma más o menos espasmódica y con muchas vicisitudes, había visto el nacimiento de ciudades castellanas definitivas y estables: tales como Coro (1527), Maracaibo (1578), Barquisimeto (1552), Mérida (1558), Trujillo (1558), El Tocuyo (1545), Valencia (1553), Barinas (1597), Caracas (1568), Cumaná (1569), Carora, La Asunción y San Tomé. A fines del siglo, ya el orden colonial está bien establecido y funcionan en debida forma las instituciones coloniales castellanas, como el Cabildo, la Iglesia, la Real Hacienda y el régimen de encomienda indígena. En 1576 el gobernador se establece en Caracas, por su buen clima y estar defendida de piratas por la serranía costera que la separa del litoral, ciudad donde residirá, haciendo a ella en adelante la capital del país. En 1584 se mudan a Caracas contadores de la Real Hacienda y para esa época ya reside allí el obispo.

El siglo XVII ve el surgimiento del cacao (1615) como un gran producto de exportación, así como la caña de azúcar, el tabaco, la sal y los cueros. El trigo decae hacia el consumo interno, por aumento poblacional. Los piratas y contrabandistas, ante todo grupos británicos y franceses, pero también holandeses, azotan las zonas costeras de Venezuela por unos doscientos años. Entre los ataques más importantes figuran los de John Hawkins y Francis Drake. John Hawkins desembarca en dos ocasiones en el pueblo costero de Borburata y vende allí esclavos que había apresado en Guinea.

El siglo XVIII ve la llegada de la Real Compañía Guipuzcoana, o Compañía de Caracas, que se establece en 1728 y deviene en un ente monopolizador del comercio del cacao y de la venta de productos importados directamente de España, tales como vinos, trigo, telas y hierro, eliminando tanto para los productores como para los consumidores locales la posibilidad de acceder a otro mercado, lo cual genera enormes fricciones sociales y animadversión de productores y comerciantes criollos en contra de dicha compañía, sus medidas y sobre todo, sus prácticas con respecto a la fijación de precios de las mercancías.

Sin embargo, el establecimiento de la Compañía trae también beneficios, impulsando -por su propio interés- el desarrollo o mejora de la infraestructura de puertos locales, tales como Puerto Cabello, Maracaibo, Coro y La Guaira, así como el resguardo de toda la costa desde el río Esequibo hasta la Goajira, al occidente, y su defensa en contra de contrabandistas que saboteaban su monopolio. Se requisan barcos, se revisan paquetes y caletas marinas y se crean alcabalas de aduana y control. Sus prácticas monopólicas y excluyentes produjeron varias revueltas, siendo una de ellas la liderada por el zambo Andresote en 1735. Sin embargo, la más relevante ocurrió en Barlovento, extendiéndose después hacia Caracas, entre 1748 y 1752, que arrancó liderada por el cosechero local de origen canario Juan Francisco de León y a la cual se plegaron todos los sectores marginados por las prácticas de la Compañía Guipuzcoana, incluyendo esclavos, pardos y canarios, por lo cual adquirió tintes de revolución social.

Ésos y otros esporádicos movimientos revolucionarios no llegan a cubrir los objetivos marcados por falta de apoyo de la élite criolla local (los "mantuanos"), que, "estratégicamente", decide plegarse a la Corona a la par que se imbuye plenamente de un "espíritu burgués" aliñado con discretas dosis del relativismo generado por la Ilustración Francesa con Voltaire y Rousseau como principales y contrapuestas a la par que revolucionarias referencias hasta terminar imaginándose capaz de vivir plenamente a la luz de sí misma con un gobierno protagonizado por ellos mismos bajo la nominal autoridad del lejano Rey de España.

Esa misma élite criolla seguía con particular atención todo lo que, en los últimos años del siglo XVIII y primeros del siglo XIX, estaba sucediendo en la Española o Santo Domingo, cuya parte occidental (Saint-Domingue) era colonia francesa desde 1665 y, como tal, tratada por su metrópoli a diferencia de la parte oriental, oficialmente considerada "territorio español de Ultramar" dependiente de la Capitanía

General de Cuba y sin diferencia substancial con cualquier otra provincia, reino o capitanía general del Reino de España. Llegada la Revolución de 1789 resultó especialmente afectada por el vuelco histórico que, en su metrópoli, significó tan excepcional avatar.

****

Según leemos en el "Atlas Histórico de América Latina y el Caribe", gracias al intenso cultivo de caña de azúcar, en pocos años, la Isla había llegado a producir el 30 % del azúcar comercializado a escala mundial con lo que se convirtió en la colonia más rica del imperio francés. Basada su economía sobre el máximo rendimiento del trabajo servil y dada la práctica desaparición de los taínos, primitivos pobladores de la Isla, pronto resultó foco de atención para los inhumanos traficantes de esclavos desde el África subsahariana, con la consecuencia de que, a mediados del siglo XVIII, la población de negros y pardos superaba con creces a los blancos.

Una minoritaria élite blanca, constituida por grandes terratenientes plantadores que, en la práctica, monopolizaban la producción azucarera y la propiedad de los esclavos, dominaba la colonia francesa en virtud de sus propiedades y de su supuesta superioridad racial. Los "grands blancs" estaban secundados por los "petits blancs", un sector de la pequeña burguesía profesional que también gozaba de privilegios frente al resto de la sociedad. Un pequeño sector de mulatos, hombres libres de color, eran a su vez propietarios menores de tierras, así como también de esclavos, pero vivían, a su vez, una segregación de tipo racial que coartaba muchos de sus derechos civiles y políticos. El espectro social se completaba con un enorme porcentaje de esclavos de uno y otro sexo, que seguían siendo traídos de África en las consabidas condiciones infrahumanas para, de seguido, verse repartidos por las diversas plantaciones al albur de la peor o tibia condición humana de "propietarios" y capataces, no pocos de ellos usando a la Religión como tapadera de sus perversiones, incluido el criminal atropello a la dignidad de las mujeres con la consiguiente multiplicación de mestizos o mulatos.

Muchos de los plantadores de azúcar y café, delegaban en el subordinado de mayor confianza y disfrutaban de sus rentas en Europa por lo que sí que hubo cierta participación de grands y petits blancs en la gesta revolucionaria francesa con la consiguiente propagación de las nuevas ideas en los más ilustrados círculos de la Isla, aunque con el cuidado de cargar las tintas contra el absolutismo monárquico para tocar lo menos posible el orden esclavista reinante. Quiere ello decir que la promulgación de los "Derechos del Hombre y del Ciudadano" del 26 de agosto de 1789 y su apropiación por parte de la élite blanca de Saint Domingue no implicaba, una contradicción con la "explotación del hombre por el hombre" ya que los negros esclavos eran considerados carentes de las condiciones "humanas y ciudadanas" que podrían otorgarles esos derechos. Por demás, la compleja cuestión étnica entorpecía las posibilidades de acción conjunta de blancos y mulatos: la idea de otorgar derechos a los hombres de color, aunque fueran libres e, incluso, ricos terratenientes, podía promover un resquebrajamiento de la estructura de dominación social y hacía inviable cualquier acuerdo entre ambos sectores.

****

Entre los principales actores de la "Gran Revolución Francesa de 1789", destacó el "obispo constitucional" de Blois, Henri Jean-Baptiste Grégoire (1750-1831), más conocido como Abbé Grégoire (el Cura Gregorio) y muy celebrado por los revolucionarios, por su interés en extender el brazo de la iglesia constitucional francesa hasta la rica y esclavista Saint-Domingue como "vínculo colonial entre la Francia continental revolucionaria y sus colonias para brindar libertad e igualdad a los negros oprimidos en las Indias Occidentales" sin salir de la situación colonial.

A raíz de una fallida expedición francesa en 1802, saldada con el empeoramiento de la situación, Abbé Grégoire se inclinó por apoyar decididamente la independencia del territorio, que ya empezaba a conocerse como Haití, y, desde esa posición y como miembro que era de la Sociedad de Filántropos de Estrasburgo (de abierta orientación masónica), se vio secundado por ricos mulatos ubicados en París (algunos, con extensas plantaciones en Saint-Domingue) y, también, por parte de "ilustrados de color" y de los "petits blancs" de la Isla, a los que llegaban noticias de las encendidas proclamas libertarias de un cura francés que ligaba república independiente e igualitaria libertad con religión.

Con carácter general, la Revolución francesa, con sus contradicciones y visiones hacia un mundo de más deseos que posibilidades, hizo mella en la clase dominante de Saint Domingue que se dividió en torno a la defensa o ataque del absolutismo, por lo que se vio debilitada a la hora de afrontar el levantamiento de los esclavos. A su vez, aportó argumentos ideológicos y políticos a los deseos de libertad, igualdad, autogobierno y representación política que, en teoría, no excluían a nadie por lo que también fueron asumidos y resignificados por los esclavos hasta el punto de que muchos de ellos se sintieron también concernidos por el proceso revolucionario. Tales ideales llegaron a combinarse con fórmulas propias de la cultura africana, de la cultura criolla, así como de la religión católica que compartían muchos de los insurrectos, dándole al movimiento un cariz complejo y heterogéneo, pero con gran capacidad de convocatoria y de amalgamiento.

Mientras tanto, el sector de mulatos comenzó un nuevo levantamiento en el sector norte de la isla y empezó a transformar su posición en relación con los esclavos, tratando de incorporarlos a su lucha, también prometiéndoles la libertad a cambio de su apoyo. El enfrentamiento entre blancos y mulatos recrudeció y ambos sectores reclutaron a sus esclavos en el oeste y en el sur, lugares donde aún no se había propagado la rebelión de esclavos.

Nacía así una predisposición independentista más "racional e interracial" que la que, unos años atrás, había movido la conciencia de uno de los mayores hacendados de la Isla, Jacques Vicent Ogé (1755-1791). Propietario de ricas plantaciones, fue uno de los representantes más radicalizados del sector mulato, lo cual lo llevó a preparar, en 1790, un desembarco en Saint Domingue de forma clandestina y a organizar un ejército multirracial, pero sin claro compromiso por abolir la esclavitud. Brutalmente reprimido por los "grands blancs", este intento de insurrección armada fue desestructurado con la detención y muerte de Ogé y sus más estrechos colaboradores, en un incidente que pasó a la historia como una rebelión mal pensada y peor estructurada, que, de rebote y para desazón de cuantos basaban su prosperidad en la esclavitud, provocó una generalizada idea de rebelión entre los esclavos de cualquier color, especialmente, entre los que no habían mantenido una actitud pasiva frente a la situación de explotación a la que estaban sometidos.

En la zona norte de la isla, se desarrolló una insurrección violenta con más de dos mil esclavos medianamente organizados que destruyeron plantaciones y todo lo que encontraban. La reacción de la «sacarocracia» (oligarquía del azúcar), que, a base de mercenarios, intentó reprimir el levantamiento general no pudo contener el proceso. En unos pocos días los insurrectos, pasaron de los diez mil y comenzaron a organizarse en guerrillas y a resistir en campamentos militares. Los parciales y sucesivos aplastamientos no mermaron la movilización de los esclavos con el resultado de la provisional ocupación de algún que otro territorio bajo el mando de temporal ocupación de territorios: al mando de George Biassou (1741-1801), que había sido aceptado como líder y llegó a verse a sí mismo como «virrey de los territorios conquistados» y, pronto incorporó a su equipo a Jean Jaques Dessalines (esclavo carpintero, 1758-1806), a Henri Christophe (negro libre, veterano de la guerra de la independencia norteamericana, 1767-1820) y a Toussaint Loverture, (rico liberto con plantaciones de azúcar y café, 1743-1803), tres de los más importantes personajes del proceso independentista, siendo este último el de mayor relevancia histórica hasta el punto de que el propio Napoleón Bonaparte llegó a escribir de él:

"Louverture era el más moderado de los generales negros. No era sin mérito, bien que no fue como se le ha querido pintar después. Su carácter, por otra parte, se prestaba poco, es preciso decirlo, a inspirar una verdadera confianza; hemos tenido mucho que quejarnos de él". L. C.— M.

****

De hecho, la revolución haitiana, iniciada la noche del 28 de octubre de 1790 con la reclamación de independencia por parte de unos 350 mulatos liderados por el citado Vincent Ogé, fue culminada oficialmente el 1 de enero de 1804 con el acta "Libertad o Muerte", firmada por los generales victoriosos y proclamada solemnemente por el general en jefe Jean Jacques Dessalines (1758-1806), auto erigido en presidente dictador para, llegado el 22 de septiembre del mismo año, autoproclamarse Emperador de Haití con el nombre de Jacques I (Jacobo I) y similar pompa a cómo, el 18 de mayo del mismo año, Napoleón Bonaparte se había autoproclamado Napoleón I, Emperador de los franceses.

Ciertamente, el general J. J. Dessalines, es decir, el emperador Jacques I, no era, ni mucho menos, de la inteligencia y talla humana de Toussaint Loverture, cuyo apresamiento y destierro a Francia el 7 de junio de 1802, tras una torticera treta del general francés Leclerc, dejó al ejército haitiano bajo el mando de Dessalines.

****

François Dominique Toussaint de la Breda-Louverture había nacido esclavo en la hacienda del conde de Breda, a la que pertenecía su padre, Hippolyte Gaou, un príncipe africano de la familia real Allada que, secuestrado y transportado a Saint Domingue, había sido vendido como esclavo a Baillon de Libertad, administrador de dicha hacienda, quien, a la vista de las cualidades del muchacho, se preocupó de brindarle la formación necesaria para hacer de él un joven medianamente culto y un eficaz colaborador, no puso objeción alguna al matrimonio con Suzanne, la chica libre de quien se había enamorado (tuvo con ella dos hijos), y, en 1776, le concedió plena libertad.

En la primavera de 1793, Toussaint, al frente de un pequeño ejército de 4.000 rebeldes entrenados y disciplinados, aceptó la propuesta de los españoles, que ocuparon la parte oriental de la isla y estaban en conflicto con la joven República Francesa, para unirse ellos. Se convierte en teniente general y toma el nombre de Louverture. Los revolucionarios franceses, en su mayor parte, mientras defendían el cambio y proclamaban los derechos humanos, no tenían intención de abolir la esclavitud ya que consideraban que los esclavos no pertenecían a la humanidad. Los años 1789, 1790 y 1791 fueron los años prósperos del siglo para los comerciantes de esclavos con una afluencia masiva de africanos en Santo Domingo, de ahí la insurrección. En estas condiciones, Toussaint no tenía ninguna razón táctica para rechazar la oferta de los españoles que otorgaban su protección a los rebeldes.

En ese momento, Toussaint, a quien a veces se le ha llamado el Chouan de Saint-Domingue, y que siempre se ha mostrado como un buen católico, claramente se puso al lado de los abolicionistas contra los traficantes de esclavos de la Revolución. La abolición finalmente se proclamó en París y, a invitación de los esclavos insurgentes, Toussaint finalmente se unió a la República Francesa y colaboró hacia la capitulación de los españoles que renunciaron a su parte de la isla en 1795.

****

Leemos en Wikipedia que el talento de Louverture no fue exclusivamente militar. Confirmó la emancipación de los esclavos y trató de que las plantaciones se volvieran a poner en marcha, acercándose a los colonos, incluso a aquellos que habían luchado contra la República, para que volvieran, a pesar de las opiniones contrarias de las autoridades francesas. La lucha contra los británicos, sin embargo, resultó más complicada. Toussaint no pudo echarlos ni del Norte ni del Oeste. En el Sur, el general mulato André Rigaud logró contenerlos, pero no fue capaz de rechazarlos.

El regreso de Sonthonax como comisario civil en mayo de 1796 ensombreció el panorama de Toussaint, con intenciones de convertirse en el único dirigente en Saint Domingue. Consiguió que Lavaux y Sonthonax fueran elegidos en septiembre de 1796 diputados ante el Directorio para que de ese modo volvieran a Francia, el primero desde octubre y el segundo en agosto de 1797. También, para no inquietar la metrópoli, envió a sus dos hijos a estudiar a París.

Gracias a las armas llegadas con la comisión de 1796, Louverture contó con un ejército de 51 000 soldados, entre ellos 3000 blancos. Reemprendió la lucha contra los británicos con algunas victorias, aunque ninguna de ellas fue decisiva. Cansados por esa resistencia y con poco que ganar en esa guerra, habían perdido millares de soldados y gastado cerca de 5 millones de libras esterlinas, los británicos decidieron negociar. En abril de 1798 el general Thomas Maitland tomó el mando en jefe de las tropas británicas de ocupación. Los ingleses eran dueños aún de Jérémie, Port-au-Prince, Arcahaie, Saint-Marc y de la Mole Saint-Nicholas. Pero el nuevo generalísimo, que peleaba en la colonia hacía un año, era un militar doblado en hábil diplomático. Comprendió bien que era imposible para Inglaterra mantenerse pacíficamente en la isla. Y juzgó más conveniente obtener de Toussaint ventajas comerciales para su país y garantías contra los corsarios franceses que atacaban la navegación y pillaban las ciudades costeras del Caribe. Pero a esta decisión lo llevaban también las victorias de los generales Dessalines y Mornet, que en menos de una semana tomaron por asalto siete campamentos fortificados de los ingleses. Estos evacuaron completamente los distritos del oeste a cambio de la protección de las vidas y propiedades de los habitantes que se encontraban bajo la dominación británica. En fin, se concluyó un tratado secreto entre Toussaint y Maitland para la evacuación de las partes de Saint-Domingue ocupadas por los Ejércitos de su Majestad Británica.1?

Louverture consiguió apartar de las negociaciones al último comisario civil Julien Raimond y al último general en jefe, Hédouville, llegado en marzo de 1798. Para deshacerse de Hédouville, Louverture alertó a los negros del Norte, que el 16 de octubre de 1798 se rebelaron contra el general, que había ordenado el desarme de los negros, lo que obligó a Hédouville a reembarcarse precipitadamente hacia Francia junto a numerosos blancos. El 31 de agosto de 1798, los británicos dejaron la isla de La Española.

Una vez libre de los controles franceses, Toussaint se volvió contra Rigaud, el jefe de los mulatos. Louverture aprovechó un incidente y le provocó, con lo que Rigaud inició las hostilidades en junio de 1799. Toussaint, secundado por Jean-Jacques Dessalines y Henri Christophe, derrotó a las tropas de su enemigo tras una sangrienta guerra.

Deseoso de restablecer la economía del país, Louverture publicó el 12 de octubre de 1800 un reglamento de cultivos que obligaba a los negros a trabajos forzados en las plantaciones, lo que acarreó el descontento. A finales de octubre, los negros del norte se rebelaron, llegando incluso a degollar a los blancos. En pocos días, Toussaint dispersó a los rebeldes y ordenó el fusilamiento de trece cabecillas, entre los que estaba su propio sobrino, el general Moise. Para conseguir el apoyo de los blancos volvió a llamar a los colonos huidos, decretó el catolicismo como religión oficial.

Con el Tratado de Basilea, se puso fin al conflicto franco-español, y España cedió a Francia la parte este de La Española. Con la intención de unificar la isla, se dirigió hacia la parte este o española de la isla y la conquistó en un mes, en enero de 1801. El 9 de mayo de 1801, Louverture proclamó una constitución autonomista que le concedía plenos poderes perpetuos.

****

Napoleón Bonaparte, cuyo poder en Francia era cada vez mayor, deseaba restablecer en Saint Domingue el dominio de los colonos franceses y conseguir recuperar así la pujanza de la industria azucarera. Envió a La Española un ejército de 25 000 soldados al mando de su cuñado, el general Leclerc en diciembre de 1801 para recordarle a Louverture su promesa de resarcir a los colonos y para, oficiosamente, restablecer la esclavitud. Louverture no se dejó engañar fácilmente y se replegó hacia posiciones más seguras, a la vez que puso en práctica una política de tierra quemada ante la llegada de las tropas francesas hasta finales de enero de 1802. Leclerc derrotó primero a las tropas de Dessalines y luego a las de Christophe. Leclerc, que había traído de Francia a los hijos de Louverture, se los envió en signo de buena voluntad. El 2 de mayo de 1802 y Toussaint, por su parte, ofreció su capitulación a cambio de quedar libre y de que sus tropas se integraran en el Ejército francés.

Leclerc no aceptó estos términos y por medio de una treta capturó a Louverture el 7 de junio de 1802, y lo envió a Francia en donde, a causa de una neumonía, falleció el 7 de abril de 1803. Al ser embarcado, había dicho:

> "Al derrocarme, sólo se ha abatido el tronco del árbol de la libertad de los negros. Pero éste volverá a brotar de sus raíces, porque son muchas y muy profundas."

Y así ocurrió, en efecto: J. J. Dessalines, sucesor de Toussaint Loverture, logró el amotinamiento general de la población negra, neutralizó la oposición de los mulatos y, apoyándose en una considerable superioridad numérica, fue debilitando al ejército francés hasta su derrota definitiva en la batalla de Vertieres el 18 de noviembre de 1803.

Dueño de la situación, Dessalines ordenó el exterminio de la minoría blanca con el saqueo y expropiación de todos sus bienes. Fueron cerca de cinco mil las personas brutalmente asesinadas entre febrero y abril de 1804 a la par que incendiaban poblaciones enteras, incluidas sus iglesias.

Ya hemos visto que, con el nombre de Jacobo I se autoproclamó emperador el 22 de septiembre de 1804; el 6 de octubre celebra su solemne coronación y, el 20 de mayo del año siguiente, promulga una constitución, según la cual, divide el imperio en seis unidades militares con sus respectivos generales de división al frente y con la obligación de reportar directamente al Emperador o al general en jefe en el que al propio emperador pluguiera delegar. En la Constitución también se establecía la forma de sucesión al trono, dictaminando que la Corona imperial "es electiva, pues el Emperador reinante tiene la facultad de designar a su sucesor".

Ante la progresiva ruina de la economía, Jacobo I ordenó la reactivación de todas las plantaciones mediante disciplina militar y el trabajo forzado de los menos adictos a su persona a la par que establecía un sistema de gratificaciones y ascensos que no dejaron de motivar descontento entre los que se creían con mayores merecimientos. Fue así cómo él mismo provocó su asesinato, que el 17 de octubre de 1806 llevaron a efecto los generales mulatos Alexandre Petion (1770-1818) y Henri Christophe (1767-1820), que habían sido sus más incondicionales subordinados: los mismos que, seguidamente, se disputaron el dominio de Haití con lo que se enfrascaron en una guerra civil que se prolongó hasta 1810 y terminó en tablas, con la parte norte para Christophe, que el 28 de marzo de 1811 se autoproclamó rey de Haití con el nombre de Henri I y el sur para Pétion, que más pragmático y modesto, en fecha 9 de marzo de 1807, se había hecho elegir presidente vitalicio de la República de Haití.

Para poner punto final a este capítulo, adelantamos que, como presidente vitalicio de la República de Haití, Alexandre Pétion facilitó tropas y pertrechos militares a Simón Bolívar cuando éste le pidió ayuda en 1815: "Perdida Venezuela y la Nueva Granada, la isla de Haití me recibió con hospitalidad: el magnánimo presidente Alexander Pétion me prestó su protección y bajo su auspicio formé una expedición de 300 hombres comparables en valor, patriotismo y virtud a los compañeros de Leónidas...". Fueron palabras de reconocimiento del propio Bolívar en ocasión de su entrevista en Guayaquil con el general San Martín, "Protector del Perú", evento al que habremos de referirnos en el momento oportuno.

Capítulo 3º

VIDA Y OBRA DE FRANCISCO MIRANDA, EL PRECURSOR

Si, según los propios venezolanos, Francisco Miranda es considerado Precursor del Libertador mientras que, para la Historia en general, Juan Pablo Vizcardo y Guzmán (1748-1798), el más destacado de los jesuitas insumisos, puede ser considerado "precursor del Precursor de la independencia hispanoamericana". No han faltado comentaristas criollos de la actualidad para los cuales "la necesaria e impostergable independencia motivada por principios naturales y morales irrefutables es ejemplificada por Juan Pablo Vizcardo y seguida por Francisco Miranda".

Tal entienden claramente expresado en el escrito, que este antiguo jesuita (empujado a la secularización por la voluntad del rey Carlos III de Borbón) hizo llegar el 15 de septiembre de 1791 a James Bland Burges, en la ocasión, subsecretario de Estado USA. Al respecto, fijemos nuestra atención en los más representativos párrafos de la intitulada **Carta dirigida a los españoles americanos por uno de sus compatriotas**:

> "Quando nuestros antepasados se retiraron a una distancia inmensa de su país natal, renunciando no solamente al alimento, sino también a la protección civil que allí les pertenecía, y que no podía alcanzarles a tan grandes distancias, se expusieron a costa propia, a procurarse una subsistencia nueva, con las fatigas más enormes, y con los más grandes peligros. El gran suceso que coronó los esfuerzos de los conquistadores de América les daba, al parecer, un derecho, que aunque no era el más justo, era a lo menos, mejor, que el que tenían los antiguos godos de España, para apropiarse el fruto de su valor, y de sus trabajos. Pero la inclinación natural a su país nativo, les condujo a hacerle el más generoso homenaje de sus inmensas adquisiciones; no pudiendo dudar que un servicio gratuito, tan importante, dejase de merecerles un reconocimiento proporcionado, según la costumbre de aquel siglo de recompensar a los que

66

habían contribuido a extender los dominios de la Nación.../ ¿Con cuántas solicitudes y tumultos no exigieron, que aquellos extranjeros fuesen despedidos sin que su corto número, ni la presencia del monarca, pudiese calmar la inquietud general? : El miedo de que el dinero de España pasase a otro país, aunque perteneciente a la misma monarquía, fue el motivo que hizo insistir a los españoles con más calor en su demanda. ¡Qué diferencia no hay entre aquella situación momentánea de los españoles, y la nuestra de tres siglos acá!.../Esto quiere decir en otros términos, que las razones para tiranizarnos se aumentan cada día. Semejante a un tutor malévolo que se ha acostumbrado a vivir en el fausto y opulencia a expensas de su pupilo, la España con el más grande terror ve llegar el momento, que la naturaleza, la razón y la justicia han prescrito para emanciparnos de una tutela tan tiránica. El vacío y la confusión, que producirá la caída de esta administración, pródiga de nuestros bienes, no es el único motivo que anima a la corte de España a perpetuar nuestra minoridad, agravar nuestras cadenas.../Aplicando estos principios al asunto actual, es manifiesto que cinco mil ciudadanos, que hasta entonces la opinión pública no tenía razón para sospechar de ningún delito, han sido despojados por el gobierno de todos sus derechos sin ninguna acusación, sin ninguna denuncia de justicia, y del modo más arbitrario. El gobierno ha violado Gracias a las riquezas metálicas de las Indias, en oro y plata, se enriquecieron los reyes de España y lograron ser el reino más poderoso del Mundo. solemnemente la seguridad pública, y hasta que no haya dado cuenta, a toda la nación de los motivos que le hicieron obrar tan despóticamente, no hay particular alguno, que en lugar de la protección que le es debida, no tenga que temer una opresión semejante, tanto más cuando su flaqueza individual le expone más fácilmente que a un cuerpo numeroso que en muchos respetos interesaba la nación entera, un temor tan serio, y tan bien fundado, excluye naturalmente toda idea de seguridad.../Queridos hermanos y compatriotas, si no hay entre vosotros quien no conozca y sienta sus agravios más vivamente que yo, podría explicarlo, el ardor que se manifiesta en vuestras almas, los grandes ejemplos de vuestros antepasados y vuestro valeroso denuedo, os prescriban la única resolución que conviene al honor que habéis heredado, que estimáis y de que hacéis vuestra vanidad. El mismo gobierno de España os ha indicado ya esta resolución, considerándonos siempre como un pueblo distinto de los españoles europeos, y esta distinción os impone la más ignominiosa esclavitud. Consintamos por nuestra parte a ser un pueblo diferente; renunciemos al ridículo sistema de unión y de igualdad: con nuestros amos y tiranos; renunciemos a un gobierno cuya lejanía tan enorme no puede procurarnos, aún en parte, las ventajas que todo hombre debe esperar de la sociedad de que es miembro; a este gobierno que lejos de cumplir con su indispensable obligación de proteger la libertad y seguridad de nuestras personas y propiedades, ha puesto el más grande empeño en destruirlas, y que en lugar de esforzarse a hacernos dichosos, acumula sobre nosotros toda especie de calamidades" (Academia.edu)

Al parecer, una copia de esta carta llega a manos del dicho Francisco de Miranda, al cual, en el plano ideológico, facilita el camino para alzarse como **Dictador Plenipotenciario y Jefe Supremo de los Estados de Venezuela** entre el 25 de abril y el 26 de junio de 1812, por lo que, en el terreno de los hechos, éste sí que se merece el sobrenombre de **Precursor.**

Se trata de Sebastián Francisco de Miranda y Rodríguez Espinoza, más conocido como **Francisco de Miranda** (1750-1816), al que la Historia nos presenta como político, militar, diplomático, escritor, humanista e ideólogo venezolano y español a la par que es considerado por muchos como El Primer Venezolano Universal y El Americano más Universal, con un curriculum militar que va de capitán del ejército español (1772-1782) a "Generalísimo, Dictador Plenipotenciario y Jefe Supremo de los Estados de Venezuela" (25 de abril a 26 de junio de 1812), pasando por el de teniente coronel 1783) en los recientemente independizados Estados Unidos de América, el de coronel del ejército imperial ruso con pasaporte diplomático bajo los auspicios de Catalina II la Grande entre 1781 y 1792 para distinguirse como general y "mariscal de campo" desde 1793 a 1797 en los años más aciagos de la Gran Revolución Francesa: pocos como él han pasado por la Historia como "hombres de acción" a cualquier precio.

Fue el primogénito de diez hijos de Sebastián de Miranda Ravelo, emigrante canario con presunta sangre judía, y de Francisca Antonia Rodríguez de Espinoza, criolla de padre canario y madre portuguesa. Era éste un matrimonio que, mediante la actividad comercial y sin dejar de ser visto como familia de emigrantes de no muy esclarecido origen, llegó a un grado de fortuna similar al de los más ricos "mantuanos" que tal eran llamados en Caracas los criollos de más alto nivel social hasta el punto de que el padre llegó a tener dificultades para vestir el uniforme de capitán al que tenía derecho por sus servicios a una Comunidad muy condicionada por los prejuicios entre los de "arriba", los de "abajo" y los de "en medio" en una animadísima y puntillosa ciudad como la Caracas de entonces, cuyos principales signos de distinción social eran la pureza de sangre y el dinero.

Javier Arreaza Miranda, biógrafo de **Sebastián** Francisco de Miranda y Rodríguez Espinoza, más conocido como **Francisco de Miranda**, escribe sobre el lugar de nacimiento de éste.

"Caracas, "la ciudad en la que nace Sebastián es, para esta época, una aglomeración pequeña de 12 mil habitantes que no está en manera alguna entre las más fastuosas ciudades españolas del Nuevo Mundo. En el ámbito de la administración del imperio español, Caracas goza de una cierta importancia estratégica como sede que es del gobierno de la Provincia de Caracas (también llamada Provincia de Venezuela), único territorio de la actual Venezuela que para ese año de 1750 no está asociado al Virreinato de la Nueva Granada. Las autoridades políticas y militares de Caracas son nombradas en España directamente por el Rey en consulta con el Consejo de Indias" …/ "Católica y conservadora, la sociedad caraqueña está organizada según el estricto código estamental impuesto por el modelo colonial español, que establece distinciones severas entre los individuos según su lugar de nacimiento, sus medios económicos y, sobre todo, su color de piel. Al igual de lo que ocurre en el resto de la América hispana, las más altas funciones de gobierno son ejercidas exclusivamente por españoles europeos enviados desde la Península. Estos funcionarios presiden sobre una sociedad caracterizada por tensiones constantes entre ellos y la aristocracia americana autóctona descendiente de los conquistadores -los llamados blancos criollos, o criollos a secas-, así como entre estos últimos y las otras castas -blancos pobres o de orilla, mestizos o pardos, indios y esclavos negros- que la conforman."../ "En ese contexto, la familia de Sebastián Francisco pertenece a lo que hoy podría llamarse una clase media alta de emigrados blancos que disfrutan de una cierta prosperidad y no por ello son vistos con buenos ojos por la aristocracia criolla, que más bien los considera como competidores en el orden político establecido. Su padre, don Sebastián, comercia en lienzos, es propietario de una panadería, varios locales y casas, y hacia 1759 posee, al menos, siete esclavos".

****

En este punto, es de lugar señalar que, tras la **Guerra de Sucesión** española entre la Casa de Austria y la Casa de Borbón (1701-1713), la firma de los tratados de Utrecht (1713) y Rastadt (1714) le abrieron a Inglaterra las puertas de una nueva serie de rutas comerciales en lo que había sido espacio protegido entre la Península Ibérica y las "Provincias y Reinos de Ultramar". Ello a pesar de que las prácticas comerciales promovidas por los borbones para favorecer el comercio entre España, Francia y las Américas, había dejado aislados a los anglosajones, que empeoraron sus relaciones con la Corona a la par que abría subrepticias vías de enriquecimiento entre ciertos "desaprensivos criollos" y no pocas potencias económicas foráneas (principalmente, británicas), especialmente a partir del Primer Pacto de Familia con Luis XV en 1733, circunstancia que, en el terreno de las ideas, facilitó en España, aún más sus provincias de Ultramar, la difusión de del "liberalismo" británico, el relativismo cartesiano y un cierto contagio del llamado galicanismo, según el cual la autoridad del Príncipe entra en dolosa rivalidad con la Autoridad Eclesiástica:

> "En una sociedad sin libertad de prensa, fueron las élites, con posibilidad de leer y viajar, quienes protagonizaron en las últimas dos décadas del siglo XVIII la conquista ideológica de América, marcada por las ideas liberales —si bien sólo un puñado de liberales, incluyendo al utilitarista Bentham, eran partidarios de la independencia americana- y, en especial, por los respectivos ejemplos de la Revolución Francesa y de la Independencia de las Trece Colonias, respaldada, para más inri, por la Corona Española".

Tal situación no dejó de tener peso en la vida de Francisco de Miranda, cuyo padre, pese a la marginación de que era objeto por parte de los "mantuanos" (llamados así porque sus mujeres se hacían ver en las Iglesias en compacto grupo y con sus cabezas cubiertas con una mantilla, -mantua-, que marcaba distancias). Pese a ese rechazo de los mantuanos, su padre siempre perseveró en el empeño de mejorar la situación de la familia, de modo que, además de acumular riquezas y cargos importantes, sus hijos recibieran esmerada educación, en especial el primogénito, el cual, desde muy joven, hace valer que aspira a ser considerado por lo que él cree ser y no a través del prisma de la pedantería reinante.

En 1771, con 21 años, viene a España en donde, de inmediato, se da a conocer como un joven criollo deseoso de hacer carrera en la Madre Patria, para lo cual cuenta con una inteligencia muy despierta, extraordinaria facilidad para expresarse en varios idiomas, amplios recursos económicos, ilimitada ambición, férrea voluntad para el estudio y una extraordinaria sed de aventuras, que entiende bien puede encontrar en el ejército, en donde, según ciertos modos de la época, compra el grado de capitán con la entrega de ocho mil pesos y pasa a formar parte de la oficialidad en el Regimiento de la Princesa, en donde se gana la confianza del coronel Juan Manuel de Cagigal y Monserrat (1738-1811), a cuyas órdenes participó en diversas campañas en el Norte de África en donde, a pesar de haber dado pruebas de valor y buen entendimiento de táctica y estrategia militares además de contar con los preceptivos informes favorable de dicho coronel, no logra los ascensos que ambicionaba, lo que aviva el sentimiento de criollo frustrado y le anima a posponer la disciplina militar en favor de un ocio que aplicó a la vida de sociedad, al devaneo sentimental y a la lectura con amigables comentarios de "ilustrados" como Diderot, d'Alembert, Rousseau y, sobre todos ellos, Voltaire sin dejar de interesarse por fray Bartolomé de la Casas con su Historia sobre la Destrucción de las Indias y, también, por Guillaume Raynal, cuya "Historia filosófica y política del comercio de los europeos en las Dos Indias" había sido publicada recientemente y circulaba clandestinamente entre los jóvenes que presumían de agnósticos, no sin las suspicacias de la siempre vigilante Inquisición, a la cual despierta persecutorio interés Francisco de Miranda, que no oculta una franca irreligiosidad y hace ostentación de un carácter rebelde, licencioso y aventurero mientras cultiva amistades como las del inglés John Turnbull y del peruano Manuel Peralta, ambos fichados por dicha organización. Son reticencias inquisitoriales, que las autoridades militares se toman en serio por entender que tales comportamientos pueden "subvertir las leyes del Reino" y, consecuentemente, el Inspector General del Ejército expresa al capitán Miranda la conveniencia de aceptar un nuevo destino en las Indias.

Si bien ha dejado en la Península la impresión de un oficial libertino salpicado de indisciplina y corrupción, Miranda tiene la suerte de pasar en la Habana a las órdenes del general Juan Manuel Cajigal, su antiguo jefe en la Península, que ahora le honra con su amistad, no poca coincidencia en lecturas e "ilustradas" ideas y buena sintonía en lo militar. Al respecto, se puede leer en el tomo 3º del "Diccionario de historia de Venezuela":

"En 1781 acompaña a éste con las tropas españolas que refuerzan el sitio puesto por el general Bernardo de Gálvez a la plaza de Pensacola, ocupada por los ingleses en la Florida occidental. Su conducta en la toma y capitulación de Pensacola en mayo de 1781 le vale ser ascendido a teniente coronel. Esta acción bélica, enmarcada en la guerra que España y Francia sostenían contra Inglaterra en el Caribe y en América del Norte para apoyar la independencia de Estados Unidos, contribuyó, al facilitar el envío de auxilios Mississipi arriba, a fortalecer la posición de los patriotas norteamericanos en las regiones interiores. En Pensacola despunta la personalidad de Miranda en la concepción de una gran patria libre a la que llamaría poco después Colombia o Colombeia. Cajigal, nombrado gobernador de Cuba, lo envía a la colonia británica de Jamaica entre agosto y diciembre de 1781 para realizar un canje de prisioneros; cumple su misión y asimismo obtiene datos del estado militar de la isla y levanta un mapa de ella. En abril de 1782 participa en la expedición naval española que sale de Cuba para conquistar las islas británicas de las Bahamas. Como edecán del general Cajigal negocia la capitulación de esas islas con el almirante inglés, el 8 de mayo. Conduce a Cabo Francés (Haití) el parte de la toma de las Bahamas, pero tiene que enfrentarse a intrigas y denuncias; le acusan de que en junio de 1781 permitió visitar las fortificaciones de La Habana al general inglés Campbell; arrestado, deberá la libertad a su amigo Cajigal."

El destino de Francisco de Miranda, escribe el citado Javier Arreaza, da un viraje decisivo entre agosto de 1781 y junio de 1783. Un drama epistolar se desarrolla en torno él con la lentitud que es propia a las comunicaciones marítimas de la época. Durante casi 3 años, el procedimiento iniciado en su contra en Sevilla ante el Tribunal Inquisitorial ha seguido su curso a sus espaldas. Ignorante de ello, no tiene razones para preocuparse, sobre todo porque recibe una confianza ilimitada de parte de sus superiores, particularmente de parte de Cagigal, quien ha sido nombrado gobernador de La Habana a raíz del éxito de

Pensacola. Transcurren varios meses durante los cuales Cagigal es relevado del cargo de Gobernador de la Habana. Se prepara a volver a España junto a Miranda y piensa interceder a favor de este último ante las acusaciones que se le hacen.

El barco que debe llevarlos de regreso está siendo alistado cuando Miranda se entera de que el nuevo gobernador nombrado por Madrid tiene la intención de arrestarlo. Presintiendo que las probabilidades de tener un juicio justo en España son prácticamente nulas, Miranda, con el acuerdo de Cagigal, se embarca secretamente para los Estados Unidos el 1 de junio de 1783. Cagigal, que regresa con sus tropas a España confiando aclarar la situación de Miranda, es arrestado bajo la acusación de complicidad con un desertor sospechoso de otros varios delitos.

Antes de su escapada, Miranda ya había manifestado a Cagigal el deseo de culminar una "incompleta" educación a través de "la experiencia y el conocimiento que el hombre adquiere visitando y examinando personalmente, con inteligencia prolija, el gran libro del Universo, las sociedades más sabias y virtuosas que lo componen, sus leyes, gobiernos, agricultura, policía, comercio, arte militar, navegación, ciencias, artes, etc., es lo que únicamente puede sazonar el fruto y completar en algún modo la obra magna de formar un hombre sólido y de provecho." Al respecto de esas intenciones y experiencias del **Precursor**, creemos de utilidad lo que escribe el historiador alemán Gerard Masur en su "Simón Bolívar":

> "Eran los tiempos de la Revolución Norteamericana, y la expedición española se dirigió contra las posesiones inglesas del Caribe. Miranda, con el rango de teniente coronel a las órdenes de Cagigal, recibió las órdenes que siempre había anhelado, y como tomó parte en la conquista de Pensacola se vio envuelto en la acción con que siempre había soñado. En agosto de 1781 se le asignó la delicada misión de tratar con el gobernador de Jamaica el intercambio de unos prisioneros, aunque el verdadero propósito que lo guiaba era el de adquirir en esa ciudad barcos que los españoles necesitaban imperiosamente. Como la compra directa le estaba vedada, Miranda se vio obligado a recurrir al contrabando, aprovechando además para efectuar espionaje por su cuenta. Toda esta empresa, para la que había sido

designado por su oficial superior, era de índole clandestina, por no decir turbia. Es difícil afirmar si Miranda puso cuidado en el desempeño de su misión, aunque es cierto que siempre se mostró cauto en el manejo de sus propios asuntos financieros. Fuese como fuese, las autoridades cubanas creyeron prudente investigar las actividades desplegadas por Miranda, y De Cagigal no pudo protegerlo, por más que lo intentó. El ministro de Indias desaprobó los arreglos hechos por Miranda; objetó los métodos que había empleado para comprar dos barcos y solicitó que se le diese de baja. Su carrera de armas es índice de la confusa atmósfera, cargada de odios, celos y sospechas, que pendía sobre las colonias americanas como una tormenta eléctrica. Miranda apenas pudo salvarse del arresto por decreto real, y con la ayuda de algunos amigos logró salir de La Habana hacia los Estados Unidos en junio de 1783".

****

Durante su recorrido por los Estados Unidos (junio 1783 a diciembre 1784), a la par que hace valer su natural predisposición a ganarse la confianza de la gente de relieve, incluidos George Washington (1732-1799) y Jhon Adams (1735-1826), primero y segundo presidentes de los Estados Unidos, Miranda medita largamente sobre los avatares de la independencia de la América Anglosajona y empieza a barajar la idea de realizar otro tanto en la América Hispana. Según el citado "Diccionario de historia de Venezuela", él mismo expresa sus aspiraciones al respecto de la siguiente manera:

"Con este propio designio he cultivado de antemano con esmero los principales idiomas de la Europa que fueron la profesión en que desde mis tiernos años me colocó la suerte y mi nacimiento. Todos estos principios (que aún no son otra cosa), toda esta simiente, que con no pequeño afán y gastos se ha estado sembrando en mi entendimiento por espacio de 30 años que tengo de edad, quedaría desde luego sin fruto ni provecho por falta de cultura a tiempo: la experiencia y conocimiento que el hombre adquiere, visitando y examinado personalmente, con inteligencia prolija el gran libro del universo, las sociedades más sabias y virtuosas que lo componen, sus leyes, gobierno, agricultura, policía, comercio, arte militar, navegación, ciencias, artes, etc., es lo que únicamente puede sazonar el fruto y completar en algún modo la obra magna de formar un hombre sólido".

Pertrechado de valiosas cartas de recomendación y un caudal que le permite acreditarse como cultivado hombre de mundo muy bien relacionado, Miranda llega a Londres en febrero de 1785 y, hasta agosto del mismo año, a la par que lee y escribe infatigablemente, se dará a conocer a destacados políticos británicos, incluido el Primer Ministro William Pitt (1759-1806), con el que tendrá ocasión de exponer parte de sus planes sobre la independencia de la América Hispana sin ningún reparo en aducir que ello vendría en ventaja de Inglaterra que, para muchos como sí mismo, era vista como privilegiado socio comercial, razón por la cual no tenía el menor reparo en solicitar la pertinente ayuda contra el Imperio Español, del que reniega con el peso "que está dispuesto a demostrar. Pitt le escucha con cortés atención y le promete estudiar el asunto para responderle de una forma u otra en el momento oportuno.¡Son tiempos en los que, al parecer, el coronel hispano venezolano, que se confiesa decidido anticatólico, trata de estrechar sus lazos con la Masonería. Al respecto de lo último, el historiador italiano Américo Carnicelli relata lo siguiente en su libro "La masonería en la independencia de América":

"Acuciosas investigaciones no han tenido éxito para conocer el nombre de la logia, así como el lugar y la fecha de iniciación en la Masonería del General Miranda, pues algunos historiadores dicen que se inició en una logia del Estado de Virginia, otros en Filadelfia, otros en Londres y algunos aseguran que fue en París. El General Miranda, al darse cuenta del espíritu que animaba las logias de la época sobre los nuevos ideales de libertad y de reivindicaciones de justicia social de que él también estaba animado, pensó en una organización similar, patriótica y americana para llevar a efecto sus planes políticos relacionados con la libertad de la América Española. Miranda, pues decidió servirse de las logias para llevar a cabo sus proyectos emancipadores para la América española, teniendo en cuenta que era el mejor medio de mantener el entusiasmo y la mística entre los afiliados a una organización de tipo revolucionario y evitar, además la vigilancia y persecución por parte del Gobierno español y su aliado, el clero católico.

Organizó en la ciudad de Londres, en 1797, una sociedad de carácter patriótico revolucionario, de tendencia republicana con el nombre de "GRAN REUNION AMERICANA", en la cual se constituyó en Gran Maestro. Los fines de esta sociedad de carácter masónico era los de emancipación de las Colonias Españolas en América. Fundó y organizó la primera logia filial de esta sociedad en la misma ciudad de Londres, con el fin de atraer a su seno, a todos los criollos suramericanos que aspiraban a prestar su ayuda a la revolución para la independencia de su patria. También fundó logias filiales de la Gran Reunión Americana en París y en Madrid, con el nombre de "JUNTAS DE LAS CIUDADES Y PROVINCIAS DE LA AMERICA MERIDIONAL" y otra en la ciudad de Cádiz, con el nombre de "SOCIEDAD DE LAUTARO" o de los "CABALLEROS RACIONALES". Como el puerto de Cádiz era la entrada de la Península española, gran centro de movimiento comercial con las colonias de América, los criollos de las colonias afluían a dicho puerto y se relacionaban con los afiliados de la logia que había fundado allí el General Miranda. Por tanto, contaba con un gran número de afiliados sobre todo en 1808".

****

Se da la circunstancia de que, por aquel entonces, el primer embajador estadounidense ante su Majestad Británica era el citado Jhon Adams, una de las personalidades con las que, según hemos apuntado, Miranda había mantenido encuentros en América y fue así cómo, en la obligada visita de cortesía, ambos pudieron departir sobre intereses comunes con el resultado de que el hispano venezolano logró un crédito personal de varios cientos de libras e hizo cordial y duradera amistad con el coronel William A. Smith, hombre de confianza del propio Adams.

Smith y Miranda, ambos en torno a la treintena, comparten similares afanes aventureros y deciden viajar por el Continente, empezando por Prusia, en donde, como invitados de honor, presencian uno de los espectaculares desfiles militares prusianos encabezados por el propio Federico II el Grande, masón confeso y clásico ejemplo de déspota ilustrado, con el cual comparten animadas tertulias de corte volteriano sobre arte militar y la "política de orden vertical que requieren los nuevos tiempos".

Desde Prusia los dos amigos viajan hasta Viena, en donde, a través de un funcionario imperial, Miranda logra un pasaporte que, al margen de las repetidas reclamaciones de extradición por parte de España, le facilitará el viajar por diversos países, incluidas Grecia y Turquía para pasar a Rusia desde esta última a través del Mar Negro.

No sin antes ceder a su amigo 250 libras para salvar previsibles estrecheces en la aventura de viajar sin agobio a la búsqueda de nuevas experiencias, el coronel Smith ha de volver a Londres al recibir carta del Jhon Adams y de su prometida, la hija de éste, con la cual pronto celebrará matrimonio.

Desde octubre de 1785 a Julio de 1786, Miranda, que ve muchas puertas abiertas gracias a su cuidado aspecto, desinhibido carácter y facilidad de palabra en una probada facilidad para los idiomas, recorre, sin prisas y atento a todo lo nuevo con que tropieza, lo más significativo del Imperio Austrohúngaro e Italia sin olvidarse de Venecia, Verona, Milán, Pisa o Florencia llegando a Roma el 25 de enero de 1786 para, luego, visitar Capua, las Ruinas de Pompeya, Nápoles y, desde la Apulia, navegar hasta la Ciudad-República de Ragusa para después, conocer Grecia, soñar entre los vestigios de un pasado ateniense, para él más ilustrado por Pericles que por Sócrates o Aristóteles, y cruzar el Egeo hasta la isla de Quíos (turca hasta 1912), en donde embarcó de nuevo hacia Estambul adonde llega el 28 de julio de 1786.

Al cabo de un mes, con pasaporte que le ha facilitado el ministro plenipotenciario austríaco en Turquía y siempre sorteando las órdenes españolas de extradición, que le persiguen adonde vaya, se embarca a través del Mar Negro hacia el territorio ruso de Ucrania, que pisa el 1 de diciembre del mismo año y es tratado como un noble militar español de alto rango por el príncipe Wiasemsky, gobernador militar de Jherson, que le aloja en su propia residencia y, días más tarde, le presenta al príncipe Gregorio Potemkín (1739-1791), comandante en jefe del Ejército Imperial a la par que gobernador general de la Región. Este personaje es el mismo del que la Historia dice que fue uno los más fieles amantes de la emperatriz Catalina II la Grande (1729-1796). Se podría decir que Potemkín y Miranda, expresándose sobre nuevas ideas y arte militar en un francés, que ambos dominaban, llegaron a congeniar e, incluso, compadrear plenamente en un amistoso clima que facilitó el que aquel le invitara a formar parte de su séquito en una proyectada inspección militar de la península de Crimea, recientemente arrebatada por el propio Potemkín a los turcos a favor del Imperio Ruso. Ya como buenos amigos, ambos pasaron en plan de inspección por diversas guarniciones militares, pernoctaron en las ciudades Inkerman y Sebastopol, volvieron a Jherson y, una semana después, cabalgaron hasta Kiev, en donde, por aquellas fechas (febrero de 1787), tenía su corte la Zarina o Emperatriz Catalina II la Grande, a la cual fue presentado Miranda, el **Precursor**, por su amigo, el príncipe Potemkín.

Mucho se ha escrito sobre un presunto romance entre la **Emperatriz rusa** y el **Precursor** de la independencia hispanoamericana (58 y 37 años, respectivamente), cuestión sobre la cual no existe testimonio o prueba fehaciente. Lo que sí está fuera de duda es que, en los ocho meses que pasó en Rusia, este último se movió a sus anchas en medio de la más alta sociedad rusa con frecuente acceso al círculo privado de Catalina, la cual no solamente rechazó todas las reclamaciones de extradición que le llegaban de España si no que, a la contra, otorgó al que consideraba un dignísimo huésped de cultura excepcional y con amplias posibilidades de éxito en sus proyectos, le incluyó en la Nobleza Rusa con el título de conde y el derecho a llevar uniforme de coronel del ejército ruso dentro y fuera de su Imperio con la consideración que otorga el pasaporte diplomático que le firmó ella misma a la par que le hizo el regalo de mil florines de oro además de un crédito contra sus cuentas en Estocolmo y Londres.

¿Qué tenía de particular ese polifacético hispanoamericano para ser recibido de tan fácil y, a veces, honorífica manera, por algunos de los más poderosos de entonces? Aunque cuidaba hasta el mínimo detalle su apariencia y dominaba el arte de saber estar y saber decir aun en las más complicadas situaciones, el **Precursor** ni fue ni nunca presumió de arrebatadora prestancia, tal como se trasluce en lo que, refiriéndose a él, escribe Salvador de Madariaga en "Bolívar" (Tomo I, cap. X):

"Tiene unos cinco pies diez pulgadas de estatura (1,78 mts.). Los miembros son de buena proporción; toda su figura robusta y activa. La tez es oscura, lozana y sana. Los ojos, del color de avellana, pero no de lo más oscuro; son penetrantes, rápidos e inteligentes, con más de severo que de suave en los sentimientos que expresan. Tiene buena dentadura, que cuida mucho y guarda siempre muy limpia. La nariz es larga y bella, más inglesa que romana. El pecho cuadrado, y saliente. El pelo gris, y lo lleva atado largo por detrás, y empolvado. Lleva fuertes patillas grises a lo largo de las orejas, tan largas como las que los españoles suelen usar. En el contorno del rostro se nota evidente pertinacia y suspicacia. En conjunto, sin decir que llegue a elegante, puede dársele por hombre apuesto".

Lo de hombre apuesto pudo servirle para sus numerosas amistades femeninas mientras que, para los recibimientos y buena disposición de los poderosos, sin duda que Francisco de Miranda, el **Precursor**, encontró fácil camino gracias a que llevaba consigo cartas de presentación y recomendación de "fraternales" y secretos amigos en nombre de asociaciones de ámbito mundial con escasa o nula trasparencia pública, pero sí que incidentes en tal o cual importante avatar histórico, cuyo simple proyecto, en ocasiones, encontraba propicio eco en las altas esferas de la Política.

****

Podemos decir que la vitola de personaje digno de atención, con que le obsequió la emperatriz Catalina II de Rusia, fue muy bien aprovechada por Miranda a su regreso a Londres en junio de 1789 para seguir madurando sus proyectos y hacerse oír de por William Pitt, el primer ministro inglés con quien mantiene una jugosa entrevista en febrero de 1790, en un tiempo en el que las relaciones entre Inglaterra y España estaban peligrosamente tensas.

Al respecto, es de interés recordar que, así como, para España, era preocupación esencial mantener la integridad territorial de lo que oficialmente se entendía como parte ultramarina de sí misma, ello no sin cierta confusión entre los tradicionales valores de los tiempos de los "austrias" y los del "despotismo ilustrado" propiciado por Carlos III de Borbón, para Inglaterra, según leemos en "La Involución Hispanoamericana" del historiador Julio González,   la razón de su imperio era el dominio de los mares en base un equilibrado ejercicio del comercio, la piratería y la guerra, ello en una "línea moral" del siguiente estilo:

"En 1759 Adam Smith había publicado **Teoría de los sentimientos morales**. En esta obra, siguiendo a Mandeville, un médico holandés que residía en Londres, sostiene que la moral no tiene ningún fundamento religioso, ni tampoco un fundamento social. La moral para Adam Smith es algo natural en el **egoísmo del hombre**, donde se halla el movimiento de todo su ser y acciones. Esas pasiones e impulsos primarios y egoístas son "justamente los motores de la industria y del comercio ingleses…, el más alto signo del progreso humano". Las obras de Adam Smith no son el resultado de una racionalidad científica, sino que fueron escritas por encargo de la Compañía de Indias Occidentales, que tenía sus establecimientos mercantiles en los territorios de sus dominios, que era las trece colonias que independizadas de esa Compañía de Indias Occidentales, constituyeron desde el 4 de julio de 1776 los Estados Unidos de Norteamérica. La Compañía de Indias Occidentales era la propietaria de esos territorios y Gran Bretaña sólo les proporcionaba su armada naval y sus ejércitos de tierra, **mediante pago**, para que la mencionada compañía pudiese realizar la explotación económica y financiera. Eran así establecimientos de comercio inglés y no tierras de la Corona de Gran Bretaña. **La riqueza de las naciones** es, por lo tanto, el método o procedimiento que habría de utilizar la banca, el comercio y la Corona británica para destruir el Imperio español (las Españas ibéricas y las Españas americanas). Con el libre comercio las penetraron y destruyeron las industrias, el comercio y las finanzas del Imperio español".

Ni lo uno ni lo otro para Francisco de Miranda, el **Precursor,** el cual, por aquellas fechas había recibido una nueva fuente de inspiración para su proyecto en una copia de "La Carta a los españoles americanos", el famoso escrito del ex jesuita peruano Juan Pablo Vizcardo y Guzmán (1748-1798), al que ya nos hemos referido anteriormente. Recordemos la proclama final de la carta:

"Queridos hermanos y compatriotas, si no hay entre vosotros quien no conozca y sienta sus agravios más vivamente que yo, podría explicarlo, el ardor que se manifiesta en vuestras almas, los grandes ejemplos de vuestros antepasados y vuestro valeroso denuedo, os prescriban la única resolución que conviene al honor que habéis heredado, que estimáis y de que hacéis vuestra vanidad. El mismo gobierno de España os ha indicado ya esta resolución, considerándonos siempre como un pueblo distinto de los españoles europeos, y esta distinción os impone la más ignominiosa esclavitud. Consintamos por nuestra parte a ser un pueblo diferente; renunciemos al ridículo sistema de unión y de igualdad: con nuestros amos y tiranos; renunciemos a un gobierno cuya lejanía tan enorme no puede procurarnos, aún en parte, las ventajas que todo hombre debe esperar de la sociedad de que es miembro; a este gobierno que lejos de cumplir con su indispensable obligación de proteger la libertad y seguridad de nuestras personas y propiedades, ha puesto el más grande empeño en destruirlas, y que en lugar de esforzarse a hacernos dichosos, acumula sobre nosotros toda especie de calamidades"

Por la venas de Miranda no corría sangre india, cual sí era el caso del mestizo ex jesuita Juan Pablo Vizcardo y Guzmán ni, tampoco, tenía motivos para sentirse excesivamente maltratado puesto que había sido por su propia iniciativa que se distanció del ejército del que había formado parte muy activa hasta su deserción, cuestión de la que se cuidaba no hablar cuando llegó a ofrecerse como cordial colaborador hispanoamericano a William Pitt, máximo representante del poder ejecutivo de un país que, desde un preferente perspectiva mercantil, estaba barajando la idea de entrar en guerra con España. Pero sí que la encendida proclama de Vizcardo, falaz o no falaz, prestaba al Precursor uno de tantos argumentos utilizados por los sediciosos en situaciones parecidas.

No había sido fácil la entrevista de Miranda con William Pitt, al fin lograda gracias a los buenos oficios de Thomas Pownall (1722-1805), antiguo gobernador colonial de Massachusetts (1757-1760) y, en ese tiempo, miembro destacado de la Cámara de los Comunes (1767-1780).

Tal entrevista tuvo lugar un domingo de febrero de 1790 en la finca que Pitt poseía en el condado de Kent, no en su despacho londinense de Primer Ministro. Según relata el médico historiador José Antonio Carbonell (1910-1998), además de conversar ampliamente sobre el ideal sistema de gobierno para la parte americana a independizar, Miranda entregó al Primer Ministro inglés un detallado plan de operaciones a desarrollar al declarar la guerra Inglaterra a España y, de paso, organizar una expedición militar hacia la América hispana que permita la independencia de ese continente y abra para Inglaterra el comercio con esas zonas.

Siguiendo el relato, se nos dice que, en una segunda entrevista, Miranda entrega a Pitt "papeles concernientes a la América Española, compendio de circunstancias que justificarían la intervención inglesa; política española de excluir a los criollos (fundamentalmente, comerciantes) de las funciones públicas, papel de la Inquisición, que prohibía leer libros útiles o instructivos (y perseguir a los hermanos masones); madurez de las colonias para asumir su gobierno…". Y, cuando no logra nuevas entrevistas, Miranda no deja de enviar al Primer Ministro algún que otro documento relativo a su obsesión independentista y al compromiso de responder con creces a la posible ayuda británica hasta que su amigo, el citado diputado Pownall, le hace ver que, de momento, no se producirá la guerra entre Inglaterra y España mientras que el propio Pitt le ha confesado que, frente a otros asuntos más importantes, no le queda tiempo que dedicar a la problemática cuestión que le plantea el coronel hispanoamericano.

Por eso de los vaivenes de la política anglo-hispana, de nuevo surge la posibilidad de un sangriento conflicto, circunstancia que aprovecha Miranda para, en agosto del mismo año, presentar a Pitt un detalle sobre "la constitución de Columbeia", es decir, "su conocido y famoso proyecto de gobierno de las Indias Españolas; límites, poder ejecutivo encarnado en un Inca (no necesariamente de raza autóctona) o Emperador, Poder Legislativo a cargo de los caciques o senadores, una Cámara Baja y un Gobierno Provisional encabezado por un caballero noble y nacido en Suramérica (¿él mismo?)".

Las vagas promesas del primer ministro inglés, que sale del paso ofreciendo un puñado de libras por la información escrita recibida, se convierten en papel mojado cuando mejoran las relaciones entre España e Inglaterra, lo que a Miranda le hace escribir indignado en su diario: "He sido vendido por un tratado comercial con España". Tampoco logran apreciable fruto los ofrecimientos del Precursor a las autoridades norteamericanas a base de cartas y más cartas a través de algunos de sus "fraternales" amigos de allí por lo que, tras largos meses de espera, empieza a considerar la posible ayuda de la Francia revolucionaria: llega a París en marzo de 1792 y, de inmediato, se da a conocer a destacados revolucionarios, entre ellos al propio alcalde de la capital, Jerome Petion, el cual escribió sobre él:

"Hallé en Miranda a un hombre sumamente instruido, un hombre que había meditado acerca de los principios de los gobiernos, y que lucía fuertemente afecto a la libertad; un auténtico sabio. Venía a visitarme de vez en cuando, y yo mantenía con él conversaciones muy instructivas. Miranda había prestado sus distinguidos servicios en la América, cuando los norteamericanos derramaron su sangre para libertarse. El enemigo ya se hallaba en nuestro territorio. Le dije a Miranda que debería entrar al servicio de Francia, y él asintió. Le di entonces mi recomendación ante el ministro Servan, del mismo modo que yo hubiese recomendado a todo aquel oficial que pudiese resultar útil para la causa de la libertad. El ministro le dio empleo, y no tuvo sino motivos de congratularse por ello». (José María Antepan: "Miranda y la emancipación suramericana".

Efectivamente, Petion aconsejó a Miranda formar parte del ejército francés y, al respecto, le presentó a Joseph Servan, ministro de la Guerra, el cual le otorga el cargo de mariscal de campo con la graduación de general a las órdenes de Dumouriez, general en jefe del Ejército Francés del Norte y, posteriormente, escribió lo siguiente sobre el **Precursor**:

«Certifico que en la época en que yo me hallaba en el ministerio, después del 10 de agosto y en el momento en que el enemigo penetraba en la región de Champaña, el general Miranda, quien para entonces se encontraba en París, dispuesto a salir de Francia para proseguir con sus viajes, me fue presentado por los más recomendables miembros de la legislatura; y que, al enterarme yo de sus conocimientos, de su extremo amor por la libertad, y de sus servicios durante la guerra de los Estados Unidos contra la Inglaterra, le solicité encarecidamente que ayudase a la Francia con sus talentos, en un momento en que ésta abrazaba tan noble causa [...] Fue a raíz de estas entrevistas, u otras con algunos de sus amigos del cuerpo legislativo, que él se decidió a tomar el grado de mariscal de campo en los ejércitos franceses, con la condición de que, al establecerse la libertad y en momentos en que se lograse la paz, el gobierno le garantizase un grado militar acorde al que habría merecido por sus servicios y capaz de permitirle la existencia decorosa que le sería debida por el sacrificio que haría al combatir por la libertad francesa, y que se le garantizase también la fortuna que ya poseía y la que otras fuentes le proporcionasen [...] condiciones que le fueron completamente aprobadas. Certifico al mismo tiempo que, habiendo él prestados servicios muy esenciales en Champaña, en la campaña de los franceses contra los prusianos, y según los informes muy elogiosos del general en jefe, el consejo Ejecutivo del que yo era miembro se apresuró a hacer justicia con el general Miranda, ascendiéndolo al grado de teniente general».

****

Para dar cumplido fin a este capítulo, conscientes de que, con la excesiva extensión de nuestro relato, corremos el peligro de alejarnos del objeto principal del presente trabajo y colmar la paciencia del lector que, seguramente, espera que nos despidamos del Precursor para hablar del Libertador, cedemos lugar a la Biblioteca Cervantes Virtual para transcribir lo Recogido en *Diccionario de historia de Venezuela, tomo 3*, Caracas, Fundación Polar:

El 25 de agosto de 1792 es nombrado mariscal de campo, pero Miranda explica que ha aceptado su nueva situación porque piensa promover así la causa de la independencia de Hispanoamérica. Poco después es segundo jefe del ejército del norte cuyo jefe es el general Carlos Dumouriez. Al mando de una división, Miranda obliga a retroceder el 12 de septiembre de 1792, en las acciones de Morthomme y de Briquenay, a los batallones prusianos; el día 20, éstos, después de varias horas de furioso cañoneo, son rechazados y se retiran del campo de Valmy, donde hoy existe una estatua de Miranda en conmemoración de ese triunfo, al cual él contribuyó. En octubre es ascendido a general de los ejércitos de la república francesa. Se propone el gobierno de París enviarlo a Saint Domingue (Haití), a fin de someter a los esclavos y mulatos que luchan por su libertad y la de su patria, pero Miranda rechaza esa misión. Dumouriez le confía la jefatura del ejército del norte. Ocupa Amberes y toma el mando del ejército en Bélgica. Se ve obligado a levantar el sitio de la ciudad de Maastricht. La derrota de Neerwinden le obliga a retirarse. Pero Dumouriez, que ya está traicionando a Francia y piensa pasarse al campo de los enemigos austríacos, lo denuncia, como responsable de las derrotas sufridas, ante Danton y la Convención Francesa, que le ordena presentarse en París. El 28 de marzo de 1793 está Miranda en esa ciudad, listo para comparecer ante la Convención y denunciar al traidor Dumouriez. Pero las rivalidades entre jacobinos y girondinos lo llevan ante el tribunal revolucionario cuyo acusador público es el terrible Antonio Fouquier-Tinville, quien dicta auto de detención contra Miranda. Empieza en ese momento su largo calvario en las prisiones de París: primero la Conserjería, de donde salen todos los que van a la guillotina, luego La Force, Les Magdelonettes. Defendido por el abogado Claudio Chauveau-Lagarde, recobra Miranda su libertad el 13 de enero de 1795. Reanuda su vida social y conoce al entonces joven general Napoleón Bonaparte, quien dirá de él ese Quijote, que no está loco, tiene fuego sagrado en el alma.... Perseguido de nuevo por la Convención y el Directorio, vive en la clandestinidad. El 22 de diciembre de 1797 firma con José del Pozo y Sucre y Manuel José de Salas, comisarios de la Junta de diputados de las provincias de la América Meridional el Acta de París que plantea las gestiones encaminadas a lograr la independencia de Hispanoamérica buscando el apoyo de Inglaterra y Estados Unidos. Regresa a Londres el 15 de enero de 1798 y reanuda en seguida sus gestiones cerca del primer ministro Pitt y el gabinete británico así como ante las autoridades norteamericanas para lograr la ayuda indispensable a la ejecución de su plan de operaciones militares para su empresa hispanoamericana. A fines de ese año y primeros meses de 1799, Miranda aprovecha el regreso al Nuevo Mundo de varios latinoamericanos (entre ellos Bernardo O'Higgins) para difundir el ideario de la emancipación. Hace imprimir en francés la Carta a los españoles americanos del jesuita peruano Juan Pablo Viscardo y Guzmán. Aun sin recibir ningún apoyo de Inglaterra y Estados Unidos, piensa viajar a la isla Trinidad (que estaba ocupada entonces por los ingleses) con el propósito de promover desde allí la lucha emancipadora; pero el gobierno inglés le niega el pasaporte, mientras es traicionado por su secretario francés Luis Duperon. Recibe carta de Manuel Gual, desde Trinidad, quien lo llama a ser el salvador de la Patria. Asimismo sabe por su ex jefe el general Cajigal la noticia de que, en el juicio que se le seguía en España desde hacía casi 20 años, se le ha exonerado de toda culpabilidad.

A principios de 1800 vive en Londres con su ama de llaves, Sarah Andrews, que le dará 2 hijos: Leandro y Francisco. Le escribe cartas a Napoleón, quien le concede permiso tácito para que vaya a París donde se encuentra el 28 de noviembre de 1800. Poco después José Fouché, ministro de la policía, ordena que sea expulsado por maniobras e intrigas contrarias a los intereses del gobierno francés y de sus aliados. De regreso a Londres, en 1801, continúa sus gestiones en pro de la independencia de Hispanoamérica, esta vez con el ministro Nicolás Vansittart quien se convertirá en uno de sus más constantes apoyos. Prepara un programa de gobierno provisional, un reglamento militar y una proclama A los pueblos del continente Colombiano alias Hispanoamérica. En 1802 se traslada a la que iba a convertirse en su residencia definitiva en Londres, la casa núm. 27 de Grafton Way, hoy día propiedad del Estado venezolano. En 1803, a pesar de las promesas de ayuda del gabinete británico, no puede realizar la expedición que quiere dirigir hacia Trinidad como base de sus operaciones en América. En los primeros meses de 1805 hace sus preparativos para marcharse. Redacta su testamento nombrando por albaceas a sus amigos John Turnbull y Nicolás Vansittart. Dispone que su archivo Colombeia sea enviado a Caracas (cuando sea independiente), lega sus clásicos griegos y latinos a la Universidad de Caracas y sus demás bienes en Caracas, Londres y París, a sus hermanas y sobrinos, para que sean aplicados a la educación de su hijo Leandro y a Sarah Andrews.

Acompañado por su secretario Tomás Molini se embarca con destino a Nueva York (2.9.1805). En Estados Unidos visita al presidente Thomas Jefferson y al secretario de Estado James Madison, quienes lo reciben cordialmente pero sin comprometerse en la expedición que él prepara. Miranda, con la ayuda de algunos amigos, logra armar al bergantín Leander, al que pone el mismo nombre de su hijo, y zarpa de Nueva York hacia Jacmel (Haití) el 2 de febrero de 1806. Su comandante es Thomas Lewis. En el puerto haitiano se unen al Leander las goletas Bee y Bacchus. El 12 de marzo es creada por Miranda la bandera tricolor (amarillo, azul y rojo) que ondea en el mástil del Leander anclado en la bahía de Jacmel. El 24, todos los expedicionarios prestan juramento de ser fieles y leales: al pueblo libre de SurAmérica, independiente de España.... La expedición se dirige al puerto de Ocumare (Venezuela) vía Aruba. Luego de un combate naval trabado frente a Ocumare el 28 de abril de 1806 con barcos españoles cuyo poder de fuego es muy superior, el Leander tiene que retirarse mientras que las goletas Bee y Bacchus caen en manos de los españoles, que hacen 60 prisioneros. Diez de ellos serán condenados a muerte y ahorcados en Puerto Cabello. Miranda reorganiza sus fuerzas en Barbados y Trinidad. Desembarca en La Vela de Coro el 3 de agosto de 1806, toma el fortín e iza la bandera. Entra en la ciudad de Coro, antes de amanecer el día 4, y allí también iza el pabellón de la patria naciente, pero muchos habitantes, evitando comprometerse, prefieren huir de la ciudad, que es evacuada por las tropas realistas. El 13 se reembarca Miranda. En Aruba, Granada, Barbados y Trinidad pasó más de un año aguardando nuevos auxilios que no llegaron.

El 31 de diciembre de 1807 está de nuevo desembarcando en Inglaterra. En Londres vive en su casa de Grafton Way, donde están Sarah, Leandro y Francisco, su último hijo, a quien no conocía pues había nacido en febrero de 1806. Miranda reinicia las gestiones ante el gabinete británico durante los primeros meses de 1808, y tiene éxito. Una expedición militar, al mando del general Arthur Wellesley (más tarde duque de Wellington) se prepara para ir a Suramérica en apoyo del movimiento revolucionario. Pero en mayo de ese año España es invadida por las tropas de Napoleón y la expedición inglesa que iba a acompañar a Miranda a América es dirigida entonces a la Península para luchar junto con los españoles contra los franceses. Desde Londres, Miranda escribe a los cabildos y a personajes criollos de Caracas, Buenos Aires y otras poblaciones incitándoles a formar juntas de gobierno independientes, y continúa sus gestiones ante Richard Wellesley, lord

Grenville, el ministro lord Castlereagh y George Canning. Se consagra a la edición de documentos propagandísticos a favor de la independencia y del periódico El Colombiano, redactado en español, que se publica en Londres de marzo a mayo de 1810. En una circular dirigida a personas e instituciones de Europa y del Nuevo Mundo declara que su casa londinense: es y será siempre el punto fijo para la Independencia y Libertades del Continente Colombiano. El 14 de julio de 1810 llegan a Londres los comisionados de la Junta Suprema de Gobierno de Caracas, Simón Bolívar, Luis López Méndez y Andrés Bello. Ha sido iniciado el proceso para la separación de España de las provincias de Venezuela desde el 19 de abril. En Londres Miranda se convierte en el consejero, el introductor y compañero de los comisionados: los recibe en su casa, les acompaña en sus visitas a personalidades e instituciones. Miranda se propone regresar a Venezuela. Bolívar sale de Londres a mediados de septiembre. Miranda lo hace el 10 de octubre dejando alojados a Bello y López Méndez en su casa de Grafton Way.

****

Dicho lo dicho, pasemos al capítulo siguiente para empezar a conocer un poco mejor al llamado **Libertador**, el primero de los dos principales personajes del presente trabajo.

Capítulo 4º

TIERRA, FAMILIA Y SEMBLANZA DE SIMÓN BOLÍVAR, EL LIBERTADOR

Ni el héroe sin tacha ni el apátrida oportunista, extremosos epítetos con los que algunos desvirtúan lo que realmente fue Simón Bolívar, hombre como tú o como yo, aunque encuadrado en tiempo y lugares que no son los tuyos ni los míos. También con una importancia histórica que, con toda seguridad, ni tú ni yo alcanzaremos: razón de más para que procuremos acercarnos a un mayor conocimiento de lo que significó y sigue significando su paso por este mundo.

Simón José Antonio de la Santísima Trinidad Bolívar Palacios Ponte y Blanco, es decir, Simón Bolívar, apodado el **Libertador**, nació cuarenta días antes de que Inglaterra firmara la "Paz Versalles" (3 de septiembre de 1783) por la cual, a la par que reconocía la independencia de los Estados Unidos de Norteamérica, devolvía a España Campeche, Florida, Honduras, Menorca y Nicaragua (no Gibraltar)   y, a Francia, Santa Lucía, Senegal y Tobago. La aproximada coincidencia de fechas despertó en algún historiador la idea de llamar a Bolívar el Washington de Hispanoamérica, lo que, a nuestro juicio, no pasa de circunstancial retórica.

Por aquellas fechas, Caracas, la ciudad en la que nació el Libertador, era la capital de la llamada **Capitanía General de Venezuela**, una de las provincias o "reinos" hispánicos de Ultramar en cuanto había sido desgajada del virreinato de Nueva Granada para pasar a la dependencia directa de S.M.C. (Su Majestad Católica) el Rey de España (Carlos III de Borbón), por "Cédula Real" del 8 de septiembre de 1777:

> "El Rey.- Por cuanto teniendo presente lo que me han representado el actual Virrey, Gobernador y Capitán del Nuevo Reyno del Granada, y los Gobernadores de las Provincias de Guayana y Maracaibo acerca de los inconvenientes que produce el que las indicadas Provincias, tanto como las de Cumaná e islas de Margarita y Trinidad, sigan unidas como al presente lo están al Virreinato, y Capitanía General del indicado Nuevo Reyno de Granada, por la distancia que se hallan

de su capital Santa Fe, siguiéndose por consecuencia el retardo en las providencias con graves perjuicios de mi real servicio. Por tanto, para evitar estos y los mayores que se ocasionarían en caso de una invasión; he tenido a bien resolver la absoluta separación de las mencionadas Provincias de Cumaná, Guayana y Maracaibo, e islas de Trinidad y Margarita, del Virreinato y Capitanía General del Nuevo Reyno de Granada, y agregarlas en lo gubernativo y militar a la Capitanía General de Venezuela, del mismo modo que lo están, por lo respectivo al manejo de mi Real Hacienda, a la nueva Intendencia erigida en dicha Provincia, y ciudad de Caracas, su capital. Así mismo he resuelto separar en lo jurídico de la Audiencia de Santa Fe, y agregar a la primitiva de Santo Domingo, las dos expresadas Provincias de Maracaibo y Guayana, como lo está la de Cumaná y las islas de Margarita y Trinidad, para que hallándose estos territorios en una misma Audiencia, un Capitán General y un Intendente inmediatos, sean mejor regidos, y gobernados con mayor utilidad de mi Real Servicio. Y en su consecuencia mando al Virrey, y Audiencia de Santa Fe, se hayan por inhibidos y se abstengan del conocimiento de los respectivos asuntos que les tocaba antes de la separación que va insinuada, y a los Gobernadores de las Provincias de Cumaná, Guayana y Maracaibo, e islas de Margarita y Trinidad, que obedezcan, como a su Capitán General al que hoy es y en adelante lo fuere de la Provincia de Venezuela, y cumplan las órdenes que en asuntos de mi Real Servicio les comunicare en todo lo gubernativo y militar y que así mismo den cumplimiento los Gobernadores de las Provincias de Maracaibo, y Guayana a las Provisiones que en lo sucesivo despachare mi Real Audiencia de Santo Domingo, admitiendo para ante ella las apelaciones que se interpusieren según y en la forma que lo han hecho, o debido hacer por ante la de Santa Fe, que así es mi voluntad. Dada en San Ildefonso a ocho de septiembre de mil setecientos setenta y siete. Yo el Rey".

Para don Salvador de Madariaga, que, con la maestría en él habitual, dedicó dos gruesos volúmenes a desentrañar el ego y circunstancia vital del **Libertador**, fue éste muy condicionado por todo lo que le rodeó desde su nacimiento:

"Simón Bolívar nació en Caracas el 24 de julio de 1783, vástago de una de las familias más ilustres de la Provincia. Esta provincia, conocida unas veces por Venezuela, otras por Caracas, nombre de su capital, era entonces entidad autónoma del Imperio español de América, gobernada por un Capitán General. Era pues Caracas la capital de uno de los reinos de ultramar que, juntamente con los de Europa pertenecientes a la Corona de España, constituían entonces el complejo Imperio español. Habitaba los llanos una raza vigorosa de zambos salpicada de mulatos y blancos. Eran los famosos llaneros o gauchos del norte, que, siempre a caballo, administraban y domesticaban inmensos rebaños de toros y vacas, muías y caballos, animales que, como los mismos llaneros, vivían una evolución en retroceso hacia la naturaleza desde la civilización en que sus progenitores habían crecido..../La médula religiosa de las sociedades españolas de las Indias era la causa más eficiente de su cohesión y unidad, laborando muy por debajo de la superficie, donde no calaba la vista de conocimientos adquiridos, quedaría el campo de batalla dominado por los criollos; pues, en general, las personas que vienen de Europa hallan en América otras mejor instruidas. Poseen los criollos excelentes dotes naturales. Son capaces de gran aplicación. Vense entre ellos profundos teólogos y eminentes juristas.» Comparando los reinos de las Indias en cuanto a cultura halla Humboldt «marcada tendencia al estudio profundo de las ciencias en Méjico y Santa Fe de Bogotá; más afición a las letras y a todo cuanto puede halagar a la imaginación más ardiente, en Quito y en Lima; más ilustración en cuanto a las relaciones políticas entre las naciones, opiniones más amplias sobre el estado de las colonias y de las metrópolis en La Habana y en Caracas». Y añade esta observación significativa: «Las comunicaciones más frecuentes con la Europa comercial y con ese mar de las Antillas que hemos descrito como un ¡Mediterráneo con varias salidas han ejercido poderosa influencia sobre el progreso de la isla de Cuba y de las hermosas provincias de Venezuela. No hay parte alguna de la América española donde la civilización parezca más europea [...] a pesar de su mayor proporción de gente negra, se siente uno en la Habana y en Caracas más cerca de Cádiz o de los Estados Unidos que en ningún otro lugar del Nuevo Mundo»

El médico e historiador José Domingo Díaz Argote (1772-1834), testigo directo de los avatares de aquel tiempo como contemporáneo y conciudadano de Simón Bolívar, el **Libertador**, nos habla así de su tierra en "Recuerdos sobre la rebelión en Caracas", en la que nació y vivió durante una buena parte de su vida:

"Cerca de tres siglos habían corrido desde que el valiente Fajardo y sus compañeros fijaron el estandarte de Castilla en las llanuras de Caracas, sin que la paz y tranquilidad de aquella provincia se hubiese visto esencialmente turbada. Los tumultos de Andresote en 1711, y de León en 1748, habían sido semejantes a los fuegos fatuos que desaparecen al momento que se presentan. El primero, mulato de nacimiento y de la ínfima clase del pueblo, había concebido el proyecto de proclamarse rey de Venezuela; y el segundo, hacendado de cacao, había intentado extinguir con la fuerza la Compañía Guipuzcoana. Dado el grito de la sedición, y con las armas en la mano, fueron disipados, cogidos y castigados.

Aquella provincia, la más feliz de todo el universo, había caminado en prosperidad desde su descubrimiento, cuando el comercio libre con los puertos habilitados de estos reinos, concedido por S.M. en 1778, aceleró su hermosa carrera. Cada año se hacía notable por sus asombrosos aumentos, los pueblos existentes veían crecer su población; en los campos establecerse otras nuevas; cubrir la activa mano del labrador la superficie de aquellas montañas hasta entonces cubiertas con las plantas que en ellas había puesto la Creación; reinar la abundancia; no conocerse sino la paz, y formar todos los habitantes de aquel dichoso país una familia unida entre sí con lazos que parecían y debían ser eternos: los de la religión, de la sangre, de las costumbres, del idioma y de la felicidad que gozaban".

****

El ensayista peruano Roberto Barletta Villaran, en su "Breve historia de Simón Bolívar", nos relata que la familia Bolívar, ya en el siglo XIII, se hizo notar por la defensa de sus feudos vizcaínos frente a la realeza castellana hasta el punto de que, en 1470 llegaron a un choque armado que terminó con la ruina y el desmantelamiento de la torre señorial de los Bolívar, uno de cuyos descendientes, llamado, precisamente, Simón de Bolívar, (Simón de Bolívar, "el Viejo") se decidió a buscar fortuna en el Nuevo Mundo y, afincado en Santo Domingo (años 1550-1560), pasó luego al Continente fijando su residencia en Santiago de León de Caracas, provincia de Venezuela, en donde, muy pronto se dio a valer como emprendedor y hombre de mundo, lo que le valió una relevancia acrecentada a raíz de un viaje a España (1574) en donde logró la rehabilitación de su apellido y establecer una línea de prósperos intercambios comerciales de índole familiar a la par que ciertas ventajas fiscales para la Comunidad:

> "En los dos años que duró su comisión, obtuvo Bolívar del monarca, no solo la aprobación para gran parte de las solicitudes que llevaba, sino algunas mercedes más, que sirvieron de base para establecer la preponderancia que por ellas, y otros privilegios concedidos por el Rey, establecidos por la costumbre, llegó a tener el Ayuntamiento de Caracas en el gobierno de la Provincia". /"También obtuvo la creación de un Seminario, base de la futura Universidad, y de la concesión de un escudo de armas y título de Muy Noble Leal Ciudad para Santiago de León de Caracas."

La fortuna familiar fue acrecentada considerablemente por su hijo y sucesor, Simón de Bolívar "el Joven", que se hizo con una encomienda de indios Quiriquiri y levantó una muy rica hacienda en el valle de San Mateo, lugar preferido de la familia hasta entrado el siglo XVIII. Familia que, para hacerse respetar en la sociedad criolla, procuraba ajustar formas de vivir a las convenciones sociales de la época, haciendo ver respetuosa a la par que farisaica religiosidad, orgullo de raza en el complejo mundo de blancos, pardos, mulatos, zambos, negros e indios y, también, un donjuanismo a veces desaforado y de baja estofa, en abierta contradicción con el socializado recato de las damas, que, en su mayoría, velaban su figura con una mantilla o "mantua", que llevó a calificar a unas y a otros de "mantuanos". Y, hasta mucho tiempo después, "mantuana" fue llamada en Caracas la clase social más pretenciosa.

En ese ambiente, la sangre "blanca" de una familia, que se comportaba como parte de una tribu feudal con, al menos, dos siglos de historia, "se nutrió con las sangres oriundas o florecidas en el Nuevo Mundo" (Barletta Villaran), lo que no dejó de aportar insalvables dificultades cuando uno de los Bolívar pretendió lograr y legar a sus descendientes el Marquesado de San Luis un título nobiliario de alto nivel. Ése fue el caso del abuelo del **Libertador**, llamado Juan de Bolívar y Martínez de Villegas, cuya reseña biográfica vale la pena tener en cuenta:

Capitán de Infantería, natural de San Mateo y vecino de Caracas. Nació en la hacienda familiar en 1665. Tuvo destacada influencia en la política y desarrollo de la Colonia; prestó señalados servicios militares contra los piratas y enemigos políticos de España. Era buen administrador y por ello llegó a tener fortuna muy importante, fortuna ésta que le dio sitial preeminente en la vida social y política de la Caracas de entonces. Ejerció el cargo de Corregidor y Justicia Mayor de San Mateo, Turmero y Cagua, así como de todas las calles de Aragua. En 1710 fue Alcalde Ordinario de Caracas. En 1717 fundó la Villa de San Luis de Cura, denominada así en homenaje a Luis de Borbón, príncipe de Asturias (hijo y heredero del rey Felipe V de España); población que asentó en tierras que poseía en la fértil campiña aragüeña, abriéndose ya paso hacia la región llanera. Dicha fundación fue aprobada por el soberano por Real Cédula del 23 de mayo de 1722, fechada en el Real Sitio de Aranjuez, y al mismo tiempo le confería el título de Capitán Poblador y el derecho a nombrar y quitar los Justicias de dicha villa por tres vidas, es decir para él, un hijo y un nieto. En 1721 fue nombrado nuevamente Alcalde Ordinario de Caracas junto con su primo hermano Alejandro Blanco y Villegas y ambos rigieron los destinos de la provincia de Venezuela como alcaldes-gobernadores del 1 de marzo al 4 de Mayo del ya citado año de 1721, por fallecimiento del Gobernador y Capitán General. Su notable riqueza y su gran destaque social lo indujeron a iniciar gestiones para la obtención de un título de Castilla para su casa, y con ese fin por el año de 1731, remitió a España las pruebas de hidalguía y de limpieza de sangre, junto con la suma de veintidós mil ducados, encargando a Jacobo Francisco Andreani, Caballero del Hábito de Santiago, para que gestionase dicho título con los monjes de Monserrat, de Madrid, beneficiarios de dos títulos de Castilla, cedidos a dicho Monasterio por el Rey Felipe V, para que los pudiesen vender, y el producto de dicha venta fuese aplicado a importantes reparaciones del referido Monasterio y así mismo con la Corona, la cual tenía que sancionar la venta en referencia. Aspiraba Juan de Bolívar y Villegas que el Rey le otorgase dicho título bajo la denominación de marquesado de San Luis de Cura, pero falleció antes de ver cumplidos sus deseos. (Sologenealogía.com)

Juan de Bolívar Martínez de Villegas (1665-1731 y Juan Vicente de Bolívar y Ponte (1726-1786), respectivamente, abuelo paterno y padre del **Libertador**, fallecieron sin ver logrados sus aspiraciones de entrar en la Nobleza Española a pesar de haber transcurrido mucho más tiempo del habitual para la resolución de similares casos…¿Por qué las autoridades competentes de la Corona no resolvieron favorablemente una solicitud que llevaba parejo el desembolso de la considerable suma de veintidós mil ducados y cuya consecuencia hubiera sido el título de marqués de San Luis de Cura para el cabeza de una de las familias más acreditadas de la Capitanía General de Venezuela?

Había sucedido que, en los documentos presentados al respecto por parte del primer solicitante, dicho don Juan de Bolívar y Martínez de Villegas, no se hacía referencia alguna a la que debía figurar como esposa del capitán don Francisco Marín de Narváez (1620-1673), abuelo del propio interesado, cuestión que ningún miembro de la familia se preocupó por aclarar.

Mucho se ha chismorreado sobre el tema, tanto para atribuir a la no mencionada abuela en las requeridas solicitudes calidades de la que no hay constancia alguna como para presentarla como mulata o zamba, cuya consecuencia bien podía ser la tez morena y el negro pelo ensortijado del Libertador. Con la intención de colocarnos al margen de las estériles especulaciones, acudimos de nuevo a don Salvador de Madariaga que, sin prejuicio de ninguna índole, se refiere a la cuestión para llevarnos a lo que realmente importa de las circunstancias familiares del Libertador, empezando por darnos a conocer la personalidad del padre, es decir, de don Juan Vicente de Bolívar y Ponte:

Era pues el padre de Bolívar un español americano resentido, nacido y criado en la alta sociedad de Caracas, empapado en tradiciones españolas. Las obras más importantes de su biblioteca eran los trece volúmenes de las Ordenanzas Militares, las Comedias de Calderón de la Barca y las obras completas del Padre Feijoo. Ostentaba con orgullo sus títulos y honores, emanados de la Corte de Madrid; mas no por eso dejaba de cultivar el negocio, y, aunque ocultándose tras de persona de menos relumbrón, Don Francisco Antonio Carrasco, «que le corría con la tienda y almacén de ropa que en retorno traían de los embarques de cacao de España», Don Juan Vicente de Bolívar, Coronel de Milicias, procuraba asiduamente mantener bien redorado su blasón no sólo con sus beneficios de gran propietario agrario sino también con los del comercio en la ciudad. La familia era pues típica del criollo rico que describe por ejemplo Humboldt; apta a sacarle provecho a la economía del país y también a figurar en público bien decorada con uniformes, títulos y veneras. El padre de Don Juan Vicente, Don Juan de Bolívar Villegas, Teniente General de los ejércitos españoles, había depositado en el Monasterio de Monserrat veintidós mil ducados para comprar uno de los dos títulos de Castilla concedidos a los monjes por el rey «para que pudiese atender y subvenir a los gastos de los reparos y reedificación». Duró la tramitación todo el siglo; y aunque no han llegado hasta nosotros papeles que demuestren que ni Don Martín (primer heredero de Don Juan) ni Don Juan Vicente, que sucedió a su hermano en la herencia, hayan hecho gestión alguna en este negocio, basta el hecho de que la suma entregada al monasterio, considerable en sí, no se reclamara por la familia, para probar que era su intención guardar íntegro el derecho al título.

Vivía la familia en Caracas en la casa que habían heredado de la Marín; y en el campo, en la hacienda de San Mateo. Eran mantuanos 'puros, es decir familia cuyas mujeres tenían derecho a ir a la iglesia con el manto característico del rango más alto de la sociedad. Por los Bolívares, ejercían a perpetuidad uno de los cargos de regidor del cabildo; por los Palacios, gozaban del privilegio del cargo de alférez real. Por ambos lados, hombres de su casa figurarían siempre entre los dignatarios que revestidos de oro, plata, encajes y sedas iban a visitar ceremoniosamente al Capitán General en los días de besamanos para formar después parte de su séquito camino de la catedral donde celebraban la misa solemne y el Te Deum10.

No menor intercesión que la de la Reina de los Cielos era en efecto necesaria, puesto que el moribundo llevaba la conciencia bien recargada de malos recuerdos. ¿Cómo había entendido sus deberes de guardián de la colectividad cristiana, de la riqueza y de las almas numerosas que la Providencia le había confiado haciéndole nacer en rango tan elevado de la sociedad? Recordaría entonces el moribundo sus largos años de alegre soltería en que aprovechándose de su poder social había sometido por la violencia al servicio de sus placeres a tantas mujeres que de él dependían para su subsistencia, a tal punto de escándalo que el santo Obispo de Caracas se había visto obligado por las quejas de sus víctimas a amonestarle severamente. (Bolívar, Tom. I, Cap. 2°).

****

A la vista de lo dicho, no es de extrañar que, en buena parte de la sociedad caraqueña de aquel tiempo fuera objeto de escándalo el carácter depredador del padre del Libertador, solterón y empedernido donjuán hasta bien entrados sus 46 años. Al respecto, el historiador Roberto Barletta Villarán se hace también eco de que el escandaloso comportamiento de don Juan Vicente de Bolívar se mereció una seria reconvención del obispo don Diego Antonio Díez, que se sintió obligado a recriminarle los múltiples abusos sobre mujeres de cualquier categoría social o raza, casadas o solteras, mantuanas o de la Plebe. La gota que colmó el vaso de la indignación del Obispo fue la muy expresiva manifestación de queja y súplica de amparo que, en septiembre de 1765, le entregó en mano la buena cristiana llamada María Jacinta Fernández. Vale la pena transcribir en su literalidad la queja de aquella señora muy gravemente vilipendiada:

Señor Ilustrísimo: El conflicto en que me hallo me hace acogerme a su amparo como a mi padre y pastor porque me veo perseguida de un lobo infernal que quiere a fuerza que me lleve el diablo junto con él. Este lobo es Don Juan Vicente Bolívar que ha muchos días me anda persiguiendo para que peque con él, siendo yo una mujer casada y se ha valido de cuantas astucias le ha enseñado lucifer, pues mandó a mi marido a Los Llanos, a su hato, a buscar ganado, por tener más libertad para ejecutar su maldad y como yo me le resistí fuertemente a varias instancias y promesas que me hizo y no pudiendo conseguir nada con halagos, me pretende ahora con amenazas, pues la otra tarde estuvo aquí y viendo mi última resolución de no ofender a Dios, me dijo que me había de acabar a mí y a todos mis parientes, y respondiéndole yo que Dios me diera vida para quitarme junto del, me dijo que a donde quiera que me fuera más que me metiera dentro de la tierra, me había de perseguir, yo no lo dudo porque él es muy temoso y enconoso, pues los otros días prendió en el cepo de ambos pies a mi tío Antonio, solamente porque Juana Requena, su mujer, sacó aguardiente sin saberlo mi tío, pues no fue en su casa ni lo sacó su propia mujer sino que se valió de otra persona siendo así que así en este pueblo como en el La Victoria lo sacan públicamente todos los quieren, pues el mismo Teniente les vende el melado y les compra después el aguardiente de caña para revolverlo con el de España como se sabe de público, y esto lo hizo con mi tío, siendo un hombre santo, solamente porque su mujer denunció contra él a Su Ilustrísima cuando estuvo en este pueblo y si estándome pretendiendo con halagos no se para en que era mi tío para prenderlo tan sin razón, ahora que ha visto mi última resolución que no hará y si estando su Ilustrísima tan cerca no se para en vivir tan sin freno, una vez que se aleje, pobre de nosotros. Yo, señor, estoy resuelta a no ofender a Dios, pero soy mujer y no sé si me veo más apretada caer en la tentación, ya si no hago otra cosa que pensar como me defenderé de este mal hombre; a veces pienso decirle que si y tener un cuchillo prevenido para quitarle la vida por tener la gloria de libertar este pueblo de este cruel tirano, pero me acobardo porque no sé que haré puesta en el lance, en fin ya no duermo pensando en este hombre, ya yo he ocurrido a quien pueda remediarlo si no se remedia yo hiciera algún disparate o por verme tan acosada cayere no será ya culpa mía porque por fin soy baso flaco. Advierto a su Ilustrísima que esto no lo sepa mi marido porque él le tiene muchísimo miedo y si sabe que yo escrito esta carta me quitará la vida porque el Teniente no lo persiga a él como está persiguiendo a mi tío porque su mujer denunció contra él.

Dios nos guarde a nuestro pastor los muchos años que necesitamos sus ovejas. San Mateo, y setiembre de 1765. Besa los pies de Su Ilustrísima su humilde criada María Jacinta Fernández.

- Si no quieres que te vea como el más feroz y hambriento de los lobos entre mis ovejas y actúe en consecuencia, cásate y te redimirás con el santo matrimonio, pudo muy bien decirle el buen Obispo.

Era para tener muy en cuenta el serio aviso del Obispo, además de la eclesiástica, con autoridad civil suficiente para meter en cintura, incluso por lo penal, al desaforado donjuán. El caso fue que éste, a los pocos meses de la regañina episcopal, cambió de estado en 1772, ya cumplidos los cuarenta y seis años: La elección, previamente discutida y concertada con don Feliciano Palacios de Aguirre y Ariztía-Sojo y Gil de Arratia (1730-1793), padre de la novia, recayó en una adolescente de catorce años llamada María de la Concepción Palacios y Blanco (1758-1792).

Don Feliciano Palacios ostentaba los cargos de Regidor y Alférez Real de Caracas, después de haber figurado como Capitán de la Primera Compañía de Criollos de Caracas en 1751, Tesorero de la Santa Cruzada y Alcalde Ordinario de la ciudad en 1752. Aunque su hacienda era considerablemente inferior a la de don Juan Vicente de Bolívar y Ponte, la consideración social entre los mantuanos no era menor en cuanto Don Feliciano, a la par de haber desempeñado cargos de especial importancia, era del dominio público el hecho de que, entre sus lejanos ancestros, estaba el infante Don Juan Manuel de Castilla (1282-1348), Príncipe de Villena, más conocido como autor de la joya literaria "El Conde Lucanor" (1235) que por ser nieto de Fernando III el Santo (1199-1252), Rey de Castilla y León.

Ya cumplidos los dieciocho años, Doña María de la Concepción tuvo en 1777 a María Antonia, su primogénita; sucesivamente, con dos años de intermedio, vinieron al mundo Juana Nepomucena (1779), Juan Vicente (1781) y, un año más tarde, el revolucionario de la tradicional situación hispanoamericana: Simón José Antonio de la Santísima Trinidad de Bolívar Palacios Ponte y Blanco, más conocido como

Simón Bolívar y, aún más, como el **Libertador**, título que le fue otorgado en 1813 por el cabildo de la Mérida de Venezuela.

Llegados a este punto y a efectos de contrastar que la fiebre independentista fue cuestión de familia, es de rigor señalar el hecho del cual hacen eco diversos historiadores, entre ellos, la citada Marie Arana, cuyo es el siguiente apunte: según su "Bolívar, el Libertador":

"El 24 de febrero de 1782, año y medio antes del nacimiento del niño, que daría lustre al apellido familiar, don Juan Vicente se reunió con dos compañeros mantuanos, redactó una carta en la que proponía una revolución y se la envió a Francisco de Miranda, coronel y disidente venezolano, que se había atrevido a decir públicamente que su patria debía deponer su lealtad a la Corona". (Marie Arana – "Bolívar, el Libertador").

****

Antes de entrar en su vida, ideas y hechos, buenas serán unas pocas referencias sobre quién y cómo era Simón Bolívar, el Libertador. En primer lugar, veamos lo que, no sabemos si con sinceridad o con cinismo, llegó a decir de sí mismo en una carta dirigida en 1825 al que fue vicepresidente de la "Gran Colombia", general Francisco de Paula Santander (1792-18409:

Yo no soy Libertador, ni lo fui jamás. ¿Quién daría lo que no posee? Para libertaros, hubiera tenido que ser libre yo, pero, ¿cómo daros la libertad si yo no la tenía? Y diréis: ¿pero no eras tú pudiente, noble? Noble, pudiente, sí; pero libre, no. La libertad es un don del cielo que no es dado sino a muy pocos poseer. Yo no nací entre esos elegidos. Mi cuna se meció entre las cadenas doradas del privilegio. Nací esclavo de la pasión de mando, menos libre, como hombre, que los negros que yo mismo llamaba «mi esclavitud» siendo así que era yo más esclavo de ellos que ellos de mí. Toda mi vida fui esclavo de mis pasiones. No os hablaré de la más escandalosa, al fin y al cabo la más venial; sólo, de pasada, os recordaré que desde el día en que entré en Quito viví atado a una mujer con cadena de rosas sin que ni las espinas que ocultaba me la hicieran menos llevadera. Pero padecí otras que me tiranizaron mucho más. Fui cruel. No lo neguéis. Ya desde aquí, ¿para qué me serviría vuestro piadoso disimulo? Fui cruel con los españoles, y tanto que un día exclamé: «Después de haber hecho el Nerón contra los españoles, me basta de sangre.» Fui cruel con los indios, y porque se cruzaron en mi camino los de Pasto, los hice exterminar. Fui ambicioso; y para satisfacer mi ambición, no vacilé en desgarrar, apenas seca su tinta, constituciones que había jurado respetar; ni me tembló la mano al vaciar los hogares de su juventud por la recluta forzosa ni al desolar los campos y las ciudades con los horrores de la guerra.

****

El general José Antonio Sucre (1795-1830), Gran Mariscal de Ayacucho según título otorgado por el propio Libertador, dijo de éste:

> El general Bolívar es delgado, y algo menos de una regular estatura. Viste bien, y tiene un modo de andar y presentarse franco y militar. Es jinete muy fuerte y atrevido, y capaz de resistir grandes fatigas. Sus maneras son buenas y su aire sin afectación, pero que no predispone mucho á su favor. Se dice que en su juventud fue de buena figura; pero actualmente es de rostro pálido, pelo negro con canas, ojos negros y penetrantes; pero generalmente inclinados á tierra ó de lado cuando habla; nariz bien formada, frente alta y ancha y barba afilada; la expresión de su semblante es cautelosa, triste..../ Su carácter, viciado por la adulación, es arrogante y caprichoso.... Su imaginación y su persona son de una actividad maravillosa.... Su voz es gruesa y áspera; pero habla elocuentemente en casi todas materias....

****

José Vasconcelos (1882-1959), el famoso y controvertido escritor mejicano, se expresó de la siguiente manera sobre el "Libertador":

> "Mi Bolívar procura encarnar el héroe castizo, que, a través de su época anárquica, y pese a yerros y caídas, vuelve a la claridad del pensamiento patriótico en las postrimerías de su carrera resplandeciente. Y nos señala los riesgos de la obra que él mismo contribuyó a consumar; se empeña en corregirla. Aun así, no faltarán ánimos suspicaces que me acusen de irreverencia porque añado al pensamiento bolivariano juicios y

puntos de vista que ellos no han previsto. Sin embargo, no tomaría a Bolívar de vocero de urgentes advertencias modernas si no reconociera en él una figura genial, capaz de transformar y superar sus propias visiones de acuerdo con las circunstancias nuevas. Uno, en fin, en quien se manifestaron las calidades máximas junto con los defectos peculiares del temperamento iberoamericano.»

****

Para los que quisieran conocer algo relativo al físico, aficiones y hábitos del "**Libertador**", transcribimos lo que, al respecto, escribe la ya citada escritora Marie Arana, en su libro BOLIVAR, Libertador de América:

"A pesar su menguado físico, un metro con sesenta y siete y apenas 59 kilos, el hombre poseía una innegable intensidad. Sus ojos eran de un negro penetrante y su mirada inquietaba. La frente era profundamente arrugada, los pómulos altos, los dientes uniformes y blancos; la sonrisa sorprendente y radiante. Los retratos oficiales presentan a un hombre menos imponente: pecho magro, piernas increíblemente delgadas; manos pequeñas y hermosas, como las de una mujer. Pero cuando Bolívar entraba a una habitación, su poder era palpable. Cuando hablaba, su voz motivaba. Disfrutaba de la buena cocina, pero podía aguantar días, incluso semanas de hambre severa. Pasaba jornadas agotadoras a lomos de su caballo: su resistencia como jinete era legendaria. Incluso los llaneros, domadores de caballos de las recias llanuras venezolanas, lo llamaban con admiración "Culo de Hierro". Como ellos, prefería pasar las noches en una hamaca o envuelto en su capa sobre el suelo desnudo. Pero se sentía igualmente cómodo en un salón de bailes o en la ópera. Era un soberbio bailarín de conversación ingeniosa, un cultivado hombre de mundo, que había leído mucho y podía citar a Rousseau en francés y a Julio César en latín. Viudo y con juramento de soltería, también era un mujeriego insaciable".

****

Respecto a la semblanza del **Libertador**, no podemos dejar de citar a Henri Louis Ducoudray Holstein (17172-1839) aventurero alemán, general francés a las órdenes de Napoleón y, también, general en la "guerra de la Independencia Americana" en estrecha relación con su protagonista principal como amigo, confidente y jefe de su estado mayor, lo que le permitió escribir un libro sobre su vida: Memorias de **Simón Bolívar y de sus principales generales**, publicado en 1828 y del que hacemos la siguiente transcripción:

"Simón Bolívar mide cinco pies y cuatro pulgadas de estatura, su rostro es enjuto, de mejilla hundidas, y su tez pardusca y lívida; los ojos, ni grandes ni pequeños, se hunden profundamente en las órbitas; su cabello es ralo. El bigote le da un aspecto sombrío y feroz, particularmente cuando se irrita. Todo su cuerpo es flaco y descarnado. Su aspecto es el de un hombre de 65 años Al caminar agita incesantemente los brazos. No puede andar mucho a pie y se fatiga pronto. Le agrada tenderse o sentarse en la hamaca. Tiene frecuentes y súbitos arrebatos de ira, y entonces se pone como loco, se arroja en la hamaca y se desata en improperios y maldiciones contra cuantos le rodean. Le gusta proferir sarcasmos contra los ausentes, no lee más que literatura francesa de carácter liviano, es un jinete consumado y baila valses con pasión. Le agrada oírse hablar, y pronunciar brindis le deleita. En la adversidad, y cuando está privado de ayuda exterior, resulta completamente exento de pasiones y arranques temperamentales. Entonces se vuelve apacible, paciente, afable y hasta humilde. Oculta magistralmente sus defectos bajo la urbanidad de un hombre educado en el llamado beau monde, posee un talento casi asiático para el disimulo y conoce mucho mejor a los hombres que la mayor parte de sus compatriotas."

Capítulo 5°

DESDE LA CUNA A LAS PRIMERAS LECCIONES DE "ILUSTRADA" MODERNIDAD

Pedro José Antonio de la Santísima Trinidad Bolívar Palacios (nombre original del Libertador), nació a las ocho de la noche del 24 de julio de 1783. Más por hábito entre las mantuanas de la más alta sociedad que, por motivos de salud, la madre, doña María de la Concepción Palacios, anticipadamente, había renunciado a la lactancia del recién nacido, que hubo de mamar la leche de la negra Hipólita, fiel esclava que, por aquellas fechas, había traído al mundo a una niñita llamada Úrsula, hermana de leche del Libertador, el cual no dejaría de manifestar especial cariño por "su madre y hermanas negras". Al respecto, José A. Hofmann Delvalle recuerda un dicho del propio Libertador:

> "Mi cuna se meció entre las cadenas del privilegio. Nací esclavo de la pasión de mando, menos libre, como hombre, que los negros a los que llamaba esclavos"

En el momento del bautismo, el sacerdote oficiante, don Juan Félix Jerez de Aristeguieta y Bolívar, primo carnal del recién nacido por ser hijo de la hermana mayor de don Juan Vicente de Bolívar y Ponte, cambió el nombre de Pedro por el de Simón, se dice que con la idea de infiltrarle más adelante el deseo de emular la memoria del antecesor familiar Simón de Bolívar el Viejo (citado en el capítulo anterior), aun presente en la memoria de los caraqueños y motivo de orgullo para la familia Bolívar. Al respecto, el Libertador escribiría muchos años después:

> "Simón es un nombre que en la familia es más como una enfermedad de lo mucho que se repite. Una enfermedad de verdad también, porque lo llevaban tanto mi quinto abuelo Simón de Bolívar el Viejo, el primer Simón Bolívar, y mi cuarto abuelo, Simón Bolívar el Mozo, como el primer Bolívar en Venezuela. Como ambos eran a cuál más de locos, esto me

deja a mí como Simón Bolívar el Niño, en su digna compañía, y para muchos, más loco que los viejos Simones".

El primo canónigo falleció en 1785, apenas año y medio después del bautizo, sorprendiendo a toda la familia al dejar a Simoncito toda su inmensa fortuna, en la que se pudo contar una soberbia casona, de la que, más tarde, el Libertador hizo su residencia habitual, considerable suma en metálico, tres plantaciones con unos 95 mil árboles de cacao y un numeroso servicio de cultivadores y esclavos. Con esta herencia, su alícuota parte familiar y el mayorazgo, que obtuvo en 1811 al fallecer en el mar su hermano Juan Vicente Bolívar Palacios (1781-1811), durante cierto tiempo, el Libertador resultó ser el hacendado más rico de la Capitanía General de Venezuela.

En lo referente a las "primeras letras", "Simón Bolívar el Niño" solo indirectamente pudo recibir la influencia de su padre, fallecido el 16 de enero 1786; pero sí que algo le pudo llegar de los efectos en la familia del carácter altanero y egocéntrico de alguien que, por lo que de él se cuenta, pensaba y vivía como un señor feudal intemporal, aunque un tanto ilustrado y sin perderse las principales ceremonias religiosas. Según se estilaba en la época y gracias a las permisividades legales debidas a Felipe V (1683-1746), don Juan Vicente Bolívar y Ponte compraba y vendía esclavos a los que nunca dejó de tratar como, otrora, hicieron los "grandes señores" con sus vasallos.

No muy diferente fue la temprana educación recibida por el Libertador de su madre, fallecida con solo 34 años el 6 de julio de 1792. De ella, Madariaga nos dice que era una mujer de su tiempo, clima social y con el prejuicio de la personas que se creen haber venido a este mundo ser servidas, aunque ello signifique pasar por alto las recomendaciones cristianas oídas en la homilía del domingo, a cuya misa nunca faltan: cuando se trataba de la compra de esclavos, la joven señora sopesaba con la mayor frialdad la edad, aspecto y capacidades de cada uno, tal como se refleja en alguna de sus cartas, en la que se puede leer:

«No hay que precipitarse en esto de compras de esclavos, que es menester que sean muy buenos, para dar por ellos el dinero que piden [...] es un dolor dar trescientos pesos por unos esclavos que apenas pueden servirte ocho años, y la negra que ni parir puede mucho».

Doña María de la Concepción era, pues, una mujer poco dispuesta a perderse en la abstracción: Vivía atenta a la tarea del día: positiva, práctica, tomaba como cosas consabidas y sin discusión su familia, su fortuna, sus esclavos y una fe religiosa acomodada a las circunstancias de tiempo y lugar. Debió ser una madre según los cánones de las más encopetadas madres mantuanas, ni demasiado dura ni demasiado tierna, admirable ama de casa y administradora activa y eficaz de sus haciendas, aunque muy poco conforme con el espíritu cristiano latente en la semilla sembrada por heroicos y singulares misioneros hasta ser, en buena parte, destruida por el odio y el llamado "despotismo ilustrado", pero aún patente en las ruinas de fraternas, prósperas y brillantes realidades sociales cual fueron las "reducciones del Rio de la Plata", **"Patrimonio cultural de la Humanidad"**, según la Unesco, "por representar una experiencia económica y sociocultural sin precedentes en la historia de los pueblos". Del día a día de aquella experiencia genuinamente cristiana nos habla el padre Bruxel, S.J. en términos, que bien valen ser tenidos en consideración, especialmente por todos aquellos que, deseando cambiar el mundo, empiezan por cambiarse a sí mismo desde la luz que descubren en el Evangelio:

"Al amanecer, despertaban los indios con el repique de campanas y a tambor batiente. Delante de la iglesia, los niños recitaban en dos coros el catecismo y las oraciones que sabían, y luego asistían a misa, con la libre participación de muchos adultos. El trabajo no pasaba de seis horas diarias. En cuanto los hombres se ocupaban en la labranza o en talleres, y las mujeres, en casa, ejecutaban su tarea de hilar la lana y el algodón, los niños desde los siete años se entregaban a la comunidad tanto para el trabajo como para las tres comidas diarias. Algunos niños, especialmente los hijos de caciques iban a las clases de música, canto y danza, o a los talleres, en cuanto a la gran mayoría trabajaba en las labranzas comunes. Los adolescentes extirpaban con un hueso de buey las malezas que crecían en los algodonales, arrastraban leña de arbustos y árboles pequeños para llevarlos a los hornos de hacer tejas y ladrillos y barrían las calles, las niñas recolectaban algodón, quedando para los más jóvenes la divertida ocupación de espantar los loros y otros pájaros que atacaban los maizales. Al toque de la campana, al mediodía, todos paraban por dos horas para el almuerzo y volvían al trabajo. A las cinco o seis de la tarde, la campana llamaba a los niños para el catecismo seguido del rosario en el que igualmente participaban muchos adultos. Los niños tomaban la cena, las mujeres recibían la carne y la yerba mate para la familia y todos regresaban para casa. Poco después, al anochecer, el pueblo quedaba en silencio".

****

Huérfanos de padre y madre en 1786 y 1792, respectivamente, los cuatro hermanos Bolívar Palacios pasaron al cuidado del abuelo materno don Feliciano Palacios, fallecido el 5 de diciembre de 1793 no sin antes haber arreglado los matrimonios de sus dos nietas María Antonia y Juana (catorce y trece años, respectivamente) y de haber delegado la tutoría de Juan Vicente y Simon (diez y nueve años) en su hijo Carlos Palacios y Blanco (1762-1805).

Don Feliciano también se había preocupado de reactivar el espinoso asunto de los títulos de nobleza complicándolo aún más con el añadido de la solicitud del condado de Casa Palacios de forma que a Juan Vicente, el mayor de los dos hermanos varones, le correspondiese el de marqués de San Luis de Cura y el de conde de Casa Palacios para Simón. Recordemos que, al respecto, los Bolívar habían donado 22 mil escudos para la concesión del primero de los títulos; no necesitamos decir que estaban dispuestos a la aportación de otro tanto para el segundo. De las pertinentes gestiones en la Corte de Madrid se había responsabilizado Esteban Palacios y Blanco (1768-1830), el séptimo de los once hijos de don Feliciano, y, al respecto, en 1792 viajó hasta la Corte y, luego de darse a conocer como miembro de una de las principales familias caraqueñas, fijó en ella su residencia durante no menos de veinte años tomando parte muy activa en la vida social y política llegando a ser diputado en las Cortes de Cádiz por la Capitanía General de Venezuela.

Por demás, Esteban logró ser aceptado en los círculos más selectos de la Capital, lo que le permite entablar estrecha amistad con personajes de la mayor relevancia por aquel entonces, entre ellos, el también venezolano Manuel Mailló, entonces guardia de corps para, años más tarde, entrar en el círculo íntimo de los reyes en similar forma a lo ocurrido con Godoy. Contrariamente a lo esperado, ello no sirve gran cosa para resolver el "nudo de la Marín", es decir, el viejo asunto de la bisabuela María Josefa Marín de Narváez (1668-1692), cuya madre no figuraba en los expedientes de pretensión nobiliaria que, al parecer, fue obviada por los solicitantes ante las reticencias caraqueñas sobre la limpieza de sangre en todos los miembros de la familia Bolívar-Palacios. Es lo que se desprende de la siguiente reseña sobre la dicha señora en el portal gw.geneanet.org:

Bisabuela paterna de Simón Bolívar, hija natural reconocida del capitán Francisco Marín de Narváez; bautizada en la catedral de Caracas el 26 de abril de 1669. Casó a los 13 años de edad, en 1681, con Pedro Ponte Andrade Jaspe de Montenegro. Éste era sobrino de su tutor el proveedor Pedro Jaspe de Montenegro, en sustitución de su tutora original, María Marín de Narváez. Del matrimonio nació (entre otros hijos), María Petronila, quien a su vez casó con Juan de Bolívar y Martínez Villegas, y fueron los abuelos paternos de Simón Bolívar, el Libertador. La presencia de María Josefa Marín de Narváez, como personaje histórico, en la genealogía del Libertador, reviste interés por dos motivos: por una parte, como única heredera de la cuantiosa fortuna del capitán Francisco Marín de Narváez, incorpora al patrimonio familiar de los Bolívar propiedades tan importantes como la Casa Natal del Libertador y las minas de cobre de Aroa (llamadas también de Cocorote) y por otra, son precisamente las irregulares condiciones de su nacimiento, unidas al empeño que su padre tuvo en mantener oculto el nombre de su madre, la base principal de diversas suposiciones tendenciosas, sobre la posibilidad de que el Libertador tuviera en su ancestro sangre negra o indígena. El título de Marqués de San Luis fue donado por Felipe V a un convento en 1737, y fue puesto en venta por 22.000 doblones de oro. Juan de Bolívar ordenó su compra de inmediato. Pero la adquisición no estaba destinada a prosperar. Los Bolívar como muchos otros inmigrantes se habían mezclado con América en más de una forma, y poseer un título nobiliario requería más que una abultada fortuna. Al ser examinados para comprobar su pureza de sangre, basada en el compromiso religioso y el reconocimiento lineal de la casta hacia el pasado español, las autoridades detectaron a un miembro de la familia incompatible con un título. Su nombre: Josefa Marín de Narváez. De haber sido capaz don Juan de Bolívar de comprar del título la historia de los Bolívar hubiese sido completamente distinta. Sus vidas se hubiesen apegado a las tradiciones de la nobleza peninsular que al final hubiesen amaestrado el carácter rebelde del apellido. Pero la corona evitó la transacción negando el título y por consiguiente, escribiendo sin querer la historia de su futura destrucción.

****

Cuando el 19 de enero de 1799 se hace a la vela en La Guaira para su primer viaje al extranjero, Simón Bolívar, a los quince años y medio, era un adolescente de raigambre aristocrática, privilegiada y tradicional, pero ya con sueños de libertad y de revolución; unido a España en lo hondo de su ser, pero ya separado de España por sus ideas y propósitos. Ello, en atropellada confusión, según nos hace ver el bien documentado historiador Roberto Barletta Villa ("Breve historia de Bolívar") , para el cual, su biografiado era un niño disperso, altanero y más dedicado a las distracciones que a cualquier temática de estudio. De talante altivo e inquieto, a pesar de su corta edad siempre encontraba una réplica, a veces insolente, a flor de labios para cualquiera de sus mentores en una educación de la que, en carta a Santander del 20 de mayo de 1825, él mismo diría lo siguiente:

> "No es cierto que mi educación fue muy descuidada, puesto que mi madre y mis tutores hicieron cuanto era posible porque yo aprendiese; me buscaron maestros de primer orden en mi país. Robinson, que usted conoce, fue mi maestro de primeras letras y gramática; de bellas letras y geografía, nuestro famoso Bello; se puso una academia de matemáticas sólo para mí por el padre Andújar".

El "padre Andújar" (Francisco de Paula Ravé y Berdura, nacido en Andújar en 1760), un sabio y piadoso misionero capuchino, venido de España en abril de 1795), formó parte de los educadores de Simoncito cuando éste ya había cumplido los doce años y se creía con luces suficientes para marcarse su propio destino. Podemos pensar que, aunque el buen fraile hiciera lo posible por hablarle de Religión entre clase y clase de matemáticas, ya el chico estaba de vuelta de no pocas religiosas cuestiones puestas precedentemente en tela de juicio por ese Robinson, el principal de sus educadores (para él «un genio y un portento de gracia») si tomamos en consideración lo que el propio Bolívar, ya en la madurez, manifestó por carta a su maestro:

«Con qué avidez habrá seguido Vd. mis pasos; estos pasos dirigidos muy anticipadamente por Vd. mismo. Vd. formó mi corazón para la libertad, para la justicia, para lo grande, para lo hermoso. Yo he seguido el sendero que Vd. me señaló [...], no he podido jamás borrar siquiera una coma de las grandes sentencias que Vd. me ha regalado. Siempre presentes a mis ojos intelectuales las he seguido como guías infalibles»

Se sabe que, antes que ese Robinson "genio y portento de gracia", llamado, en realidad, Simón Rodríguez Briceño (1769-1854), se cuidara de la educación de Simoncito, cuando éste no pasaba de las primeras letras y por su rebeldía de niño rico al que todo se le permitía, tuvo durante unos dos años otro maestro o tutor al que terminó resultando insoportable. Este fue un acreditado jurista llamado Miguel José Sanz Márvez (1756-1814), el mismo que, andando el tiempo, sería reconocido por el propio Miranda como uno de los principales ideólogos del movimiento independentista. Había sido contratado de manera exclusiva por doña Concepción por entender que era la persona idónea para encauzar a un hijo que, desde muy pequeño, presumía de absoluto despego hacia ella hasta el punto de que, en supina ignorancia de la persona a la que debía la vida, daba el título de mamá a Hipólita, la esclava negra que le había dado el pecho.

Según nos cuenta el citado biógrafo, Sanz era un hombre hosco y autoritario, demasiado rígido para entender al niño o generar en él otra cosa que no fuese rechazo. Un día Sanz le dijo a Simoncito que era un «barrilito de pólvora», y Bolívar le respondió que entonces se alejara, «que podía quemarlo». Otro día, estando Simoncito a la mesa y pretendiendo intervenir en el diálogo entre Sanz y unos invitados, el jurisconsulto le espetó: «Cállese usted y no abra la boca». Como el niño dejara de comer, Sanz lo inquirió, a lo que el pequeño contestó con pacífica insolencia: «Porque usted me ha dicho que no abra la boca».

Cuando dicho tutor consideró colmada su paciencia, don Feliciano, el ya muy envejecido abuelo, contrató para el mismo cargo al citado Robinson, es decir, a Simón Rodríguez, que es el nombre con el que ha pasado a la Historia, si bien un Salvador de Madariaga le llama Simón Briceño. Había de ser una educación a parte entera como si el discípulo formara parte de la familia del maestro, entonces con no más de veintiún años y ya con otros pocos discípulos alojados en su propia casa al igual que, en principio, estuvo Simoncito.

A pesar de su juventud, Simón Rodríguez llevaba unos años de intensa vida aventurera. Había estado en Europa, era ilustrado, inteligente y carismático, por lo que Don Feliciano esperaba que el joven aportara un influjo positivo sobre el pequeño rebelde. Pero Simón Rodríguez era además extravagante y cínico. Había leído a los filósofos franceses de la Ilustración y sobre todo el Emilio de Rousseau. Para aplicar en Simoncito los postulados rusonianos, lo llevó a la hacienda de San Mateo para acercarlo a la naturaleza. Según Rousseau, para obedecer al alma debía ser vigoroso el cuerpo; por lo tanto, a Simoncito le despertaban al amanecer y llevado a menudo a largas excursiones a través del campo. En los descansos, Rodríguez le hablaba de los conceptos de Libertad, de los Derechos del Hombre y le leía las Vidas Paralelas de Plutarco para que emulara a los grandes hombres. Con la ayuda de los peones de la hacienda, Rodríguez le enseñó a Simoncito a montar a caballo, nadar y a manejar el lazo.

****

Mucho y desde distintos colores se ha escrito y hablado sobre la estrecha concomitancia y rusonianas relaciones entre Simón Rodríguez y Simón Bolívar, de indiscutible trascendencia en los avatares que están ocupando nuestra atención. Por nuestra parte, creemos que uno los que han tratado el tema y más se han aproximado a la realidad es don Salvador de Madariaga en su "Bolívar", cuya es la siguiente descripción:

> Pero la influencia de Simón el Mayor sobre Simón el Menor no ha sido precisamente del orden de las cosas que los chicos aprenden en la escuela. Es casi tan difícil desenmarañar hechos y fantasías de la vida de un Simón como de la del otro. Los biógrafos de Simón Carreño suelen dar cierta importancia a sus ideas sobre la enseñanza, que incorporó en una memoria presentada al cabildo de Caracas
>
> Para aquel niño tan inteligente, desconectado de sus recuerdos y emociones, Simón Carreño era el emisario de un orbe nuevo: el orbe de las ideas. Era como un celaje de nubes esplendorosas por encima de un paisaje solitario y sin árboles. Justicia, libertad, igualdad, república, educación, posteridad, fraternidad, naturaleza, diosas del cerebro, amantes del

111

corazón, que el joven omnisciente de veintiún años hacía surgir como por encanto ante los ojos fogosos y la imaginación ardiente de un niño de once. De todas estas nuevas deidades, una atraía mucho más que las otras a aquel niño ávido de vida; porque era español y porque se sentía allá en lo hondo atado por fuertes tradiciones: ¡La libertad! ¡Fuera cadenas! Ni familia, ni hogar, ni religión, ni santos. Ni santos ni siquiera en el nombre, mientras que él tenía por nombre todo un rosario de santos terminando en el santo nombre de la Santísima Trinidad. Legumbres y flores. Maíz y Tulipán. Cinismo en lugar de reverencia, cinismo hasta en las cosas más sagradas, hasta gratuito y fuera de lugar. Aquella familia empapada en su genealogía había dado al niño un maestro-secretario que se divertía en afirmar que no había conocido a su padre, pero muy bien a un fraile que visitaba a su madre. Y era hijo legítimo de una mujer honrada.

No es probable que propósito tan cínico saliera de los labios mordaces de Simón Carreño, ni siquiera que lo concibiese su cerebro cuando entre veintiún y veintiséis años enseñaba primeras letras a Simón Bolívar entre nueve y catorce. Pero ya la tendencia cínica apuntaba en él. Era una tendencia a la rebeldía contra la autoridad, a la anarquía contra el orden, al racionalismo contra la religión, al pensamiento abstracto contra la tradición orgánica, a la libertad del ser contra todas las trabas de dentro como de fuera. Pero era también algo más. Por muy negativo que fuera el Simón rusoniano, también tenía su fe, sus ideales, un alma digna y recta a su modo. Bolívar no.

Claro que, en honor a la verdad, hemos de recordar que los modelos de educación juvenil propugnados por Rousseau obvian ostensiblemente todo lo referente a una conciencia personal mínimamente exigente. Esto ya lo apreciábamos desde la perspectiva cristiana; no menor censura le viene a Rousseau desde su coetáneo Voltaire, no menos "ilustrado" que él. Veamos lo que llegó a decir de la vida y obra del autor de "Emilio o la educación": ¿Quién es ese hombre que piensa que se le deben levantar estatuas y con la misma humildad compara su vida con la de Jesús; ¿ese que ultraja al cristianismo y a la Reforma, e insulta a nuestros gobernantes y pastores? ¿Es un erudito que habla en contra de otros eruditos? No, es un desgraciado sifilítico que arrastra tras de sí, de pueblo en pueblo y de montaña en montaña, a una ramera, a cuya madre él ha matado, y con la que ha tenido hijos y los ha abandonado a la puerta de un hospicio. (Voltaire, 1764)

Fue, pues, Simón Carreño, sigue diciéndonos Madariaga, el hombre que más influyó en lo consciente sobre Simón Bolívar. «Siempre presentes a mis ojos intelectuales», dice admirablemente, dando así con toda exactitud la índole abstracta y consciente de esta influencia de su antiguo maestro sobre su ser. Este idealismo super impuesto y forjado ex profeso por el intelecto es precisamente el que inspira una frase maravillosa, verdaderamente bolivariana en su vigor, que expresa con la mayor claridad la influencia de Carreño: «Ya que no puedo yo volar hacia Vd. hágalo Vd. hacia mí; no perderá Vd. nada; contemplará Vd. con encanto la inmensa patria que tiene, labrada en la roca del despotismo por el buril victorioso de los libertadores.» Este hijo de las seculares Indias españolas, con un mundo de antepasados dentro de sí —un mundo de frailes y de conquistadores, de pobladores y de encomenderos, de siervos indios y de esclavos negros, mundo de orden y de poder, de fe y de tradición—, este hijo de las Indias seculares hondamente arraigado en aquella tierra en que yacía sepulta tesonera tradición de vigor increíble, debía al filósofo ambulante su luz, sus cielos, sus meteoros y sus nubes—todo el mundo intelectual de ideas e ideales que se extendía como gloriosa bóveda azul sobre su cabeza—. Y entre aquel, cielo y aquella tierra, hombres a rastras.

En julio de 1797, Simón Rodríguez, que contaba entonces 27 años, se sintió obligado a renunciar a su cargo de maestro y a huir precipitadamente hacia Jamaica por estar involucrado en la "Conspiración de Gual y España", nombre con el que se conoce en la historia de Venezuela al primer movimiento independentista. Iniciado meses atrás en La Guaira, antigua Capitanía General de Venezuela, fue descubierta el 13 de julio de 1797 y finalizó el 8 de mayo de 1799 con la detención de sus líderes: Manuel Gual (1759-1800), capitán de infantería y hombre de refinada cultura, y José María España (1761-1799), teniente de justicia en Macuto, Venezuela. Gual y España habían elaborado un detallado proyecto de revolución con los objetivos de emancipación política de España, implantación de un sistema republicano, la abolición de la esclavitud y establecimiento de la libertad de comercio. Manuel

Gual logró escapar hacía Europa y José María de España fue ejecutado en la plaza mayor de Caracas.

Carlos Palacios, tío y tutor de Simoncito trató de cubrir el hueco dejado por Simón Rodríguez, ahora llamado Samuel Robinson, con profesores acreditados en las materias que estimaba de particular conveniencia para su díscolo y autoritario sobrino. Entre ellos estuvo el famoso humanista chileno Andrés Bello (1781-1865), el cual, con solo tres años más que Simoncito, ya destacaba como joven maestro en bellas artes y geografía tras apretados cursos en el seminario de Santa Rosa y la Universidad.

Según nos cuenta Barletta Villarán, la relación entre ambos ilustres personajes no pudo ser más calamitosa: Bello, quien sería luego un filólogo, poeta y autor de una gramática de lustre universal, la experiencia con Bolívar no fue mala, fue desastrosa. Andrés Bello desarrolló tal animadversión hacia Bolívar que ni aún la gloria obtenida por el Libertador mucho después pudo reconciliarlo con la imagen de aquel infante insoportable. Bolívar escribiría sobre Bello: «Yo conozco la superioridad de este caraqueño, contemporáneo mío; fue mi maestro, cuando teníamos la misma edad, y yo lo amaba con respeto». Sea como fuere, es seguro que si en aquellos años tempranos Bolívar «lo amaba con respeto», dicho sentimiento ni fue percibido ni fue recíproco en Bello. Bolívar diría también: «Su esquivez nos ha tenido separados en cierto modo, y, por lo mismo, deseo reconciliarme; es decir, ganarlo para Colombia».

Pero sí que parece que Bolívar nunca olvidó a Andrés Bello, aunque de distinto ángulo a como consideraba al tan citado Simón Rodríguez, alias Samuel Robinsón. Marie Arana, en su citado libro, ve la razón de ello en la radical diferencia de perspectiva moral entre uno y otro "maestro" de Bolívar:

> Simón Rodríguez, escribe Marie Arana, había nacido en Caracas en 1771, parido en secreto y abandonado por padres que bien podían haber sido mantuanos. La nota que metieron en la manta del bebé cuando lo dejaron a su suerte ante una puerta decía que era hijo bastardo de dos blancos. Lo adoptó doña Rosalía Rodríguez y, posteriormente, el sacerdote don Alejandro Carreño. De estos dos benefactores tomó su nombre (Simón) Rodríguez Carreño. Finalmente, sin embargo, en

un ataque de rencor contra la Iglesia, omitió el Carreño. De hecho, la mayor parte de la vida de Rodríguez tendió al resentimiento. Era irascible, libidinoso, impredecible, peripatético y hablador compulsivo cuyo método de enseñanza básico era impartir sus pasiones privadas. Tosco en el comportamiento, menudo de complexión, difícilmente lograba ser un hombre atractivo. Sus rasgos eran grotescamente desproporcionados: orejas demasiado grandes, nariz demasiado ganchuda, la boca una línea sombría cuando no estaba en movimiento. Era la antítesis de Andrés Bello, el erudito de cara pálida, apenas dos años mayor que Bolívar, contratado para enseñar a éste la buena literatura. Mientras Bello era reservado, de cabeza fría y comprendió de inmediato que nunca sería capaz de interesar a Simón por la educación formal (que implica responsabilidad en la superación moral), Rodríguez tomó la dirección contraria: mostró genuino interés por los caprichos del niño (y obró en consecuencia)

Pensamos que, para imponer maduro entendimiento en las inmaduras trifulcas entre Bello y Simoncito, Carlos Palacios, tío y tutor de este último, contrató al misionero capuchino fray Francisco de Andújar, nombre completo Francisco de Paula Ravé y Berdura (1760-1817). Llegado a Caracas desde España en abril de 1795, pronto fue conocido por su profundo conocimiento de las ciencias naturales y piadosa religiosidad, lo que pudo significar (eso, al menos, queremos creer) un punto de reflexión en aquel rebelde adolescente, niño rico que llevaba muchos años viviendo a su aire tras un irrefrenable afán por diferenciarse de sus semejantes.

Capítulo 6º

JUVENILES VIVENCIAS Y BODA EN
LA MADRE PATRIA

Entre los valles de Aragua y la ciudad de Caracas discurrió la infancia y parte de la adolescencia del joven Simón. Combinaba sus estudios en la escuela de primeras letras de la ciudad con visitas a la hacienda de la familia. A diferencia de su hermano Juan Vicente, más inclinado a una vida sin complicaciones, Simoncito, desde prácticamente un niño, manifestaba vocación por el ejercicio de las armas y en enero de 1797, con solo trece años, ingresó como cadete en el Batallón de Milicias de Blancos de los Valles de Aragua, del cual había sido coronel años atrás don Juan Vicente Bolívar y Ponte, su padre. Al ser ascendido a subteniente en julio del año siguiente, pudo ver anotado en su hoja de servicios: Valor, conocido; aplicación, sobresaliente. Sobre su proyecto de vida por aquel entonces, leemos en el "Simón Bolívar" de Gerhard Massur:

> Bolívar pasó un año en la milicia, y aunque a la terminación de su servicio fue ascendido al grado de teniente, apenas si pudo recibir entrenamiento militar adecuado. Aparentemente le gustaba mucho lucir sus uniformes. Sus partes militares no tienen nada de destacado, y en realidad poco era probablemente lo que podía calificarse de destacado en el joven de ese entonces. Era despierto, inteligente, elegante y buen mozo; amante del baile, de la equitación y de la natación, sobresalía en todo, como la mayoría de los jóvenes sudamericanos de su clase. Había aprendido todo cuanto pudo o quiso en Caracas, y pareció llegado el momento de ampliar los horizontes. Su tío, Esteban Palacios, que en ese momento residía en Madrid, tenía amigos influyentes en la corte, de modo que

aprovechó la oportunidad de enviar a Simón a España para que hiciera fortuna. Todos presentían que con un poco de suerte el joven podría obtener dinero, título y alto cargo; pero el destino lo quiso de otro modo. Bolívar se embarcó en el San Ildefonso el 19 de enero de 1799, provisto de las cartas de presentación adecuadas para un joven de su condición.

El San Ildefonso, un buque de guerra de setenta y cuatro cañones, llegó a Veracruz catorce días después de su salida de La Guaira y, por motivos de seguridad (España estaba por aquellas fechas en guerra con Inglaterra), hubo de permanecer atracado durante cuarenta y seis días que Simoncito, con sus bien lucidos quince años y medio, creyó llegado el momento de conocer la ciudad de México, fabulosa capital de Nueva España y hasta allí viajó en diligencia con la predisposición de un acaudalado mantuano recién salido del cascarón. Para acreditarse ante lo que pudiera sobrevenir, además de abundante cantidad de dinero, contaba con una muy buena credencial gestionada por su tío Pedro ("Perico", 1770-1811), el más joven de los hermanos Palacios y Blanco, trece años mayor que él y, probablemente, ejemplo en juveniles hábitos de la clase privilegiada a la par que promotor de alguna que otra frívola precocidad. Esa credencial era una carta de presentación y recomendación firmada por el arzobispo de Caracas y destinada a su sobrino don Guillermo Aguirre, Oidor de la Real Audiencia de la Ciudad de México.

Según nos cuenta la citada historiadora Marie Arana, Simón Bolívar fue muy cordialmente recibido por el Oidor don Guillermo Aguirre, el cual, de inmediato, le presentó al regidor perpetuo del Cabildo, don Manuel Alejandro de Acevedo y Cossío, marqués de Uluapa, el cual ofreció al joven caraqueño alojamiento en su residencia oficial en donde tuvo la ocasión de ser presentado a lo más notable de la sociedad mexicana, incluida doña María Ignacia Rodríguez de Velasco (1778-1850), más conocida como la **Güera Rodríguez**, una muy despierta joven de "ojos azul cielo, cabellos de oro y piel de nácar", de la que el gran explorador e infatigable viajero Alexander von Humboldt (1769-1859), años después locamente prendado de ella, llegó a decir: "Es la mujer más hermosa que he visto en todos mis viajes; pero la admiro más por su inteligencia que por su belleza"

Arrebatadoramente hermosa, siempre pendiente de la admiración de todos los hombres con los que topaba, según se ha dicho de ella, vivía pendiente de sus inestables y frívolos caprichos y, al parecer,

Simón Bolívar, cinco años menor que ella, fue uno de ellos. Nos lo relata así Marie Arana, en su papel de biógrafa de Bolívar:

"Ella era una mujer casada de veintiún años. Era rubia, de ojos azules, hijo de aristócratas y su anfitriona, la marquesa de Uluapa, su hermana mayor, se la había presentado a Simón. Su romance con María Ignacia fue instantáneo, efímero, incrustado en ocho breves días de devaneos, pero, como los dos se sentían a gusto en casa de la marquesa, lograron aprovechar algunos momentos íntimos en la estrecha escalera de un piso superior. La Rubia ("Güera") Rodríguez, como la llamaban, ya tenía bastante reputación en la ciudad de México. Casada a los quince años y con una inagotable voluptuosidad, escandalizaría a México con su hilera de esposos y su desfile de amantes, entre ellos el emperador mexicano Agustín de Iturbide (1783-1824, r. 1822-1823) y el barón Alexander von Humboldt, quién la proclamó la mujer más hermosa, que jamás había visto. Es imposible saber si este encuentro romántico fue el primero de Simón Bolívar. Ciertamente, era la primera vez que se lanzaba a una mujer como varón totalmente independiente, libre de la supervisión y los impedimentos de la familia".

Otra experiencia mexicana de Simón Bolívar que no podemos dejar de relatar fue la audiencia o entrevista que, según diversos, historiadores (entre ellos, la propia Marie Arana), mantuvo con el controvertido político y militar español don Miguel José de Azanza Alegría (1746-1826), a la sazón (1798-1800), titular del Virreinato de Nueva España.

El hecho de esa audiencia o entrevista nos da pie para imaginarnos retazos de la conversación entre un poderoso y avezado personaje, que ya contaba con nutrida experiencia en los avatares de la historia, y un joven que, seguramente, soñaba con hacer suya parte de esa experiencia pero que, aun así, no se privaba de hablar sobre posibles soluciones a los problemas de los que tanto se hablaba. Uno de esos problemas (Conspiración de 1794) había surgido antes de la venida desde España de Azanza (1798) y aún no había sido resuelto plenamente: chapucero intento de separatismo criollo, que, en cierta manera, sirvió de aliciente e inspiración al cura Miguel Hidalgo y Costilla (1753-1811) para promover el llamado **Grito de Dolores** el 10 de septiembre de 1810. Así nos lo hace ver don Salvador de Madariaga en su Bolívar:

En cuanto a política interior, Méjico vibraba todavía al recuerdo de la conspiración de 1794, tan fiel a los modelos más antiguos de indisciplina que había dado la conquista como a los más recientes casos de guerra civil de la España europea como de la americana. Esta conspiración, la primera de Nueva España en la época moderna, había sido concebida, iniciada y mandada por españoles europeos. Su caudillo, Don Juan Guerrero, era oriundo de Estepona, ciudad del reino de Granada, y había venido a Nueva España por vía de las Filipinas, como Contador Mayor de ün navio mercante. Desembarcado en Acapulco por enfermedad, subió a Méjico a reclamar sus haberes. El Virrey refirió el caso a Manila, siguiendo las reglas conocidas del juego de pelota oficinesco. Resentido, Guerrero concibió un plan ambicioso: apoderarse del mayor de plaza, forzar la cárcel, ponerse a la cabeza de ciento cincuenta soldados, libertar y armar a los presidiarios, apoderarse del Virrey, del Arzobispo y de los Oidores, poner mano sobre los fondos de la Casa de la Moneda, de la Tesorería y de los vecinos más pudientes, izar bandera sobre el palacio del Virrey llamando al pueblo a hacerse libres (no decía de quién ni de qué) , exentar a los indios de sus tributos y tomar posesión de Veracruz para impedir que llegaran a España tantas y tan lindas noticias. Guerrero reveló sus planes a un sacerdote gallego, Don Juan Vara, al que prometió hacer arzobispo; y a un barbero andaluz José Rodríguez Valencia, para quien reservaba el cargo de Embajador en los Estados Unidos, donde habría de solicitar auxilio a cambio de ciertas compensaciones. Además de estos tres españoles europeos, entraron en la conjura tres mejicanos: un oficial de dragones retirado, un vigilante del monopolio de tabaco y otro barbero. Vara consultó el caso con otro gallego, platero próspero que le convenció de que confesara todo al arzobispo. Los conspiradores fueron apresados y la causa, todavía sub judice cuando Simón Bolívar se hallaba en Méjico, terminó por resolverse en 1800 con cierta lenidad. Fue éste el primer acceso de separatismo de una serie que iba a hacer del reino de Nueva España la república de Méjico. Procede pues apuntar los rasgos que presenta para darnos cuenta exacta del valor histórico de sucesos posteriores. Los cabecillas eran todos españoles europeos, y su jefe, recién llegado de Filipinas, un contador ambulante de marina. El separatismo de estos hombres no podía tener por lo tanto nada que ver con las quejas de los criollos. En el caso de Guerrero, se trataba puramente de una sed de venganza personal. El llamamiento a la libertad y a la remisión de los tributos de los indios no eran movimientos genuinos nacidos de una convicción política, sino maniobras para adueñarse del poder. Por último, la frontera entre rebeldes y realistas no coincidía con la raya entre españoles americanos y españoles europeos, sino que la cortaba al través. Estos rasgos se dan siempre en la historia de las Indias desde los días de Cristóbal Colón hasta los días de Simón Bolívar ——y aún hasta nuestros días—. Así, pues, las guerras de emancipación fueron en el fondo guerras de secesión, es decir, guerras civiles a la española

Además de lo relativo a tal incidente, seguro que Simón se interesó por ´cuestiones de su más directo interés: sobre lo que le esperaba a un joven militar en la Madre Patria, sobre cómo se veía en la Corte todo lo que estaba ocurriendo en Francia, etc., etc…Seguro que en las respuestas a las preguntas del inquieto joven don Miguel José de Azanza Alegría respondió con vagas respuestas para no hacer valer sus juicios sobre el panorama global. Decimos esto porque, según lo que sobre él se ha escrito, ya entonces, le costaba trabajo ocultar sus simpatías por los revolucionarios franceses en desdoro de la plena fidelidad debida a los reyes de España de los cuales era directo delegado en Nueva España. Por demás, bien podemos decir que era extraordinariamente pedante, si reparamos en su retrato oficial con Atenea, diosa de la sabiduría, la Justicia y la Fama como asistente.

Vienen estas nuestras consideración al caso porque, ciertamente, la personalidad de este don Miguel era extraordinariamente polifacética compleja e inestable, Al respecto, veamos lo que dice de él en el Archivo General de Indias y en Wikipedia:

"Miguel José de Azanza nació en Aoiz (Navarra) en 1746, en el seno de una familia hidalga. Hijo de Pedro de Azanza y Nabarlaz, natural de Burguete, y de Juana María de Alegría y Egüés. Comenzó su carrera administrativa en 1768, como ayudante de su tío, administrador general de rentas de Veracruz, en Nueva España. Por recomendación de este familiar pasó al servicio de José de Gálvez, entonces visitador del virreinato. Tras sufrir prisión por denunciar la pérdida de facultades mentales de Gálvez en su viaje por Sonora (1769), pasó a Cuba (1771). Ingresó en los Reales Ejércitos (1772). Alcanzó el grado de capitán, prestando sus servicios en La Habana al menos hasta 1779. Participó en el sitio de Gibraltar (1779-1783). Con posterioridad pasó al servicio diplomático, siendo sucesivamente encargado de negocios de España en San Petersburgo (1783-1784) y Berlín (1784-1786). A su regreso a España, fue nombrado intendente de las provincias de Toro y Salamanca (1787). En 1789 pasó a ser intendente del Reino de Valencia, y subdelegado de la Junta General de Comercio, Moneda y Minas de dicho Reino, así como conservador de sus Fábricas. Desempeñó similar función en el Reino de Murcia. Durante la Guerra de la Convención contra Francia (1793-1795) fue intendente del Ejército del Rosellón. En 1795 es nombrado secretario de Estado y del Despacho de Guerra. En octubre del año siguiente recibe su nombramiento como virrey de Nueva España, aunque no pudo partir a su puesto hasta enero de 1798. En 1799 se le señaló un sustituto, y fue designado consejero de Estado. Regresó a España en 1800. En 1808 Fernando VII lo situó como ministro de Hacienda. Como miembro de la Junta de Gobierno fue testigo de las abdicaciones de Bayona, y aceptó la Constitución otorgada por Napoleón. Desde ese momento, formó parte del gobierno de José I en distintas carteras: Indias, Culto, Asuntos Extranjeros, etc. También fue embajador extraordinario de España en la boda de Napoleón con María Luisa de Austria (1810). Tras la restauración borbónica marchó a Francia, y vivió muchos años en París, trabajando en el apoyo a los refugiados españoles. Intentó justificar, junto a Gonzalo O'Farrill, su comportamiento durante la Guerra de la Independencia, en una Memoria que publicó en París en 1815".

Según leemos en Wikipedia, "al finalizar la guerra de la Independencia con la derrota de las tropas napoleónicas, Azanza se exilió en Francia, donde permaneció hasta su muerte en 1826. Por su participación al lado de los franceses, fue juzgado, sentenciado a muerte y confiscados su fortuna y bienes. Por lo que escriben Galo Sánchez Casado y otros autores, fue el primer Soberano Gran Comendador del Supremo Consejo del grado 33 para España del rito masónico denominado Rito Escocés Antiguo y Aceptado, que había sido constituido por el conde de Grasse-Tilly el 4 de julio de 1811".

A la vista de esa información y del precedente relato del Archivo General de Indias ¿No cabe suponer un condicionante papel de las sociedades secretas en la conformación de ciertas personalidades y, consiguientemente, en lo peor de cuanto vivieron los españoles de ambos hemisferios en las primeras décadas del siglo XIX?

****

Según nos dice la historiadora que, con tanta frecuencia, tomamos como cicerone en las andanzas del Libertador, Simón llegó a Madrid "bastante apuesto -como informó su tío Esteban-, no tiene ninguna educación en absoluto, pero tiene la voluntad e inteligencia para adquirirla y, aunque gastó bastante dinero en el viaje, llegó aquí hecho un completo desastre. He tenido que renovar completamente su guardarropa. Le tengo mucho cariño y, aunque hay que cuidarlo mucho, atiendo con gusto sus necesidades".

Esteban Palacios y Blanco, tío y padrino de Simón, llevaba en Madrid unos seis años, siempre afanoso tanto por hacer carrera como por resolver el asunto de los deseados títulos nobiliarios para sus sobrinos. En cuanto a lo primero sí que había logrado algo substancioso al haber logrado un cargo de cierto relieve en el Tribunal de Cuentas; no así en lo segundo, al resultar muy difícil de aclarar a causa de las consabidas sospechas sobre la exigida pureza de sangre: barrera muy difícil de franquear, pese al tiempo transcurrido, las enormes sumas desembolsadas y las influyentes relaciones: entre otras, el caraqueño guardia de corps Manuel Mallo, que, por un tiempo, había pasado por ser el sustituto de Godoy en los favores de la reina, y el acreditado ministro Francisco de Saavedra (1746-1819), ambos, buenos amigos de Esteban y también interesados en facilitar a Simón la vida en los aledaños de la Corte Española.

"De todas las cortes del **Ancien Régime**, escribe Gerhard Massur en su Simón Bolívar, era ésta, seguramente, la más degenerada. Detrás de la fachada de las ceremonias españolas se escondían la pobreza y la depravación. En los diez años subsiguientes al estallido de la gran revolución, la política española no siguió una dirección recta, pues Carlos IV le imprimió un curso incierto, al compás de las políticas de Francia e Inglaterra. Corrió el riesgo de perder poco a poco su poderoso imperio, aboliendo hoy lo que había sancionado ayer. Aunque no se esté dispuesto a creer todas las historias que una **chronique scandaleuse** contada sobre María Luisa, es indiscutible que Godoy fue su amante, bien que obligado a compartir con muchos otros los favores de la reina. Cuando Bolívar llegó a Madrid, el favorito de turno era Manuel Mallo, y se dice que cuando el rey preguntó a éste el origen de su fortuna, recibió de Godoy por respuesta que "era mantenido por una mujer vieja y rica." Todo, esto no podía elevar el respeto de Bolívar por la dinastía y la forma monárquica de gobierno. Los sudamericanos habían mirado con adoración religiosa al ídolo de su Imperio, que visto de cerca perdía todo su esplendor. Bolívar no podía evitar estos pensamientos, aunque a causa de su extrema juventud ellos no le reportaran luz y seguridad. Para él, la corte constituía una aventura agradable."

Salvador de Madariaga, por su parte, nos dice que "Simoncito" desembarcó en Santoña, pasando en seguida a Bilbao, y luego a Madrid, donde llegó a fines de mayo de 1799. Su padrino Esteban Palacios lo recibió con cariño y regocijo, llevándolo a vivir a casa de un paisano de ambos, Don Manuel Mallo, joven y apuesto Guardia de Corps, y uno de los numerosos cortejos que la maledicencia atribuía a la Reina. El 24 de junio, Pedro Palacios (1770-1811), hermano menor de Esteban, llegó también a Madrid desde Caracas, después de un viaje accidentado por Puerto Rico y Lisboa, durante el cual había caído dos veces en manos de los ingleses: la primera, de corsarios que le despojaron de todo cuanto llevaba; la segunda, de una fragata cuya tripulación se portó correctamente. Ya muchos para su generoso huésped, los dos hermanos Palacios y su joven sobrino se instalaron en casa aparte en la calle de Jardines.

La situación oficial de Mallo era la de Mayordomo de semana. Era cargo para el que decidían naturalmente los Reyes por sí y ante sí, pero no arguye intrigas de alcoba. El «favor» le vendría a Mallo porque, como Mayordomo, tendría acceso fácil y diario a las reales personas.

Por otra parte, el que no fuera cosa mayor (como se desprende de las cartas de Pedro) se explicaría si, como es probable, la situación de Mallo no pasaba de ser la de un joven apuesto, grato en la Corte. Así encajaría en el cuadro el que Urquijo, sucesor de Saavedra como Secretario de Estado, pudiera manifestar tanta frialdad para con Mallo sin disgusto del Rey o de la Reina; así como que los hermanos Palacios pensaran que el poder de Mallo sin ser nulo no era muy fructífero. De aquí la impaciencia de Pedro, y el motivo de que buscara salida por medio de alguna travesura. ¿Qué le rondaba por la imaginación? Quizá alguna improvisación atrevida para forzar la entrada al paraíso de Godoy o al purgatorio de Mallo; y con su juventud, su apostura y aquella facultad para hacerse amar de que habla Carlos, conquistar a la Reina y hacerse en palacio una situación que, sin añadir sal y pimienta a las hablillas cortesanas, añadiera pan y miel a la familia Palacios-Bolívar. Quizá pensara también en alguna de aquellas combinaciones financiera más o menos ambiguas a que se prestaba el carácter algo gitano de Saavedra. Sea lo que fuere, Esteban frunció el ceño y los planes del travieso Perico no llegaron a madurar.

Pasaron unos meses con alguna hora de estudio y muchos paseos a la búsqueda de nuevas sensaciones en un mundo absolutamente nuevo tanto para Perico, aun soltero a sus treinta años, como para Simón, un tanto crecido sobre sí mismo tras lo vivido en la capital de Nueva España. Cabe imaginárnoslo, con sus dieciséis años recién cumplidos, dando rienda suelta a su curiosidad en este Madrid en compañía de su tío Pedro, guía ideal para precoces escarceos e inapropiadas calaveradas: "Alegre criollito abriendo sobre toda aquella vida española sus grandes ojos, bajo los rizos negros, figura de poca talla (1,67, según se cuenta) pero de elegancia suprema, con sus calzones cortos de casimir, su frac de paño azul turquí con cuello de terciopelo y botones de acero, su chaleco de piel del diablo blanca; o embozado en su capa española de paño con vueltas de terciopelo carmesí; o con su airoso uniforme azul de Subteniente con sus leones y castillos (a veinticuatro reales) y su espada" (Madariaga).

Cuentan que también participó de algunas distracciones cortesanas en las que tuvo ocasión de cierta consideración por parte de la familia real, llegando a ser durante algún tiempo, compañero de Fernando, Príncipe de Asturias. Para situarnos en aquel ambiente, cedemos la palabra al bien documentado y preciso Roberto Barletta Villarán, que escribe en su "Breve historia de Simón Bolívar":

En un amplio salón de la Corte juegan dos adolescentes: uno es Simoncito de Bolívar, quien sería luego el Libertador Simón Bolívar, el otro es el príncipe de Asturias, quien sería luego el rey Fernando VII. Están jugando, la atenta mirada de la reina María Luisa, una partida de pelota a pala, divertimento usual de los jóvenes nobles. De repente, en pleno fragor de la disputa, Bolívar arranca el sombrero de la cabeza del príncipe. Irritado, el futuro rey de España espera una disculpa de su oponente, pero el criollito erguido se niega, para él no hubo falta. Bolívar recordaría mucho este incidente en el futuro: «¿Quién le hubiera anunciado a Fernando VII (1784-1833, r. 1814-1833) que tal accidente era el presagio de que yo le debía arrancar la más preciosa joya de su corona?», contaría diciendo, además, que la reina le dio la razón.

Simón se había relacionado con el círculo cercano a los reyes y a la flor y nata de la aristocracia peninsular. De la casa situada en la calle de Jardines se había mudado con sus tíos a la calle del Príncipe. Ahí los Palacios aprovecharon la excelente disposición del marqués de Ustáriz (1735-1809) para hacerse cargo de la formación de Simón, mudándolo a solicitud del marqués al nº 8 de la calle de Atocha.

Bolívar calificará al marqués de Ustáriz de «sabio» y dirá que viviendo bajo su techo había estudiado bajo su atenta dirección, pero no habla sobre el encuentro que tendría lugar en aquella casa, donde hallaría a su amor idílico y su devoción por toda su vida. Su nombre era María Teresa.

Ustáriz era un hidalgo criollo y caraqueño que había logrado notoriedad en las altas esferas sociales madrileñas; tenía una apreciable fortuna y se había embebido de una sólida instrucción filosófica a través de las ideas de la Ilustración. Con los Bolívar, el marqués tenía amistad familiar y un lejano parentesco, lo que facilitaba la relación con aquel mozalbete de diecisiete años, a quien condujo a su biblioteca y a las veladas políticas y literarias que se llevaban a cabo en su casa.

En casa de Ustáriz vivía el joven Simón cuando se enamoró de la que iba a ser su esposa. Era María Teresa Josefa Antonia Joaquina Rodríguez de Toro y Alarsa sobrina del noble caraqueño Marqués de Toro y de su hermano Don Femando, amigos de la familia Bolívar y rivales de los Tovares. Su padre, Don Bernardo Rodríguez de Toro, nacido en Caracas, vivía en Madrid, donde había contraído matrimonio con Doña Benita Alaysa, oriunda de Valladolid, hermana del Marqués de Inicio, Conde de Rebolledo. María Teresa había nacido en Madrid veinte meses antes que Simón Bolívar, el 15 de octubre de 1781. No era hermosa, pero tenía dulzura y gravedad. Marie Arana nos explica así el comienzo del romance entre Simón y Teresa.

Entonces, el joven Simón tenía una distracción muy apremiante: estaba enamorado. Había conocido a María Teresa Rodríguez del Toro en casa del marqués y, tras varias visitas vespertinas, le expresó su afecto y logró ganar el suyo a cambio. Era hija de caraqueños ricos, prima de Fernando del Toro, uno de sus amigos más cercanos de la infancia, lo que significaba que, aunque nacida en España, se había criado con las costumbres americanas que Bolívar tanto apreciaba. Era pálida, delicada, alta, no muy bonita que digamos, pero tenía grandes ojos oscuros y exquisita figura. No tenía aún diecinueve años, era casi dos años mayor que él y, sin embargo, parecía pura e inocente con la naturaleza relajada de un niño. Mientras el marqués y su padre se inclinaban sobre un juego de ajedrez o discutían de política en cómodas sillas junto a una gran chimenea encendida, Bolívar atrajo a María Teresa a una conversación íntima. En poco tiempo, empezó a soñar con vivir a su lado.

Cuando llevaban días sin verse, era él quien se mostraba más impaciente como lo demuestra una de las cartas, que se conservan. Veréis que en ella se aprecia que Simón escribía a María Teresa con no muy buena ortografía y sí con tierno y firme encanto, un poco al estilo "No olvides nunca que me casé contigo, no sólo porque te amaba, sino también para amarte durante toda mi vida", que escribió el canciller Otto von Bismarck a su también enamorada esposa, tantas veces sufriendo las ausencias a las que se veía obligado su esposo por sus responsabilidades de Estado. El siguiente es el texto de la carta que, desde Madrid, escribió Simón Bolívar a María Teresa el 4 de diciembre de 1801:

Amable hechizo del alma mía: En el correo pasado escribí a Ud. el feliz éxito que tuvo mi importuna impertinencia, en que pidiesen a Ud., y cuyos efectos ya sabrá Ud. complacer, pues considero que, aunque no haya eso de amor, por lo menos humanidad no deja (de) haber en el benévolo corazón de Ud., siendo así Ud. debe complacerse de ver que me hallo casi en el camino de alcanzar la dicha que con mayor ansia deseo, y cuya pérdida me sería más costoso que la muerte misma. Apreciable Teresa: No deje Ud. de escribirme todo cuanto haya, porque si he de hablar con verdad, no tendré momento tranquilo, hasta que no sepa cómo padre ha tomado lo de mi tío, pues el deseo todo se lo teme. El Marqués de Ustáriz me preguntó si había escrito a Ud. y no pude menos que decirle que sí. Escribo a padre en éste, dándole noticias de los tíos. De quien será de Ud. mientras viva, y quizá, aunque muera. S.B.

P.D. No prodigue Ud. tanto sus cartas, porque ya no tengo dinero con qué sacarlas de tantas que vienen en todos los correos. (Revista CREDENCIAL, 4/04/20)

Dice Gerhard Massur que la familia prestó su consentimiento a la boda de ambos jóvenes. Empero, antes de seguir a los Toro cuando se trasladaron a Bilbao, se encontró envuelto en una de esas oscuras intrigas que preceden frecuentemente la caída en desgracia de un favorito de la corte. Esta vez se presagiaba el fin de Mallo, de quien la reina se había cansado. Su más duradero favorito, Godoy, estaba otra vez en el candelero. Sin embargo, antes de producirse la caída, la pandilla de Mallo, a la que Bolívar pertenecía, por lo menos a los ojos de la corte, olfateó el cambio de viento. Un día, cuando se disponía a atravesar la Puerta de Toledo, fue detenido; se le entregó una orden del ministro de Fianzas que reprimía el uso excesivo de diamantes. Bolívar resistió el registro de su persona con la espada desenvainada —estaba vistiendo uniforme—, y con la ayuda de amigos que pasaban logró impedir el escándalo. Hasta hoy se ignora la causa real o el instigador de dicho incidente: mientras algunos se inclinan a creer que la orden fue dada por la propia reina, otros creen que fue Godoy. De este modo se desvanecieron las posibilidades de que Bolívar hiciese una gran carrera en la corte española; pero sólo tenía dieciocho años y María Teresa le importaba mucho más que María Luisa y sus favoritos. Simón se apresuró a seguir a su prometida a Bilbao, y luego de pasar con ella muchos meses, hacía fines de 1801 realizó un corto viaje a Francia.

En su recorrido por ese país, Bolívar pudo observar señales de la actividad napoleónica. Se había firmado la Paz de Amiens y Francia se había asegurado el control de Europa en virtud de sus victorias de Marengo y Hoehenlinden. La irreconciliable Inglaterra había reconocido, por un corto período al menos, la invencibilidad de Napoleón, a quien su propio país le había ratificado su confianza en un plebiscito.

Bolívar, entonces joven militar español, que usaba su uniforme como el más preciado traje de gala, tuvo ocasión de presenciar alguno de los espectaculares desfiles o revistas del que entonces se presentaba como adalid de la Libertad. Al respecto, leemos en el citado libro de Marie Arana:

"Al ver a Napoleón vestido con un modesto abrigo y gorra mientras pasaba revista a sus espléndidas tropas en el patio de las Tullirías, Bolívar se llenó de asombro. -Lo adoré como el héroe de la República, diría más tarde, como la brillante Estrella de la Gloria y el Genio de la Libertad"

A pesar de ese arrebato de entusiasmo, para Bolívar, el presente era mucho más importante que los sueños de un futuro heroico, e inmediatamente después de obtener el consentimiento real, se casó. Según su propia confesión, estaba dedicado por completo a su novia y las ideas políticas no habían entrado todavía en su imaginación. "Mi cabeza —escribía— sólo contenía la niebla de un amor apasionado".

No tenemos razones para pensar que, para aquellos dos jóvenes abiertos a la vida, aquello fue un amor muy por encima de cualquier otra motivación y, como tal, nacido del alma y ajeno a muchas consideraciones de la gente que se entretiene en sacralizar lo accesorio. Es lo que nos sugiere don Salvador de Madariaga con el siguiente fino comentario:

Sobre el escaso atractivo físico de la novia, resulta curioso que Bolívar, que iba a revelarse más tarde tan devoto de Venus y tan promiscuo amador, eligiera por esposa una mujer sin belleza. La idea de que se casara por dinero es absurda; porque era, por lo menos, tan rico como ella y, además, de un carácter muy por encima de tales miserias. La eligió no sabía por qué.

Pero allá, en el trasfondo de su alma, ha debido guiar su elección el juego mutuo de dos hechos: era de más edad que él, veinte meses de diferencia, lo que para un hombre de dieciocho años cuenta mucho; por demás, era, a la vez, de Madrid y de Caracas, síntesis viviente de sus dos patrias. En su mujer, de más edad que él, Simón Bolívar, adolescente, buscaba a su madre muerta, buscaba las raíces de su ser español y criollo que sentía írsele marchitando desde aquellos días en que había vivido bajo la influencia de Simón Rodríguez Carreño, y en sus andanzas de cuerpo y alma por el mundo. Cuando en mayo de 1802, Simón Bolívar, aún no cumplidos los diecinueve, sale de España con su esposa joven pero maternal, se sentía más español que nunca en su trágica vida —salvo quizá en su lecho de muerte. (Bolívar, S.M.).

Simón Bolívar

Capítulo 7º

EL JOVEN CRIOLLO QUE
SE BUSCÓ A SÍ MISMO EN EUROPA

La óptica moral es muy distinta y aún diferente de la física. A medida que el tiempo y la distancia alejan más al observador, de las cosas sociales sujetas a su estudio, lo grande crece, se ensancha, se embellece, pierde sus asperezas de relieve, y presenta su conjunto de tal modo, que muchos de sus pormenores o detalles quedan en lo vago o bajo la sombra de la figura entera, y ésta gana muchísimo en magnitud y majestad. Al contrario, en las cosas morales, lo que es pequeño y secundario, visto desde lejos pasa a ser insignificante, y lo insignificante se desvanece o se hace invisible.

Lo escribió el político e historiador colombiano José María Samper (1828-1888) treinta años después de la muerte de Simón Bolívar y Palacios, de cuyos escritos tomó el siguiente apunte de una carta dirigida a su amigo y confidente, el doctor Pedro Gual (1784-1862) como oportuno preámbulo para cuantos quieran apreciar en plena objetividad los capítulos esenciales de la trayectoria vital del personaje histórico apodado Libertador: "Para juzgar bien de las revoluciones y de sus actores, es preciso observarlas muy de cerca y juzgarlas muy de lejos."

Para Bolívar, esencial etapa de esa trayectoria vital fue su primera estancia en la Madre Patria y lo fue aún más lo ocurrido en la vuelta a la Capitanía General de Venezuela, su tierra natal a donde llegó a mediados de 1802. Con sus diecinueve años recién cumplidos, se consideraba el hombre más feliz del mundo por amar y sentirse amado en exclusiva por la mujer a la que se sentía indisolublemente ligado para toda una vida, que se imaginaba larga y fecunda, disfrutando a tope de una ya inmensa fortuna, que, como criollo que creía haber nacido para eso, se proponía acrecentar hasta límites que habrían de sorprender a todo el mundo, en especial, a la esposa de la que esperaba un bonito plantel de herederos.

Cuando el destino de Bolívar parecía encauzado en la senda de un opulento criollo sin mayor preocupación que la de vivir atrincherado en sus haciendas y rivalizando en lujo y despreocupación con sus vecinos, el 22 de enero de 1803, ocho meses después de la que se imaginó feliz y duradera unión, una perniciosa fiebre tropical se llevó la vida de María Teresa.

La muerte decidió el caso. A los diecinueve y medio era Bolívar viudo. Por tercera vez la suerte le cortaba el acceso a su pasado. Padre, madre y esposa, pasando por su vida sin tiempo para dejar huella fueron como si la fatalidad le negara el paso a su ser más hondo, donde vivían sus raíces vitales dejándolo sin norte en un mundo de principios e ideas, de palabras y esperanzas.

Veinticinco años más tarde, él mismo recordaba su situación de entonces con Luis Perú de Lacroix (1780-1837), que había sido uno de los generales de Napoleón en la Campaña de Rusia y, afincado en Nueva Granada desde 1814, destacó en los movimientos revolucionarios hasta convertirse en uno de los generales más estimados por el Libertador, el cual hizo de él su amigable confidente en base a prolongados y continuos diálogos, que sirvieron de base para el llamado "Diario de Bucaramanga, Vida pública y privada del Libertador", (publicado en 1924 por Editorial América, Madrid). Esto es lo que escribe Lacroix en recordatorio de lo hablado con Bolívar el diez de mayo de 1828:

Después de la comida, el Libertador salió a pie; sólo Wilson y yo lo acompañamos. Me preguntó en qué año había nacido, y le contesté que en el de 1780. "Yo pensaba, dijo, ser de la misma edad de usted, y tengo tres años menos, porque nací en 1 783 y parezco más viejo que usted. ¿Cuántas veces se ha casado usted?"

- Una, señor, le contesté, y fue en el año de 1825, con la mujer que tengo.

- Usted, pues, dijo S.E., se casó a los 45 años; esta es la verdadera edad en que debe casarse el hombre. Yo no tenía 18 cuando lo hice en Madrid, y enviudé en 1801, no teniendo todavía 19 años. Quise mucho a mi mujer, y su muerte me hizo jurar no volver a casarme. He cumplido mi palabra. Miren ustedes lo que son las cosas: si no hubiera enviudado quizá mi vida hubiera sido otra; no sería el general Bolívar, ni el Libertador, aunque convengo en que mi genio no era para ser alcalde de San Mateo.

- Ni Colombia, ni el Perú, le repliqué, ni toda la América del Sur estuvieran libres, si V.E. no hubiera tomado a su cargo la noble e inmensa empresa de su independencia.

- No digo eso, prosiguió S.E., porque yo no he sido el único autor de la revolución, y porque durante la crisis revolucionaria y la larga contienda entre las tropas españolas y las patriotas hubiera aparecido algún caudillo al no estar yo presente, y porque el ambiente de mi fortuna no hubiese perjudicado la fortuna de otros, manteniéndolos siempre en una esfera inferior a la mía. Dejemos a los supersticiosos creer que la Providencia es la que me ha enviado o destinado para redimir a Colombia. Las circunstancias, mi genio, mi carácter, mis pasiones me pusieron en el camino; mi ambición, mi constancia y la fogosidad de mi imaginación me lo han hecho seguir y me han mantenido en él. Oigan esto: huérfano a la edad de 16 años, y rico, me fui a Europa, después de haber visitado a México y la ciudad de La Habana, y fue entonces cuando en Madrid, bien enamorado, me casé con la sobrina del viejo marqués del Toro, Teresa Toro y Alaiza; volví de Europa para Caracas en el año de 1801, con mi esposa, y les aseguro que entonces mi cabeza sólo estaba llena de los ensueños del más violento amor, ' no de ideas políticas, porque éstas todavía no habían golpeado mi imaginación. Muerta mi mujer, y desolado yo con aquella pérdida precoz e inesperada volví a España, y de Madrid pasé a Francia y después a Italia. Ya entonces iba tomando algún interés por los asuntos públicos. La política me atraía, y yo seguía sus variados movimientos. Vi en París, en el último mes del año de 1804, la coronación de Napoleón. Aquel acto magnífico me entusiasmó, pero menos su pompa que los sentimientos de amor que un inmenso pueblo manifestaba por el héroe. Aquella efusión general de todos los corazones, aquel libre y espontáneo movimiento popular, excitado por las glorias, por las heroicas hazañas de Napoleón, victoreado en aquel momento por más de un millón de personas, me pareció ser, para el que recibía aquellas ovaciones, el último grado de las aspiraciones humanas, el supremo deseo y la suprema ambición del hombre. La corona que se puso Napoleón sobre la cabeza la miré como una cosa miserable y de moda gótica; lo que me pareció grande fue la aclamación universal y el interés que. inspiraba su persona. Esto, lo confieso, me hizo pensar en la esclavitud de mi país y en la gloria que conquistaría el que le libertase; pero ¡cuán lejos me hallaba de imaginar que tal fortuna me aguardaba! Más tarde sí empecé a lisonjearme de que un día podría yo cooperar a su libertad, pero no que representaría el primer papel en aquel grande acontecimiento. Sin la muerte de mi mujer no hubiera hecho mi segundo viaje a Europa, y es de creerse que en Caracas o San Mateo no me habrían nacido las ideas que adquirí en mis viajes; y en América no hubiera formado aquella experiencia, ni hecho aquel estudio del mundo, de los hombres y de las cosas que tanto me ha servido en todo el curso de mi carrera política. La muerte de mi mujer me puso muy temprano en el camino de la política, y me hizo seguir después el carro de Marte en lugar de seguir el arado de Ceres. Vean, pues ustedes, si ha influido o no sobre mi suerte".

****

Roberto Barletta nos recuerda en su "Breve historia de Simón Bolívar" que, cuando éste vivió con más pasión sus ensueños románticos ("quise mucho a mi mujer" ... "y, a su muerte, juré no casarme jamás. He cumplido mi palabra"), tenía diecinueve años y medio, era rico y desafortunado. Había perdido a su familia natal muy temprano, había formado un hogar aún muy joven y la vida se lo había arrancado. Está ahora a tientas, casi a ciegas y en la búsqueda de un destino, pero un destino que él considere, pueda verdaderamente merecerlo. Según comentó Juan Vicente, "la pena de Simón fue tan grande que le veíamos como loco con desaforados ataques de furia y desesperación". Cabe esperar que tal enajenación se fue desvaneciendo hasta dar paso al desengaño de un joven y riquísimo hacendado, que bien podía haberse ilusionado con disfrutar una vida liberada de preocupaciones vulgares gracias al apoyo de una solícita, complaciente y fecunda esposa, ambos elaborando planes con los que acrecentar su ya inmensa riqueza en un todo asistido por cientos de esclavos, incluidos los encargados de asistir y entretener a la traviesa prole. Así había sido su padre y así hubiera querido ser él de no haber recibido aquel primer quebranto de su proyecto de vida adulta.

No fue así y, "de repente, entendí que los hombres fueron hechos para cosas distintas del amor", nos dice Marie Arana que escribió Bolívar a su prima y amante ocasional, Fanny de Villars, de la cual hablaremos más adelante.

Por ahora, veamos la razón de que "las cosas distintas del amor" fueran parte substancial del mito que, como reacción a la muerte de su esposa, tejió en torno de sí el llamado Libertador. Nos lo explica así Roberto Barletta en ese su citado libro, que, a juicio de este relator, nos ayuda a mayor objetividad:

> "El mito que Bolívar tejió de sí mismo nos lleva a un Bolívar mesías e incluso, al Bolívar profeta de sí mismo. De acuerdo con dicho mito, Bolívar nació prácticamente predestinado para ser el Libertador de América; así, su carácter rebelde y hasta insolente de infante es traducido como un germen contestatario contra el statu quo monárquico. Su relación con Simón Rodríguez es presentada como su formación inicial en las grandes ideas libertarias y emancipadoras. Su educación, como si hubiera sido la de mayor rigor académico dentro de América y España. Incluso su relación con Ustariz habría hecho de Bolívar un enciclopedista, y su temprano viaje a París lo habría llevado a adoptar —con rapidez inaudita— las ideas republicanas. Toda esa lectura de la vida de Bolívar responde a la construcción que él mismo hizo años más tarde de cómo deseaba pasar a la posteridad. Pero esta construcción de una perfecta sincronía de causas y efectos no iba acorde con su verdadera personalidad. Su carácter y temperamento no le permitían seguir una línea simple, tal como él nos ha hecho creer. Bolívar era del tipo de personas nacidas para ser líderes; de no haber pasado a la historia como el Libertador de América, habría sido el mejor alcalde en la historia de San Mateo o el dandi más díscolo de su tiempo. Jamás habría ocupado un papel secundario, pero tampoco habría seguido un camino recto para lograrlo. Bolívar se sentía capaz de proponerse

cualquier objetivo y de alcanzarlo, y no se equivocaba. Su magnetismo personal le permitía involucrar y apasionar a los demás en todo aquello que se propusiera, así esto fuese algo superficial o incluso vulgar. Su energía le dio no sólo un permanente aspecto juvenil, sino además imagen de hombre inteligente, dinámico y exitoso. Pero por debajo de aquella aparente seguridad, siempre anidó en Bolívar una lejana búsqueda de reconocimiento y afecto, aquello que en apariencia no podía necesitar. Por ello le fue tan difícil tolerar la competencia, la veía como una sombra, como una contracorriente que le traía la amenaza del fracaso. Muchos años después, en la lejana ciudad americana de Guayaquil, Bolívar se enfrentaría con otro general, con otro Libertador con quien debía de sumar esfuerzos para la causa americana y a quien se propondría excluir: un tal José de San Martín. Bolívar siempre dio la imagen de una fortaleza que no admitía competencia. En suma, Bolívar fue un líder brillante, pero también un vanidoso empedernido, ligero, aunque profundo, hedonista pero seductor. Todo esto al mismo tiempo y sin descanso. Ahora, y a partir de la compleja personalidad de Simón Bolívar, podemos hacer una lectura adecuada a su reacción ante la muerte de María Teresa. Es verdad que dicho suceso fatal se convirtió en el disparador de su futuro político, pero no como se pretende.

De manera convencional, Bolívar dijo a sus biógrafos que estaba ungido con el germen beatífico de la libertad de América y del sistema republicano, y que la muerte de María Teresa sólo lo empujó hacia los intereses incubados en él desde su más tierna edad. Pero esto realmente no concuerda con la esencia de Bolívar. De haber albergado Bolívar el deseo libertario en aquel entonces no cabe duda de que habría abrazado ese proyecto abandonando o posponiendo cualquier unión sentimental. En Bolívar no caben las medias tintas; de haber pensado embarcarse en el proyecto independentista en 1802, se habría casado con él en lugar de casarse con María Teresa. El hecho de que jamás hubiera contraído nupcias nuevamente tiene que ver con lo mismo, con su compromiso con alcanzar la gloria y no con el hecho de cumplir cualquier promesa a la difunta esposa".

****

Una vez arreglados sus asuntos, inició los preparativos para viajar otra vez al Viejo Mundo. Quizás se sintiese atraído por Europa al comprender que sólo allí podría completar su educación y experiencia, por medio de lecturas, estudios y el trato con las gentes. O quizá recordase los placeres ya gustados en su primer viaje. Ambos atractivos, escribe Gerhard Masur, formaron el contenido de los años que pasó en Europa durante ese período de su vida.

En enero de 1804 desembarcó en Cádiz después de un viaje largo y pesado, y se apresuró a ir a Madrid para encontrarse con el padre de su difunta esposa. El pesar de Bernardo Toro, que había sufrido aún más que Bolívar por la pérdida de su única hija, hizo que su herida volviera a abrirse. "Nunca —dirá Bolívar— podré olvidar mi encuentro con don Bernardo, cuando le comuniqué los recuerdos de María Teresa".

A comienzos de mayo de ese mismo año llega Bolívar, por los mismos días (18 de mayo) en los que la "Ciudad de la Luz" era más luminosa que nunca había sido por toda la parafernalia de fiestas populares y desfiles con los que, en presencia del Sumo Pontífice de la Iglesia Católica, se celebraba lo que fue auto coronación de Napoleón Bonaparte como Napoleón I, Emperador de Francia. Decimos auto coronación porque es bien sabido que, en el momento culmen de la ceremonia, el Corso arrebató de las manos del Papa la corona imperial y, haciendo ver que no reconocía otro poder superior a él sobre la Tierra, él mismo se la ciño sobre las sienes.

Envidia, admiración y apasionado afán de emulación debieron de ser las emociones hacia Napoleón del Libertador en ciernes, tal como, años más tarde, confesaba a Perú de Lacroix en uno de aquellos distendidos diálogos en Bucaramanga:

«Usted habrá notado, no hay duda, que en mis conversaciones con los de mi casa, y otras personas, nunca hago el elogio de Napoleón; que, al contrario, cuando llego a hablar de él o de sus hechos es más bien para criticarlos que para aprobarlos, y que más de una vez me ha sucedido llamarlo tirano, déspota, como también el haber censurado varias de sus grandes medidas políticas, y algunas de sus operaciones militares. Todo esto ha sido y es aún necesario para mí, aunque mi opinión sea diferente; pero tengo que ocultarla y disfrazarla para evitar que se establezca la opinión de que mi política es imitada de la de Napoleón, que mis miras y proyectos son iguales a los suyos, que como él quiero hacerme emperador o rey, dominar la América del Sur como ha dominado él la Europa; todo esto lo habrían dicho si hubiera hecho conocer mi admiración y mi entusiasmado por aquel grande hombre. Más aún hubieran dicho mis enemigos: me habrían acusado de querer crear una nobleza y un estado militar igual al de Napoleón en poder, prerrogativas y honores. No dude usted de que esto hubiera sucedido si yo me hubiera mostrado, como lo soy, grande apreciador del héroe francés; si me hubieran oído elogiar su política, hablar con entusiasmo de sus victorias, preconizarlo como el primer capitán del mundo, como hombre de Estado, como filósofo y sabio. Todas estas son mis opiniones sobre Napoleón, y todo lo que a él se refiere es para mí la lectura más agradable y provechosa; allí es donde debe estudiarse el arte de la guerra, el de la política y el de gobernar».

****

Claro que, por aquellas fechas, aunque no dejaba de ilusionarse por encontrarse definitivamente a sí mismo, más que por compromisos futuros, era por darle jugo placentero a su dinero por lo que el joven y rico criollo perdía horas de sueño. A ello le ayudaron, entre otros muchos, su prima Fanny de Villars y Simón Rodríguez Carreño, al cual recordamos como el rusoniano maestro de su adolescencia; muy probablemente, en su divagar por Europa, había hecho lo posible por vivir de cerca la coronación imperial de quien pretendía eclipsar las hazañas guerreras de los "sacro emperadores romano germánicos Carlomagno y Carlos V" y, ahora, hizo lo posible por verse con un alumno que tanto le apreciaba y que, por demás, derrochaba dinero a manos llenas.

De Fanny Louise Troubiand Aristagueta, escribe Alfredo Cardona Tobón que ayudó a instalarse lujosamente al recién llegado, convirtiéndose en el bálsamo del desolado joven, el cual, de la mano de su prima, entra a los altos círculos sociales de Paris. En el torbellino de su ardiente edad Simón Bolívar se entrega al juego y a devaneos con bailarinas y coristas, que difícilmente controla Fanny, convertida en hermana mayor, en su guía y en su amante. Al respecto, resulta particularmente ilustrativo lo que nos cuenta Barletta en su citado libro:

137

"La presencia del apuesto mozo siempre al lado de Fanny se hizo notar con rapidez. Esto no le fue ajeno al señor de la casa. Dicho acontecimiento será recordado muchos años después por uno de los hijos de Fanny: «Mi padre habitaba en Bouhinad, una casa en la cual había un gran jardín. Cuando Bolívar se paseaba por él, destrozaba todo lo que encontraba: ramas de árboles, ramas de la viña, flores, frutas, etc.». Viéndolo entonces el maduro dueño de la casa, le gritó: « ¡Arrancad las flores y las frutas que queráis pero, por Dios, no arranquéis estas plantas por el solo placer de destruir!». Así, Bolívar dejó las frutas del jardín en paz y tomó a la señora de la casa, sin mayor restricción que sus propios deseos. Bolívar debió de conocer al barón de Humboldt en el salón de Fanny. Sobre dicho encuentro también se han tejido muchas historias que hablan acerca de un Humboldt que confirma anonadado el genio de Bolívar y que admira su determinación por la libertad de América. Los hechos se produjeron de otro modo. Humboldt había estado disertando sobre las maravillas naturales de América; él llegaba de un viaje que daría lugar a su brillante libro intitulado Viaje a las regiones equinocciales del Nuevo Continente. Al lado de Humboldt estaba el sabio naturalista Bonpland, cuando de repente la conversación derivó en un lugar común en aquellos días: el triste destino de una América agonizante, bajo un dominio español sombrío, reaccionario y medieval. Al escuchar esto, Bolívar tomó la palabra y exclamó exultante: «Brillante destino el del Nuevo Mundo si sus pueblos se vieran libres del yugo y qué empresa tan sublime». Pero ante la retórica, Humboldt contestó secamente que «aunque en América las circunstancias eran favorables para tal empresa, allí faltaban hombres capaces para realizarla». De hecho, la frase, en medio de un grupo de españoles americanos y en particular delante de aquel criollito petulante, terminaba siendo procaz y desafiante. Así, de hecho, la tomó Bonpland, quien para superar la incomodidad del momento adujo que «las revoluciones producen a sus hombres». A pesar de situaciones tan claras, parte de la historiografía sobre Bolívar pretende que Humboldt, en el fondo, quedó admirado por la convicción del joven criollo. En cambio, el propio Humboldt escribe sobre Bolívar en una carta de 1853: «Jamás lo creí llamado a ser jefe de la cruzada americana. Lo que más me asombró fue la brillante carrera de Bolívar a poco de habernos separado». E incluso en carta de Fanny dirigida a Bolívar en 1826, dice: «Ha estado aquí el barón de Humboldt […] No sé cómo hará el señor barón para llamarse vuestro amigo; en aquella época en que el éxito de vuestra empresa era dudosa, él y el señor Delpech eran vuestros detractores más celosos». No era para menos; si alguien pareciera el menos indicado para ser el Libertador de América, ese era Simón de Bolívar".

Sobre lo que significó para Bolívar el reencuentro con su buen amigo Simón Rodríguez, alias Simón Carreño, alias Samuel Robinson…, reconocido mentor de las primeras ensoñaciones rusonianas del llamado "Libertador de las Américas", nos habla el fino e irónico don Salvador de Madariaga de la siguiente manera:

"Simón Carreño seguía rigiendo la vida de Bolívar, y, más todavía que en la primera época de Caracas, estampando el sello de sus ideas y de su espíritu sobre el ser adolescente del futuro Libertador. Bajo la dirección de su maestro, Bolívar devoró entonces a Hobbes, Helvecio, Holbach, Hume, Espinosa, así como a Rousseau y a Voltaire. Éstas lecturas le harían sentirse cada vez más apartado de su pasado y más suelto en el mundo. Helvecio y Holbach eran ambos apologistas del placer, autores que era fácil interpretar como preconizadores de un amplio e indisciplinado haz-lo-que-quieras. Doctrina es ésta muy del gusto de los jóvenes, sobre todo si son pudientes y carecen de lazos de familia. Bolívar se entregó meses enteros a una vida de placer en la brillante y alegre capital de Francia, llegando a ser una de las figuras más conocidas en las arcadas del Palais Royal, donde consagraba al vino y a las mujeres la flor de la libertad que los filósofos le habían enseñado a cultivarli"…/"El caballero había menester de una Dulcinea, y también de otro caballero, un Amadís de Gaula que le fuese ejemplo e inspiración. Su Dulcinea, a mano estaba: la patria, la «Virgen América» que sufría atrozmente bajo la tiranía del gigante español, el Godo de la Fosca Vista, y sin culpa suya, porque era inocente cómo lo suelen ser todas las doncellas. Su Amadís de Gaula surge súbitamente coh esplendor insoñado. Su nombre: Napoleón. El año eñ que Bolívar llega a París es el mismo en que Bonaparte accede a la Corona imperial.

Semanas antes cae fusilado el Duque de Enghien (21 marzo 1804); días después, el 18 de mayo', adopta Francia la constitución imperial. El proceso por el cual la Corte del Primer Cónsul pasa a Corte imperial tiene lugar ante los ojos de Bolívar; y ambos, caballero y escudero, se hallan en París el día en que Amadís se corona en Notre Dame (2 diciembre 1804). ¿Estuvo presente Bolívar? Carreño lo niega. «Y por cierto que aquel día, tan notable y feliz para los gabachos, Bolívar y yo no salimos del hotel.» Pero Bolívar dijo explícitamente a Perú de Lacroix que se hallaba presente. Cuenta además Boussingault que «hallándose en París en 1803 y 4 asistió a una revista que el Primer Cónsul pasaba en el patio de las Tullerías. En los días siguientes todo el mundo le vio pasearse tocado con el pequeño sombrero legendario y la levita gris. Humboldt y Gay Lussae, sus amigos, lo creyeron loco». Y comenta: «Era manía del general Bolívar imitar a Napoleón.» Así pues bueno es hacer constar que en lo tocante a Napoleón Carreño niega y Bolívar afirma; es decir, el impulso natural es hacia Napoleón en Don Quijote-Bolívar, contra Napoleón en Sancho-Carreño"..../"A su llegada a Milán, la ciudad aguardaba al Emperador, que iba a coronarse Rey de Italia. Esta vez no cabe duda: Bolívar se halló presente y vio a Napoleón colocar sobre sus sienes la corona de hierro de los Reyes de Lombardía, el 26 de mayo de 1805. Bolívar y Carreño presenciaron la revista militar que tuvo lugar en Montechiaro, y las reminiscencias de Bolívar que apunta Perú de Lacroix confirman nuestro análisis. «El trono del Emperador se había colocado sobre una pequeña eminencia, en medio de aquella gran llanura; mientras desfilaba el ejército en columnas delante de Napoleón que estaba sobre el trono, él [Bolívar] y un amigo que le acompañaba [Carreño] se habían colocado al pie de aquella eminencia, de donde podían con facilidad observar al Emperador; éste los miró varias veces con un pequeño anteojo de que se servía, y entonces su compañero le dijo: "Quizá Napoleón, que nos observa, va a sospechar que somos espías"..../"Don Quijote-Bolívar y Sancho-Carreño recorrieron la Italia del Norte pasando sucesivamente por Verona, Vicenza, Venecia, Padua, Ferrara, Bologna, Florencia, Roma y Nápoles. Dice O'Leary que Venecia defraudó a Bolívar. En

Florencia se quedaron algún tiempo, y Bolívar se dedicó a estudiar el italiano y a leer los clásicos de Italia —aunque no a Maquiavelo, contra quien siempre sintió lo que O'Leary llama «la vulgar preocupación que ha hecho que el nombre de ese grande y calumniado patriota sea sinónimo de astuciá, política y de crimen»—. Y por Perugia"…/"El camino que había llevado al Monte Sacro a Don Quijote- Bolívar y a Sancho-Carreño había pasado por París y por Milán. El joven caballero que en el Monte Sacro juraba solemnemente libertar a su Dulcinea-patria estaba todavía deslumbrado por el espectáculo de la gloria que acababa de contemplar. Lo que le había incitado a armarse caballero andante al servicio de la libertad de Sudamérica era la ambición de emular los esplendores de una vida imperial, de ser la estrella a la que convergían las ovaciones de todo un continente. El juramento del Monte Sacro fue la consecuencia directa de las dos coronaciones de Napoleón. Simón Bolívar había visto dos veces a Napoleón coronarse a sí mismo: una con la corona imperial, otra con la corona de hierro de los Reyes de Lombardía. Sobre el Monte Sacro, Simón Bolívar se coronó a sí mismo en presencia de un mundo imaginario que su fantasía evocaba a sus pies: se coronó mártir o héroe, según la suerte decidiera. Hacia fuera, hacia las vastas multitudes que se extendían hasta el horizonte, juró dar libertad a su patria. Hacia adentro, en los abismos de su alma que ni aun su propia mirada podía vislumbrar, juró hacer a Simón Bolívar Emperador del Nuevo Mundo".

✳✳✳✳

En una de sus biografías, leemos que, vuelto Simón Bolívar a su vida parisina, recibe el segundo grado de la Masonería en la Logia parisina de San Alejandro de Escocia. Buscando más información al respecto, encontramos lo siguiente:

"Todo indica que fue el día 11 de noviembre de 1.805, según un trazado original que conservaba el Supremo Consejo del Grado 33 para Venezuela, cuyos certificados de autenticidad pueden ser encontrados en el texto de Carnicelli. Es una lástima que ese documento con la firma autógrafa del Libertador haya desaparecido por acción del fuego durante un incendio en 1.990. Sin embargo, existen copias como las que reposan en las Fundaciones John Boulton y Nectario María. El Trazado está en francés y su traducción es la siguiente: "A la gloria del Gran Arquitecto del Universo, el 11 de noviembre de 1805 los trabajos de Compañero han sido abiertos al Este por el respetable hermano de Latour d'Auvergne, alumbrando el Oeste y el Sur por los respetables hermanos Thory y Potu: la lectura de la última plancha trazada ha sido hecha y aprobada, el Venerable ha propuesto que se eleve al grado de Compañero al hermano Bolívar recientemente iniciado a causa de un próximo viaje que está a punto de emprender. El parecer de los hermanos habiendo sido unánime para su admisión y el escrutinio favorable. El hermano Bolívar fue introducido en el Templo y después de las formalidades necesarias ha prestado a los pies del Trono la obligación usual; fue colocado entre los dos Vigilantes habiendo sido proclamado caballero Compañero masón de la respetable madre logia escocesa de San Alejandro de Escocia. Este trabajo ha sido coronado por un triple hurra y el hermano, después de haber dado las gracias, ha ocupado su lugar a la cabeza de la Columna del Mediodía. Los trabajos se han cerrado del modo acostumbrado". Sobre la exaltación de Simón José Antonio al sublime grado de Maestro se tienen pocos documentos fidedignos. Mientras se encontraba en Bucaramanga, en mayo y junio de 1.828, esperando los resultados de la convención de Ocaña, Bolívar le cuenta a su edecán, Perú de Lacroix, Grado 33, que había sido exaltado en París, dato confirmado por Edgar Perramón, historiador de la Gran Logia de Venezuela".

Aquí viene al caso transcribir dicha confidencia en palabras del propio Perú de Lacroix, Grado 33, según se señala en la precedente información:

"Poca gana tenía el Libertador de ir a dormir, y continuó conversando. Habló de la masonería, diciendo que también él había tenido la curiosidad de hacerse iniciar para ver de cerca lo que eran aquellos misterios, y que en París se había recibido de Maestro, pero que aquel grado le había bastado para juzgar lo ridículo de aquella antigua asociación; que en las Logias había encontrado algunos hombres de mérito, bastantes fanáticos, muchos embusteros y muchos más tontos burlados; que todos los masones se asemejan a los niños grandes jugando con señas, morisquetas, palabras hebraicas, cintas y cordones; que, sin embargo, la política y los intrigantes pueden sacar partido de aquella sociedad secreta; pero que en el estado de civilización de Colombia, de fanatismo y de preocupaciones religiosas, no era político valerse de la masonería, porque para hacerse él de algunos partidarios en las Logias se hubiera atraído el odio y la censura de toda la Nación, movida entonces contra él por el clero y los frailes que habrían aprovechado aquel pretexto; que, por lo mismo, poco podía hacerle ganar la masonería, y mucho perder en la opinión". (Diario de Bucaramanga – Perú de Lacroix)

Capítulo 8º

LA REBELIÓN DE LOS MANTUANOS

Como consecuencia de tres siglos de descubrimiento, ocupación y reordenación a la par que de confrontación y acercamiento entre razas y culturas, los medios de relación y vida en la rica y bulliciosa villa de Caracas, lugar de nacimiento de Simón Bolívar, alimentaban particularidades difíciles de encajar unas con otras.

Si seguimos a la historiadora Diana Sosa Cárdenas, veremos que, a finales del siglo XVIII, la sociedad de Caracas era de carácter jerárquico y estamental, y en ella predominaba un reducido grupo sobre el conjunto social. En la cúspide, los blancos peninsulares y los blancos criollos poseían todos los privilegios. Los criollos eran los máximos defensores de este sistema desigual, y en la Capitanía General de Venezuela se les llamó mantuanos.

Las características de una sociedad estamental eran:

• privilegios, según la consideración social que se tenga;

• prestigio hereditario;

• convenciones estamentales;

• honorabilidad (que se refiere a la forma de vida y de oficios permitidos);

• monopolio de oficios de las clases superiores;

• tendencia al hermetismo;

• desigualdad ante la ley, con normas específicas para cada estrato;

• estatismo (las clases dominantes toman medidas para mantener la desigualdad y sus privilegios).

Cada uno de los estamentos cumplía una función, y gozaba de un determinado tipo de privilegios y obligaciones. El prestigio social es una característica diferenciadora y aquellos que gozan de él se encuentran en una posición más elevada. El prestigio podía verse aumentado según la riqueza del individuo. La nobleza estaba compuesta por todos los hidalgos. Aquellos que se destacasen por sus servicios a la Corona, posición y riqueza, iban creando dentro del interior de la nobleza una posición ascendente que distinguía al simple hidalgo, del caballero.

La composición étnico-social se podía clasificar en tres grandes grupos: los blancos, la gente de color o pardos libres, que eran de ascendencia mezclada (producto de la mezcla de las tres etnias principales: blanco, negro e indio) o negra, llamadas "castas" y los indios. El término pardo se usaba a finales del siglo XVIII en Caracas, para englobar las distinciones más específicas como mulatos, zambos, "tente en el aire" u otros. Por último, estaban los esclavos, que podían ser negros o pardos, ya que determinaba su posición, el nacer de vientre esclavo.

Los blancos, a pesar de encontrarse en una minoría numérica, tenían el control de la sociedad. No era un grupo homogéneo: había cierta rivalidad entre los diferentes sectores del mismo estamento como caldo de cultivo de las ambiciones de los más disconformes entre el ser y el poder ser.

****

Según apunta don Salvador de Madariaga en su tan citado libro, mientras Bolívar y Simón Rodríguez Briceño se entregaban en Francia a una guerra civil particular sobre un callejón de tránsito, Miranda, que había soñado con el pleno respaldo de los caraqueños, hacía lo posible por salvar de la derrota los restos de su expedición. Era Miranda hombre de mucho tesón frente a la adversidad, de forma que el 22 de agosto de 1806 en Aruba, donde se había instalado, esperaba recibir refuerzos importantes de los ingleses. Había pues modificado su actitud, ya que uno de los motivos que le habían impulsado a intentar la liberación de Venezuela con un puñado de aventureros extranjeros era el temor a las ambiciones inglesas. Hasta en Barbados y en Trinidad, donde recibía a cada momento la hospitalidad de los jefes británicos, hizo saber que "aunque se veía obligado a aceptar el auxilio británico para sus primeros pasos hacia la independencia de su patria, jamás aceptaría compartir con ellos un poder distinto al de los beneficiosos intercambios comerciales". Al fin, cansado de esperar los medios y la ocasión propicia para una nueva intentona de pasar al Continente, en diciembre de 1807, se embarcó de regreso a Londres con el inextinguible ánimo de volver afirmando que, si contaba con la buena disposición de los más influyentes criollos, "esperaba hallarse en Caracas al verano siguiente".

Los principales acontecimientos que animaban el sueño de los mantuanos caraqueños por alcanzar la independencia de una Venezuela, en la que personajes como Francisco de Miranda pudieran tener un puesto preeminente, fueron, además de la emancipación de los Estados Unidos en 1776 y la Revolución Francesa de 1789, la independencia de Haití, declarada solemnemente el Año Nuevo de 1804 por el general Jean-Jacques Dessalines (1758-1806), autoproclamado emperador meses más tarde con el nombre de Jacques I para terminar siendo asesinado por sus dos principales colaboradores: Alexandre Petion (1770-1818) y Henri Christophe (1767-1820), que se repartieron el efímero imperio.

Es de rigor recordar que el primero de ellos llegó a ser de extraordinaria y reconocida ayuda para Bolívar, cuyas son las siguientes palabras: "Perdida Venezuela y la Nueva Granada, la isla de Haití me recibió con hospitalidad, el magnánimo presidente Alexander Petion me prestó su protección y, bajo su auspicio, formé una expedición de 300 hombres comparables en valor, patriotismo y virtud a los compañeros de Leónidas...".

****

A finales de 1806, Simón Bolívar salió de París con dirección a Estados Unidos y Caracas. Se despidió de Fanny y, por más que ella trató de disuadirlo, fue en balde. En realidad, ni la mismísima María Teresa lo habría detenido en Europa. Por aquellas fechas (30 de noviembre de 1806) los ejércitos napoleónicos habían tomado Lisboa luego de dejar retenes militares en diversas ciudades del norte de España.

A comienzos de enero de 1807, Bolívar desembarca en Charleston, Carolina del Sur, se entretiene durante varios meses en diversas ciudades estadounidenses, entre ellas, Filadelfia, Nueva York, Boston..., y, a mediados de año, llega de nuevo a su hacienda de San Mateo (Aragua, Venezuela), para, pasados unos días, hacerse ver en Caracas por los selectos círculos de los mantuanos, todavía sin desprenderse del halo de dandi dadivoso, vestido a la europea, amante de la buena vida y siempre a la búsqueda de compañía femenina, imagen que, para los caraqueños que rumiaban con zozobra las inquietantes noticias que llegaban de la metrópoli, no casaba con el Simón Bolívar antimonárquico y republicano, que ellos esperaban.

Pero, haciendo eco de todo lo vivido persiguiendo en Europa la sombra de Napoleón con la "ilustrativa" compañía de Simón Rodríguez Briceño, recordado por muchos de ellos, pronto Bolívar hizo ver que estaba por encima de cualquier ardoroso mantuano en pasión por una república independiente. Consecuentemente, llegó a ser la voz más sonora de un círculo en el que ya estaban su hermano Juan Vicente, la familia del Marqués del Toro, parientes de su difunta esposa, así como también su tío José Félix Ribas y Tomás y Mariano Montilla, a quienes había conocido en París. Además de los muchos otros, estaba su viejo maestro, Andrés Bello, que ahora había sido promovido al cargo de secretario del gobernador de Venezuela.

Según apunta Gerhard Massur, los miembros de este grupo formaron la "jeunesse dorée" de Caracas. Las reuniones tenían el carácter que cabía esperar. Bolívar presentaba asuntos brillantes y algunas veces se sentaban en torno de mesas extendidas para el juego o se enzarzaban en acaloradas discusiones, hablaba acerca de sus viajes o escuchaba las traducciones hechas por Bello de Tácito, Virgilio y Voltaire. Las opiniones y gustos de Bolívar merecían mucho respeto entre sus amigos y Bello no rechazaba las críticas formuladas a sus versiones de Voltaire o el elogio de Bolívar a su Virgilio. Estas peñas literarias le servían perfectamente a Bolívar como cortina de humo y en ella podía exponer sus ideas políticas de alto vuelo. No es que, por ese entonces, entonces se dejase arrastrar por prisas revolucionarias, pero sí por la idea fija de que, en el momento oportuno, la independencia sería como una fruta madura caída del árbol por sí misma.

Allí se reunía un grupo de hombres cuya influencia sobre la evolución del movimiento emancipador habría de ser decisiva. En realidad, era una agrupación de carácter secreto con serios y comprometedores objetivos, escondidos por una fachada de liberal ociosidad.

Entrados en el año 1808, las esporádicas reuniones adoptaron forma institucional en la llamada **"Cuadra Bolívar de Caracas"** propiedad de los hermanos Juan Vicente y Simón Bolívar: Entre tertulias literarias, amenizadas por buena música, se empieza a conspirar contra las autoridades españolas de la Capitanía General con el propio Simón a pretendiente de figura principal. Por demás, ahora se cuenta con el incentivo de las noticias llegadas desde una España en muy confusa situación: El dieciocho de marzo de 1808, en Aranjuez, un movimiento popular, con la caída y prisión del todopoderoso Godoy, había forzado la abdicación del irresoluto rey Carlos IV en el príncipe Fernando. Seis días más tarde (el 24 de marzo de 1808), ya como Rey de España, Fernando VII de Borbón hacía su entrada triunfal en Madrid mientras parte de los ejércitos napoleónicos estaban acuartelados no muy lejos.

Al conocer la noticia, Simón Bolívar pudo decir: Hubo un tiempo en que fui compañero de juegos del nuevo rey de España, que, precisamente, tiene un año menos que yo. Os puedo decir que recuerdo muy bien el pelotazo que, en presencia de sus padres los reyes, le di en la cabeza.

Con más o menos un mes de retraso sobre los hechos, se fue sabiendo el traslado de la familia real a Francia y los subsiguientes incidentes de Bayona, según los cuales, Napoleón obligó a Fernando a renunciar al trono en beneficio de su padre y que éste en imperdonable gesto de traidora sumisión, cedió sus derechos al propio Napoleón, el cual, de seguido, nombró rey de España a su hermano José Bonaparte con el resultado de la insurrección del pueblo español el dos de mayo, bañado en sangre por las huestes napoleónicas pero, también la chispa de un levantamiento general a lo largo de toda España pronto respaldado por una Junta Suprema que el 25 de septiembre declaró formalmente la guerra a Napoleón en nombre de Fernando VII, reconocido como único Rey de España en todos sus reinos y provincias. A tal situación se refiere el ideólogo venezolano Laureano Vallenilla Lanz (1870-1936), en su ensayo "Disgregación e Integración, ensayo sobre la formación de la nación venezolana" para hacernos ver:

> "En 1808, a pesar de esta enfermedad orgánica, España dio al mundo el más alto ejemplo de heroísmo que recuerda la Historia. Ninguna acción más osada, ninguna resolución más viril. "El reto lanzado por una nación sin ejércitos, sin generales, sin dinero, al Gran Capitán que tenía a Europa entera bajo el tacón de su bota, será por siempre uno de los más sorprendentes espectáculos de la Historia. Semejante locura

tuvo razón contra la razón misma; y de desgracia en desgracia se llegó hasta fatigar la derrota. Pero sus consecuencias sociales fueron tan enormes como imprevistas. Durante cinco años la España insurreccionada vivió sin gobierno, y las repercusiones que aquella situación singular tuvo necesariamente en los dominios de América, explican el cambio de rumbo que tuvo la revolución de 1810, hasta llegarse a proclamar la Independencia absoluta. "La Junta Central y las Cortes de Cádiz no tuvieron sino un poder sumamente circunscrito; en todo el resto del país cada villa, cada pueblo, que por su propia cuenta y en su propio nombre había declarado la guerra a Napoleón I, no se valía sino de sí mismo para organizar la resistencia, procurarse recursos, reclutar sus guerrillas y ordenar sus planes de campaña.

El gobierno estaba en todas partes y no estaba en ninguna; y en esta anarquía organizada, no contando cada uno, sino consigo mismo, no se sentía obligado a dar a nadie cuenta de sus actos. Nada es tan peligroso para una nación como prescindir del Estado durante algún tiempo, porque es natural que surja la tentación de prescindir de él para siempre como institución perfectamente inútil, y la guerra de Independencia causó en la sociedad española tan profunda perturbación, que por muchos años continuó resistiéndose de ella hasta el punto de que en cada revolución posterior se veía en peligro de dislocarse". Careciendo la propia Península de un Gobierno capaz de dominar la anarquía localista y reconstituir la nación, fácil es deducir que, en sus lejanos dominios de América, abandonados a su propia suerte durante aquellos años, hasta la caída de Napoleón en 1815, la Revolución se convirtiera en una contienda civil, en una lucha encarnizada y feroz entre los propios criollos, divididos por intereses y pasiones puramente domésticas''.

****

Siguiendo con el citado libro de don Salvador de Madariaga, sabemos que El 24 de julio de 1808, día en que Bolívar cumplía los veinticuatro, el Fiscal de la Audiencia de Caracas informaba como sigue: «El día 15 del presente mes se apareció el Bergantín de la Nación francesa con dos oficiales comisionados por su gobierno con un despacho del consejo de Indias en que se ordena por este oprimido tribunal de nuestros dominios que se reconozca en ellos al Príncipe Murat por teniente general y Gobernador a nombre del Señor don Carlos IV, y otro del Ministro de relaciones exteriores, participando de oficio la cesión del Emperador Napoleón en su hermano el Rey de Nápoles a virtud de la que había hecho el Señor don Carlos IV. Confirmada así la novedad corrió luego por todo el vecindario, porque los emisarios de Francia manifestaron el fin de su venida, mostrando una gaceta impresa en Bayona que refiere dichos acontecimientos, de que resultó amotinarse todos por calles y plazas, prorrumpiendo en execraciones' contra el usurpador y aclamando con reiterados vivas el nombre adorado de Femando VII. La misma tarde deliberaron jurarle, levantando el Real Pendón como en efecto lo hicieron, si no con la suntuosidad que en otras circunstancias era debida a tan alto y plausible motivo, a lo menos con la expresión más animada, tierna y sincera, sin que fuera posible contener el entusiasmo general del pueblo»

En carta fechada en La Guaira el 19 de julio de 1808, el Capitán Beaver, de la Marina británica, refería estos sucesos a su jefe el Almirante Sir Alexander Cochrane: «Fondeé en La Guaira en la mañana del 15, y mientras aguardaba a acercarme, ostentando la bandera de canje, observé un bergantín con bandera francesa que estaba echando el ancla. Había llegado la noche anterior de Cayena, con despachos de Bayona [...]. Poco antes de ponerme en camino para Caracas, retornó el Capitán del bergantín francés muy disgustado, según me dijeron, porque le habían insultado públicamente en la ciudad. A eso de las tres llegué a Caracas y presenté los despachos de V. E. al Capitán General, que me recibió con mucha frialdad, o mejor descortesía, apuntando que aquella hora no era muy oportuna [...] y que, puesto que no había comido, sería mejor que me fuese a comer y volviera dos horas más tarde. Al entrar en la ciudad había observado entre la gente gran efervescencia [...] y cuando entré en la posada grande de la ciudad me rodearon gentes de casi todas las clases. Allí me enteré de que el Capitán francés que había llegado ayer había [...] anunciado la subida al trono español de José Bonaparte, y había traído órdenes del Emperador francés para el Gobierno. Al instante se armó la ciudad; 10.000 de sus habitantes rodearon la residencia del Capitán General exigiendo proclamar a Fernando VII como su rey; lo que prometió verificar al día siguiente. Pero esto no les satisfizo; y lo proclamaron aquella misma tarde por heraldos, con toda solemnidad, por toda la ciudad, colocando su retrato iluminado en la galería del Ayuntamiento»

****

Para los mantuanos que se reunían asiduamente en la "Cuadra Bolívar", menores de la treintena en su mayor parte, se encendían los ánimos con la idea de que había llegado la mejor ocasión para arrebatar el poder a los "Chapetones" (también llamados despectivamente "canarios"). Sus reuniones constituían juntas o congresos criollos, entre los cuales no faltaba el que propugnaba la guerra de independencia y hasta —se decía— el asesinato del capitán general de Caracas, mientras que, con carácter general, se estimaba que, de momento, no era posible pensar en un movimiento de independencia que no derivara en guerra civil dado que los lazos de sangre, amistad y parentesco habían vinculado españoles americanos y españoles europeos. Más aún, los bandos eran confusos, había peninsulares republicanos que apoyaban la independencia de América, criollos que buscaban mayor autonomía sin escisión de España, otros que buscaban la independencia plena y hasta los monárquicos que aspiraban a una independencia que no dejara de reconocer al rey Fernando VII.

Por aquel entonces (entre el 6 de octubre de 1807 y el 19 de mayo de 1809,, era Gobernador-Capitán General de Venezuela Juan de Casas y Barrera, un avezado político y militar español. A poco de llegar a Caracas, los mantuanos le pidieron que les tuviera en cuenta a la hora de formar su equipo de gobierno a lo que él no accedió. Fue una negativa que, tomada como inmerecido menosprecio, provocó la llamada "Conspiración de los mantuanos".

A raíz de aquel fracasado desembarco de Miranda (tres de agosto de 1806 en la Vela de Coro, Venezuela), los mantuanos habían rechazado toda vinculación con él hasta el 24 de octubre 1808 en que el marqués del Toro hizo llegar al capitán general copia de una carta que, desde Londres, le había escrito Francisco de Miranda el 20 de julio, en la cual le incitaba a promover la instalación de una junta en Caracas a través del Cabildo Municipal y a ponerse luego de acuerdo con los cabildos de Santa Fe de Bogotá y de Quito para lograr, decía Miranda, «nuestra salvación e independencia». Sin embargo, en aquellos momentos los más influyentes mantuanos de la generación más vieja liderados por el Marques del Toro no aspiraban, al parecer, a la plena independencia, sino a una autonomía que a través de la Junta les permitiera dirigir la política venezolana dentro del imperio, y mantenerse libres del dominio francés si España sucumbía. Por su parte, los mantuanos más jóvenes, los que se reunían en la **Cuadra Bolívar**, parecían estar en gran parte inclinados a la independencia, y tal era el caso también de agitadores populares como Matos Monserrate, aunque éste, igual que los demás, se declarase públicamente partidario de Fernando VII.

Pese a las discrepancias entre viejos y jóvenes mantuanos, unos y otros se pusieron de acuerdo para, el 24 de noviembre de 1808, entregar al Capitán General un documento, avalado por 45 firmas de ambas tendencias. En él se pedía formalmente la formación de una Junta Suprema en Caracas (aunque se decía, por pura fórmula, que quedaría subordinada a la Junta Central de España) y se autorizaba a siete personas, no todas firmantes, para que unidas con el gobernador capitán general y con el Cabildo de Caracas organizasen la Junta, incorporando a ésta a los representantes de otros gremios e instituciones de la provincia.

Tomando el asunto como un acto de rebeldía, un tanto disculpable a causa de la enrevesada situación de la Península, pero que escondía claras aspiraciones a la independencia, Juan de Casas ordenó el arresto de los cabecillas hasta que, en abril de 1809, los fiscales Francisco Espejo y Francisco Berrío recomendaron el sobreseimiento, dictamen que fue acogido favorablemente el 4 de mayo siguiente, de forma que fueron puestos en libertad todos los que habían sido calificados como sediciosos, los mismos que, al no verse totalmente desautorizados, continuaron reuniéndose sin renunciar a sus aspiraciones de independencia.

Capítulo 9º

MIRANDA Y BOLÍVAR EN LA PRIMERA REPÚBLICA VENEZOLANA

El 26 de mayo de 1808, por directa indicación de Napoleón, el gobierno francés usurpador decide sustituir a Juan de Casas y Barrera, gobernador y capitán general de Venezuela, por el aristócrata y militar español Vicente Emparan (Vicente Ignacio Antonio Ramón de Emparan y Orbe, 1747-1820), se cree que por la resonancia de los ascendientes de la familia, que incluían a miembros de las casas de Loyola, Balda, Butrón, Haro, Borgoña y, por demás, de las familias reales de España y otros países europeos.

Vicente Emparan contaba con unos cuantos años de experiencia de alta gestión en Ultramar, en donde, con escaso costo para el Erario Público, había promovido la fundación de pueblos y ciudades (San Vicente de Carapa, Santa Gertrudis, San Pedro del Pao, Santiago del Orinoco, Santa Catalina de Carito, San Simón de Maqueta, San Jacinto de Úrica…), seguida de la construcción y dotación de iglesias, escuelas y hospitales. En el año de 1804, renuncia al cargo de gobernador de la Provincia de Cumaná y vuelve a la Península.

Según nos recuerda Madariaga, don Vicente de Emparan, oficial de marina, había dejado en Cumaná inmejorable recuerdo, tal como escribió Dauxion Lavaysse: «Esta provincia, su capital y otras ciudades son honorables monumentos a la prodigiosa influencia que puede ejercer sobre la prosperidad de una colonia un Gobernador selecto, prudente e ilustrado. Durante los once años (de 1793 a 1804) de su gobierno de esta colonia, don Vicente de Emparan concedió a la agricultura y al comercio una protección liberal que elevó su producción de 1805 al doble de la de 1799; llegó la prosperidad a ser general en todas las clases, y se acumularon considerables fortunas nuevas. La ciudad de Cumaná, a media legua del mar, sobre el Golfo de Cariaco, creció a tres veces su tamaño; en lugar de las antiguas barracas y cabañas se construyeron elegantes casas con tejados a la italiana; y un nuevo barrio o arrabal que rivalizaba con la ciudad antigua adoptó el nombre venerado de Emparan»

Aún sintiéndose halagado y muy capaz de asumir un cargo identificado con el de virrey, en Vicente Emparan pesó más la fidelidad al legítimo Rey de España que los honores y prebendas de Gobernador y Capitán General de Venezuela, por lo que, luego de ponerse sobre seguro, renunció a él con la siguiente explicación.

> "Estando en Madrid, a la entrada de los enemigos en 1808, fui sorprendido por el gobierno intruso que me nombró Capitán General de Caracas, de cuyo encargo procuré eximirme, más viendo que de ningún modo eran admitidas mis disculpas, me fugué disimuladamente y me presenté en Sevilla a la Junta de quien solicité varias veces me diese destino en el ejército. Establecida la Central, en lugar del destino que esperaba, me nombró Capitán General de Caracas".

En el Archivo General de Indias de Sevilla consta que, en nombre de Fernando VII, la Junta Suprema Central resuelve y ordena que Vicente de Emparan, electo capitán general de la provincia de Venezuela, debe embarcarse para su destino en el San Leandro, navío de su majestad. La orden fue firmada en el Real Alcázar de Sevilla el 30 de marzo de 1809 y Vicente Emparan se presentó en Caracas como Gobernador y Capitán General de Venezuela a primeros de mayo de 1809.

A poco de ocupar su puesto, el nuevo Gobernador-Capitán General percibió un irremediable rechazo entre los caraqueños, con especial intensidad en los llamados mantuanos; todo ello, porque, al deseo de mayor autonomía consiguiente al reconocimiento de que eran muy capaces de gobernarse por sí mismos, no dejaban de considerarle más francés que español por imaginarle más afín a José I Bonaparte (Pepe Botella para casi todos) que a Fernando VII el Deseado, al que, sin conocerle, preferían verle como un dechado de virtudes y de buen tino para ayudarles a tener todo lo que echaban en falta. Si el clima social se hubiera mantenido dentro del límite de la descortés antipatía y los frecuentes conciliábulos se hubieran limitado a retóricas divagaciones, de seguro que el probado temple de Vicente de Emparan se habría impuesto sobre la lluvia de críticas y malentendidos. Pero, la verdadera raíz del problema estaba en que, de agravarse la situación, no tardaría en llegar de la Península un fuerte contingente de "mamelucos", la implacable fuerza de choque de los ejércitos napoleónicos. Consecuentemente, se trataba de optar por el mal menor cual era entenderse convenientemente con los más moderados, entre los cuales, además de no pocos criollos más preocupados por no perder fortuna y prestigio que por tensar aun más la cuerda, estaban algunos clérigos y militares de alta graduación.

Unos y otros delegaron en un reducido grupo que se entrevistó con el Capitán General para pedirle que renovara su equipo de gobierno para dar paso a los más notables de los criollos caraqueños. Dado que éste se resistió a tal exigencia, los peticionarios promovieron para el 19 de abril, jueves Santo del 1810, una convocatoria de ciudadanos de todas las clases sociales, de forma que, cuando se disponía a ir a la solemne Misa, vio a una multitud congregada en la Plaza Mayor (hoy Plaza Bolívar) e, invitado a subir al balcón del Ayuntamiento, se creyó forzado a preguntar si le querían como gobernador y al transcurrir unos instantes sin que la gente se atreviese a responder, el canónigo don José Joaquín Cortés de Madariaga (1766-1826, pronto autoerigido como prócer de la independencia), que se había colocado a la espalda del propio gobernador, hizo señas negativas con la mano, lo que forzó un rotundo de la mayoría, que forzó la siguiente histórica frase de Emparan: "Si no me queréis, pues yo tampoco quiero mando". De seguido, convocó una reunión del Cabildo de Caracas con los más notables de los asistentes, les ratificó su decisión de ceder el mando y les pidió arbitrar la mejor solución, que ellos expresaron en la llamada **"Acta del 19 de abril de 1810"**, que, sin reservas, fue aceptada y firmada por el propio don Vicente de Emparan. A pesar de un marcado estilo de farragosa improvisación, vale la pena transcribir algunos ilustrativos párrafos:

"/En la ciudad de Caracas a 19 de abril de 1810, se juntaron en esta sala capitular los señores que abajo firmarán, y son los que componen este muy ilustre Ayuntamiento, con motivo de la función eclesiástica del día de hoy, Jueves Santo, y principalmente con el de atender a la salud pública de este pueblo que se halla en total orfandad, no sólo por el cautiverio del señor Don Fernando VII, sino también por haberse disuelto la junta que suplía su ausencia en todo lo tocante a la seguridad y defensa de sus dominios invadidos por el Emperador de los franceses, y demás urgencias de primera necesidad, a consecuencia de la ocupación casi total de los reinos y provincias de España, de donde ha resultado la dispersión de todos o casi todos los que componían la expresada junta y, por consiguiente, el cese de su funciones. Y aunque, según las últimas o penúltimas noticias derivadas de Cádiz, parece haberse sustituido otra forma de gobierno con el título de Regencia, sea lo que fuese de la certeza o incertidumbre de este hecho, y de la nulidad de su formación, no puede ejercer ningún mando ni jurisdicción sobre estos países, porque ni ha sido constituido por el voto de estos fieles habitantes, cuando han sido ya declarados, no colonos, sino partes integrantes de la Corona de España, y como tales han sido llamados al ejercicio de la soberanía interina, y a la reforma de la constitución nacional; y aunque pudiese prescindirse de esto, nunca podría hacerse de la impotencia en que ese mismo gobierno se halla de atender a la seguridad y prosperidad de estos territorios, y de administrarles cumplida justicia en los asuntos y causas propios de la suprema autoridad, en tales términos que por las circunstancias de la guerra, y de la conquista y usurpación de las armas francesas, no pueden valerse a sí mismos los miembros que compongan el indicado nuevo gobierno, en cuyo caso el derecho natural y todos los demás dictan la necesidad de procurar los medios de su conservación y defensa; y de erigir en el seno mismo de estos países un sistema de gobierno que supla las enunciadas faltas....

/Después de varias conferencias, cuyas resultas eran poco o nada satisfactorias al bien político de este leal vecindario, una gran porción de él congregada en las inmediaciones de estas casas consistoriales, levantó el grito, aclamando con su acostumbrada fidelidad al señor Don Fernando VII y a la soberanía interina del mismo pueblo....

/De tal suerte, que el de los militares ha de quedar reducido al que merezca su grado, conforme a ordenanza; que continuar las órdenes de policía por ahora, exceptuando las que se han dado sobre vagos, en cuanto no sean conformes a las leyes y prácticas que rigen en estos dominios legítimamente comunicadas, y las dictadas novísimamente sobre anónimos, y sobre exigirse pasaporte y filiación de las personas conocidas y notables, que no pueden equivocarse ni confundirse con otras intrusas, incógnitas y sospechosas; que el muy ilustre Ayuntamiento para el ejercicio de sus funciones colegiadas haya de asociarse con los diputados del pueblo, que han de tener en él voz y voto en todos los negocios; que los demás empleados no comprendidos en el cese continúen por ahora en sus respectivas funciones, quedando con la misma calidad sujeto el mando de las armas a las órdenes inmediatas del teniente coronel don Nicolás de Castro y capitán don Juan Pablo de Ayala, que obraran con arreglo a las que recibieren del muy ilustre Ayuntamiento como depositario de la suprema autoridad; que para ejercerla con mejor orden en lo sucesivo, haya de formar cuanto antes el plan de administración y gobierno que sea más conforme a la voluntad general del pueblo; que por virtud de las expresadas facultades pueda el ilustre Ayuntamiento tomar las providencias del momento que no admitan demora, y que se publique por bando esta acta. Se acordó añadir que por ahora toda la tropa de actual servicio tenga sueldo doble, y firmaron y juraron la obediencia a este nuevo gobierno...

/En el mismo día, por disposición de lo que se manda en el acuerdo que antecede, se hizo publicación de éste en los parajes más públicos de esta ciudad, con general aplauso y aclamaciones del pueblo, diciendo: ¡Viva nuestro rey Fernando VII y el nuevo Gobierno, el muy ilustre Ayuntamiento y diputados del pueblo que lo representan! Lo que ponemos por diligencia, que firmamos los infrascritos escribanos de que demos fe".

Con tal acta, Emparan daba por formalizada por parte de su renuncia a la autoridad legítima conferida por la Junta Suprema Central por lo que debía abandonar la que seguía llamándose Provincia de Venezuela, afecta a Fernando VII, legítimo Rey de España y abandonar el territorio que perdía su condición de Capitanía General.

Si bien había sido pacífica la sustitución de un Capitán General Gobernador por una Suprema Junta Conservadora de los derechos de

Fernando VII, de inmediato rompió el compromiso de enviar a la Junta General Central de la Península los tres millones de pesos destinados a la lucha contra los franceses. Por demás, se muestra extraordinariamente torpe para resolver los más acuciantes problemas, principalmente los originados entre realistas y patriotas, mantuanos de diversas sensibilidades, diversos grupos raciales de Caracas (blancos, pardos, zambos, negros, etc.) y entre ésta y otras provincias.

Al respecto, leemos que se formó un ejército para imponer el gobierno a la provincia de Maracaibo y al departamento de Coro, disidentes de la Junta Suprema de Caracas. Fernando Miyares fue nombrado Capitán General de Venezuela en papel el 29 de abril de 1810, es reconocido por el Ayuntamiento de Maracaibo el 23 de julio de 1810; el 11 de agosto de 1810 por el Ayuntamiento de Coro y el 7 de marzo de 1811 por el Ayuntamiento de Guayana. Los realistas de Coro derrotaron a los patriotas caraqueños y la Regencia declara el bloqueo de las costas de Venezuela, enviando a la fragata Cornelia y a la corbeta Príncipe con siete barcos menores, al mando del Capitán de Navío José Rodríguez de Arias. Llevaban también auxilio de dinero y armas para los realistas. Sin embargo, la Junta de Caracas es reconocida por los holandeses de Curazao, lo que dificulta el bloqueo. Los realistas entonces acudieron a los corsarios a fin de sabotear la pesca e impedir el comercio a la república: un intolerable y sangriento revoltijo de prepotencias, sediciones y acosos.

****

Según nos apunta Barletta, ni Simón Bolívar ni su hermano Juan Vicente participaron en la Junta de Gobierno recién formada. Ambos, ya separatistas radicales, no creyeron en lo que para ellos era una fórmula tibia de independencia sin independencia, y una falsa república a la sombra de los republicanos peninsulares. Sin embargo, y a pesar de haberse sustraído inicialmente de los acontecimientos, Simón buscó la manera de vincularse con la Junta considerando que el paso dado era inconsistente y temporal pero que iba en la dirección que convenía a los planes de independencia y a un ansia de mayor figuración personal, para lo cual contaba con una fortuna familiar inigualable en toda Venezuela.

Para entonces la Junta tenía la necesidad de obtener fondos para equipar y sostener al ejército y enviar misiones al exterior, lo que era urgente para presentar la posición del Gobierno venezolano ante las potencias estratégicas de Inglaterra y los Estados Unidos. Entonces, la familia Bolívar ofreció financiar dichas misiones diplomáticas. Varios miembros de la Junta se opusieron, eran misiones delicadas, sobre todo la que iría a Inglaterra. Pero Simón Bolívar no se anduvo con ambigüedades; Juan Vicente solicitó la jefatura de una proyectada misión a los Estados Unidos y para él la jefatura de la misión a Inglaterra. La Junta finalmente aceptó, pero trató de organizar el viaje de tal modo que se cumpliesen sin distorsiones todos los objetivos propuestos y dispuso que acompañasen a Bolívar las personas idóneas: Luis López Méndez, como depositario de las instrucciones oficiales, y Andrés Bello, como secretario. Éste tuvo que tolerar como jefe a su antiguo gravoso alumno, ahora, insufrible líder de la misión.

Los tres comisionados desembarcaron en Portsmouth el 10 de junio de 1810. El marqués de Wellesley, ministro de Estado de Londres, los recibió en su casa particular y no en el Ministerio. Para Gran Bretaña la Junta no representaba un Gobierno extranjero reconocido. Inglaterra era en aquel momento aliada de España contra Napoleón y no haría ahora nada parecido a lo hecho en favor de Miranda cuatro años atrás. Las instrucciones de la misión venezolana eran solicitar la mediación del Gobierno británico para evitar un conflicto directo con España y abrir las facilidades para el comercio con Inglaterra. Esto último era muy apetecible para los ingleses, que habían buscado —por las buenas o por las malas— el comercio con América por cientos de años.

No está claro si, realmente, Bolívar leyó las instrucciones dadas por la Junta, si las obvió adrede, o simplemente pasó por encima de ellas. Lo que sí hizo fue demostrar que no hablaba inglés, pero sí un perfecto francés, y que era un despierto y acaudalado representante de la nueva alta sociedad criolla, muy imbuida ella de su plena capacidad para el autogobierno. Sobre el objeto del viaje, excediéndose en sus atribuciones, vino a decir que, tal como expresó en los acontecimientos que llevaron el 19 de abril a la formación de una Junta de Gobierno autónomo, Venezuela se oponía sin reservas al Consejo de Regencia que gobernaba España y declaraba arbitrarias todas las resoluciones del Gobierno español.

Wellesley lo miró circunspecto, le dijo que lo escuchado significaba en la práctica que lo que había decidido la Junta era la emancipación de España y eso era algo que su Gobierno no podía apoyar, más aun, tratándose de un movimiento dentro del territorio de su aliado español. Entonces Bolívar le entregó sus credenciales al ministro y, ante el asombro de todos, le entregó también por descuido las instrucciones elaboradas por la Junta. Wellesley las leyó y lo miró de nuevo. ¿Acaso la Junta de Caracas no llevaba el nombre de Fernando VII y proclamaba la defensa de sus derechos? Las instrucciones que tenía a la vista, ¿no prohibían abordar el tema de la independencia venezolana?: "Dejen lo de la independencia para más adelante y, por favor, olvídense de involucrarnos en sus problemas", vino a decirles el ministro inglés, aunque de forma más diplomática, para puntualizar que el Consejo de Regencia español era el órgano de mayor fuerza y representativo de la resistencia española contra Napoleón; el desconocimiento de sus potestades por parte de la Junta sería romper con España e impulsar la independencia. Obviamente, una Junta Conservadora de los Derechos de Fernando VII no podía dejar de reconocer al Consejo de Regencia que buscaba restituir su autoridad. Consecuentemente, interés prioritario para Inglaterra y España era la firme unión de todos para la plena derrota de un Napoleón autoerigido en implacable enemigo del género humano.

En la despedida, el ministro Wellesley les dijo que, como amigo sincero, se sentía obligado a prevenirles contra algún compatriota, residente en Londres, que intriga por su cuenta resistiéndose a aceptar la indiscutible y mutua conveniencia de las buenas relaciones entre España e Inglaterra.

Los tres comisionados comprendieron perfectamente que, con sus alusiones, Wellesley les prevenía contra el ya célebre Francisco de Miranda; pero, aun así, se aprestaron a visitarle como a un adalid de la libertad de quien, al menos, dos de ellos (López Méndez y Bolívar) tenían mucho que aprender.

****

Pese al categórico, a la par que cortés, rechazo del ministro inglés a la solicitud de colaboración en los planes independentistas, Bolívar no dejaba de sentirse satisfecho por creer conocer hasta dónde podía llegar Inglaterra en el tema americano, lo que para él era muestra de que dejaba a los mantuanos el campo libre para obrar según su entender y poder con un horizonte de independencia absoluta, entonces más propicio que nunca por la distancia que les separaba de una

Metrópoli debilitada al máximo al tener que enfrentarse al más poderoso y mejor pertrechado ejército de la historia europea, no americana.

Desde esa predisposición, a poco, compartida con sus dos compañeros, no le resultó difícil convencer a Miranda para que retornara a Venezuela. Para el futuro Libertador, las bases de la independencia ya estaban dadas y le dijo a Miranda que era indispensable su presencia y su experiencia. En realidad, mucho más que Venezuela, era Simón Bolívar quien necesitaba de Miranda, imagen pública y experiencia militar de que él carecía.

De hecho, el anuncio de la próxima presencia de Miranda en Caracas causó incomodidad y desconcierto en los más pacatos de la sociedad caraqueña, a la que resultaba difícil de olvidar aquel fracasado primer intento de desembarco de 1806: no dejaban de considerarle inconsistente e inoportuno personaje movido por hilos del exterior. No era ésa la impresión de los más impacientes, entre ellos, los Bolívar y demás integrantes de la llamada Sociedad Patriótica de Agricultura y Economía, que le recibieron con el mayor de los regocijos y un tanto sorprendidos al verle vestir impecable uniforme de gala de general francés revolucionario: frac azul bordado en oro, sombrero de tres picos y botas con espuelas de oro macizo.

A pesar de las previas objeciones, la presión de los jóvenes mantuanos obligó a la Junta de Gobierno a otorgar a Miranda el grado de teniente general con el sueldo correspondiente, algo menos de lo que esperaba el propio Miranda que venía convencido de que sería aceptado como general en jefe de todo el Contingente Militar. Tampoco fue aceptado en el primer nivel del Gobierno, cuando, el 28 de marzo de 1811, se disolvió la "Suprema Junta Conservador" y el poder ejecutivo recayó en una especie de excluyente triunvirato, lo que despertó el siguiente comentario del "Precursor": «Me alegro de que haya en mi tierra personas más aptas que yo para el ejercicio del supremo poder».

Lo que sí logró Miranda fue un puesto en el Congreso y, con el apoyo de Bolívar la presidencia de la Sociedad Patriótica. Esta organización de carácter civil, conformada por unos doscientos socios y con reuniones exaltadas y tumultuosas, la integraban jóvenes jacobinos y varios diputados del Congreso interesados en contrastar en un foro más público y espontáneo, sus ideas y proyectos rechazados por el Parlamento.

Al respecto, nos permitimos recordar que compartimos con don Salvador de Madariaga el criterio de que, para Miranda como para Bolívar y sus amigos de Caracas, la revolución había sido y seguía siendo cosa de ellos y no del pueblo. Los criollos pudientes aspiraban a sacudirse el yugo de Madrid que les pesaba mucho más que a las clases humildes, aunque no fuera más que porque se creían más capaces de ejercer el poder y sentían más necesidad de ámbito para su propia libertad y capacidad personal.

****

Acudimos de nuevo a Barletta para informar de que, en junio de 1811, la creciente influencia de Miranda permitió a Bolívar obtener un escaño en el Congreso por la provincia venezolana de Barcelona. Días más tarde (3 de julio) Miranda sostuvo ante el Congreso la necesidad de la independencia ("la renuncia de los Borbones es razón suficiente para que los americanos declaren su independencia"). Lo hizo, según se expresa en el acta de la sesión, «con razones muy sólidas, que formaron un enérgico y largo discurso». El padre Maya —opositor tenaz del separatismo— recordó a todos los congresistas que habían sido elegidos para «formar el cuerpo conservador de los derechos de Fernando VII», y recriminó a los miembros de la Sociedad Patriótica —Bolívar entre ellos— por su actitud beligerante. Desde las tribunas superiores del Congreso, los bulliciosos radicales trataban de amilanar a los congresistas.

En realidad, las razones para postergar la declaración de la independencia eran múltiples. En primer lugar, el efecto en Inglaterra y su eventual reacción contra Venezuela. En segundo lugar, la actitud del Consejo de Regencia en España que ya había declarado la Junta como un acto de insubordinación. Por último, estaban las posibles consecuencias de una declaratoria de la independencia en las provincias leales al rey, lo que daría lugar a la formación de dos bandos y al peligro de que estallara una guerra civil. Sin embargo y a pesar de todos los motivos, Miranda, con exultante elocuencia, conminó al Congreso a correr los riesgos y gozar de las ventajas de la libertad, lo que le hizo ganar vivas y aplausos.

Horas después, en el ámbito de la Sociedad Patriótica, el orador fue Simón Bolívar. Su discurso fue una pieza magistral de oratoria: No es que haya dos congresos —dijo refutando a los que criticaban la existencia de la Sociedad Patriótica—. ¿Cómo fomentarán el cisma los que conocen más la necesidad de la unión? Lo que queremos es que esa unión sea efectiva y para animarnos a la gloriosa empresa de nuestra libertad. Se discute en el Congreso Nacional lo que debiera estar decidido y ¿qué dicen? Que debemos comenzar por una confederación, como si todos no estuviésemos confederados contra la tiranía extranjera. Que debemos atender a los resultados de la política de España, ¿qué nos importa que España venda a Bonaparte sus esclavos o que los conserve, si estamos decididos a ser libres? Estas dudas son tristes efectos de las antiguas cadenas. Que los grandes proyectos deben prepararse en calma. ¿Trescientos años de calma no bastan? La Junta Patriótica respeta como debe al Congreso de la nación, pero el Congreso debe oír a la Junta Patriótica, centro de luces y de todos los intereses revolucionarios. Pongamos sin temor la piedra fundamental de la libertad sudamericana.

A la mañana siguiente, el 4 de julio, el Congreso recibió la iniciativa de la Sociedad Patriótica elevándola en consulta al Ejecutivo. El mismo día, el Ejecutivo la devolvió aprobando la propuesta. Esa noche Caracas celebró con júbilo el aniversario patrio de los Estados Unidos. Al día siguiente la multitud presente en el Congreso vitoreaba a los republicanos y callaba con silbidos a los realistas. El presidente del Congreso informó de la aprobación del Ejecutivo y Miranda exigió que se redactara y firmara de inmediato la declaratoria de independencia. Sometida a voto la moción, sólo el padre Maya estuvo en contra. Los aplausos eran atronadores. El documento pasó oficialmente al Ejecutivo el día 8 intitulado «Declaración de Independencia de la Confederación Americana de Venezuela».

Como era de esperar, con las discusiones para elaborar la Constitución Política del Estado naciente, revivieron las iniciativas separatistas de cada provincia. El territorio unido bajo el dominio español, bajo el nombre de Capitanía General de Venezuela, daba lugar ahora a que los odios y rivalidades entre las ciudades y regiones emergieran de manera violenta, por lo que cada una quería constituir un Estado soberano e independiente. A esto se sumaba el descontento por el manejo republicano de las finanzas públicas, ahora en manos de políticos, filósofos y filántropos, que poco o nada conocían del manejo económico de un país. Bolívar fue entonces insultado por los delegados del interior con el calificativo de «caraqueño» y Miranda con el apelativo de «extranjero».

En la ciudad de Valencia estalló un motín contra el Gobierno republicano. Españoles, pardos y negros se levantaron al grito de «¡Viva Fernando VII! ¡Viva la religión católica! ¡Muera la Independencia!». Fue aquel un episodio más de lo que no podía calificarse de otra manera que de guerra civil.

Ante la ausencia de mandos preparados para la contienda, el Gobierno nombró al propio Miranda generalísimo de los ejércitos de la República. Cuando el famoso general recibió a los ejércitos bajo su mando, no vio otra cosa que un populacho de hombres mal armados y sin la mínima marcialidad. Entonces preguntó sin ambages a un funcionario que estaba a su lado dónde estaban los ejércitos que un general de prestigio podía llevar a la batalla sin comprometer su dignidad. Por ello la opción de Miranda fue clara y directa, prefirió a militares extranjeros contratados por el Gobierno, por encima de los patriotas venezolanos que carecían de capacidades académicas para la guerra. El propio Bolívar fue rechazado por él para una jefatura, a pesar de ser formalmente coronel del Regimiento de las Milicias de Aragua, grado que en realidad le venía por estirpe y no por eminentes méritos.

Miranda logró la recuperación de Valencia; este logro militar lo catapultó en imagen y liderazgo, pero, por primera vez, también se vieron excesos en el derramamiento de sangre venezolana como en obligada repetición de los peores momento de la Revolución Francesa. Rendidos los rebeldes por falta de víveres y de agua, fueron acribillados por las tropas republicanas. Doce realistas —fieles al rey de España— presos en las cárceles de Caracas fueron fusilados, sus cuerpos decapitados y las cabezas colocadas en jaulas sobre postes en los caminos hacia la ciudad. Eran escarmientos para asegurar la independencia y el reconocimiento de la nueva república, eran ejecuciones de vecinos honestos y notables, era la primera sangre perdida en una guerra fratricida que apenas despertaba a la luz.

El 21 de diciembre de 1811, el Congreso promulgó una Constitución federalista que no dejó contenta a ninguna de las facciones en disputa. Las consecuencias eran previsibles. Ahora —para Bolívar y Miranda— los peligros del federalismo demandaban rigor contra los conspiradores y la pena de muerte contra los americanos y españoles realistas, que ahora preparaban la contrarrevolución en Coro y Maracaibo.

En ese clima de guerra civil, entra en escena Juan Domingo de Monteverde (1773-1832), un militar español acreditado por su arrojo en las Guerras Napoleónicas. Llegó a Coro desde Puerto Rico con un contingente de 230 soldados, que pronto se incrementó con los descontentos que iba encontrando en el camino hacia Caracas hasta completar un ejército con más de 1500 hombres, con los que fue allanando dificultades hasta hacerse con Barinas, El Tocuyo y San Carlos, lo que le valió ascender a capitán de navío y ser nombrado Capitán General Gobernador de Venezuela. Avanzando hacia Caracas, fue sumando cada vez más voluntarios a su ejército, produciendo un repliegue de las fuerzas patriotas, al mando de Miranda. En junio llegó a las proximidades de La Victoria y San Mateo. Su exitoso avance contra Francisco de Miranda, comandante en jefe del ejército independentista, fue favorecido por el apoyo social que le brindaron las castas desposeídas, quienes veían a su enemigo en los nuevos gobernantes mantuanos, con lo que a Monteverde le resultaba fácil incrementar su ejército con voluntarios pardos, zambos, mulatos, negros e indios.

Ríos de sangre tras ríos de sangre hasta llegar al terrible terremoto que sacudió a parte del Continente el 26 de marzo 1812, coincidente con la fiesta de Jueves Santo. Las ciudades más afectadas con miles de muertos fueron Caracas, La Guaira, Mérida, El Tocuyo y San Felipe que acabaran destrozadas, lo que dio pie para que alguien apuntase que el triste suceso era un castigo del cielo por negar obediencia a Fernando VII al que muchos, sin saber gran cosa de él, veían como el Deseado y legítimo rey de España en todos sus reinos y provincias.

José Domingo Díaz Argote (1772-1834), acreditado médico y escritor caraqueño, que vivió directamente la tragedia del terremoto, en su libro "Recuerdos sobre la rebelión de Caracas", nos narra la siguiente escena de la que, según nos dice, fue testigo:

"A aquel ruido inexplicable sucedió el silencio de los sepulcros. En aquel momento me hallaba solo en medio de la plaza y de las ruinas; oí los alaridos de los que morían dentro del templo, subí por ellas y entré en su recinto. Todo fue obra de un instante. Allí vi como cuarenta personas, o hechas pedazos, o prontas a expirar por los escombros. Volví a subirlas y jamás se me olvidará este momento. En lo más elevado encontré a don Simón Bolívar que, en mangas de camisa, trepaba por ellas para hacer el mismo examen. En su semblante estaba pintado el sumo terror o la suma desesperación. Me vio y me dirigió estas impías y extravagantes palabras: Si se opone la Naturaleza, lucharemos contra ella, y la haremos que nos obedezca. La plaza estaba ya llena de personas que lanzaban los más penetrantes alaridos. Volví a mi casa, tomé mi familia y la conduje a aquel sitio".

Ante lo crítico de la situación, el "Triunvirato" al frente de la Primera República Venezolana, el 23 de abril de 1812, declinó sus poderes a favor de Francisco de Miranda, que se autoproclama **Jefe Supremo y Dictador de la I República de Venezuela con el rango de Generalísimo**, no sin entrar en conflicto con otras fuerzas revolucionarias con lo que, de hecho, se creó no pocos enemigos dentro de sus propias filas.

Transcurrieron unos meses de sangrientos enfrentamientos con irregulares resultados por ambos bandos hasta que los republicanos, el 5 de julio de 1812, perdieron el fundamental fuerte de San Felipe, en **Puerto Cabello**, de cuya defensa el **Generalísimo Miranda** había responsabilizado al **Coronel Simón Bolívar**.

Siguiendo a Barletta nos enteramos de que Puerto Cabello era una base clave en la defensa del gobierno republicano, era depósito de municiones y de víveres para la tropa, así como uno de los dos puertos de conexión con el extranjero. Es más, Monteverde se hallaba encerrado entre La Victoria y Puerto Cabello, lo cual había puesto a la contrarrevolución realista en una grave desventaja estratégica.

Sucedió que el 30 de junio de 1812, el castillo de San Felipe en Puerto Cabello disparó un cañonazo se enarboló la bandera roja realista y se convocó un cabildo para apresar a Bolívar. Fueron las propias fuerzas republicanas las que, juntamente con los españoles presos y liberados, retomaron la fidelidad al rey. Bolívar se confinó entonces en el cuartel de Milicias en la ciudad.

A las tres de la madrugada del primero de julio, la ciudad era bombardeada por los traidores apertrechados en el castillo. Bolívar informa entonces de los acontecimientos a Miranda y le solicita que ataque inmediatamente al enemigo por la retaguardia. Nunca sucedería. Al día siguiente y varios días después, Bolívar vio cómo desertaban sus hombres, que se pasaban al bando contrario sin pestañear. El día 6 de julio perdió la plaza, y salvó la vida con su plana mayor, sintiéndose responsable, aunque no culpable. El día 12 le escribe a Miranda:

"¿Con qué valor me atreveré a tomar la pluma y escribir a usted habiéndose perdido en mis manos la plaza de Puerto Cabello? Mi corazón se halla destrozado [...] Mi general, mi espíritu se halla de tal modo abatido que no me siento con ánimo de mandar un solo soldado; mi presunción me hacía creer que mi deseo de acertar y mi ardiente celo por la patria suplirían en mí los talentos de que carezco para mandar."

Dos días después, un Bolívar, humilde porque se siente desgraciado o desgraciado porque se ve injustamente humillado, escribe una nueva nota:

"Después de haber perdido la última y mejor plaza de estado, ¿cómo no he de estar apocado, mi general? ¡De gracia no me obligue Ud. a verle la cara! ¡Yo no soy culpable, pero soy desgraciado y basta!"

Miranda, en su papel de magnánimo y comprensivo Generalísimo, respondió a la primera nota de su subordinado de la siguiente manera:

"Mi querido Bolívar: Por su oficio de primero del corriente me he impuesto del extraordinario suceso ocurrido en el castillo de San Felipe. Esto hace conocer a los hombres. Espero con ansia nuevo aviso de usted, y mañana le escribiré con más extensión".

****

Hasta entonces, sí que Francisco de Miranda había intentado resistir el ataque realista; pero la caída de la plaza de Puerto Cabello (bajo el comando de Simón Bolívar), la rebelión de los esclavos de Barlovento, el generalizado clima de descontento, así como los repetidos triunfos de las tropas venidas de la Metrópoli convencieron a Miranda de que estaba perdida la causa de la independencia, algo que, a decir verdad, no le disgustaba demasiado en cuanto se veía a sí mismo, más que como un dictador sin mayor razón que la de la propia fuerza como jefe de un gobierno liberal en la línea apuntada por la Constitución Española del 19 de marzo de 1812 (de la que ya le había llegado el contenido), teniendo más que serias dudas de que esto fuera posible en las actuales circunstancias. De ser así, bien podemos imaginarnos que el frustrado Generalísimo se dijo a sí mismo: "Tal vez más adelante, con los ánimos más serenos y los "necesarios" apoyos del exterior, será más fácil convertir en realidad el sueño de la Gran Colombia en clima de progresivo entendimiento con una España, que habrá aprendido a ser libre a la luz de su reciente Constitución".

El caso fue que, antes de verse obligado a una rendición sin condiciones, Miranda concertó con Monteverde un acuerdo de definitivo alto el fuego según el cual, este último era aceptado como Capitán General Gobernador de Venezuela comprometiéndose a no represaliar a los que entregaban sus armas mientras que tanto él como sus oficiales tendrían vía libre para salir de Venezuela.

Sin aparentes objeciones la capitulación fue firmada por ambas partes l 25 de julio de 1812, aunque, por su parte, Bolívar no tardó en convocar a los más exaltados de los jóvenes mantuanos para calificar el hecho de "intolerable traición" e invitarles a obrar en consecuencia. Pronto cobró realidad ese "obrar en consecuencia".

Según nos cuenta don Salvador de Madariaga, llegó Miranda a La Guaira al caer de la tarde del 30 julio de 1812 con Soublette y dos criados. Todavía se hallaba la ciudad cubierta de las ruinas del terremoto, entre cuyos escombros inanimados vagaban como almas en pena los escombros humanos de la república de Venezuela. Era un ambiente de sálvese el que pueda. Miranda pudo haberse embarcado aquel mismo día. Ya se había pasado su equipaje del bergantín Watson a la corbeta Sapphire, y Robertson, con sus 22.000 pesos, estaba ya a bordo. Pero Miranda prefirió pasar la noche en la Casa de la Aduana, residencia del Gobernador Casas que le había brindado hospitalidad. El comandante de la corbeta Sapphire, Capitán Haynes, escribe: «En cuanto conseguí separar la multitud que lo rodeaba, le informé de hallarse a bordo del Celoso un oficial mío con tripulación, y que, puesto que ya las cosas estaban bien organizadas, era mejor retirarlos. Me suplicó no lo hiciera, diciéndome que tenía razones para temer que habría ocasión para que yo ejercitara plenamente mis sentimientos humanos; que como no había pensado que llegaría por casualidad un navío de guerra inglés había reservado aquel bergantín como la tabla de salvación para los desdichados aventureros que se habían lanzado a la causa de la independencia bajo sus órdenes.» Estas líneas prueban que Miranda era popular y no tenía por qué temer la multitud; y que por otra parte desconfiaba de que Monte- verde cumpliera la capitulación. Haynes cenó aquella noche con Casas, Miranda y el Doctor Peña, Gobernador civil de La Guaira; y en el curso de la conversación se propuso que Miranda no se embarcara hasta la mañana siguiente, a lo que él consintió con gran disgusto de Haynes, el cual, temiéndose que algo se urdía contra Miranda, le instó a que pasara la noche a bordo, aunque sin hablar más claro por desconfiar de las personas presentes. Casas había dispuesto para Miranda una habitación que no podía cerrarse con llave. A las tres de la mañana el durmiente se despertó al ruido de voces junto a su lecho. Bolívar y otras dos personas habían penetrado en su cuarto y le mandaban que se vistiera. Dándose rápida cuenta de la situación, se levantó y vistió, y cogiendo una linterna de mano de Soublette, la alzó al rostro de los conspiradores, y exclamó: «Bochinche, bochinche, esta gente no sabe hacer sino bochinche.» Así, en la noche oscura y desierta (otra prueba de la popularidad del caído), Bolívar, Casas y Peña le obligaron a ir a pie hasta el castillo de San Carlos, donde lo encerraron en una bóveda. Al instante, Peña salió para Curacas a dar cuenta a Monteverde. En el camino se cruzó con un correo de Monte- verde a Casas para indicarle que, si no cerraba el puerto hasta la llegada de las autoridades reales, él, Monteverde, «consideraría absolutamente nulos los pactos ajustados». (Libro citado, pág. 326)

No ha faltado historiador que nos dice que la primera intención de Bolívar fue ordenar el fusilamiento de su precursor y maestro. Pero, al parecer, se impuso el criterio de que Miranda no debía ser visto como mártir de la libertad a la par que su ejecución cerraría todas las puertas hacia un arreglo que permitiera recobrar fuerzas. El caso fue que Miranda terminó en manos de Domingo de Monteverde mientras que (se cree que como pago a la entrega de su "generalísimo") a Bolívar se le daba toda clase de facilidades para una "honrosa" retirada. De ello queda constancia en una nota suscrita por el propio Monteverde": "Debe satisfacerse el pedido del coronel Bolívar, como recompensa al servicio prestado al rey de España con la entrega de Miranda".

****

A nuestro entender, entre los que han tratado esa confusa situación mejor documentados y con mayor objetividad, está don Salvador de Madariaga, de cuyo "Bolívar" nos permitimos transcribir unas páginas (326 y ss.) que esperamos ilustren cumplidamente al lector:

169

El 26 de agosto Monteverde escribía desde Caracas al Gobierno español: «Los que fueron contagiados, pero de algún modo obraron opuestamente a la maligna intención de los facciosos, deben ser perdonados de su extravío y aun tenerse en consideración sus acciones, según la utilidad que haya resultado de ellas al servicio de S. M. En esta clase se hallan Manuel María de las Casas, Miguel Peña y Simón Bolívar. Casas y Peña eran los que estaban encargados del gobierno de la Guaira; el primero de lo militar y el segundo de lo político, cuando los facciosos de esta Provincia trataron de escaparse por aquel puerto con su dictador Miranda, llevándose consigo los restos del erario de S. M. en los días que inmediatamente precedieron a la entrada de mi ejército en Caracas. En el momento que pisé esta ciudad di las órdenes más perentorias para la detención de aquéllos en la Guaira; pero afortunadamente cuando llegaron, aunque dirigidas con la mayor rapidez, ya Casas con el consejo de Peña y por medio de Bolívar había puesto en prisiones a Miranda y asegurado a todos los colegas que se encontraban allí. Operación en que Casas expuso su vida, que habría perdido si se hubiese eludido su orden, del mismo modo que habrían corrido un riesgo Peña y Bolívar. Casas completó su obra de un modo más satisfactorio. Anteriormente había desobedecido las órdenes del Déspota dadas para poner en un pontón los europeos e isleños de aquel vecindario y echarlos a pique al menor movimiento [más servicios de Casas]. Yo no puedo olvidar los interesantes servicios de Casas, ni el de Bolívar y Peña, y en su virtud no se han tocado sus personas, dando solamente al segundo sus pasaportes para países extranjeros, pues su influencia y conexiones podrían ser peligrosas en estas circunstancias»

Este documento es definitivo. Casas, Peña y Bolívar entregaron a Miranda en condiciones que Monteverde consideró merecedoras de recompensa. La entrega fue espontánea y anterior a toda gestión de las autoridades españolas. En el caso de Peña y de Casas, la recompensa fue la inmunidad; en el de Bolívar, el pasaporte. ¿Por qué entregó Bolívar a Miranda? Aquí también hay que comenzar por el examen de los documentos de la época, antes de alegar papeles escritos después. Domina el tema un texto de Heredia, que se hallaba en Venezuela y conoció a las personas a que se refiere. Era hombre de honor. Puede equivocarse; es incapaz de mentir. He aquí sus palabras: «Estando en la Guaira cuando bajó Miranda para embarcarse [Bolívar] fue uno de los que tramaron y ejecutaron la prisión de este hombre desgraciado, íntimo amigo suyo, y a quien se gloriaba antes de haber persuadido que viniese a Venezuela; acción infame, de cuya negra mancha no podrá jamás lavar su reputación. Por mediación de D. Francisco Iturbe, Tesorero de diezmos, consiguió pasaporte de Monteverde, y salió para Curazao a principios de agosto de 1812, manifestándose convertido de las ideas revolucionarias, y decidido a pasar a servir de voluntario en el ejército inglés de lord Wellington, para volver a la gracia del Gobierno de España. Esta disposición de su ánimo, que sus amigos más íntimos me han asegurado que era sincera, se mudó enteramente luego que supo en Curazao que a pocos días de su salida mandó Monteverde secuestrar sus bienes, con cuyos productos contaba para sostenerse decorosamente en la nueva carrera»

Este documento es también definitivo. Bolívar entregó a Miranda con el propósito deliberado de congraciarse con él Gobierno español y pasarse al otro campo —exactamente como Casas, Peña, Juan Toro y docenas de los prohombres del partido republicano de su tiempo—. Heredia sienta el hecho sin la menor reserva. Bolívar salió convertido y resuelto a alistarse, no en el ejército británico, así a secas, sino en el ejército británico de Wellington, es decir el que estaba luchando por la libertad de España. Y añade Heredia que los amigos íntimos de Bolívar le aseguraron ser sincera esta decisión. Queda pues fuera de duda que Bolívar expresó ésta su intención en conversación con sus amigos. Encuadra perfectamente esta intención en la trayectoria que ya se dibuja en la correspondencia de Simón Bolívar con su hermano Juan Vicente, más arriba relatada y analizada, sobre la conveniencia de entenderse con España; y volverá a enlazarse también con otro episodio que va a surgir en 1818. Existen además otros dos textos del propio Bolívar que confirman los asertos de Heredia.

En carta que Bolívar escribe a Iturbe desde Curazao (10 septiembre 1812) figura esta significativa «Adición: Si por allá llegaren algunos chismes contra mi conducta política o contra mis procedimientos, puede Vd. combatirlos con la seguridad de que son falsos. Esta advertencia la hago, no porque me ocurra que pueda suceder, sino porque tengo entendido que aquí hay muchos malquerientes de los hijos de Caracas que desean obtener favor del gobierno con delaciones.» Puesto que Don Francisco Iturbe era un alto funcionario del Gobierno español, y un español europeo, gracias a cuya garantía había salido Bolívar dé La Guaira, este texto prueba que Bolívar estaba resuelto a portarse como buen español y temía le delataran ante el Gobierno español los malquerientes en Caracas. Además, el 19 de septiembre escribía otra vez a Iturbe para pedirle se nombrase a otro que Ascanio (que se había ido a las Canarias) para la administración de sus bienes; que alquilase sus casas de la ciudad y tomase otras medidas en relación con sus intereses personales, todo lo cual prueba la confianza en que vivía entonces Bolívar de que a pesar de su pasado político se respetarían sus bienes. Y añade: «Lo que suplico a Vd. con mayor instancia, es la pretensión de que se mande desembargar los bienes de mi hermano que, por su muerte, debo yo heredar, no olvidándose de que estoy pronto a hacer todos los sacrificios posibles, por lograr ponerme en posesión de dichos bienes.» ¿Qué podía sacrificar un Bolívar desterrado al Gobierno español que no fuera su postura e influencia política?

Pocos casos habrá en la Historia mejor probados con documentación más auténtica. Tres testigos coetáneos, dos de ellos Monteverde y Bolívar, directamente interesados, y el tercero, Heredia, con acceso personal a los protagonistas, por sus relaciones sociales, y a los documentos, por su situación oficial, han dejado relatos de lo ocurrido que, siendo independientes, armonizan a la perfección. Monteverde dice que Bolívar pidió pasaporte para países extranjeros, y Heredia que Bolívar deseaba alistarse en el ejército de Wellington; Monteverde dice que Bolívar entregó a Miranda espontáneamente y que por ello merece recompensa, y Heredia que lo hizo para que lo recompensaran, a lo que añade Bolívar que si lo delatan ante el Gobierno español por su conducta política, no será verdad. Bolívar escribe que con tal de entrar en posesión de los bienes de su hermano, que considera suyos (dando por sentado que los ya suyos están seguros) , está dispuesto a cualquier sacrificio; y Heredia dice que Bolívar mudó de ánimo al enterarse de que le habían secuestrado los bienes. Confirma y resume el episodio el cubano Yanes, que conoció bien a Bolívar en aquellos tiempos: «Bolívar, por la interposición del honrado español don Francisco Iturbe, obtuvo pasaporte de Monteverde, y con algunos pocos compañeros llegó a Curazao, con las miras de ir a Europa a servir en el ejército de Wellington, más habiendo sabido que sus bienes se habían secuestrado, las violencias y atentados de Monteverde y que si volvía a Caracas sufriría la misma suerte que los demás que habían abrazado la causa de la independencia, de acuerdo con los otros refugiados en aquella isla determinó trasladarse a Cartagena, en busca de auxilios para liberar a su patria de tan pérfido tirano»

Primero se quiso quitar importancia a la parte de Bolívar en la conspiración, diluyendo su nombre en una masa de otros más oscuros y como reduciéndole a un mero corista. Este intento se estrelló contra el carácter pétreo de Bolívar, que será hombre bueno u hombre malo, pero al que nadie podrá jamás hacer del montón; y además porque el propio Bolívar ha afirmado del modo más perentorio su papel de primer actor en la tragedia, «¿Conoce Vd. a fondo los motivos del arresto del General Miranda? —escribía Bedford H. Wilson, ayudante de Bolívar, a O'Leary (4 marzo 1833)—. Hasta la última hora de su vida se gozó en aquel suceso, que siempre afirmaba haber sido acto exclusivo suyo para castigar la conducta traicionera de Miranda al capitular a fuerzas inferiores e intentar después embarcarse sabiendo que no se respetaría la capitulación.» Bolívar fue pues el principal actor y autor de la entrega de Miranda. Pero ¿era el motivo el que Bolívar, según Wilson, alegaba? Se dan dos razones: que capituló a una fuerza inferior; y que intentaba embarcarse sabiendo que no se respetaría la capitulación. Ni uno ni otro pueden aceptarse. La capitulación, a ojos del propio Bolívar, se debió a la pérdida de Puerto Cabello, a su vez, debida, según Bolívar, al propio Bolívar. «¡La patria... se ha perdido en mis manos!» Esto lo escribía Bolívar a Miranda trece días antes de firmarse la capitulación. No hay ni rastro de que Bolívar cambiara de opinión, ni en cuanto a su propia responsabilidad en la pérdida de la patria, ni en su actitud cordial para con Miranda antes de fin de agosto en que lo entregaba a las autoridades españolas. Todas las opiniones de Bolívar que se muestran adversas a Miranda son de fecha posterior.

Además, lo que Bolívar dijo a Wilson no concuerda con lo que él mismo escribía. El 4 de marzo de 1833 está fechada la carta de Wilson a O'Leary; pero en agosto de 1821 Bolívar escribía al Congreso de Cúcuta: «Cuando en el año 12 la traición del Comandante de la Guaira, Coronel Manuel María Casas, puso en posesión del General Monteverde aquella plaza, con todos los jefes y oficiales que pretendían evacuarla, no pude evitar la infausta suerte de ser presentado a un tirano [Monteverde], porque mis compañeros de armas no se atrevieron a acompañarme a castigar aquel traidor, o vender caramente nuestras vidas.» Pero ¿a quién quería Bolívar castigar: a Casas o a Miranda? Para Bolívar entonces, es decir no al tiempo del hecho sino al tiempo de su explicación, parece que no hay más que traidores por todas partes y que hay que castigar a todo el mundo. Pasa más tiempo, y da explicaciones sobre esta explicación, recibe a Casas a su mesa y hasta en su alcoba, y procura darle satisfacciones públicas. Esto prueba el valor que puede darse a las intenciones de «castigar al traidor» que Bolívar abrigaba en La Guaira. ¿Mentía Bolívar? No es probable. Pero sí que, aun sin darse cuenta, recubría con ilusiones, emociones y ensueños un pasado que le estorbaba.

En cuanto al segundo motivo que figura en la carta de Wilson —que Miranda intentaba embarcarse sabiendo que no se respetaría la capitulación— hemos visto ya que Bolívar desde Curasao da por sentado que quedarían sus bienes intactos a pesar de haberse alzado en armas contra el Rey. Por lo tanto, o Bolívar fundaba esta seguridad en la creencia de que se respetaría la capitulación, en cuyo caso cae por tierra el alegado motivo contra Miranda, o fundaba su optimismo en cuanto a sus bienes en promesas formales hechas por Monteverde como recompensa por la entrega de Miranda. El dilema no tiene escape. Además, había enviado á Curasao a bordo del Sapphire baúles y bagaje, incluso no poca plata. Por lo tanto, tenía tanta intención de embarcarse como Miranda. Si se respetaba la capitulación, todos podían embarcarse; y si no, todos tendrían que quedarse. Y si se marchaban todos, ¿por qué los que se iban —como Bolívar— insistían en que se quedara Miranda?.../....Prueba indirecta de que Bolívar se vio libre por razones que no le gustaba recordar, se hallará en las palabras que dedicó a este asunto en su Manifiesto a las naciones del mundo, firmado en Valencia casi exactamente un año más tarde (20 septiembre 1813):

> «En medio del tumulto de las prisiones generales cinco o seis personas solamente lograron que Monteverde les diese pasaporte para salir de la Provincia. La estupidez del tirano que en sus decretos no tenía otra regla que la arbitrariedad, o el contentamiento de algún favorito hizo que yo también le obtuviese.»

Estas palabras son también una confesión. Falta el agradecimiento a Iturbe, que de haber tenido la intervención que se le suele dar haría de Bolívar un ingrato de la peor y más baja especie. Tanto los documentos que dicen la verdad como los que intentan ocultarla o explicarla falseándola prueban pues que el 30 de julio de 1812 Simón Bolívar abjuró la causa de Venezuela, se decidió a congraciarse con España y entregó a Miranda a las autoridades españolas precisamente con este objeto. La idea de que se proponía ejecutar a Miranda al día siguiente es una evidente invención ulterior para ocultar la intención de los conjurados, que era entregar a Miranda y no fusilarlo. Bastaría para probarlo el hecho de que no se le fusiló aquella misma noche, pues ¿por qué esperar? Además, está el viaje de Peña a Caracas en la misma noche, para informar a Monteverde; y la variedad y vaguedad de las causas aducidas para justificar la indignación de Bolívar con el hombre que ansiaba fusilar... ¿por haber capitulado a Monteverde?... ¿por haber querido embarcarse solo exponiendo a Bolívar a la muerte?... Resulta, pues, que se comenzó por la necesidad de una ejecución, lo cual necesitaba una indignación; pero al llegar a las causas se dividen las opiniones y unos dicen que Bolívar se indignó por una cosa y otros por otra. Es inútil perder el tiempo en inventar explicaciones de lo que está muy claro. El 30 de julio de 1812 fue el nadir de la vida de Bolívar. Preso en un torbellino de fuerzas diabólicas, cayó al fondo del abismo de la infamia. Pero aquella tormenta se había desencadenado en su alma ya desde los primeros días del mes, al hallarse en Puerto Cabello solo y pequeño ante una responsabilidad militar y política superior a sus fuerzas. La humillación, la duda, la ruina íntima, la abjuración y la infamia eran necesarias para forjar en el fondo de su ser atormentado una fuerza dura, intrépida e invencible que hiciera gravitar todas las tensiones de su alma compleja y guiar sus energías maestras hacia la victoria de la causa que iba a ser suya hasta la muerte: **la gloria de Simón Bolívar**.

Bolívar

Capítulo 10º

GUERRA A MUERTE ENTRE HERMANOS DE SANGRE Y CULTURA

Es bien sabido que, por **Gran Colombia**, se entendió al territorio incluido en aquel fabuloso sueño del **Precursor**, Francisco de Miranda, según el cual, la franja occidental del Continente Americano, desde la Alta California hasta el Cabo de Hornos, podría constituir una sola nación o federación de naciones absolutamente independiente de la Madre Patria, bajo el imperio de un civilizado Inca y con el propio Francisco de Miranda como primer ministro. Habría de llamarse Columbus o Colombia en recuerdo y homenaje a Cristóbal Colón, su **Descubridor**.

El 20 de julio de 1810, en paralelo con los hechos acontecidos en la vecina **Capitanía General de Venezuela** y en directa relación con las catastróficas noticias que llegaban desde la Metrópoli, se produjo una algarada revolucionaria en el centro de la entonces llamada Santafé de Bogotá (hoy, Bogotá, capital de Colombia, antes llamada Nueva Granada), que, extendida por toda la zona de Cundinamarca, llevó al virrey a convocar un cabildo en el que, sin llegar a un acuerdo preciso, prevaleció la idea de otorgar la posesión de la soberanía del pueblo al rey Fernando VII, "Siempre que venga a reinar entre nosotros", y además declaraba que ninguna "corporación o individuo ubicado o proveniente de la península tendría autoridad alguna sobre estas tierras, a excepción de Fernando VII". De no cumplirse estas condiciones, se abría la puerta a la creación de una república independiente de carácter federal.

Sin duda que, en la sucesión de los acontecimientos, cupo no poca responsabilidad al propio virrey, Antonio José Amar y Borbón Arguedas (1742-1818): por un simple protesta callejera (la "Revolución del Florero de Llorente") se sintió obligado a delegar su autoridad en una

Suprema Junta de Gobierno, que le admitió como presidente para, a los seis días obligarlo a dimitir y apresarle junto con su esposa para "contener el furor del pueblo", según se dijo, facilitarle el viaje hasta Cartagena de Indias y, de allí, embarcarle hacia la Península.

De ahí se derivó la creación de la llamada República de Cundinamarca, avalada por la "Constitución de la República de Cundinamarca, reformada por el Serenísimo Colegio revisor y electoral", redactada "después de haber implorado la asistencia del Espíritu Santo" y en conformidad con un incondicional respeto a "La Religión Católica Apostólica Romana" (Título I, Art. 1º).

En dicha constitución, que soslayaba la definitiva ruptura con España, se abogaba por aunar de forma pacífica a los territorios que conformaban el Virreinato de Nueva Granada y cuantas provincias lo deseasen. Al respecto, la "Constitución" señalaba en el apartado 11º del artículo 1º de su Título II:

> "Con el fin de efectuar la importante unión de todas las provincias que antes componían el virreinato de Santafé y de las demás de tierra firme que quieran agregarse a esta asociación y están comprendidas entre el Mar del Sur y el Océano Atlántico, el río Amazonas y el istmo de Panamá, ha convenido y conviene este Estado en el establecimiento de un Consejo Nacional compuesto de representantes de todas las dichas provincias adoptando para su justa proporción la base de territorio o población o cualquiera otra que el mismo Congreso estime oportuna; pero que, por ningún caso, se extienda a oprimir a una o muchas provincias en favor de otra u otras".

Primer presidente del llamado "Estado Libre de Cundinamarca" fue el federalista Jorge Tadeo Lozano (1771-1816) que pronto entró en liza con los más radicales y fue desbancado el 19 de septiembre de 1811 por el "ilustrado" Antonio Nariño (1765-1823), quien ocupó la presidencia por no más de dos años para alzarse en guerra abierta contra los realistas, contando para ello con la ayuda de Simón Bolívar, no sin traicionar a los propios conciudadanos, ya enfrascados en cruel guerra civil.

El 27 de agosto de 1812 Bolívar, que acababa de entregar a Francisco de Miranda, a las fuerzas realistas, recibió del general Monteverde, auto proclamado Capitán General de Venezuela en obediencia a Fernando VII, autorización y pasaporte para trasladarse a la isla de Curazao, ocupada por los ingleses, entonces amigos de España. Después de breve tiempo en Curazao, Bolívar se trasladó a Cartagena de Indias, en Nueva Granada, en donde fue recibido como el caudillo que muchos estaban esperando, cosa que le dio pie para su llamada a la insurrección general en el llamado "Manifiesto de Cartagena" del 15 de diciembre de 1812, punto de partida de la más sangrienta de las guerras civiles padecidas en Hispanoamérica.

Entre no pocas disquisiciones sobre estrategia militar, cuestión en la que no es de lugar entrar aquí, Simón Bolívar trata de exonerarse del fracaso de la Primera República Venezolana que, a su juicio, fue debido a múltiples causas, entre las cuales, destaca:

* El federalismo adoptado por la constitución venezolana;

* La mala administración de las rentas públicas;

* El terremoto de 1812;

* Los desacuerdos entre las clases sociales (ya que los mantuanos querían emanciparse, pero no querían quedarse sin esclavos);

* La dificultad para establecer un ejército permanente;

* La acción y prédica contraria a la independencia de la Iglesia católica

El documento llevó por título "Memoria dirigida a los ciudadanos de la Nueva Granada por un caraqueño". Desde el primer momento, no ocultó su carácter de revolucionaria invitación a una lucha sin cuartel, que Bolívar se siente muy capaz de encabezar hasta completar la independencia de todo el Continente con la subsiguiente implantación de un nuevo orden político (la Gran Colombia unida, que ya soñó Francisco de Miranda, el Precursor), tal como se trasluce en el texto que transcribimos:

"Conciudadanos: Libertar a la Nueva Granada de la suerte de Venezuela y redimir a ésta de la que padece, son los objetos que me he propuesto en esta memoria. Dignaos, oh mis conciudadanos, de aceptarla con indulgencia en obsequio de miras tan laudables. Yo soy, granadinos, un hijo de la infeliz Caracas, escapado prodigiosamente de en medio de sus ruinas físicas y políticas, que siempre fiel al sistema liberal y justo que proclamó mi patria, he venido a seguir los estandartes de la independencia, que tan gloriosamente tremolan en estos Estados. Permitidme que animado de un celo patriótico me atreva a dirigirme a vosotros, para indicaros ligeramente las causas que condujeron a Venezuela a su destrucción, lisonjeándome que las terribles y ejemplares lecciones que ha dado aquella extinguida República, persuadan a la América a mejorar su conducta, corrigiendo los vicios de unidad, solidez y energía que se notan en sus gobiernos..../Los códigos que consultaban nuestros magistrados no eran los que podían enseñarles la ciencia práctica del Gobierno, sino los que han formado ciertos buenos visionarios que, imaginándose repúblicas aéreas, han procurado alcanzar la perfección política, presuponiendo la perfectibilidad del linaje humano. Por manera que tuvimos filósofos por jefes, filantropía por legislación, dialéctica por táctica, y sofistas por soldados. Con semejante subversión de principios y de cosas, el orden social se sintió extremadamente conmovido, y desde luego corrió el Estado a pasos agigantados a una disolución universal, que bien pronto se vio realizada. De aquí nació la impunidad de los delitos de Estado cometidos descaradamente por los descontentos, y particularmente por nuestros natos e implacables enemigos los españoles europeos, que maliciosamente se habían quedado en nuestro país, para tenerlo incesantemente inquieto y promover cuantas conjuraciones les permitían formar nuestros jueces, perdonándolos siempre, aun cuando sus atentados eran tan enormes, que se dirigían contra la salud pública. La doctrina que apoyaba esta conducta tenía su origen en las máximas filantrópicas de algunos escritores que defienden la no residencia de facultad en nadie para privar de la vida a un hombre, aun en el caso de haber delinquido éste en el delito de lesa patria. Al abrigo de esta piadosa doctrina, a cada conspiración sucedía un perdón, y a cada perdón sucedía otra conspiración que se volvía a perdonar; porque los gobiernos liberales deben distinguirse por la clemencia. ¡Clemencia criminal, que contribuyó más que nada a derribar la máquina que todavía no habíamos enteramente concluido!"

"…/Pero lo que debilitó más el Gobierno de Venezuela fue la forma federal que adoptó, siguiendo las máximas exageradas de los derechos del hombre, que autorizándolo para que se rija por sí mismo, rompe los pactos sociales y constituye a las naciones en anarquía. Tal era el verdadero estado de la Confederación. Cada provincia se gobernaba independientemente; y a ejemplo de éstas, cada ciudad pretendía iguales facultades alegando la práctica de aquéllas, y la teoría de que todos los hombres y todos los pueblos gozan de la prerrogativa de instituir a su antojo el gobierno que les acomode.../ .../Yo soy de sentir que mientras no centralicemos nuestros gobiernos americanos, los enemigos obtendrán las más completas ventajas; seremos indefectiblemente envueltos en los horrores de los disensiones civiles, y conquistados vilipendiosamente por ese puñado de bandidos que infestan nuestras comarcas. Las elecciones populares hechas por los rústicos del campo y por los intrigantes moradores de las ciudades, añaden un obstáculo más a la práctica de la federación entre nosotros, porque los unos son tan ignorantes que hacen sus votaciones maquinalmente, y los otros tan ambiciosos que todo lo convierten en facción; por lo que jamás se vio en Venezuela una votación libre y acertada, lo que ponía el gobierno en manos de hombres ya desafectos a la causa, ya ineptos, ya inmorales. El espíritu de partido decidía en todo, y por consiguiente nos desorganizó más de lo que las circunstancias hicieron. Nuestra división, y no las armas españolas, nos tornó a la esclavitud. El terremoto de 26 de marzo20 trastornó, ciertamente, tanto lo físico como lo moral, y puede llamarse propiamente la causa inmediata de la ruina de Venezuela; mas este mismo suceso habría tenido lugar, sin producir tan mortales efectos, si Caracas se hubiera gobernado entonces por una sola autoridad, que obrando con rapidez y vigor hubiese puesto remedio a los daños, sin trabas ni competencias que retardando el efecto de las providencias dejaban tomar al mal un incremento tan grande que lo hizo incurable. Si Caracas, en lugar de una confederación lánguida e insubsistente, hubiese establecido un gobierno sencillo, cual lo requería su situación política y militar, tú existieras ¡oh Venezuela! y gozaras hoy de tu libertad. La influencia eclesiástica tuvo, después del terremoto, una parte muy considerable en la sublevación de los lugares y ciudades subalternas, y en la introducción de los enemigos en el país, abusando sacrílegamente de la santidad de su ministerio en favor de los promotores de la guerra civil. Sin embargo, debemos confesar ingenuamente que estos traidores sacerdotes se animaban a cometer los execrables crímenes de que justamente se les acusa porque la impunidad de los delitos era absoluta, la cual hallaba en el Congreso un escandaloso abrigo, llegando a tal punto esta injusticia que de la insurrección de la ciudad de Valencia, que costó su pacificación cerca de mil hombres, no se dio a la vindicta de las leyes un solo rebelde, quedando todos con vida, y los más con sus bienes".

"…/La Nueva Granada ha visto sucumbir a Venezuela; por consiguiente, debe evitar los escollos que han destrozado a aquélla. A este efecto presento como una medida indispensable para la seguridad de la Nueva Granada, la reconquista de Caracas. A primera vista parecerá este proyecto inconducente, costoso y quizá impracticable; pero examinado atentamente con ojos previsivos, y una meditación profunda, es imposible desconocer su necesidad como dejar de ponerlo en ejecución, probada la utilidad. Lo primero que se presenta en apoyo de esta operación es el origen de la destrucción de Caracas, que no fue otro que el desprecio con que miró aquella ciudad la existencia de un enemigo que parecía pequeño, y no lo era considerándolo en su verdadera luz."

"…/Así pues, no queda otro recurso para precavernos de estas calamidades, que el de pacificar rápidamente nuestras provincias sublevadas, para llevar después nuestras armas contra las enemigas; y formar de este modo soldados y oficiales dignos de llamarse las columnas de la patria. Todo conspira a hacernos adoptar esta medida; sin mencionar la necesidad urgente que tenemos de cerrarle las puertas al enemigo, hay otras razones tan poderosas para determinarnos a la ofensiva, que sería una falta militar y política inexcusable, dejar de hacerla. Nosotros nos hallamos invadidos, y por consiguiente forzados a rechazar al enemigo más allá de la frontera. Además, es un principio del arte que toda guerra defensiva es perjudicial y ruinosa para el que la sostiene; pues lo debilita sin esperanza de indemnizarlo; y que las hostilidades en el territorio enemigo siempre son provechosas, por el bien que resulta del mal del contrario; así, no debemos, por ningún motivo, emplear la defensiva. Debemos considerar también el estado actual del enemigo, que se halla en una posición muy crítica, habiéndoseles desertado la mayor parte de sus soldados criollos; y teniendo al mismo tiempo que guarnecer las patrióticas ciudades de Caracas, Puerto Cabello, La Guaira, Barcelona, Cumaná y Margarita, en donde existen sus depósitos, sin que se atrevan a desamparar estas plazas, por temor de una insurrección general en el acto de separarse de ellas. De modo que no sería imposible que llegasen nuestras tropas hasta las puertas de Caracas, sin haber dado una batalla campal. Es una cosa positiva que en cuanto nos presentemos en Venezuela, se nos agregan millares de valerosos patriotas, que suspiran por vernos parecer, para sacudir el yugo de sus tiranos y unir sus esfuerzos a los nuestros en defensa de la libertad. La naturaleza de la presente campaña nos proporciona la ventaja de aproximarnos a Maracaibo por Santa Marta, y a Barinas por Cúcuta. Aprovechemos, pues, instantes tan propicios; no sea que los refuerzos que incesantemente deben llegar de España cambien absolutamente el aspecto de los negocios y perdamos, quizás para siempre, la dichosa oportunidad de asegurar la suerte de estos estados. El honor de la Nueva Granada exige imperiosamente escarmentar a esos osados invasores, persiguiéndolos hasta sus últimos atrincheramientos. Como su gloria depende de tomar a su cargo la empresa de marchar a Venezuela, a libertar la cuna de la independencia colombiana, sus mártires y aquel benemérito pueblo caraqueño, cuyos clamores sólo se dirigen a sus amados compatriotas los granadinos, que ellos aguardan con una mortal impaciencia, como a sus redentores. Corramos a romper las cadenas de aquellas víctimas que gimen en las mazmorras, siempre esperando su salvación de vosotros; no burléis su confianza; no seáis insensibles a los lamentos de vuestros hermanos. Id veloces a vengar al muerto, a dar vida al moribundo, soltura al oprimido, y libertad a todos".

****

Según la Historia, fue el 23 de mayo de 1813 cuando, en Mérida (Venezuela), un grupo de los que se consideraban **llegados a la nueva era de la Libertad** saludó a su compatriota con el grito de **Libertador.**

Fue un piropo convertido por el Cabildo de Caracas en sobrenombre oficial el 14 de octubre del mismo año y aceptado como una especie de segundo apellido por el propio Bolívar, tal como lo hacía constar en todos sus posteriores escritos oficiales debido a que, tal como escribió a poco de recibirlo:

> "Libertador de Venezuela: el título más glorioso y satisfactorio para mí que el cetro de todos los imperios de la Tierra..."

El 15 de junio de ese mismo año, antes, incluso, de serle reconocido por el Cabildo de Caracas el pomposo título de **Libertador** promulga su famoso (y escalofriante) **"Decreto de guerra a muerte"**:

> "SIMÓN BOLÍVAR, Brigadier de la Unión, General en Jefe del Ejército del Norte, **Libertador de Venezuela** a sus conciudadanos venezolanos. - Un ejército de '"hermanos", enviado por el soberano Congreso de la Nueva Granada, ha venido a libertaros, y ya lo tenéis en medio de vosotros, después de haber expulsado a los opresores de las provincias de Mérida y Trujillo. Nosotros somos enviados a destruir a los españoles, a proteger a los americanos, y a restablecer los gobiernos republicanos que formaban la Confederación de Venezuela. Los Estados que cubren nuestras armas, están regidos nuevamente por sus antiguas constituciones y magistrados, gozando plenamente de su libertad e independencia; porque nuestra misión sólo se dirige a romper las cadenas de la servidumbre, que agobian todavía a algunos de nuestros pueblos, sin pretender dar leyes, ni ejercer actos de dominio, a que el derecho de la guerra podría autorizarnos. Tocado de vuestros infortunios, no hemos podido ver con indiferencia las aflicciones que os hacían experimentar los bárbaros españoles, que os han aniquilado con la rapiña, y os han destruido con la muerte; que han violado los derechos sagrados de las gentes; que han infringido las capitulaciones y los tratados más solemnes; y, en fin, han cometido todos los crímenes, reduciendo la República de Venezuela a la más espantosa desolación. Así pues, la justicia exige la vindicta, y la necesidad nos obliga a tomarla. Que desaparezcan para siempre del suelo colombiano los monstruos que lo infestan y han cubierto de sangre; que su escarmiento sea igual a la enormidad de su perfidia,

para lavar de este modo la mancha de nuestra ignominia, y mostrar a las naciones del universo, que no se ofende impunemente a los hijos de América. A pesar de nuestros justos resentimientos contra los inicuos españoles, nuestro magnánimo corazón se digna, aún, abrirles por la última vez una vía a la conciliación y a la amistad; todavía se les invita a vivir pacíficamente entre nosotros, si detestando sus crímenes, y convirtiéndose de buena fe, cooperan con nosotros a la destrucción del gobierno intruso de España, y al restablecimiento de la República de Venezuela.

Todo español que no conspire contra la tiranía en favor de la justa causa, por los medios más activos y eficaces, será tenido por enemigo, y castigado como traidor a la patria y, por consecuencia, será irremisiblemente pasado por las armas.

Por el contrario, se concede un indulto general y absoluto a los que pasen a nuestro ejército con sus armas o sin ellas; a los que presten sus auxilios a los buenos ciudadanos que se están esforzando por sacudir el yugo de la tiranía. Se conservarán en sus empleos y destinos a los oficiales de guerra, y magistrados civiles que proclamen el Gobierno de Venezuela, y se unan a nosotros; en una palabra, los españoles que hagan señalados servicios al Estado serán reputados y tratados como americanos.

Y vosotros, americanos, que el error o la perfidia os ha extraviado de las sendas de la justicia, sabed que vuestros hermanos os perdonan y lamentan sinceramente vuestros descarríos, en la íntima persuasión de que vosotros no podéis ser culpables, y que sólo la ceguedad e ignorancia en que os han tenido hasta el presente los autores de vuestros crímenes, han podido induciros a ellos. No temáis la espada que viene a vengaros y a cortar los lazos ignominiosos con que os ligan a su suerte vuestros verdugos. Contad con una inmunidad absoluta en vuestro honor, vida y propiedades; el solo título de americanos será vuestra garantía y salvaguardia. Nuestras armas han venido a protegeros, y no se emplearán jamás contra uno solo de nuestros hermanos. Esta amnistía se extiende hasta a los mismos traidores que más recientemente hayan cometido actos de felonía; y será tan religiosamente cumplida, que ninguna razón, causa, o pretexto será suficiente para obligarnos a quebrantar nuestra oferta, por grandes y extraordinarios que sean los motivos que nos deis para excitar nuestra animadversión.

Españoles y canarios, contad con la muerte, aun siendo indiferentes, si no obráis activamente en obsequio de la libertad de América. Americanos, contad con la vida, aun cuando seáis culpables. Cuartel General de Trujillo, 15 de junio de 1813.-3°., Simón Bolívar."

La campaña duró seis meses. Convirtió a la lucha por la Independencia en una atroz guerra civil. Al extender el conflicto entre la población, "brutaliza" al ejército y a la sociedad. La declaración de guerra a muerte el 15 de julio de 1813 en Trujillo, fue más la consecuencia que la causa de esa evolución. La población de ciudades y campos fue conminada a escoger entre "patriotas" o "godos". La neutralidad benévola o malévola, que permitía los bajos niveles de violencia de los conflictos precedentes, se volvió una actitud imposible frente a la sumisión o la muerte como única alternativa.

Después de la batalla de Taguanes, donde los 1,500 soldados patriotas aniquilan a los 1,200 realistas al mando de Izquierdo, el camino hacia Caracas queda abierto. El ejército de la Unión entra gloriosamente a la capital el 6 de agosto. La ciudad ha levantado un arco del triunfo hecho con flores, bajo el cual pasan los soldados extenuados y un general en jefe con uniforme de gala, y en la mano derecha un bastón de mando con tachones de oro.

El Libertador se pone a la cabeza del estado en calidad de general en jefe dictador y reúne bajo su mano a los tres poderes. Afirma la necesidad de restablecer una representación, bajo la forma de una asamblea de notables, pero en las provincias el gobernador militar prima sobre el gobernador civil. En tanto que lo impongan las necesidades de la guerra, la legalidad es suspendida y la excepción, la regla, porque, ni siquiera en los breves períodos de relativa paz, dejaron de estar en vigor los más implacables términos del "**Decreto de guerra a muerte**" que, con su secuela de sangre y desolación, trascendía los límites de los campos de batalla, que el propio "Libertador" justifica de la siguiente manera:

"Durante la guerra a muerte yo mismo di la orden de ejecutar a ochocientos prisioneros españoles en un solo día, inclusive a los enfermos en el hospital de La Guaira. Hoy en circunstancias iguales, no me temblará la voz para volver a darla y los europeos no tendrían autoridad para reprochármelo, pues si una historia está anegada de sangre, de indignidades, de injusticias, ésa es la historia de Europa".

****

A comienzos de 1814, la casa de los Bolívar, la vieja casa-hacienda de San Mateo, se había convertido en el fortín del Libertador. Su ubicación y accesos eran perfectos para dificultar el ataque de las tropas del general asturiano José Boves (1782-1814), el caudillo realista que, al frente de la llamada "Legión del Infierno", superaba las bestialidades de alguno de los caudillos independentistas tal como nos recuerdan los historiadores que sirven a la verdad por encima de cualquier prejuicio ideológico.

De Boves nos dice el historiador Gerard Masur que era Medio héroe y medio Contrabandista: "Bajo y fuerte, de hombres anchos y una espalda de la que surgía una tremenda cabeza. Su frente era ancha, y sus ojos profundos de un azul triste. Su cabello y su barba eran rojos. Era taciturno, frío, sanguinario, infatigable, ágil, astuto y traicionero".

A lo largo de su breve pero notoria carrera militar, Boves se transformó en un auténtico caudillo popular. Valiéndose de los resentimientos sociales de las clases más bajas contra los abusos y explotación de que eran objeto por la aristocracia criolla, desencadenó una feroz ofensiva contra los ejércitos independentistas y se convirtió en un auténtico peligro para la causa republicana de las élites venezolanas. Acicate de un odio sin paliativos fue el recuerdo de María Trinidad, su esposa, violada y vilmente linchada en su posada frente a su hijo por las turbas independentistas durante el asedio de Valencia para luego arrastrar su cuerpo desnudo por la ciudad

Leemos de él barbaridades del siguiente tenor: repartía entre sus mejores guerreros a las damas aristocráticas que capturaba; antes de fusilar a los prisioneros, ordenaba disparar salvas de pólvora para ver sus expresiones de terror al creer que morirían; a muchos oficiales de alta graduación los toreaba y clavaba banderillas en la nuca, a otros simplemente los decapitaba o les invitaba a cenar y, en el brindis final, les anunciaba su fusilamiento a ejecutar como colofón del convite. Su Legión Infernal solía masacrar a todos los blancos en cada pueblo que encontraba, sin distinguir entre edad o género, sin importar que fueran o no criollos. Sus matanzas de blancos, en especial mantuanos, llegaron a tales niveles que muchos terminaron diciendo que planeaba exterminar a los criollos para repoblar Venezuela con "gallegos".

Huérfano de padre a los cinco años, desde muy temprana edad, Boves hubo de simultanear su educación con múltiples trabajos, alguno de los cuales de dudosa legalidad que le llevaron a una condena de cárcel y subsiguiente deportación a la Capitanía General de Venezuela, en donde logró hacer fortuna sin que, por ello, fuera admitido en la elitista sociedad mantuana, lo que, a la recíproca, creó en Boves un odio clasista que le llevó a confraternizar con pardos, mulatos, negros e indios para los cuales llegó a ser su Taita (padrecito). Casó con una mulata llamada María Trinidad Bolívar (probable liberta de la familia Bolívar), con la que tuvo un hijo al que llamó José Trinidad Bolívar.

Según leemos en MCN-biografías, al surgir el movimiento independentista de 1810, Boves seguía en Calabozo y se puso de parte de los patriotas americanos. Durante la primera República de Venezuela, continuó con su negocio de comercio, hasta que surgió la reacción española de Domingo Monteverde. Los patriotas le consideraron entonces sospechoso y lo arrestaron en San Carlos. Durante su encarcelamiento recibió malos tratos, que le originaron un odio profundo hacia ellos. Una vez en libertad, volvió a Calabozo y abrazó la causa realista. Cuando Antoñanzas, uno de los oficiales de Monteverde, tomó Calabozo a mediados de mayo de 1812, halló a Boves en la cárcel y le dio la libertad. Desde entonces militó como soldado en las filas realistas. A mediados de 1813 participó en la campaña del Oriente de Venezuela, bajo las órdenes de Monteverde y del mariscal de campo Juan Manuel Cajigal. Al tenerse que retirar este último a Barcelona, presionado por Mariño, otorgó a Boves facultades para que obrara discrecionalmente (agosto de 1813). Boves empezó ya a actuar de forma autónoma, despreciando a las mismas autoridades españolas por su incapacidad para dominar a los republicanos. Su enorme conocimiento del llano y de sus gentes le dio un gran ascendiente sobre sus hombres, con los que compartía el odio hacia las clases acomodadas venezolanas, que los despreciaban. De aquí que ejecutara inmisericordemente a los blancos mantuanos. Sus llaneros de a caballo fueron temidos, sobre todo los pardos, mestizos y negros. Comía y dormía con ellos y fueron sus incondicionales, como dijo su segundo, Francisco Tomás Morales: "comía con ellos, dormía entre ellos, y ellos eran toda su diversión y entretenimiento, sabiendo que sólo así podía tenerlos a su devoción y contar con sus brazos para los combates..."

Con Bolívar en su retaguardia, el 25 de marzo de 1814, Boves atacó una vez más la casa fortín de San Mateo, convertida en polvorín resguardado por medio centenar de soldados mandados por un oficial llamado Ricaurte, del que llegó a decirse que se inmoló haciendo volar la casa con grandes bajas para el ejército de Boves. Eso, al menos, es lo que el propio Bolívar se encargó de difundir entre sus soldados, aunque, años más tarde, dio la versión real del hecho a su confidente Perú de Lacroix en el retiro de Bucaramanga:

«Ricaurte, otro granadino, figura en la Historia como un mártir voluntario de la libertad [...], yo soy el autor del cuento; lo hice para entusiasmar a mis soldados, para atemorizar a los enemigos y dar la más alta idea de los militares granadinos. Ricaurte murió el 25 de marzo del año 14 en la bajada de San Mateo, retirándose con los suyos; murió de un balazo y un lanzazo, y lo encontré en dicha bajada tendido boca abajo, ya muerto, y las espaldas quemadas por el sol.»

Con clara desventaja, al parecer, fue Mariño el que, por aquellas fechas, apareció como el libertador del Libertador, tal como si hubiera esperado el límite de la resistencia de Bolívar para ir en su ayuda, ello en un clima de tensión entre ambos caudillos independentistas, uno y otro rivalizando en inhumana crueldad durante y después de las batallas con un émulo como Boves en las filas del adversario realista; el mismo que, el 15 de junio de 1814, derrotó en La Puerta a las fuerzas de los ejércitos unidos de Bolívar y Mariño, que tuvieron que replegarse muy maltrechos. Una parte de las tropas de Boves marchó contra Caracas, mientras que el resto, dirigido por él mismo, se dirigió a Valencia para sitiarla. Caracas cayó en manos españolas el 7 de julio y Valencia el 10 del mismo mes. Boves fusiló a los patriotas y se autonombró Comandante General del ejército realista, desconociendo que tal título le correspondía a Cajigal por ser Capitán General de Venezuela.

Boves actuó en Caracas con toda arbitrariedad. Nombró gobernador político al Marqués de Casa León y gobernador militar al coronel Juan Nepomuceno Quero. Luego emprendió la campaña del Oriente, región en la cual se habían refugiado los últimos efectivos patriotas. Tomó Cumaná, la saqueó y la dejó reducida a ruinas. Luego derrotó en el sitio de los Magueyes (el 9 de noviembre de 1814) al coronel patriota José Francisco Bermúdez y nuevamente en la batalla de Úrica (5 de diciembre de 1814). No pudo saborear esta última victoria, pues murió durante el combate a causa de un lanzazo. Boves fue enterrado en la iglesia de Úrica. Le sucedió Morales, pero la época de los llaneros había llegado a su fin. Pronto llegarían tropas regulares españolas mandadas por el general Juan Pablo Morillo.

La figura de Boves es muy controvertida; se le atribuyen atrocidades con los prisioneros y cualidades excepcionales de estrategia militar. Desde luego fue, con Bolívar, uno de los artífices de la "guerra a muerte". Tenía una capacidad increíble de recuperarse en los llanos, donde reclutaba fácilmente hombres. Bolívar aprendió de Boves la táctica de grandes masas de caballería envolvente y de gran movilidad, mientras que este último copió de aquel no pocas de las salvajes atrocidades de la guerra a muerte.

****

Acudimos a Roberto Barletta Villarán, otro de nuestros muy documentados mentores, para recordar que, ante la avanzada del caudillo realista, Bolívar y su plana mayor lograron huir. Boves escribió en su informe que «los rebeldes, enemigos de la humanidad, han sido derrotados completamente en La Puerta al mando de los titulados generales Bolívar y Mariño. Tres mil fusiles, 9 piezas de cañón, entre ellas un obús de 9 pulgadas con todo lo demás de guerra cayó en mi poder».

Venezuela era de Boves. Si los dos líderes y Libertadores se hubiesen puesto de acuerdo desde un principio para consolidar juntos la República, otros habrían sido los resultados. Bolívar desembarcó en Cartagena y buscó de inmediato el apoyo del Congreso. El Libertador estaba en falta grave por haber sobrepasado los límites de la autorización dada por Nueva Granada para internarse en Venezuela. Sin embargo, el carisma y la elocuencia de Bolívar se impusieron sobre todos los cuestionamientos a su Guerra a Muerte y los fatídicos resultados de los que se tenía noticia. « ¡La América entera está teñida con la sangre americana! ¡Ella era necesaria para lavar una mancha tan envejecida! Es la primera vez que se vierte con honor a este desgraciado continente, siempre teatro de desolaciones, pero nunca de libertad» dijo enfático.

Al final el Congreso lo nombró jefe supremo de las Fuerzas Federales, pero el precio de semejante cargo era anexar al Gobierno republicano nada menos que Santa Fe de Bogotá. Bolívar tendría entonces que reducir a la capital del Virreinato de Nueva Granada, tan católica como hispanófila.

En diciembre de 1814 Bolívar cercó la capital para doblegarla. El obispo de Bogotá excomulgó a Bolívar y a sus oficiales para hacerlos perder arraigo entre la tropa, pero no logró resultado alguno. Bogotá tenía 2000 hombres armados y se repartieron puñales a las mujeres. Bolívar insistió en la entrega de la ciudad, pero no lo escucharon. La resistencia se dio calle por calle, pero sin agua ni más posibilidades de defensa, la capital se rindió bajo la promesa de Bolívar de respetar a sus personas y bienes.

La capitulación firmada por el Libertador se quedó en palabras, el rico barrio de Santa Bárbara fue saqueado, su famoso Observatorio Astronómico, robado y destruido, los españoles, asesinados y sus hijas, ultrajadas. El Gobierno republicano se trasladó de Tunja a Bogotá. Bolívar fue ascendido a capitán general y recibió entonces el encargo de expulsar a las fuerzas realistas de Santa Marta. Pero muy cerca, en la ciudad de Cartagena, estaba el coronel Castillo, aquel oficial que lo había desobedecido en enero de 1813 y que ahora había publicado un agraviante libelo contra él. El odio era mutuo, pero ese odio se avivaba con el mutuo deseo de poder.

Ni Bolívar ni Castillo quisieron atacar Santa Marta por temor a que el otro lo atacase por la retaguardia. Bolívar se decidió finalmente a cambiar todos los planes y sitiar a Castillo en Cartagena. La campaña encargada a Bolívar contra Santa Marta tenía como fin ulterior consolidar las defensas del país contra la llegada de una anunciada pacificación española, pero lo que quería Bolívar era tomar Cartagena, luego Santa Marta y salir con todos los ejércitos posibles hacia Venezuela.

Y mientras Castillo y Bolívar se amenazaban mutuamente, llegó a costas venezolanas, en efecto, el famoso general español Pablo Morillo al mando de 18 barcos de guerra, 42 transportes y 15.000 soldados entre los que figuraban sendos regimientos famosos en las guerras contra Napoleón.

Ante aquello, una guerra civil en la Nueva Granada era suicida, Cartagena no se rendiría a Bolívar y Bolívar jamás se sometería a general alguno. Al final el que tuvo que ceder fue Bolívar; dejó el mando de sus tropas a su primo Florencio Palacios y el mismo día del acuerdo, el 9 de mayo de 1815, se embarcó autoexiliado hacia Jamaica. Era la primera vez que Bolívar sentía el fracaso y el dolor de la derrota, sin haber luchado.

****

Por su parte, don Salvador de Madariaga en el ensayo que tantas veces hemos tomado como referencia nos dice que Bolívar, enviado por Nueva Granada para salvar a Venezuela de su esclavitud, había fracasado después de un éxito inicial clamoroso, porque, como él mismo lo dice más tarde a Perú de Lacroix, había contado «con un patriotismo y entusiasmo que no había encontrado en Venezuela; con un espíritu nacional que no existía y que no pudo formar; que el amor a la independencia y a la libertad no se habían generalizado todavía, y que, finalmente, el Poder español y el respeto y el miedo que les inspiraba, y los esfuerzos del fanatismo arrastraban todavía a los pueblos y los tenía más inclinados a seguir bajo el yugo peninsular que a romperlo».

Pero sentía la necesidad de explicar el final de la "Segunda República de Venezuela" y, con clara intención de exculparse por la parte de responsabilidad que podían achacarle, escribe lo siguiente el 7 de septiembre de 1814:

> "Yo, muy distante de tener la loca presunción de conceptuarme inculpable de la catástrofe de mi Patria, sufro, al contrario, el profundo pesar de creerme el instrumento infausto de sus espantosas miserias; pero soy inocente porque mi conciencia no ha participado nunca del error voluntario de la malicia, aunque por otra parte haya obrado mal y sin acierto. La convicción de mi inocencia me la persuade mi corazón, y este testimonio es para mí el más auténtico, bien que parezca un orgulloso delirio. He aquí la causa porque desdeñando responder a cada una de las acusaciones que de buena o mala fe se me puedan hacer, reservo este acto de justicia, que mi

propia vindicta exige, para ejecutarlo ante un tribunal de sabios, que juzgarán con rectitud y ciencia de mi conducta en mi misión a Venezuela. Del Supremo Congreso de la Nueva Granada hablo, de este augusto cuerpo que me ha enviado con sus tropas a auxiliaros como lo han hecho heroicamente hasta expirar todas en el campo del honor. Es justo y necesario que mi vida pública se examine con esmero y se juzgue con imparcialidad. Es justo y necesario que yo satisfaga a quienes haya ofendido, y que se me indemnice de los cargos erróneos a que no he sido acreedor. Este gran juicio debe ser pronunciado por el soberano a quien he servido; yo os aseguro que será tan solemne cuanto sea posible, y que mis hechos serán comprobados por documentos irrefragables. Entonces sabréis si he sido indigno de vuestra confianza, o si merezco el nombre de Libertador. Yo os juro, amados compatriotas, que este augusto título que vuestra gratitud me tributó cuando os vine a arrancar las cadenas, no será vano. Yo os juro que libertador o muerto, mereceré siempre el honor que me habéis hecho, sin que haya potestad humana sobre la tierra que detenga el curso que me he propuesto seguir hasta volver segundamente a libertaros, por la senda del occidente, regada con tanta sangre y adornada de tantos laureles. Esperad, compatriotas, al noble, al virtuoso pueblo granadino que volará ansioso de recoger nuevos trofeos, a prestaros nuevos auxilios y a traeros de nuevo la libertad, si antes vuestro valor no la adquiriere. Sí, sí, vuestras virtudes solas son capaces de combatir con suceso contra esa multitud de frenéticos que desconocen su propio interés y honor; pues jamás la libertad ha sido subyugada por la tiranía. No comparéis vuestras fuerzas físicas con las enemigas, porque no es comparable el espíritu con la materia. Vosotros sois hombres, ellos son bestias, vosotros sois libres, ellos esclavos. Combatid, pues, y venceréis. Dios concede la victoria a la constancia". (Manifiesto de Carúpano)

A finales de 1814, Bolívar llegó a Cartagena de Indias, cuyas autoridades republicanas vivían la incertidumbre de no saber a qué atenerse, pero sí que siguieron reconociéndole los nombramientos otorgados. Pasados unos meses de tibios acercamientos y algún que otro reproche, Bolívar decidió abandonar temporalmente sus responsabilidades militares y esperar nuevos acontecimientos en Jamaica, adonde llegó el 14 de mayo de 1815.

****

Al respecto del precedente relato, es obligado recordar que, a pocos meses del inicio de esa **"Guerra a Muerte"**, sin que ello sirviera para alterar las perspectiva del Libertador, llegaron de la Península noticias de que las huestes de Napoleón habían sido expulsadas de la Península, que la Madre Patria se estaba reponiendo de sus heridas y que se vivía un tiempo de transición a la espera del regreso de Fernando VII, entonces llamado el **Deseado.**

Fernando VII, regresado en 1814 del exilio francés, quiso poner coto inmediato a ese y a los otros rebeldes intentos de secesión enviando a Ultramar un contingente de 10.000 soldados a las órdenes del general Pablo Morillo (el **Pacificador**), el cual, una vez desembarcado y asentado con sus tropas en el Continente (julio de 1815), se sirvió de una "Junta del Secuestro" para confiscar los bienes de los "traidores a la Monarquía", de un "Tribunal de Pacificación" para localizar y enjuiciar a los secesionistas y de un "Consejo de Guerra Permanente" contra los acusados de "alta traición". De seguido, inició la recuperación de territorios rebeldes, incluidas Cartagena de Indias y Santafé de Bogotá dando por encauzada la tarea de pacificación al conocer la retirada de Bolívar a Jamaica.

Capítulo 11º

LA CARTA DE JAMAICA, "PLATÓNICO" MANIFIESTO REVOLUCIONARIO DE BOLÍVAR

En mayo de 1815, Bolívar llegó a Jamaica y en Kingston, la capital, se dedicó a divulgar lo que, según él, era "**el resultado de sus cavilaciones sobre la suerte futura de América**". Ejemplo de ello es el documento del 6 de septiembre de 1815 que, como respuesta al escrito de Henry Cullen, un acaudalado británico residente en la Isla, que decía estar interesado sobre la conducta de los españoles en sus tratos con los pueblos indígenas. Llevó por título `Contestación de un americano meridional a un caballero de esta isla´, y ha pasado a la Historia como "**Carta de Jamaica**".

Éste es un documento que, para algunos historiadores, fue redactado con el propósito de lograr la financiación de una guerra total contra España por parte de Inglaterra. Si entrar en polémica sobre si tal sospecha concuerda o no con las intenciones de Bolívar, lo que sí que creemos obligado reconocer es que la muy celebrada **Carta de Jamaica**, no sin que fuera escrita con el señalado propósito, por sus consideraciones, consignas guerreras al uso de los más intrépidos y el compromiso de incondicional entrega por parte del firmante, bien puede ser tomada como **Manifiesto Revolucionario.**

****

Desde una especie de académica perspectiva, no han faltado hagiógrafos del Libertador, que han querido ver en la clásica "**Carta Séptima de Platón**" un precedente de dicha "**Carta de Jamaica**", lo que nos lleva a un breve recordatorio de la primera, redactada en torno al 367 a.C., año en el que muere el tirano Dionisio I el Viejo de Siracusa y le sucede en el trono su primogénito, el joven prometedor Dionisio II, cuya madre era hermana del filósofo Dión, el cual concibe la idea de traer a la Corte por tercera vez a su maestro Platón como tutor del nuevo rey.

Platón no era optimista sobre los resultados, pero se deja convencer ante la posibilidad de influir en las necesarias reformas políticas tras los desastres de la anterior larga tiranía y deja su Academia bajo la dirección de Eudoxo para acudir a Siracusa con la mejor de sus intenciones y un caudal de positivas ideas que refleja en la más ilustrativa de sus famosas cartas, en donde abundan jugosas reflexiones sobre la forma de vida propulsada por el régimen de los "Treinta tiranos" y experimentada directamente por el gran filósofo ateniense, que, al parecer, llegó a ilusionarse con participar en aquel gobierno dictatorial : «Yo me hice unas ilusiones que nada tenían de sorprendente a causa de mi juventud. Me imaginaba, en efecto, que ellos iban a gobernar la ciudad, conduciéndola de los caminos de la injusticia a los de la justicia».

Pero las acciones criminales iniciadas por el nuevo gobierno desilusionaron a Platón; sobre todo por el intento de mezclar a Sócrates («el hombre más justo de su tiempo») en el prendimiento de León de Salamina (un exiliado del partido demócrata) para condenarlo a muerte. Pero «Sócrates no obedeció y prefirió exponerse a los peores peligros antes de hacerse cómplice de acciones criminales». Los exiliados del partido democrático se rehicieron bajo la dirección de Trasíbulo y, con el apoyo del pueblo ateniense, derrotaron a los oligarcas. Al principio los hombres del nuevo gobierno utilizaron una gran moderación, votando, incluso, una amnistía para poner fin a la guerra civil. De nuevo Platón se siente inclinado a mezclarse en los asuntos del estado; pero ocurre que bajo el nuevo gobierno tiene lugar el proceso y condena de Sócrates: «he aquí que gentes poderosas llevan a los tribunales a este mismo Sócrates, nuestro amigo, y presentan contra él una acusación de las más graves, que él ciertamente no merecía de manera alguna: fue por impiedad por lo que los unos le procesaron y los otros lo condenaron, e hicieron morir a un hombre que no había querido tomar parte en el criminal arresto de uno de los amigos de aquéllos, desterrado entonces, cuando, desterrados, ellos mismos estaban en desgracia». La injusticia del orden oligárquico y los errores de la mala política conducen a Platón a orientar su pensamiento en el sentido en encontrar un fundamento sólido para poder instaurar un orden justo.

Luego de advertir del escaso paralelismo que, a nuestro juicio, se puede apreciar entre la llamada "**Carta de Jamaica**" y la "**Carta Séptima de Platón**", el paciente lecto es invitado a quedarse con el universalista contenido de algunos párrafos de esta última para, seguidamente, extendernos más ampliamente sobre la otra, con marcado aire platónico y a la que, no sin cierto atrevimiento, apodamos "Revolucionario Manifiesto de Simón Bolívar":

Finalmente, dice Platón en su Carta Séptima, comprendí que todos los Estados actuales están mal gobernados, porque su legislación es casi incurable, sin remedios enérgicos unidos a circunstancias felices. Entonces fui conducido irresistiblemente a loar la verdadera filosofía (el amor a la verdad) y a proclamar que solo a su luz puede reconocerse donde está la justicia en la vida pública y en la vida privada. Por lo tanto, no cesarán las desgracias para los humanos hasta que la raza de los puros y auténticos filósofos (amantes de la verdad) no llegue al poder, o hasta que los jefes de los Estados, por una gracia divina, no gobiernen a los dictados de la Verdad. Si encuentra que su país está mal gobernado, que no haga violencia a su patria para cambiar' de gobierno cuando no es posible establecer uno mejor sin proscribir ni asesinar ciudadanos. Que permanezca tranquilo y pida a los dioses por su bienestar y el de su patria... / Es pues necesario que los vencedores, si quieren asegurar su salvación, escojan entre ellos mismos aquellos ciudadanos que tienen la mejor reputación, ante todo hombres de edad avanzada, que tengan niños y mujeres, y antepasados tan numerosos, tan virtuosos, tan notables, como sea posible y que no busquen en la política el medio de redondear su fortuna. A fuerza de ruegos y de honores, es necesario, hacerlos venir y, cuando hayan venido, rogarles, comprometerlos bajo fe de juramento, para que hagan leyes que no otorguen ventaja ni a los vencedores ni a los vencidos, sino que concedan derechos iguales y comunes a todos los ciudadanos .../ Una vez establecidas estas leyes, todo depende de la condición siguiente: si los vencedores se muestran más sumisos a las leyes que los vencidos, la salvación y el bienestar del Estado están asegurados y todos los males desaparecerán. No obra así el que se enriquece junto con sus amigos, complotando y reuniendo conjurados. Mientras es débil, no es dueño de sí mismo y se deja cobardemente dominar por el placer; asesina a quienes tienen fortuna, calificándolos de enemigos suyos, toma sus bienes, los dilapida e invita a sus camaradas a hacer otro tanto para que ninguno lo contamine con su pobreza. Es preciso decir lo mismo de aquel que es homenajeado por parte de la gente como su benefactor, porque, por decreto, ha distribuido entre la multitud, los bienes de unos pocos, o porque, a la cabeza de una ciudad grande, señora de otras pequeñas, atribuye a la suya los bienes de las más pequeñas contrariando así la justicia... / Nunca un buen gobernante ni ninguno de sus más estrechos colaboradores buscará un poder sin raíces en la justicia y sí que trabajará por una Constitución en la que las mejores y más justas leyes perjudiquen al menor número posible de personas: **Preferirá sufrir una injusticia a cometerla.**

****

Dicho lo dicho, si para Platón es disculpable sentirse absolutamente solo frente a la inmensidad de lo que desconocía y, para salir de la angustiosa situación de su maestro Sócrates, el mismo que llegó a decir "solo sé que no sé nada", se inventó el "truco de la Caverna" que colocaba a las ideas humanas (**a todas las ideas humanas**) por encima de las realidades materiales, con lo que, a pleno derecho, se erigió en el indiscutible propulsar de un Idealismo que, veintitantos siglos más tarde, facilitó a herr Guillermo Federico Hegel algo así como la boutade de "si la realidad no está de acuerdo con mis ideas, la falsedad está en la Realidad".

Nuestras reservas hacia la dogmática platónica no nos impiden reconocer un **alto sentido común** en muchas de las consideraciones de dicha **Séptima Carta;** por ejemplo:

> "Entonces fui conducido irresistiblemente a loar la verdadera filosofía (el amor a la verdad) y a proclamar que solo a su luz puede reconocerse donde está la justicia en la vida pública y en la vida privada".

Veamos si podemos decir otro tanto de la bolivariana **Carta de Jamaica,** que empieza así:

Muy señor mío: Me apresuro a contestar la carta del 29 del mes pasado que V. me hizo el honor de dirigirme, y yo recibí con la mayor satisfacción. Sensible, como debo, al interés que V. ha querido tomar por la suerte de mi patria, afligiéndose con ella por los tormentos que padece desde su descubrimiento hasta estos últimos períodos, por parte de sus destructores los españoles, no siento menos el comprometimiento en que me ponen las solícitas demandas que V. me hace, sobre los objetos más importantes de la política americana.

****

Bolívar había llegado a Kingston, capital de Jamaica, el 8 de mayo de 1815 con el propósito de hacer valer a los británicos cuanto podía significar para ellos tener vía libre para su comercio por toda América del Sur si le ayudaban económica y militarmente para recuperar Venezuela. Se dice que, desde sus primeros contactos, la oferta de reciprocidad incluía algo de lo que no se haría referencia escrita: la entrega de las provincias hispanoamericanas de Panamá y Nicaragua para construir vías fluviales.

El caso fue que, según escribe Néstor Rivero,, el 29 de mayo de 1815 el Libertador Simón Bolívar solicitó al duque de Manchester, por entonces gobernador de Jamaica, le diese pasaporte para viajar a Londres, donde pensaba gestionar apoyos para los patriotas en la guerra de independencia contra España. ¿A quién lo anunció? Bolívar transmitió su idea de viajar a la capital inglesa a Sir Richard Wellesley, titular británico de Relaciones Exteriores y a quien conoció en 1810 en la misión diplomática que a nombre de la Junta Suprema de Caracas, cumplió el Padre de la Patria. A Wellesley le informa en mayo de 1815 que viajará a Londres en procura de auxilios, e "iré en su busca a esa soberbia capital; si fuere preciso marcharé hasta el Polo". Otro destinatario de su resolución fue Maxwell Hyslop, su benefactor de Jamaica, a quien escribe para pedir dinero en préstamo para el viaje. "Pienso marchar a Inglaterra", le dice, pidiendo que le evite "la cruel humillación de implorar auxilios de hombres más insensibles que su oro mismo".

El no disponer de la financiación necesaria para avanzar en su proyecto alargó la permanencia de Bolívar en Jamaica, fundamentalmente ocupado en ampliar su círculo de simpatizantes, algún que otro escarceo sentimental y escribir cartas, entre ellas, la más famosa de todas, la misma que, dirigida a un caballero británico llamado Henry Cullen, él tituló `Contestación de un americano meridional a un caballero de esta isla´, y que para el que esto escribe, bien puede ser considerado un **Manifiesto Revolucionario** de distinto carácter del suscrito en febrero 1848 por Marx y Engels, pero de no menor imaginativa contundencia contra los que Simón Bolívar, apodado **el Libertador**, llama **destructores españoles**, lo que le lleva a tomar el odio a España como la principal de sus motivaciones. Puesto que se sabe necesitado de una fuerza militar capaz de secundar su odio, no tiene la menor reserva para dejarse caer en los brazos del imperio británico, máxime cuando espera de él algo así como la patriótica reacción británica a la pérdida de las "colonias del Norte". Es lo que, de muy diferente carácter a lo recordado de la citada Carta Séptima de Platón, vemos expresado en la transcripción de los siguientes párrafos de la archifamosa **Carta de Jamaica**:

> "En mi opinión, escribe Bolívar con una envidiable retórica, es imposible responder a las preguntas con que Vd. (Henry Cullen) me ha honrado. …/ Como me conceptúo obligado a prestar atención a la apreciable carta de Vd., no menos que a sus filantrópicas miras, animo a dirigirle estas líneas, en las cuales, ciertamente, no hallará Vd. las ideas luminosas que desea, pero sí las ingenuas expresiones de mis pensamientos…./«Tres siglos ha -dice Vd.- que empezaron las barbaridades que los españoles cometieron en el grande hemisferio de Colón». Barbaridades que la presente edad ha rechazado como fabulosas, porque parecen superiores a la perversidad humana; y jamás serían creídas por los críticos modernos si constantes y repetidos documentos no testificasen estas infaustas verdades. El filantrópico obispo de Chiapas, el apóstol de la América, Las Casas, ha dejado a la posteridad una breve relación de ellas, extractadas de las sumarias que siguieron en Sevilla a los conquistadores, con el testimonio de cuantas personas respetables había entonces en el Nuevo Mundo, y con los procesos mismos que los tiranos se hicieron entre sí, como consta por los más sublimes historiadores de aquel tiempo. Todos los imparciales han hecho justicia al celo, verdad y

virtudes de aquel amigo de la humanidad, que con tanto fervor y firmeza denunció ante su gobierno y contemporáneos los actos más horrorosos de un frenesí sanguinario. ¡Con cuánta emoción de gratitud leo el pasaje de la carta de Vd. en la cual me dice que espera que «los sucesos que siguieron entonces a las armas españolas acompañen ahora a las de sus contrarios, los muy oprimidos americanos meridionales»! Yo tomo esta esperanza por una predicción, si la justicia decide las contiendas de los hombres. El suceso coronará nuestros esfuerzos porque el destino de la América se ha fijado irrevocablemente; el lazo que la unía a la España está cortado; la opinión era toda su fuerza; por ella se estrechaban mutuamente las partes de aquella inmensa monarquía; lo que antes las enlazaba, ya las divide; más grande es el odio que nos ha inspirado la Península, que el mar que nos separa de ella; menos difícil es unir los dos continentes que reconciliar los espíritus de ambos países. El hábito a la obediencia; un comercio de intereses, de luces, de religión; una recíproca benevolencia; una tierna solicitud por la cuna y la gloria de nuestros padres; en fin, todo lo que formaba nuestra esperanza nos venía de España. De aquí nacía un principio de adhesión que parecía eterno, no obstante que la conducta de nuestros dominadores relajaba esta simpatía, o, por mejor decir, este apego forzado por el imperio de la dominación. Al presente sucede lo contrario: la muerte, el deshonor, cuanto es nocivo, nos amenaza y tememos; todo lo sufrimos de esa madrastra. El velo se ha rasgado, ya hemos visto la luz y se nos quiere volver a las tinieblas; se han roto las cadenas; ya hemos sido libres y nuestros enemigos pretenden de nuevo esclavizarnos. Por lo tanto, la América combate con despecho, y rara vez la desesperación no ha arrastrado tras sí la victoria.../ La Europa haría un bien a la España en disuadirla de su obstinada temeridad; porque a lo menos se ahorraría los gastos que expende y la sangre que derrama; a fin de que, fijando su atención en sus propios recintos, fundase su prosperidad y poder sobre bases más sólidas que las de inciertas conquistas, un comercio precario y exacciones violentas en pueblos remotos, enemigos y poderosos. La Europa misma, por miras de sana política, debería haber preparado y ejecutado el proyecto de la independencia americana; no sólo porque el equilibrio del mundo así lo exige; sino porque éste es el medio legítimo y seguro de adquirirse establecimientos ultramarinos de comercio. La Europa que no se halla agitada por las violentas pasiones de la venganza, ambición y codicia, como la España, parece que estaba autorizada por todas las leyes de la equidad e ilustrada sobre sus bien entendidos intereses… / «La felonía con que Bonaparte -dice Vd.- prendió a Carlos IV y a Fernando VII, reyes de esta nación, que tres siglos aprisionó con traición a dos monarcas de la América meridional, es un acto muy manifiesto de la retribución divina, y al mismo tiempo una prueba de que Dios sostiene la justa causa de los americanos y les concederá su independencia». Parece que Vd. quiere aludir al monarca de México Montezuma, preso por Cortés y muerto, según Herrera, por él mismo, aunque Solís dice que por el pueblo; y a Atahualpa, Inca del Perú, destruido por Francisco Pizarro y Diego de Almagro. Existe tal diferencia entre la suerte de los reyes españoles y de los reyes americanos, que no admite comparación; los primeros son tratados con dignidad, conservados, y, al fin, recobran su libertad y trono; mientras que los últimos sufren tormentos inauditos y los vilipendios más vergonzosos. Si a Guatimozin, sucesor de Montezuma, se le trata como emperador y le ponen la corona, fue por irrisión y no por respeto; para que experimentase este escarnio antes que las torturas… / «Después de algunos meses -añade Vd.- he hecho muchas reflexiones sobre la situación de los americanos y sus esperanzas futuras; tomo grande interés en sus sucesos, pero me faltan muchos informes relativos a su estado actual y a lo que ellos aspiran; deseo infinitamente saber la política de cada provincia, como también su población, si desean repúblicas o monarquías, si formarán una gran república o una gran monarquía. Toda noticia de esta especie que Vd. pueda darme, o indicarme las fuentes a que debo ocurrir, la estimaré como un favor muy particular» … / Toda idea relativa al porvenir de este país me parece aventurada. ¿Se pudo prever cuando el género humano se hallaba en su infancia, rodeado de tanta incertidumbre, ignorancia y error, cuál sería el régimen que abrazaría para su conservación? ¿Quién se habría atrevido a decir: tal nación será república o monarquía, ésta será pequeña, ¿aquélla grande? … / Tan negativo era nuestro estado que no encuentro semejante en ninguna otra asociación civilizada, por más que recorro la serie de las edades y la política de todas las naciones. Pretender que un país tan felizmente constituido, extenso, rico y populoso, sea meramente pasivo, ¿no es un ultraje y una violación de los derechos de la humanidad? … / El Rey (Carlos V) se comprometió a no enajenar jamás las provincias americanas, como que a él no tocaba otra jurisdicción que la del alto dominio, siendo una especie de propiedad feudal la que allí tenían los conquistadores para sí y sus descendientes. Al mismo tiempo existen leyes expresas que favorecen casi exclusivamente a los naturales del país originarios de España en cuanto a los empleos civiles, eclesiásticos y de rentas. Por manera que, con una violación manifiesta de las leyes y de los pactos subsistentes, se han visto despojar aquellos naturales de la autoridad constitucional que les daba su código … / Cuando las águilas francesas sólo respetaron los muros de la ciudad de Cádiz, y con su vuelo arrollaron los frágiles gobiernos de la Península, entonces quedamos en la orfandad. Ya antes habíamos sido entregados a la merced de un usurpador extranjero; después, lisonjeados con la justicia que se nos debía y con esperanzas halagüeñas siempre burladas; por último, inciertos sobre nuestro destino futuro, y amenazados por la anarquía, a causa de la falta de un gobierno legítimo, justo y liberal, nos precipitamos en el caos de la revolución. En el primer momento sólo se cuidó de proveer a la seguridad interior, contra los enemigos que encerraba nuestro seno. Luego se extendió a la seguridad exterior; se establecieron autoridades que sustituimos a las que acabábamos de deponer, encargadas de dirigir el curso de nuestra revolución, y de aprovechar la coyuntura feliz en que nos fuese posible fundar un gobierno constitucional, digno del presente siglo y adecuado a nuestra situación. Todos los nuevos gobiernos marcaron sus primeros pasos con el establecimiento de juntas populares. Estas formaron en seguida reglamentos para la convocación de congresos que produjeron alteraciones importantes. Venezuela erigió un gobierno democrático y federal, declarando previamente los derechos del hombre, manteniendo el equilibrio de los poderes y estatuyendo leyes generales en favor de la libertad civil, de imprenta y otras; finalmente se constituyó un gobierno independiente. La Nueva Granada siguió con uniformidad los establecimientos políticos y cuantas reformas hizo Venezuela, poniendo por base fundamental de su constitución el sistema federal más exagerado que jamás existió; recientemente se ha mejorado con respecto al poder ejecutivo general, que ha obtenido cuantas atribuciones le corresponden. Según entiendo, Buenos Aires y Chile han seguido esta misma línea de operaciones; pero como nos hallamos a tanta distancia, los documentos son tan raros y las noticias tan inexactas, no me animaré ni aun a bosquejar el cuadro de sus transacciones. ... / Yo deseo más que otro alguno ver formar en América la más grande nación del mundo, menos por su extensión y riquezas que por su libertad y gloria. Aunque aspiro a la perfección del gobierno de mi patria, no puedo persuadirme que el Nuevo Mundo sea por el momento regido por una gran república; como es imposible, no me atrevo a desearlo, y menos deseo una monarquía universal de América, porque este proyecto, sin ser útil, es también imposible. Los abusos que actualmente existen no se reformarían y nuestra regeneración sería infructuosa. Los estados americanos han menester de los cuidados de gobiernos paternales que curen las llagas y las heridas del despotismo y la guerra. La metrópoli, por ejemplo, sería México, que es la única que puede serlo por su poder intrínseco, sin el cual no hay metrópoli. Supongamos que fuese el istmo de Panamá, punto céntrico para todos los extremos de este vasto continente, ¿no continuarían éstos en la languidez y aun en el desorden actual? Para que un solo gobierno dé vida, anime, ponga en acción todos los resortes de la prosperidad pública, corrija, ilustre y perfeccione al Nuevo Mundo, sería necesario que tuviese las facultades de un Dios, y cuando menos las luces y virtudes de todos los hombres. ... / Es una idea grandiosa pretender formar de todo el Mundo Nuevo una sola nación con un solo vínculo que ligue sus partes entre sí y con el todo. Ya que tiene un origen, una lengua, unas costumbres y una religión, debería, por consiguiente, tener un solo gobierno que confederase los diferentes estados que hayan de formarse; mas no es posible, porque climas remotos, situaciones diversas, intereses opuestos, caracteres desemejantes, dividen a la América. ¡Qué bello sería que el Istmo de Panamá fuese para nosotros lo que el de Corinto para los griegos! ... / Seguramente la unión es la que nos falta para completar la obra de nuestra regeneración. Sin embargo, nuestra división no es extraña, porque tal es el distintivo de las guerras civiles formadas generalmente entre dos partidos: conservadores y reformadores. Los primeros son, por lo común, más numerosos, porque el imperio de la costumbre produce el efecto de la obediencia a las potestades establecidas; los últimos son siempre menos numerosos, aunque más vehementes e ilustrados. De este modo la masa física se equilibra con la fuerza moral, y la contienda se prolonga siendo sus resultados muy inciertos. Por fortuna, entre nosotros, la masa ha seguido a la inteligencia (ellos y yo, el Libertador). ... / Yo diré a Vd. lo que puede ponernos en actitud de expulsar a los españoles y de fundar un gobierno libre: es la unión, ciertamente; mas esta unión no nos vendrá por prodigios divinos sino por efectos sensibles y esfuerzos bien dirigidos. La América está encontrada entre sí, porque se halla abandonada de todas las naciones, aislada en medio del universo, sin relaciones diplomáticas ni auxilios militares, y combatida por la España, que posee más elementos para la guerra que cuantos nosotros furtivamente podemos adquirir. Cuando los sucesos no están asegurados, cuando el estado es débil y cuando las empresas son remotas, todos los hombres vacilan, las opiniones se dividen, las pasiones las agitan y los enemigos las animan para triunfar por este fácil medio. Luego que seamos fuertes, bajo los auspicios de una nación liberal que nos preste su protección, se nos verá de acuerdo cultivar las virtudes y los talentos que conducen a la gloria; entonces seguiremos la marcha majestuosa hacia las grandes prosperidades a que está destinada la América meridional; entonces las ciencias y las artes que nacieron en el Oriente y han ilustrado la Europa volarán a Colombia libre, que las convidará con un asilo. Tales son, señor, las observaciones y pensamientos que tengo el honor de someter a Vd. para que los rectifique o deseche, según su mérito, suplicándole se persuada de que me he atrevido a   exponerlos, más por no ser descortés, que porque me crea capaz de ilustrar a Vd. en la materia. Soy de Vd. etc., etc., etc. BOLÍVAR"

¿Se creía Bolívar el discutido relato de Bartolomé de las Casas (1474-1566), socorrida base de multitud de insidias contra la España que ayudó a descubrir un Nuevo Mundo y, a la luz del Evangelio y a pesar de no pocas flaquezas de la condición humana, le ayudó a salir de la barbarie de forma muy diferente a las potencias colonialistas de los siglos XV, XVI y XVII? ¿Era verdad que la mayor parte del territorio americano "está cubierta de tinieblas y, por consecuencia, sólo se pueden ofrecer conjeturas más o menos aproximadas, sobre todo en lo relativo a la suerte futura, y a los verdaderos proyectos de los americanos"?

Además de éstas, son muchas más las preguntas que sugiere la **Carta de Jamaica** que, si algo tiene de platónica es que asimila los deseos con las improbables realidades sin contar con la necesidad de que la virtud cívica (el poder político como servicio) presida programas y actos de los gobernantes en todo momento y lugar.

General San Martín, 1822

G. Canning, Premier británico - 1824

Capítulo 12º

CONSTRUCCIÓN Y DESMORONAMIENTO DE LA GRAN COLOMBIA

El médico, escritor y político colombiano, don Alberto Pinzón Sánchez, en su reciente libro "Simón Bolívar, conductor político y militar de la guerra anticolonial" nos recuerda algo que ya hemos apuntado precedentemente: la creación de la Gran Colombia fue obsesión intelectual de Francisco de Miranda hasta convertirse en la razón de la propia vida de Simón Bolívar, sonado eco de aquel memorable juramento en el Monte Sacro de Roma el 15 de agosto de 1805 en presencia de Simón Rodríguez, su más estimado maestro:

"¡Juro delante de usted, juro por el Dios de mis padres, juro por ellos, juro por mi honor y juro por mi patria, que no daré descanso a mi brazo, ni reposo a mi alma, hasta que haya roto las cadenas que nos oprimen por voluntad del poder español!"

Alma de señor de la guerra o de infatigable conquistador sí que tenía el llamado Libertador de Venezuela. Quienes estudien a Bolívar como soldado, dice Gerhard Masur, pueden encontrarle cierto parecido con Atila o Gengis Kan. Lo que lo ponía por encima de los jinetes de las estepas, era la imagen de un Estado libre que llevaba en su corazón y que ahora planeaba revelar a su pueblo por primera vez. Las acciones y ambiciones de Bolívar presentaban una característica sobresaliente que no compartía con ningún otro genio de la historia: su exuberancia tropical, un entusiasmo dionisíaco que generalmente no tienen los estadistas. ¿Pero se había presentado alguna vez esa situación? ¿Quién otro pudo haber dado vida a un Estado sin tradición, sin leyes y sin normas? Jamás la idea de un Estado vio la luz bajo semejantes circunstancias.

Según leemos, Bolívar, que, siempre o casi siempre, se dejó guiar más por sus exaltados deseos que por las asequibles realidades, no era un militar profesional en el sentido literal de la palabra, y mucho menos un teórico de la estrategia. Sin embargo, la forma en que desarrolló sus diversas campañas militares y la terminología utilizada en su correspondencia sugieren que sus éxitos no pudieron deberse a casualidades afortunadas, y sí a lo aprendido en sus lecturas sobre cuestiones como el "orden oblicuo" de Federico II de Prusia, la formación y disciplina de las legiones romanas según los relatos de Tito Livio o las artimañas sugeridas por Maquiavelo sin dejar de ver en Napoleón al más destacado señor de la guerra de los tiempos modernos a la par que un ejemplo a seguir en sueños y vivencias de poder.

Así lo han visto quienes han puesto en paralelo las vidas y trayectorias guerreras de Napoleón y Bolívar, viendo en éste la ventaja de haber actuado en un terreno previamente abonado por los atropellos de aquel además de por las flaquezas de la Madre Patria, triste sombra de un fabuloso imperio que, desde un arrollador impulso durante el siglo XVI, entró en deprimente agonía a partir de la muerte de Felipe II (13 de septiembre de 1598), del cual es histórica la siguiente queja al Señor de los ejércitos: "Tú, que me has dado tantos reinos, me has negado un hijo capaz de regirlos".

Si los llamados "austrias menores" (Felipe III (1578-1621), Felipe IV (1605-1665) y Carlos II (1661-1700) no estuvieron a la altura de las circunstancias, la situación no mejoró con el cambio de dinastía, asistida por gobiernos que, más pendientes de los "ilustrados sectarismos de la modernidad" que de "dar a Dios lo que es de Dios y al César lo que es del César", descuidaron todo lo referente a mejorar lo mejorable hasta, ya en las postrimerías del siglo XVIII y principios del siglo XIX, llegar al fatal desgobierno del "calzonazos" Carlos IV (1748-1818), de su sedicioso hijo Fernando VII (1784-1833, el Rey Felón) y del mentecato Manuel Godoy (1767-1851), sarcásticamente titulado "Príncipe de la Paz", tres infames tiralevitas de "aquel genio de ambición", que pretendía hacer de Europa su propio pedestal, es decir, Napoleón I Bonaparte, el mismo al que Simón Bolívar dedicaba fervorosa devoción.

Por caprichos de la Historia, coincidieron los tiempos (de mayo a diciembre de 1815) en los que se apagaba la estrella de Napoleón Bonaparte y reaparecía la de Simón Bolívar, el cual, en su escapada de Nueva Granada, desde Cartagena de Indias llegó a Jamaica, colonia británica, el 8 de mayo de 1815. Es el 18 de junio del mismo año, la fecha de la batalla de Waterloo culminada con la decisiva derrota del Corso, que es apresado y conducido hasta la lejana isla de Santa Elena (Atlántico Sur) en donde fallece el 5 de mayo de 1821. Fue el 2 de junio de ese 1821 cuando se dio la acción guerrera decisiva para la independencia de Venezuela: la Batalla de Carabobo que le facilitó a Bolívar entrar victorioso en su Caracas.

****

Bolívar había venido a Jamaica y fijado su residencia en Kingston, la capital, con la abierta intención de recabar ayuda militar y financiera por parte de las autoridades británicas para reemprender el grandioso proyecto de hacerse con toda la América hispana bajo el protectorado de la Corona Británica, tal como hemos apuntado en el precedente capítulo y él mismo puso en claro con su citada Carta de Jamaica (6 de septiembre). Durante agobiantes meses, buenas palabras, pero nada de hechos concretos, espera en vano distrayendo su tiempo en algún que otro devaneo sentimental. Se dice que, gracias a uno de ellos, salvó la vida.

El caso fue que, en la noche del 10 de diciembre de 1815, a horas en la que, habitualmente, la gente duerme en su domicilio, un liberto, conocido como el negro Pío, sobornado con dos mil pesos por no se sabe quién para asesinar a Bolívar, en lugar de éste, apuñala al capitán Félix Amestoy Muñoz, el cual, según leemos, había venido a recibir órdenes y, viendo que su jefe y amigo pasaría largas horas con la amante de turno, se tomó la libertad de echarse a dormir en la hamaca que solía utilizar Bolívar.

Sin pruebas fehacientes al respecto (ya Bolívar tenía múltiples enemigos y rivales de diversa índole, se dijo que la orden de ejecución había partido de Salvador de Moxó (1780-1818), Gobernador Capitán

General de Venezuela, y que el ejecutor (ahorcado el 23 de diciembre del mismo año) había contado con la colaboración un estadounidense, un español y un polaco.

Ante la evidencia de la escasa empatía de las autoridades británicas y de que Jamaica no era el lugar adecuado para evitar sobresaltos, Bolívar decide trasladarse a la República de Haití, mitad de la parte de la isla de Santo Domingo (la antigua San Salvador o la "Española") independizada de Francia en 1803 y que, entonces, era gobernada por el general Alexander Petion (1770-1818), moderado dirigente con la categoría de Presidente-Dictador vitalicio de la parte sur mientras que la parte norte de Haití, convertida en reino en 1811, dependía de Henri Christophe (1767-1820), auto titulado Henri Premier de Haití.

Ya en los Cayos Haitianos, Bolívar se reúne con el capitán Luis Brion (1782-1821), incondicional compañero de venturas y desventuras desde 1813 y entonces poseedor de varios barcos medianamente equipados para eventuales enfrentamientos o desembarcos. A finales de diciembre de 1815, Bolívar y Brión se acercan a Puerto Príncipe para una visita de cortesía al general Petion, el cual, desde el primer momento, les ofreció apoyo militar y personal a la causa de la independencia americana a cambio de que Bolívar decretara en el continente la abolición de la esclavitud, condición que Bolívar aceptó con muestras de cordial convicción.

Tras esa positiva entrevista Bolívar se estableció en Los Cayos, al sur de la isla. Ahí supo de la presencia de muchos líderes republicanos que habían llegado buscando refugio ante los avances del general realista Pablo Morillo (1775-1837) no sin seguir dispuestos a reanudar la lucha tras una elemental confluencia de voluntades y medios. Todos en círculo con Bolívar como organizador, se inició la primera reunión con un discurso del Libertador que hizo valer la necesidad de un gobierno y poder concentrados en una sola persona en oposición a unos pocos de los reunidos, para los cuales debía haber una jefatura colegiada con tres o cinco miembros. Pero Brión fue terminante, no pondría su escuadra al mando de un supuesto desgobierno que llevaría la expedición al fracaso. Los agravios e injurias proferidas por los líderes republicanos terminaron en desafíos a duelo que no se concretaron, pero que dañaron gravemente la unidad.

Al fin, el 31 de marzo de 1816, salió de Los Cayos la nueva expedición para la liberación de Venezuela. Pero los conflictos personales no terminaron en Los Cayos. Se había permitido la presencia de las parejas de la oficialidad en los buques, pero Bolívar se fue al extremo y atrasó cuatro días la expedición para que pudiese embarcarse su querida Josefina Machado. Esto causó desconcierto e indignación en los demás caudillos y la burla del grueso de la tripulación. Como Josefina llegaría a bordo del buque Constitución, los marineros decían que Bolívar estaba a la espera de la Constitución. No estaban muy lejos de lo cierto, él no se doblaba ante nada ni nadie, a menos que se tratase de una mujer hermosa.

Siguiendo al historiador franco alemán Gerhard Masur, vemos que en conjunto, la fuerza expedicionaria de Bolívar se componía de 250 hombres escasos, que en su mayoría eran oficiales. Para muchos la travesía parecía como un viaje por mar con Don Quijote y existían dudas graves en cuanto al éxito de tan temeraria empresa. Bolívar portaba armas para seis mil hombres. También llevaba consigo una imprenta, pues esperaba levantar la población esclavizada mediante la distribución de folletos.

Los barcos eran pequeños y ni siquiera numerosos; seis goletas y una balandra constituían toda la flota, que apenas excedía en su conjunto las mil toneladas. Bolívar tenía que sortear los buques de guerra que guardaba Puerto Rico. Si embargo encontró tiempo y oportunidad para embarcar a la mujer de su corazón, Josefina Machado. Esta acción demoró considerablemente el viaje, Brion se vio obligado a realizar en treinta días un recorrido que tomaba por lo general diez. El 2 de mayo los patriotas llegaron a aguas venezolanas.

Uno de los testigos principales de los acontecimientos, el general Soublette nos ha dejado estas palabras ambiguas: "En estos hechos entró en juego el amor... Marco Antonio, haciendo caso omiso al peligro en que se encontraba, perdió un tiempo precioso al lado de Cleopatra."

Durante tres días su barco se vio envuelto en una terrible tormenta y al fin buscó refugio en Port au Prince, que había dejado seis meses atrás. Por segunda vez tuvo que pedir ayuda a Pétion. Pétion seguía siendo un amigo fiel. Tuvo confianza instintiva en que el Libertador no fracasaría por segunda vez y ofreció de nuevo su colaboración. No obstante Bolívar se sintió amargamente humillado.

"Cuando un hombre es desgraciado —escribió entonces— nunca tiene razón. No es sorprendente que yo también esté sujeto a esta ley universal."

El 21 de diciembre de 1816 puso rumbo, una vez más, hacia Venezuela. El hecho de que perdonase no implicaba necesariamente que hubiese olvidado. Su axioma de que "el arte de la victoria sólo se aprende por medio de la derrota" le ayudó a disipar las tinieblas del año 1816. Las experiencias desgraciadas adquiridas en su vida errante fueron tanto militares como políticas. El desastre de Ocumare había enseñado a Bolívar que cualquier ataque a la costa norte de Venezuela siempre estaría cerca de constituir un suicidio militar. La captura de Caracas sólo podía ser el fin —jamás el principio— de una campaña victoriosa.

A fines de diciembre de 1816, en la isla Margarita, Bolívar tocó una vez más al suelo de Venezuela. Pero no permaneció allí mucho tiempo, pues abierto el camino hacia el continente. Se habían producido grandes acontecimientos mientras se encontraba refugiado en Haití. La rebelión en la Isla Margarita había continuado durante todo el año, y los rivales de Bolívar —Mariño, Bermúdez y Piar— no habían permanecido ociosos.

Habían logrado que la península de Paria, que sobresale en la costa oriental, cayese en su poder. Desde esta ventajosa posición hostigaron a las tropas realistas en la provincia de Cumaná. El pequeño cuerpo expedicionario que Bolívar había dejado atrás cuando huyó de Ocumare, había destruido por completo los planes de los gobernantes coloniales Por ello, Piar se había visto obligado a dejar al enemigo a sus espaldas y a adentrarse en la provincia de Guayana, tuvo más suerte al adoptar esta decisión. Sus objetivos eran ahora las "misiones". Eran éstas extensiones de territorio que en la época de la Colonia habían sido asignadas a los monjes capuchinos para su cultivo. Habían fundado nada menos que diecinueve.

Además, estaba Piar. ¿Se conformaría ante el hecho de que otro hombre completase la obra por él iniciada? Bolívar le otorgó el mando de los distritos misioneros. Estas tierras constituían depósitos para el abastecimiento de las tropas y su posesión era de vital importancia, pero las condiciones allí reinantes eran intrincadas. Incluso desde la cárcel los monjes capuchinos se erigieron en una amenaza y Bolívar ordenó que se les enviase a un rincón apartado del interior. A raíz de un error que nunca ha sido explicado con claridad, fueron fusilados. Se trataba de veintidós religiosos, y el recuerdo de esta atrocidad es todavía una mácula para la conducta republicana durante la guerra. Esa noche, mientras los demás estaban todavía dominados por el terror, Bolívar echó a hablar de repente. "Libertaré a Nueva Granada y después al Ecuador. Iré al Perú y enarbolaré la bandera de la resurrección sobre las torrecillas de Potosí."

Cuando Bolívar penetró en el teatro de la guerra que Piar consideraba de su dominio privado, el conflicto se agudizó. La razón fue la habitual: la lucha por el rango y la superioridad. También contaba la importancia de la región misionera. Un ministro de Caracas, de apellido Blanco, había sido comisionado para que la inspeccionara. Piar consideró esta designación como una intromisión en sus derechos y saboteó todas las medidas tomadas por Blanco. Bolívar se indignó por esta insubordinación, pero tuvo el buen tino de pasarla por alto durante el desarrollo de la campaña. Rogó a Blanco que se sometiese voluntariamente a Piar y le escribió: "Querido amigo, le suplico que sufra en silencio, como estamos haciendo todos para el bien de nuestra patria."

Piar había huido hacia las provincias orientales. Existían razones para temer que se uniría a Mariño. Pero lo que lo hacía más peligroso aún era su odio a la raza blanca. Insistía en que era víctima de la casta blanca. Bajó la cabeza, dudó por un momento, y huyó a los bosques próximos. Pero no logró escapar a los jinetes de Sedeño.

La noche del 2 de octubre fue conducido al campamento de Angostura. Exigió ver a Bolívar, pero no le fue concedido su requerimiento. En vez de ello, se reunió de inmediato el consejo de guerra. La acusación se basó en la deserción, la insurrección y la traición. Al seleccionar los jueces, Bolívar trató de guardar las apariencias de imparcialidad. Él mismo no participó en el caso, pero tampoco era necesario. Las faltas de Piar fueron corroboradas por todos los testigos. El veredicto del consejo de guerra fue la degradación y la muerte.

La sentencia fue elevada a Bolívar. este objetó la perdida de los galones, pero confirmó el veredicto de culpabilidad, equivalente a la pena de muerte por fusilamiento. Incluso sus confidentes se sintieron sorprendidos. Le recordaron los méritos de Piar, con la vana esperanza de suavizar la sentencia. Temían un levantamiento de los oficiales o un motín entre los soldados el día de la ejecución. Pero Bolívar se mantuvo inflexible y ordenó el cumplimiento de la sentencia.

****

Sin otros medios que la persuasión, Bolívar se había ganado a no pocos hombres que, en principio, le seguían ciegamente hasta la muerte. En realidad, había sólo uno a quien Bolívar había esquivado y de cuya aprobación dependía todo: Antonio José Páez (1790-1873), un rudo y fuerte militar blanco que presumía de haber pasado su primera juventud como esclavo de Manuelote, el fornido y severo esclavo negro, que hacía de capataz del rico hacendado Manuel Pulido.

Fue aquella una situación en la que aprendió cumplidamente todo lo que, según relata él mismo, el buen llanero debe saber: ojear el ganado, medirse en el rodeo, armar la yunta, herrar, enlazar, colear. Para todo ello tuvo que aprender a montar de forma tal que su cuerpo se fusionara con la bestia hasta parecer un centauro. "Imagínese el lector cuán duro debía ser el aprendizaje de semejante vida (diría Páez en su autobiografía), que sólo podía resistir el hombre de robusta complexión o que se había acostumbrado desde muy joven. [...] Mi cuerpo, a fuerza de golpes, se volvió de hierro, y mi alma adquirió, con las adversidades en los primeros años, ese temple que la educación más esmerada difícilmente habría podido darle."

Según leemos en una de sus biografías, Páez había llegado a la hacienda como perseguido por haber asesinado a un hombre que había insultado a su madre, una buena mujer que hacía lo posible por sacar adelante a sus siete hijos, y tuvo la desgracia (o suerte) de que su superior fuese un gigantesco negro, que experimentaba un placer especial en atormentarlo. Páez era blanco. Sus ojos tenían el color indefinido de un animal de rapiña. Su cabello era castaño y ligeramente ondulado; su nariz recta, con anchas fosas. Todo delataba su ascendencia europea. El negro lo odiaba por esto y le hizo montar garañones a pelo; le ordenaba transportar ganado a través de impetuosas corrientes y, al caer la noche, el joven Antonio era obligado a lavar los pies del negro, y hamacarlo hasta que caía dormido. Páez sufrió las mayores humillaciones y en esta escuela se hizo un hombre de los llanos. Criado en medio de privaciones, habituado a la lluvia, al sol y a las sabandijas y desconocedor las comodidades de la vida de ciudad, desarrolló el estoicismo de un beduino. Estaba destinado a convertirse en el jefe de los jinetes de los llanos. Llevaba la vida de los pastores. Incluso cuando llegó a general, no aprendió a usar cuchillo y tenedor.

Páez era un entusiasta de los sangrientos juegos de los llaneros y comprendía su avaricia, pues había sido tan pobre como ellos; los dejaba saquear y robar hasta satisfacer sus ansias. Cuando llegó a presidente de la **Tercera República Venezolana**, siguió actuando del mismo modo. Su inteligencia era limitada, pero tremenda su fuerza física; era capaz de abatir al más violento de los llaneros. Lo llamaban tío Antonio; charlaba con ellos y participaba en sus juegos. Su coraje tenía una característica peculiar. En sus relaciones con la gente se mostraba cauto y desconfiado, especialmente cuando trataba con personas de cultura superior a la suya, pero durante la batalla se comportaba como un tigre. No conocía el peligro, porque, como Nelson, jamás había sentido miedo. El combate le producía una especie de intoxicación de sangre; se vanagloriaba de haber matado con su propia mano a más de setenta hombres.

En verdad la aparición de este hombre en el movimiento de emancipación sudamericana constituye un fenómeno extraordinario, pronto convertido en el apoyo populista que Bolívar necesitaba: un colaborador, siete años más joven que él, en el cual ve la índole especial del continente, sus primordiales fuerzas telúricas, mientras que él, El Libertador, era un ser que necesitaba el concurso del mundo entero para no ver eclipsada su estrella.

Para hacernos una idea sobre el estado de ánimo del Libertador por aquel entonces, bueno será recordar de nuevo a don Salvador de Madariaga, para el cual Bolívar sintió una turbadora desazón cuando, entre otros eventos, "desde Angostura, Bolívar ve surgir sobre los Andes la estrella de San Martín".

Mientras Bolívar era rápido y hablador, dice nuestro admirado historiador, San Martín era silencioso y lento. Aprovechando una enfermedad, quizá fingida, pero al parecer real, dimitió el mando de las Provincias Unidas y obtuvo el cargo de Gobernador e Intendente de la Provincia de Cuyo, al pie oriental de los Andes. Recluido en la rica ciudad de Mendoza, se dedicó a trabajar en silencio, para preparar la tarea que se había asignado. Una rivalidad con Alvear, brillante soldado político, estuvo a punto de echar por tierra sus bien meditados planes: Alvear lo destituyó al encargarse del poder. Pero San Martín resultó demasiado zorro para su rival, y la ciudad y el Cabildo de Mendoza, bajo su eficaz y discreta dirección, organizaron una protesta tan «espontánea» que Alvear tuvo que reinstalarlo en el mando de la provincia. San Martín continuó trabajando con paso lento y seguro. Mediante una administración civil tan eficaz, sabia y desinteresada como exigente y despiadada, amplió su autoridad moral; pero, año tras año, consagró su mayor y mejor atención a los asuntos militares. Todo lo veía; y sin fiarse de los políticos de Buenos Aires organizó bajo su propio mando fábricas de tejidos, de conservas, de armamentos y hasta fundiciones, que confió a un fraile trabucaire. Dos sucesos vinieron a favorecerle: la guerra civil entre dos grupos rivales de Chile le proporcionó un pretexto para entrar en Chile, así como un contingente de tropas auxiliares chilenas; y el calidoscopio político de Buenos Aires trajo al poder a Juan Martín de Pueyrredón, amigo suyo muy de acuerdo con sus ideas.

Por entonces, también preocupaba a Bolívar el peligro de «la expedición hispano-rusa». El 13 de julio de 1818, al día siguiente de la llegada de Brion a Angostura con 7.000 fusiles, le escribía a Arismendi, entonces Gobernador de Margarita, que López Méndez confirmaba la noticia de estarse organizando tal expedición. Bolívar ordenaba a Arismendi, si bien con sumo tacto, que evacuara la Isla con todos sus habitantes, si no estaba seguro de poder resistir. Argüía ser mejor no exponer la Isla a una lucha desigual y retirarse a Tierra Firme para organizar la reconquista; pero es posible que esta evacuación se le ocurriera por otras razones.

****

Tras la larga y cruel sucesión de alianzas estratégicas, enconados enfrentamientos civiles, implacables represalias, batalla tras batalla con el tilde de victoria o derrota y sus consecuentes asentamientos y retiradas, llegado 1819, Bolívar puede considerar que está a medio camino de hacer realidad el sueño de la Gran Colombia, a pesar de sentirse un tanto desbordado el genio militar del general Pablo Morillo, que, además de un aguerrido contingente realista, incorpora a su ejército a no pocos indígenas y, también, a criollos que siguen sintiéndose tan españoles como americanos, con lo que ha logrado reconquistar buena parte del terreno anteriormente perdido. Se llega así a una situación de vigilante espera en la que, aparentemente, Bolívar parece no ir más allá de mantenerse a la defensiva. Pero sí que prepara e inaugura el llamado "Congreso de Angostura", en el que hará valer su teoría del "supremo jefe democrático" sobre los territorios de la antigua Capitanía General de Venezuela y el virreinato de Nueva Granada con el nombre de República de Colonia o, coloquialmente, Gran Colombia.

Fue inaugurado 15 de febrero de 1819 y prolongó sus sesiones hasta el 20 de enero de 1820 y de forma extraordinaria hasta el 31 de julio de 1821, en ausencia de Bolívar la mayor parte del tiempo, pero sí que compuesto y dirigido por un elenco de personajes con probada vocación independentista y republicana de corte vertical (oligárquico). Como base de una futura Constitución cabe destacar las siguientes disposiciones:

* Se crea la República de Colombia, que será gobernada por un presidente asistido por un vicepresidente que suplirá al presidente en su ausencia.

* La República de Colombia quedó organizada en tres Departamentos: Cundinamarca, Quito y Venezuela, con sus respectivas capitales las ciudades de Bogotá, Quito y Caracas. Vale aclarar que la Nueva Granada fue renombrada Cundinamarca y su capital, Santa Fe, renombrada Bogotá.

* Los gobernadores de los tres Departamentos también se llamarían vicepresidentes. La capital de esa Colombia sería una nueva ciudad que llevaría el nombre del Libertador Bolívar, cuya ubicación debía ser determinada posteriormente (Artículo 7).

* A Bolívar se le da el título de "Libertador" y su retrato se expondrá en el salón de sesiones del Congreso con el lema "Bolívar, Libertador de Colombia y Padre de la Patria".

* El presidente y vicepresidente se elegirían con voto indirecto, pero a los efectos de contar desde el principio con las debidas responsabilidades, el Congreso designo a Simón Bolívar para la Presidencia y a Francisco de Paula Santander para la Vicepresidencia.

En agosto, Bolívar en su tarea libertadora, partió hacia la Nueva Granada y dejó a cargo de la presidencia a Santander; mientras que Francisco Antonio Zea fue designado vicepresidente encargado y presidente del Congreso.

Sobre El Libertador, que nunca como entonces se sintió más dueño de sí, es de lugar recordar la siguiente imagen:

"Según el general francoalemán H.L.V. Ducoudray Holstein, Simón Bolívar no tenía en su aspecto nada extraordinario ni imponente: flaco, bajito (1,62 metros), de cara larga, mejillas huecas, color de piel "bronceado amoratado", ojos hundidos y no muy grandes. Parecía un hombre de 65 años cuando apenas había llegado a los 31. Se cansaba muy pronto, por eso, después de media hora en un sitio, regresaba a su lugar favorito: la hamaca. Usaba bigotes grandes, lo que le daba un aspecto marcial y oscuro, especialmente cuando se enfurecía. Entonces, sus ojos se volvían animados, gesticulaba y hablaba como un loco, amenazando con dispararle a todo aquel con quien estuviera molesto; caminaba rápido a través de su habitación o se tiraba a su hamaca; luego se levantaba de un salto, ordenando a la gente salir de su presencia; frecuentemente los arrestaba". (Bolívar, S. de Madariaga)

****

Bolívar decidió organizar la liberación de Nueva Granada, y con tal fin escogió como colaborador esencial a Don Francisco de Paula Santander (1792-1840), joven Coronel granadino de veintisiete años, el mismo que había perdido el mando en jefe de las tropas de occidente por una audaz maniobra de Páez. Santander se había pasado al bando de Bolívar. Bolívar, siempre cauto, aun dándole el poder en Casanare, puso a su lado a uno de sus hombres de confianza, Justo Briceño. «Únase Ud. Briceño, estrechamente con él», escribe significativamente. Pero todavía no manifiesta Bolívar más que una cierta querencia a ponerse en persona a la cabeza de una expedición que le ha de dar más tarde tanta gloria militar:

«Yo volvería gustoso a tener la gloria de conducir ese ejército, si el interés mismo de ambas repúblicas no exigiese necesariamente mi presencia aquí, siendo este el punto de donde deben partir todas las operaciones, todos los elementos, armas y municiones de guerra, a las divisiones que obran en diferentes lugares, y, sobre todo, hasta esperar el resultado que necesariamente deben tener los intereses de la Europa con los de América. Este resultado aparecerá muy pronto. El día de América ha llegado».

En este punto, seguimos a Barletta para recordar que, como en todas sus estrategias, Bolívar pecaba de asumir demasiados riesgos y su ejecución era precipitada, empujada por su insostenible impaciencia. Bolívar ideó la invasión de Nueva Granada mediante la toma por sorpresa de los ejércitos realistas, pero la única forma de lograr su cometido era nada menos que atravesar la cordillera de los Andes. El 27 de mayo de 1819, un ejército de 2500 hombres al mando de Bolívar inició la increíble campaña, atravesando con los cuerpos sumergidos hasta la cintura los ríos que bajaban torrentosos desde los Andes. El terror se reflejaba en los rostros de los soldados cuando sentían entre sus piernas a los voraces peces caribe, que buscaban el menor rastro de sangre humana para devorarlos. Para complicar más la situación, los hombres eran en su mayoría llaneros acostumbrados al sol abrasador, pero no a las gélidas cumbres y al mal de altura de las montañas. Había pensado en acceder al punto menos defendido por las guarniciones españolas al otro lado de la cordillera, lo que equivalía a cruzar la ciclópea mole de roca por el paso de Pisba, a 4.000 metros de altitud. Esa ruta se considera intransitable en invierno, pero el 22 de junio iniciaron la subida. El terreno era rocoso y quebrado, pelado de vegetación en medio de enormes bloques de granito y profundos abismos que se abrían como gargantas ante ellos. La brisa helada, el sol y la bruma afectaron y se llevaron la vida de muchos de aquellos hombres indómitos, casi desnudos y mal alimentados. Las mujeres, que acompañaban a sus amantes o esposos, atendían a los enfermos; una de ellas incluso dio a luz y se sumó al día siguiente a la expedición con el recién nacido en sus brazos.

Considerada como hazaña estratégica, la campaña de 1819 fue extraordinaria. Indudablemente Bolívar aprendió de Napoleón. Las tres máximas de Napoleón las tomó como propias: destrucción del ejército enemigo, captura de la capital, conquista del país. Separadamente, las acciones de 1819 no pueden ser presentadas como grandes batallas, pero el plan en conjunto era extraordinario. Como Bolívar sabía que era inferior a sus oponentes en número y equipos, debió operar por sorpresa y engaños para compensar estas debilidades. La campaña de 1819 es la historia de tres estratagemas. Cada una de ellas acercaba más a los españoles por destrucción, hasta que, al fin, el 7 de agosto, cayeron en una trampa, que cambió la Historia de Nueva Granada.

Cuando el avezado general en jefe Pablo Morillo, tuvo noticia del desastre sufrido, despachó hacia la Península, acuciantes mensajes de solicitud de ayuda con comentarios del siguiente cariz: "En un sólo día Bolívar, destruye los frutos de una campaña de cinco años, y en una batalla reconquista todo lo que habíamos ganado en innumerables encuentros".

De los tres mil hombres del ejército realista, mil seiscientos fueron tomados prisioneros. Entre ellos estaba Barreiro y su estado mayor. Todo el equipo de los españoles cayó en manos de los patriotas. El propio Bolívar persiguió al resto del ejército que huía. La campaña por la liberación de la Nueva Granada terminó con el encuentro de Boyacá. En Sudamérica todavía hablan de la Batalla de Boyacá y la celebran el 7 de agosto de cada año, tres días antes de la fecha en la que Bolívar saboreó el triunfo por las calles de Santa Fe de Bogotá para, unas semanas más tarde, regresar a las sesiones del Congreso de Angostura, en cuyo parlamento se presentó el 14 de diciembre de ese mismo año.

A poco de haberse alejado Bolívar, aunque tenía órdenes en contrario y, sino el espíritu cristiano, al menos, la posibilidad de un canje de prisioneros aconsejaba respetar las vidas de los vencidos, Santander ordenó la ejecución de treinta y ocho oficiales españoles y de su jefe, Barreiro. Fueron llevados a la plaza pública encadenados, allí fueron fusilados por la espalda. Santander observó las ejecuciones desde la puerta del Palacio de gobierno, pero su placer en el espectáculo sangriento disminuyó ante la conducta varonil y digna de Barreiro. Más tarde, cuando Bolívar pidió explicaciones, Santander aseguró que los oficiales habían constituido una quinta columna dentro de la República, pero no pudo presentar ninguna prueba de su acusación, y la única razón que puede explicar este hecho es su deseo de venganza, incluso entre hermanos de filiación masónica. Al respecto, leemos en Wikipedia:

> "Santander ordenó fusilar en la Plaza mayor al general español José María Barreiro con 37 compañeros. Barreiro le envió a Santander su diploma e insignias de masón de alto grado creyendo que era hermano, pero el general neogranadino solamente respondió: "¡La patria por encima de la masonería!". Resultan extrañas estas afirmaciones, porque Santander era masón, sin embargo, renunció a las logias masónicas y en un artículo en "el Patriota" en 1823 Santander aseguró que "El

hombre es primero ciudadano que masón, y como ciudadano tiene deberes muy estrictos y sagrados con la sociedad, y la autoridad temporal debe prohibir la sociedad de los francmasones si ésta, en lugar del compromiso a que se obliga de favorecerse y dar ayuda a sus hermanos, puede impedir la observancia de las leyes".

****

En la mañana del 17 de diciembre de 1819, el parlamento reunido en Angostura consolidó, mediante el apropiado documento, la unión de Nueva Granada y Venezuela bajo el nombre de Gran República de Colombia, cuyo territorio habría de comprender el de Venezuela, la Nueva Granada (incluido Panamá) y luego el Ecuador. A la tarde hubo una sesión extraordinaria a la que concurrió Bolívar. Y leyó el documento con voz solemne, besó el pergamino y después lo firmó. Todos los delegados hicieron lo mismo. Entonces Zea se puso de pie y anunció: ¡La República de Colombia ha sido fundada!". Inmediatamente después, procedieron a elegir al presidente. Nadie que no fuera Bolívar podía haber presidido el nuevo Estado, y el Parlamento lo votó para la presidencia unánimemente. Su representante debía ser de Nueva Granada , y la elección recayó sobre Zea. Que Bolívar pudiera hacer nombrar por segunda vez a Zea, prueba lo completo de un triunfo, que glosó de la siguiente manera:

"Al entrar en este augusto recinto, mi primer sentimiento es de gratitud por el honor infinito que se ha dignado dispensarme cl Congreso permitiéndome volver a ocupar esta silla, que no ha un año cedí al presidente de los representantes del pueblo. Cuando inmerecidamente y contra mis más fuertes sentimientos, fui encargado del poder ejecutivo, al principio de este año, representé al cuerpo soberano que mi profesión, mi carácter y mis talentos eran incompatibles con las funciones de magistrado; así, desprendido de estos deberes dejé su cumplimiento al vicepresidente, y únicamente tomé sobre mí el encargo de dirigir la guerra. Marché luego al ejército de Occidente, a cuyo frente se hallaba el general Morillo con fuerzas superiores. Nada habría sido más aventurado que dar una batalla en circunstancias en que la capital de Caracas debía ser ocupada por las tropas expedicionarias últimamente venidas de Europa, y en momentos en que esperábamos nuevos auxilios. El general Morillo, al aproximarse el invierno, abandonó las llanuras del Apure, y juzgué que más ventajas produciría a la República la libertad de la Nueva Granada que completar la de Venezuela. Sería demasiado prolijo detallar al Congreso los esfuerzos que tuvieron que hacer las tropas del ejército libertador para conseguir la empresa que nos propusimos. El invierno en llanuras anegadizas, las cimas heladas de los Andes, la súbita mutación de clima, un triple ejército aguerrido, y en posesión de las localidades más militares de la América meridional, y otros muchos obstáculos tuvimos que superar en Paya, Gámeza, Vargas, Boyacá y Popayán para libertar en menos de tres meses doce provincias de la Nueva Granada. Yo recomiendo a la soberanía nacional el mérito de estos grandes servicios por parte de mis esforzados compañeros de armas, que con una constancia sin ejemplo padecieron privaciones mortales, y con un valor sin igual en los anales de Venezuela, vencieron y tomaron el ejército del Rey. Pero no es sólo al ejército libertador a quien debemos las ventajas adquiridas. El pueblo de la Nueva Granada se ha mostrado digno de ser libre. Su eficaz cooperación reparó nuestras pérdidas y aumentó nuestras fuerzas. El delirio que produce una pasión desenfrenada es menos ardiente que el que ha sentido la Nueva Granada al recobrar su libertad. Este pueblo generoso ha ofrecido todos sus bienes y todas sus vidas en las aras de la patria, ofrendas tanto más meritorias cuanto que son espontáneas. Sí, la unánime determinación de morir libres y de no vivir esclavos ha dado a la Nueva Granada un derecho a nuestra admiración y respeto. Su anhelo por la reunión de sus provincias a las provincias de Venezuela es también unánime. Los granadinos están íntimamente penetrados de la inmensa ventaja que resulta a uno y otro pueblo de la creación de una nueva República, compuesta de estas dos naciones. La reunión de la Nueva Granada y Venezuela es el objeto único que me he propuesto desde mis primeras armas: es el voto de los ciudadanos de ambos países y es la garantía de la libertad de la América del Sur".

"¡Legisladores! El tiempo de dar una base fija y eterna a nuestra República ha llegado. A vuestra sabiduría pertenece decretar este grande acto social y establecer los principios del pacto sobre los cuales va a fundarse esta vasta República. Proclamadla a la faz del mundo y mis servicios quedarán recompensados". SIMÓN BOLÍVAR

Vemos que el Libertador terminó un año de éxitos con un último triunfo, que fue tal vez el más importante de su carrera. Un futuro nacional de grandeza, que sólo podía materializarse en la naciente República Colombiana se erguía ante sus ojos. "En diez años de conflicto y de esfuerzo increíble —escribía a Santander—, en diez años de sufrimientos que casi sobrepasaron la resistencia humana, hemos aprendido a conocer la indiferencia con la que Europa toda y hasta nuestros hermanos del Norte observaron nuestro exterminio. Una de las razones de esta indiferencia fue la multiplicidad de soberanías. La falta de unidad y consolidación, la falta de entendimiento y armonía, sobre todo la falta de importancia es la verdadera causa del poco interés que nuestros vecinos y los europeos demostraron por nuestra suerte." "La nueva República tiene recursos e inspirará confianza a los extranjeros —agregó—. Encontrará aliados y con ellos establecerá la libertad para siempre. Colombia tendrá una importancia que Venezuela y Nueva Granada nunca hubieran alcanzado separadas.

****

Mucho se ha escrito sobre la falta de la adecuada respuesta de la Metrópoli al progresivo desmembramiento de los "reinos y provincias de Ultramar". Al respecto, no falta quien sugiere el que, conscientemente o no, los caudillos independentistas, Bolívar incluido, contaban con la colaboración de los "hermanos" de las sociedades secretas, algunas de ellas ubicadas en la Madre Patria. No se comprende, sino, porqué, desde aquí, se hizo tan poco o nada, por reforzar la presencia española en el Continente, tal como requerían las circunstancias y suplicaba más que pedía el general Pablo Morillo. Don Marcelino Menéndez y Pelayo nos da su explicación:

«Los hermanos de 1819 -escribe Alcalá Galiano- teníamos bastante de fraternal en nuestro modo de considerarnos y tratarnos. El común peligro, así como el común empeño en una tarea que veíamos trabajosa y divisábamos en nuestra ilusión [745] como gloriosísima..., nos unía con estrechos lazos, que, por otro lado, eran sobremanera agradables, porque contribuían en mucho al buen pasar de la vida. Así es que al poner el pie en Sevilla, donde yo había parado poco tiempo, me encontré rodeado de numerosos amigos íntimos, a los más de los cuales sólo había hablado una o dos veces en época anterior, cuando a otros veía entonces por vez primera. Al momento fui informado de que en Cádiz estaba todo preparado para un levantamiento». Antes de él habían estallado sucesivamente, y sin fruto, hasta trece conspiraciones, de mayor o menor entidad, entre las cuales merecen especial recuerdo la tentativa de Mina, en 1814, para apoderarse de la ciudadela de Pamplona; la de Porlier, en La Coruña, en septiembre de 1815; la de Lacy, en Cataluña, en 1817; la de Vidal, en Valencia, en 1819, y el conato de regicidio de Richard, abominable trama, cuyos cómplices habían sido iniciados por el sistema masónico del triángulo. La efusión de sangre con que tales intentonas fueron reprimidas y castigadas contribuyó a encender más y más la saña y encarnizamiento de los vencidos liberales; y de nada sirvieron las veleidades de clemencia en el Gobierno ni el decreto de 26 de enero de 1816, que declaró abolidas las comisiones militares, prohibió las denominaciones de liberales y serviles y mandó cerrar en el término de seis meses todas las causas políticas. La clemencia pareció debilidad o miedo; la dureza, tiranía o ferocidad, y fue haciéndose lucha de razas lo que en otro país hubiera sido lucha de partidos. Un motín militar vergonzoso e incalificable, digno de ponerse al lado de la deserción de D. Opas y de los hijos de Witiza, vino a dar, aunque no rápida ni inmediatamente, el triunfo a los revolucionarios. La logia de Cádiz, poderosamente secundada por el oro de los insurrectos americanos y aun de los ingleses y de los judíos gibraltareños, relajó la disciplina en el ejército destinado a América, introduciendo una sociedad en cada regimiento; halagó todas las malas pasiones de codicia, ambición y miedo que pueden hervir en muchedumbres militares, prometió en abundancia grados y honores, además de la infame seguridad que les daría el no pasar a combatir al Nuevo Mundo, y de esta suerte, en medio de la apática indiferencia de nuestro pueblo, que vio caminar a Riego desde Algeciras a Córdoba sin que un solo hombre se le uniese en el camino, estalló y triunfó el grito revolucionario de Las Cabezas de San

Juan, entronizando de nuevo aquel abstracto código, ni solicitado ni entendido. Memorable ejemplo que muestra cuán fácil es a una facción osada y unida entre sí por comunes odios y juramentos tenebrosos sobreponerse al común sentir de una nación entera [746] y darle la ley, aunque por tiempo breve, ya que siempre han de ser efímeros y de poca consecuencia tales triunfos, especie de sorpresa o encamisada nocturna. Triunfos malditos además cuando se compran, como aquél, con el propio envilecimiento y con la desmembración del territorio patrio". (Heterodoxos Españoles, Libro séptimo, Cap. III)

La verdad fue que, cuando España se decidió a enviar a Nueva Granada una nueva fuerza expedicionaria, apeló a la Santa Alianza para y, ante la tibia respuesta de ésta, logro agrupar una fuerza expedicionaria con capacidad para neutralizar la rebelión independentista y con la intención de incrementar su fuerza de choque, estuvieron acuarteladas en Cádiz largos meses a la espera de cubrir los objetivos propuestos.

Sabido es que un ejército desocupado concentrado en un lugar es siempre un peligro para la paz del Estado. El ejército se sintió maltratado: los oficiales se quejaron de la paga, reducida e irregular; los soldados, de la comida y del alojamiento. Dentro del cuerpo de oficiales se fundaron organizaciones secretas al estilo de los carbonarios italianos. Los hombres escucharon hablar de lo terrible de la revolución sudamericana: que de la fuerza expedicionaria anterior no había regresado nadie; que la fiebre amarilla, la guerra y el trópico se habían tragado a sus componentes. La situación se fue deteriorando hasta que el 1º de enero de 1820 se produjo el revuelo al grito de "¡Constitución y Libertad!", encabezados por los coroneles Riego y Quiroga, los amotinados exigieron el restablecimiento de la Constitución de 1812. El movimiento se extendió rápidamente por todo el país y el resto del ejército español. El rey cedió y declaró que estaba dispuesto a restaurar y respetar el derecho. El 9 de mayo juró la Constitución. Quiroga y Riego fueron ascendidos a mariscales de campo, los políticos liberales llamados de la cárcel o del exilio y las Cortes convocadas otra vez. Lo más importante para la independencia sudamericana fue el licenciamiento de las fuerzas expedicionarias.

Cuando llegaron a Bolívar las primeras noticias de la revolución española. "Qué suerte loca —exclamó—. Las nuevas de España no podrían ser mejores. Nuestro destino está decidido, pues ahora es seguro que no vendrán a América más tropas. Y así la lucha se inclina a nuestro favor". Con no menor satisfacción, escribió a Santander el 19 de junio de 1820: «¡Albricias, mi querido general! Ya Fernando VII ha reconocido las cortes y la constitución, forzado, como él dice, por la voluntad del pueblo [∴]. ¿Quién sabe si ya en este momento tenemos en Angostura alguna idea de negociación? Y sin quién sabe, aseguro que ya está decretada en España. Apunte Ud. este día y compare las fechas para que vea si soy buen profeta.»

El 1 de mayo de 1820 escribía Bolívar a su amigo William White: «De los negocios de España estoy muy contento, porque nuestra causa se ha decidido en el tribunal de Quiroga. Nos mandaban 10.000 enemigos, y ellos, por una filantropía muy natural, no quisieron hacer la guerra a muerte sino la guerra a vida. ¡Qué dicha, no venir y quedarse 10.000 hombres que eran enemigos y son ya los mejores amigos!!! ¡Golpe de fortuna loca!» En cuanto a Inglaterra, «ella teme la revolución de Europa y desea la revolución de América; una le da cuidados infinitos y otra le proporciona recursos inagotables». Luego profetiza: «La América del Norte, siguiendo su conducta aritmética de negocios, aprovechará la ocasión de hacerse de las Floridas, de nuestra amistad y de un gran dominio de comercio.» Y con un arranque quijotesco termina: «Es una verdadera conspiración de la España, de la Europa y de la América contra Fernando. Él la merece; pero ya no es glorioso pertenecer a una liga tan formidable contra un imbécil tirano.» Sus dones políticos resaltan todavía más en una carta a Santander (7 mayo 1820): «Las noticias de España no pueden ser mejores. Ellas han decidido nuestra suerte, porque ya está decidido que no vengan más tropas a América, con lo cual se inclina la contienda a nuestro favor. Además, debemos esperar otro resultado más favorable. Convencida la España de no poder mandar refuerzos' contra nosotros, se convencerá igualmente de no poder triunfar, y entonces tratará de hacer la paz con nosotros para no sufrir inútilmente.»

Pero, muy probablemente, también el Libertador sintió agobiante resquemor al recapacitar sobre el hecho de que los realistas ocupaban aún grandes zonas de Venezuela, y el estandarte real ondeaba sobre Caracas, Quito y Lima. Claro que, en Venezuela contaba con el incansable y expeditivo Páez secundado por un batallón de llaneros sedientos de victoria y respecto a Quito y Lima ya tenía en su mente madurado un plan de próxima acción militar tanto menos dificultosa cuanto más disminuyese la presencia española en el Continente.

****

Desbaratado el plan de ayuda a las tropas españolas destacadas en Ultramar, Morillo recibió desde España instrucciones para "lograr una tregua con los insurgentes", lo que, según leemos, despertó en él la siguiente reacción: "¡Están locos...! los que mandan allá en España no conocen a este país... ni a los enemigos... ni las circunstancias... ¿quieren que pase por la humillación de negociar con el enemigo...? Entraré porque mi profesión es la subordinación y la obediencia"

A tenor de ello, Pablo Morillo se reúne con Simón Bolívar en Santa Ana de Trujillo el 27 de noviembre de 1820 y, tras los saludos y conversaciones de rigor, firman el citado **"Tratado de armisticio y regulación de la Guerra"**, que puso fin a la proclamada por Bolívar **"Guerra a Muerte"** y establecía el cese de hostilidades, al menos durante los próximos seis meses. El Tratado de Armisticio tenía por objeto suspender las hostilidades para facilitar las conversaciones entre los dos bandos, con miras a concertar la paz definitiva". El Armisticio se firmó por seis meses y obligaba a ambos ejércitos a permanecer en las posiciones que ocupaban en el momento de su firma "...Por el cual desde ahora en adelante se hará la guerra entre España y Colombia como la hacen los pueblos civilizados". Es a destacar que el documento, de carácter notablemente contemporizador y humano, fue redactado por el general independentista Antonio José de Sucre, (1795-1830). Bolívar dijo de él "es el más bello monumento de la piedad aplicada a la guerra".

Morillo regresó a la Península mientras que Bolívar reemprendía la continuidad de su proyecto, ahora con nuevos bríos que le permitieron lograr la sonada victoria de Carabobo el 24 de junio de 1821 para, seguidamente, propiciar un encuentro con el "hermano" José de San Martín (1778-1850), que, a diferencia de Bolívar, no ocultaba su filiación masónica y se hacía llamar el **"Protector de las provincias del Río de la Plata y Chile"**.

Al respecto, cabe recordar que Bolívar fue masón en su juventud, como han reconocido sus biógrafos más destacados, pero sabido es que se alejó de ella y llegó a combatirla en no pocos momentos. San

Martín nunca dejó de ser masón y mantuvo sobre esta condición un silencio propio de masones perfectos, sabido es que recomendó al general Miller no tocar el tema de las sociedades secretas, o sea, de la masonería. Bien podemos pensar que, al menos en sus orígenes y en razón de su indiscutible inspiración arriana, la Masonería se presentó como una especie de sublimación del cristianismo mundano a la luz de una libertad que, en cierta manera, rehúye la directa y disciplinada responsabilidad personal que, en los auténticos cristianos, inspira el Sacrificio de la Cruz del Dios que se hizo hombre por amor y, por amor, cargó con el peso de todos los desafueros humanos.

No desde esa perspectiva y sí desde la oligárquica filantropía de la que los masones hacen el núcleo de su populismo, ambos Bolívar y San Martín acordaron rehuir enfrentamientos que el **Libertador**, en desdoro del **Protector**, aprovechó para hacer valer que, por Geografía e Historia, el Perú estaba más ligado al virreinato de Nueva Granada, ya convertido en la Gran República de Colombia que a "las provincias del Río de la Plata y Chile, antes llamadas Virreinato del Río de la Plata". La posible y, por breve tiempo, latente rivalidad por ostentar el poder supremo fue resuelta por la renuncia de San Martín, más idealista y menos ambicioso que Bolívar, cuyo ejército era más numeroso y mejor posicionado que el de su "hermano" y rival.

Sobre aquel memorable encuentro en Guayaquil nos cuenta Barletta que Bolívar comenzó a pasearse de un lado a otro de la habitación. Comenzó a parecer nervioso y sus dichos, enfáticos. Le dijo a San Martín que no le convenía a la América ni a Colombia la presencia de príncipes europeos, ya que no eran parte del pueblo americano. Dijo que incluso aceptaría la presencia de un Iturbide —que se había coronado en México— antes que se instalasen dinastías europeas en esa parte del mundo.

«Bolívar y yo no cabemos en el Perú, he penetrado sus miras arrojadas, he comprendido su desabrimiento por la gloria que pudiera caberme en la prosecución de la campaña». Para San Martín eran también evidentes los posibles hechos futuros y sus consecuencias: «Él no excusará medios por audaces que fuesen para penetrar en esta República seguido de sus tropas, y quizá entonces no me sería dado evitar un conflicto al que la fatalidad pudiera llevarnos, dando así al mundo un humillante escándalo».

Bolívar, por su parte, jamás creyó a San Martín sincero en sus ofrecimientos de dejar el Protectorado del Perú. Antes bien, estaba seguro de que San Martín buscaba coronarse como rey del Perú o algo parecido. Pero ¿hasta qué punto Bolívar repudiaba las ideas monárquicas para América? Sus ideas constitucionales estaban orientadas a un presidencialismo absoluto y vitalicio ejercido por él mismo; ¿no era eso lo más parecido a un monarca bajo la nomenclatura de presidente?

****.

En su proyecto de erigirse en señor absoluto o, al menos, decisivo árbitro de los que fueron reinos y provincias de España en América (la **Gran Colombia** con la que soñó el **Precursor** Francisco de Miranda**)**, el **Libertador** contó con la inestimable ayuda del general Sucre, el joven, valiente, experto y humanitario militar que, como hemos visto, se hizo valer en el citado **"Tratado de armisticio y regulación de la Guerra"** del 27 de noviembre de 1820.

La campaña de independización de Ecuador, liderada por Sucre, tuvo su culminación en la batalla de Pichincha librada el 24 de mayo de 1822. Tras una reunión en Guayaquil entre Simón Bolívar y San Martín, este último cede parte de su ejército al primero, y se retira definitivamente de las batallas de la emancipación hispanoamericana. Por unánime votación del Parlamento peruano, el 10 de febrero de 1824 Bolívar es nombrado **Dictador del Perú** en los siguientes términos:

«Considerando ...que sólo un poder dictatorial depositado en una mano fuerte, capaz de hacer la guerra, cual corresponde a la tenaz obstinación de los enemigos de nuestra independencia, puede llenar los ardientes votos de la representación nacional...la suprema autoridad política y militar de la República queda concentrada en el Libertador Simón Bolívar».

En paralelo con dudosos resultados de múltiples sangrientos encuentros y escaramuzas entre "godos" o realistas españoles y "patriotas" o independentistas, el 6 de agosto de 1824, estos últimos, con Bolívar y Sucre a la cabeza, se alzan con la victoria en la **batalla de Junín** y, el 9 de diciembre del mismo año, en Ayacucho, Sucre logra en Ayacucho una decisiva victoria sobre el virrey José de la Serna, acción que significó el fin de la supremacía del Rey de España en el Continente Sudamericano.

Bolívar, poco dado a reconocer, entre sus generales, méritos superiores al suyo, publicó en 1825 un "Resumen Sucinto de la Vida del General Sucre", en el que no escatimó elogios ante la hazaña culminante de su fiel lugarteniente:

"La batalla de Ayacucho es la cumbre de la gloria americana, y la obra del general Sucre. La disposición de ella ha sido perfecta, y su ejecución divina". Las generaciones venideras esperan la victoria de Ayacucho para bendecirla y contemplarla sentada en el trono de la libertad, dictando a los americanos el ejercicio de sus derechos, y el imperio sagrado de la naturaleza".../"Usted está llamado a los más altos destinos, y yo preveo que usted es el rival de mi Gloria".../ "El Congreso de Colombia hizo entonces a Sucre General en Jefe, y el Congreso de Perú le dio el grado de Gran Mariscal de Ayacucho".

Es el 25 de diciembre del mismo año, cuando, en el papel de "Napoleón de las Américas", **SIMÓN BOLÍVAR, Libertador Presidente de Colombia y Encargado del Poder Dictatorial del Perú**, dirige el siguiente escrito de agradecimiento a **los soldados del Ejército vencedor en Ayacucho:**

"Soldados, habéis dado la libertad a la América Meridional, y una cuarta parte del mundo es el monumento de vuestra gloria: ¿dónde no habéis vencido? La América del Sur está cubierta de los trofeos de vuestro valor; pero Ayacucho, semejante al Chimborazo, levanta su cabeza erguida sobre todos.

Soldados: Colombia os debe la gloria que nuevamente le dais; el Perú, vida, libertad y paz. La Plata y Chile también os son deudores de inmensas ventajas. La buena causa, la causa de los derechos del hombre, ha ganado con vuestras armas su terrible contienda contra los opresores; contemplad, pues, el bien que habéis hecho a la humanidad con vuestros heroicos sacrificios.

Soldados: recibid la ilimitada gratitud que os tributo a nombre del Perú. Yo os ofrezco igualmente que seréis recompensados, como merecéis, antes de volveros a vuestra hermosa patria. Mas, no..., jamás seréis recompensados dignamente: vuestros servicios no tienen precio. Soldados peruanos: vuestra patria os contará siempre entre los primeros salvadores del Perú. Soldados colombianos: Centenares de victorias alargan vuestra vida hasta el término del mundo. Cuartel general en Lima, a 25 de diciembre de 1824".

Aun hoy, los peruanos recuerdan que Simón Bolívar que, en los documentos oficiales se auto titulaba "Libertador Presidente de Colombia y Encargado del Poder Dictatorial del Perú, etc., etc., etc.", fue un dictador no menos autoritario que cualquiera de los otros dictadores de que tienen memoria, manteniendo su omnímodo poder hasta el 4 de septiembre de 1826 en que se embarcó se embarcó con rumbo a Colombia dejando en el Perú un "Consejo de Gobierno", que buscaría entre otras cosas la vigencia de la Constitución Vitalicia. Bolívar no regresó más al Perú. La Corte Suprema del Perú no aprobó la Constitución Vitalicia ni respetó el nombramiento de Bolívar como Presidente Dictador Vitalicio, lo que motivó que el Congreso recurriera al Cabildo de Lima, que presionado, validó las actas de los colegios electorales, y se manifestó partidario de la promulgación de la Constitución, que solo tuvo vigencia hasta el 26 de enero de 1827, tras caer el Consejo de Gobierno y convocar nuevas elecciones. Ello no fue dificultad para que Bolívar siguiese considerándose presidente vitalicio de una Gran Colombia, ya constituida por los territorios que hoy comprenden las repúblicas de Perú, Ecuador, Bolivia, Colombia y Venezuela.

Es entre el 25 de febrero y el 2 de abril de 1825 cuando el Mariscal Sucre logra la incorporación a la Gran Colombia del Alto Perú, territorio que había formado parte del Virreinato del Río de la Plata y reclamaba Argentina hasta reconocer el 9 de mayo de 1825, que "aunque las cuatro provincias del Alto Perú, han pertenecido siempre a este Estado, es la voluntad del congreso general constituyente, que ellas queden en plena libertad para disponer de su suerte, según crean convenir a sus intereses y a su felicidad",

Leemos en Wikipedia que, mediante un decreto se determinó que el nuevo estado llevaría el nombre de "Bolívar", en homenaje al Libertador, quien a la vez fue designado "Padre de la República y Jefe Supremo del Estado" y su capital Sucre en honor al Mariscal de Ayacucho Antonio José de Sucre. Bolívar agradeció estos honores, pero declinó la aceptación de la Presidencia de la República, para cuyo cargo designó al Mariscal de Ayacucho Antonio José de Sucre. Pasado un tiempo se volvió a debatir el nombre de la joven nación, y un diputado potosino llamado Manuel Martín Cruz, dijo que al igual que Rómulo viene Roma de Bolívar vendrá Bolivia: "Si de Rómulo, Roma; de Bolívar, Bolivia".

Como presidente del Gobierno boliviano, Sucre promulgó leyes de marcado acento social; adaptó la división política del país a la Constitución propuesta por Simón Bolívar; impulsó la instrucción pública; organizó el aparato administrativo y puso en marcha ambiciosos programas para la recuperación económica con la consiguiente desagrado de los "indignados" de entonces que, en Chuquisaca (hoy ciudad Sucre), el 18 de abril de 1828 provocaron un motín en el cual resultó seriamente herido el propio Mariscal, el cual creyó llegado el momento de ceder el cargo de Presidente de Bolivia creyendo que, con ello, evitaría tensiones y contribuiría a la pacificación de la República. La Asamblea local lo nombró presidente vitalicio, cosa que no evitó que, de momento se retirara de la vida pública a la vista del número de peruanos opuestos a la independencia boliviana. Se retiró entonces a Ecuador, llegando a Quito el 28 de septiembre del mismo año acompañado de su hija María Teresa y de su esposa, la aristócrata Mariana Carcelén de Guevara y Larrea, Marquesa de Solanda y de Villa Rocha (1805-1861).

✳✳✳✳

Para Bolívar, aquellos fueron años de orgullo y satisfacción, de experiencia y aprendizaje. El 8 de junio de 1825 le escribía a Santander una carta oficial que comenzaba con estas palabras: «He recibido ayer, con un gozo inefable, la gloriosa comunicación que V. E. me ha hecho el honor de dirigirme participándome el reconocimiento de Colombia por la Señora de las Naciones, la Gran Bretaña.» Había sido aclamado por todo el continente como su libertador; y hasta en Buenos Aires, al llegar la noticia de la victoria de Ayacucho, habían paseado su retrato por las calles entre banderas y antorchas y hubo júbilo para un mes. Era ya el ídolo de toda América; pero no había perdido la cabeza y seguía tan alerta como siempre ante las realidades del tiempo y del lugar. Hay cierto dejo de amargura en su condena de los políticos venezolanos. «Si nó me engaño —le escribe a Santander (8 mayo 1825)— creo que a esa canalla no se le puede contener sino con el rigor más inexorable.».

En carta a Santander (27 diciembre 1825) describe el propio Bolívar la Constitución que había redactado para Bolivia, y aun para toda América: «Estoy haciendo una constitución muy fuerte y muy bien combinada para este país, sin violar ninguna de las tres unidades, y revocando, desde la esclavitud abajo, todos los privilegios. Diré en sustancia que hay un cuerpo electoral que nombra al cuerpo legislativo; pide cuanto quiere el pueblo y presenta tres candidatos para jueces, prefectos, gobernadores, corregidores, curas y vicarios [...]. El cuerpo legislativo se divide en censores, senadores y tribunos. Los departamentos del gobierno están divididos entre cada Cámara para la iniciativa de las leyes. Pero con veto a las otras cámaras. El poder judicial es nombrado parte por el Senado, pero con aprobación del Congreso.» Se calificaría a los ciudadanos por sus calificaciones y no por su fortuna. «El que no sabe escribir, ni paga contribución, ni tiene un oficio conocido, no es ciudadano.»

El poder ejecutivo lo ejercería un Presidente vitalicio que elegiría a un Vicepresidente; y como éste sería su sucesor, la Constitución era, pues, equivalente a una monarquía cuya línea determinaba el primer Presidente.

El Congreso peruano estaba convocado para febrero. «Como acabo de llegar —escribe Bolívar a Santander (8 febrero 1826) — no conozco sino a uno que otro diputado, y, por lo mismo, no puedo decir con certeza cuáles serán sus opiniones, mas estoy seguro de que serán adictos, en la mayor parte, a mí, es decir al orden y a la América.»

Una Monocracia piramidal, oligárquica y terrena, absolutamente terrena y, por los hechos que se siguieron sucediendo, de carácter y horizonte bonapartistas, protagonizadas por alguien que, más que de Napoleón, empezaba a considerarse émulo del legendario Alejandro Magno, aunque, a decir verdad, carecía del "angelical carisma" de éste y, salvo en el caso de Sucre, nunca logró la plena devoción de sus generales (los "libertadores", que él mismo llamaba). Pero, a decir verdad, ésa era una cuestión que, hasta sus últimos días, se creyó capaz de contrarrestar.

El de Bolívar, además de guerrero (**"Señor de la Guerra"**, eso fue esencialmente), era (o pretendía ser) un poder político "monocrático" que, por demás, pretendió aplicar a una "Confederación de naciones hispanoamericanas", que, según sus deseos, habría de nacer del

"Congreso Continental de Panamá" del año 1826. Fue un fracaso que Bolívar vio extendido a su propia "Gran Colombia", que estalló en guerra civil para, en múltiples sangrientos episodios, dar paso a la Colombia propiamente dicha, Venezuela, Ecuador, Bolivia y Perú.

El 11 de noviembre de 1825 le dice a Santander que Alvear le había confiado el secreto de unir a Bolivia y Argentina bajo su nombre; y ruega al Vicepresidente «hacer los mayores esfuerzos para que la gloria de Colombia no quede incompleta y se me permita ser el regulador de toda la América meridional. César en las Galias amenazaba a Roma, yo en Bolivia amenazo a todos los conspiradores de la América, y salvo, por consiguiente, a todas las repúblicas». Ante rumores de que España preparaba en Cuba una expedición contra Méjico, se declara dispuesto a ir a Méjico, a Cuba y hasta a España. Estos sueños, la redacción de la Constitución que le había pedido Bolivia y sus asuntos personales le tomaron el resto del año. Había pensado quedarse en Bolivia para abrir la Asamblea constituyente; pero al fin decidió regresar a Lima para la nueva legislatura del Congreso peruano, que iba a comenzar el 26 de febrero de 1826. El 29 de diciembre de 1825 delegó sus poderes ejecutivos bolivianos en manos de Sucre; y el 6 de enero siguiente salió de Chuquisaca para Lima

Bolívar pensaba, pues, fundar un Imperio, cuyo primer monarca sería él con el título de Libertador, y el segundo Sucre, con el de Emperador. Sobre esto no cabe discusión. Ni está claro por qué ha de discutirse; puesto que la idea era de gran político, de hombre generoso, de intelecto penetrante, de alma grande. Sus aires republicanos no eran más que máscara de hipocresía, necesidad de táctica. Alvear y O'Higgins le animaban a que se hiciera Protector de una Federación de Colombia, Chile y Buenos Aires. Pando preconizaba un Imperio desde la embocadura del Orinoco, hasta Potosí, pues argüía: «que quería la paz con Europa a todo trance». Esta preferencia hacia la federación era en Bolívar puramente táctica, por el temor a los sentimientos republicanos de la opinión.

Pero, ¿era tan republicana? Comentando la penuria de la República colombiana, Restrepo da aquí en el clavo: «Este vicio de no cumplirse las leyes, que aún subsiste en la Nueva Granada, nace de la forma de gobierno republicano en el que un gran número de los ciudadanos concurre a su formación, y por lo mismo no se veneran por ellos. Era muy diferente el respeto que profesábamos y la obediencia que se prestaba a las leyes cuando emanaban del gabinete de Madrid, sancionándose a dos mil leguas de distancia de nosotros, las que se ejecutaban con vigor y exactitud por los agentes del gobierno español.» ¿No bastan estas palabras para justificar a Bolívar? Habrá, pues, que recordar otra vez, y no será la última, que a lo que iba Bolívar en el fondo era a la reconstitución del Imperio español sin el Rey de España (o con un Rey con su sombra de hemisferio a hemisferio luego de humillar a Fernando VII, con no menor soberbia de la utilizada por Napoleón)?.

****

Siguiendo a Barletta, recordamos que el Congreso de Panamá (desde el 22 de junio al 15 de julio de 1826), uno de los medios previstos por Bolívar para la expansión de la Gran Colombia, avanzaba a toda marcha en su organización y una Constitución era el instrumento jurídico ideal para legalizar y armonizar su presidencia de Colombia, su dictadura del Perú y su presencia en la que sería finalmente Bolivia.

Entonces Bolívar sintió, al mismo tiempo, que se iba tejiendo y destejiendo la gran obra de su vida. Por un lado, había recibido la solicitud de Buenos Aires de apoyar al Gobierno de La Plata ante la amenaza del Brasil, y por el otro supo de una corriente política en Venezuela orientada a separarse de la Gran Colombia. Por otro lado, se abría la posibilidad de ampliar la Federación americana bajo su imperio y evitar la fracción de lo que creía sólido, aunque ello inquietara a un Brasil que estaba sobre aviso.

El vicepresidente Santander, que no deja de tener los pies en el suelo, consideró poco menos que una locura la posibilidad de una guerra contra el Brasil. Bolívar le escribe indignado: «Yo no mando ahora sino pueblos peruanos y no represento un grano de arena de Colombia. Si los brasileños nos buscan más pleitos, me batiré como boliviano, nombre que me pertenece antes de nacer». Santander trata de hacer entrar en razón a un Bolívar que ya comenzaba a parecerse demasiado a Napoleón: «Usted no puede batirse con los brasileños sin comprometer en cierto modo a Colombia, pues ni puede ni debe prescindir del carácter de presidente de la República de Colombia». Santander tenía razón y es probable que Bolívar fuese directo a su Waterloo.

El conflicto se resolvió con la independencia de la banda oriental del Río de la Plata, por exigencia del Imperio del Brasil y bajo el auspicio de Inglaterra. Para un sector de la opinión pública argentina, el desmembramiento de la nación y la creación de Uruguay era mejor que tener a Simón Bolívar en su territorio. Por el lado de Bolívar, la situación dada y abortada despertó aún más su sed de grandeza.

Y cuando llegan evidencias de que la Venezuela presidida por el llanero Páez, quiere separarse de la Gran Colombia, Bolívar escribe a Santander: «Los porteños y los caraqueños que se encuentran en los extremos de la América meridional son por desgracia los más turbulentos y sediciosos de cuantos hombres tiene la América entera».

En el alma de Bolívar empieza a anidar el cansancio, su gesta le ha tomado la vida y su lucha lo comienza a dejar sin fuerzas. Las enfermedades lo agobian más a menudo y se afeita el bigote por eliminar el aspecto de decadencia que ya le daba el mostacho a su rostro. Tiene una meta y es la gloria, a ella le dedicará lo que le quede de vida.

****

En carta a Santander (Arequipa, 30 mayo 1825) Bolívar discurre sobre la federación: «Los Americanos del Norte y los de Haití, por sólo ser extranjeros, tienen el carácter de heterogéneos para nosotros. Por lo mismo, jamás seré de opinión de que los convidemos para nuestros arreglos americanos.». Al Brasil no lo menciona. Desde Potosí (21 octubre 1825) le escribe: «No creo que los americanos deban entrar en el Congreso del Istmo»; pero esta vez, lo funda en que disgustaría a los ingleses. De hecho, la idea que Bolívar manejaba era federar toda la América española para constituir una especie de dominio británico. Lo expone a Santander (28 junio 1825), como una alianza ofensiva-defensiva, puesto que «nuestra federación americana no puede subsistir si no la toma bajo su protección Inglaterra... La existencia es el primer bien, y el segundo el modo de existir. Si nos ligamos a la Inglaterra existiremos y si no nos ligamos nos perderemos infaliblemente». Vendría un tiempo en que las naciones hispanoamericanas sufrirían de «la superioridad de Inglaterra», pero «este sufrimiento mismo será una prueba de que existimos, y existiendo tendremos la esperanza de librarnos del sufrimiento. En tanto que, si seguimos en la perniciosa soltura en que nos hallamos, nos vamos a extinguir por nuestros propios esfuerzos en busca de una libertad indefinida». Bolívar presentó estas ideas a Canning por conducto del agente inglés en Lima, Ricketts. Pero Canning no era hombre para hacer de padre adoptivo de un huérfano de tantas cabezas como la Federación hispanoamericana todavía por nacer; y mandó a Panamá a un diplomático afable, con instrucciones de ver, oír y hablar con firmeza sobre cuatro puntos esenciales: respeto a los principios del derecho marítimo inglés; freno a la influencia norteamericana; acuerdo con España a base de reconocimiento contra indemnidad; oposición a los designios de Colombia y Méjico sobre Cuba y Puerto Rico.

Todo este fondo ha de tenerse en cuenta al estudiar el Congreso de Panamá que Bolívar consiguió reunir en el verano de 1826. Su propósito era triple: ensanchar el área de su autoridad y prestigio hasta abarcar a toda Hispano-América; impresionar al mundo con una actividad diplomática que denotase estabilidad y unión entre las nuevas naciones; y resolver de una vez la cuestión de Cuba y de Puerto Rico. Tan pertinaz era su deseo de celebrar el Congreso que los representantes del Estado de su mando, entonces el Perú, llegaron a Panamá más de un año antes de que pudiera abrirse en espera de los más. Pero no resultó como él lo soñaba. En cuanto a delegaciones, él lo quería puramente hispanoamericano, y, por lo tanto, sin representación de los Estados Unidos, de Haití o del Brasil (siempre por su tradición subconsciente de heredero del Imperio español).

Santander, sin consultarle, había invitado a los Estados Unidos, cuyos delegado llegó tarde. Chile no podía ni aceptar ni rehusar, por estar sumido en la anarquía, tanto que Gual, Secretario de Estado en Colombia, preguntado en la Cámara a qué Gobierno chileno se había invitado, contestó que no lo sabía. Buenos Aires, gobernado entonces por Rivadavia, se abstuvo, por desconfianza hacia Bolívar. La Conferencia, pues, se redujo a Colombia, Perú, Méjico y Guatemala.

Que se sepa, no hay constancia histórica de que lograran apreciable resonancia internacional la convocatoria y realización de aquel Congreso Panamericano del Istmo de Panamá, llamado por algunos Congreso Anfictiónico de Panamá en recuerdo de la antigua Grecia con su Liga Anfictiónica de Corinto. Pero sí que mantiene el recuerdo de su promotor en cuanto el salón donde fue celebrada dicha convención recibe el nombre de Salón Bolívar y reposan allí una espada del Libertador, juntos con los originales "Protocolos del Istmo", primeros acuerdos firmados por los ministros plenipotenciarios que asistieron a esta reunión en 1826.

****

Repasando la agitada sucesión de acontecimientos, hemos de reconocer que la formación de la Gran Colombia resultó ser algo así como la construcción de un fabuloso edificio en solar ajeno y en el que los principales arquitectos discrepan substancialmente tanto respecto a los cimientos como a los materiales a emplear y a las dimensiones de los diversos departamentos, todo ello sin dejar de imaginar y construir, construir e imaginar en una dirección y otra, por indomable voluntad del artífice principal, el cual, al final, se vio obligado a tratar de apuntalar con sus solas fuerzas lo que estaba a punto de derrumbarse. Cuando la fachada del edificio sorprendía todo el mundo por su amplitud, empezó a cuartear una de sus principales columnas con la viga maestra a punto de venirse abajo.

Ésta es una imagen que, a nuestro entender, cuadra con lo que sabemos del posicionamiento del general Francisco de Paula Santander, ciertamente, irregular en lo de ejercer justicia, pero, también, "más amigo de las letras que de las armas" y, para muchos, no menos importante que Bolívar en todo el proceso de la independencia de Nueva Granada y paralela sustitución por la fantasiosa Gran Colombia.

Cuando nos referimos al cuarteamiento de una de las principales columnas del inestable edificio de la Gran Colombia es en la Venezuela de entonces, el territorio en el cual estamos pensando con la llamada **Cosiata** como asunto de especial preocupación.

La **Cosiata**, también conocida como la **Revolución de los Morrocoyes**, fue un movimiento de rebeldía que estalló en la ciudad de Valencia, Venezuela, llevado a cabo por el general José Antonio Páez el 30 de abril de 1826, con la finalidad de separar a Venezuela de la Gran Colombia. Los antecedentes han de ser buscados en el malestar que produjo a los llaneros de Venezuela, con Páez a la cabeza, la promulgación en 1821 de la Constitución de Cúcuta (Constitución de la Gran Colombia) por la que se establecía la elección de Francisco de Paula Santander para la Vicepresidencia de la República, la escogencia de un sistema centralista en vez de uno federal y la elección de Bogotá como capital de la recién formada Unión marginando a Páez y desfavoreciendo a Venezuela

Transcurrieron unos años de no muy franca camaradería hasta que Santander decreta el 31 de agosto de 1824 un alistamiento general de todos los ciudadanos entre los 16 y los 50 años en el país y le exige al Departamento de Venezuela un contingente de 50.000 hombres para ser enviados a Bogotá. Al negarse en redondo Páez a cumplir la orden, a petición de Santander, el Congreso de la Gran República de Colombia decretó la destitución de Páez como de Comandante General del Departamento de Venezuela hasta tanto no cumpliera la orden o ésta fuera revocada por el Senado, para lo cual debía presentar personalmente sus alegaciones, lo cual fue visto como un intolerable insulto y, aunque, en principio, Páez estaba dispuesto a llegar hasta Bogotá, al verse respaldado por todos los suyos optó por esa rebeldía titulada la Cosiata y, también, la **Revolución de los Morrocoyes.**

Al enterarse de esta situación, Bolívar salió de inmediato desde Lima rumbo a Venezuela el 4 de septiembre de 1826, llegando el 12 de septiembre a Guayaquil y el 16 de noviembre a Bogotá, luego toma rumbo a Cartagena y desde allí por mar, arriba a Puerto Cabello el 31 de diciembre para, al día siguiente, decretar la amnistía para todos los implicados en la Cosiata y, reafirmándolo como Jefe Civil y Militar del departamento de Venezuela, escribe a Páez: «Yo no puedo dividir la república; pero lo deseo para el bien de Venezuela y se hará en la asamblea general si Venezuela lo quiere». Lo que, para algunos, puede parecer irresponsable y veleidoso, para Simón Bolívar, el Libertador, era lo más normal del mundo. Así nos lo explica él mismo, por boca del Premio Nóbel colombiano Gabriel García Márquez:

«Ya sé que se burlan de mí porque en una misma carta, en un mismo día y a una misma persona le digo una cosa y la contraria, que si aprobé el proyecto de monarquía, que si no lo aprobé, o que si en otra parte estoy de acuerdo con las dos cosas al mismo tiempo.» Lo acusaban de ser veleidoso en su modo de juzgar a los hombres y de manejar la historia, de que peleaba contra Fernando VII y se abrazaba con Morillo, de que hacía la guerra a muerte contra España y era un gran promotor de su espíritu, de que se apoyó en Haití para ganar y luego lo consideró como un país extranjero para no invitarlo al congreso de Panamá, de que había sido masón y leía a Voltaire en misa, pero era el paladín de la iglesia, de que cortejaba a los ingleses mientras se iba a casar con una princesa de Francia, de que era frívolo, hipócrita, y hasta desleal, porque adulaba a sus amigos en su presencia y denigraba de ellos a sus espaldas. «Pues bien: todo eso es cierto, pero circunstancial», dijo, «porque todo lo he hecho con la sola mira de que este continente sea un país independiente y único, y en eso no he tenido ni una contradicción ni una sola duda» (El General en su Laberinto").

****

Es el 4 de enero de 1827 la fecha del reencuentro de Bolívar con Páez, al cual, tras un estrecho abrazo, le dice que tiene "derecho para resistir a la injusticia con la justicia, y al abuso de la fuerza con la desobediencia al Congreso de Bogotá", lo que, obviamente, era una absoluta desautorización hacia toda orden que no procediera de sí mismo con la total marginación de su segundo, el vicepresidente Santander. El enterarse éste, empezó a calibrar y rumiar los medios con los que tomarse la revancha. Tanto fue así que, apoyándose en el Congreso, "la voz del Pueblo en Democracia" insiste en que no se puede tolerar la indisciplina de un comandante rebelde, a lo que el Libertador, que sigue en Caracas, el 5 de febrero, en uno más de sus teatrales gestos, envía al Congreso de Bogotá la renuncia a la Presidencia de la Gran República de Colombia con una dramática exposición de sus motivos y la siguiente conclusión: "Con tales sentimientos renuncio una, mil y millones de veces a la presidencia de la república…" y el 16 de marzo, en airada carta a Santander, le dice: «No me escriba más, porque no quiero responderle ni darle el título de amigo».

Sucedió lo que Bolívar pretendía con su actitud: Tras varias agitadas sesiones, el Congreso no acepta su renuncia y, en documento oficial fechado el 6 de junio, le pide que vuelva a Bogotá a renovar la totalidad de sus funciones.

El Libertador acepta "en bien de la Patria" y, tras seis meses de residir en Caracas, regresa a Bogotá el 10 de septiembre de 1827 para renovar su juramento de presidente de la República no sin cierta implacable oposición por parte de los más destacados seguidores de Santander, a los que lanza el siguiente aviso: «Ayer entré en esta capital y estoy ya en posesión de la presidencia. Esto era preciso para evitar muchos males a cambio de infinitas dificultades».

Una no pequeña dificultad para la estabilidad de la Gran Colombia venía representada por la evidente rivalidad entre Santander y Bolívar, de más en más crecida hasta el punto de que éste creyó llegado el momento de requerir al Congreso la convocatoria de una Gran Convención Nacional para que, "declarando previamente si había necesidad de examinar o reformar la Constitución, procediera de acuerdo con el criterio que creyese conveniente".

El propio Libertador defendió la perentoria necesidad de esa Convención con una encendida proclama que el 29 de febrero de 1828 dirigió A LOS REPRESENTANTES DEL PUEBLO EN LA CONVENCIÓN NACIONAL. Como veréis, los párrafos finales son suficientemente ilustrativos del estado de ánimo de Bolívar:

"¡Legisladores! Ardua y grande es la obra que la voluntad nacional os ha cometido. Salvaos del compromiso en que os han colocado nuestros conciudadanos salvando a Colombia. Arrojad vuestras miradas penetrantes en el recóndito corazón de vuestros constituyentes: allí leeréis la prolongada angustia que los agoniza; ellos suspiran por seguridad y reposo. Un gobierno firme, poderoso y justo es el grito de la patria. Miradla de pie sobre las ruinas del desierto que ha dejado el despotismo, pálida de espanto, llorando quinientos mil héroes muertos por ella, cuya sangre sembrada en los campos hacía nacer sus derechos. Sí, legisladores, muertos y vivos, sepulcros y ruinas, os piden garantías. Y yo que sentado ahora sobre el hogar de un simple ciudadano, y mezclado entre la multitud, recobro mi voz y mi derecho, yo que soy el último que reclamo el fin de la sociedad, yo que he consagrado un culto religioso a la patria y a la libertad, no debo callarme en momento tan solemne. Dadnos un gobierno en que la ley sea obedecida, el magistrado respetado y el pueblo libre: un gobierno que impida la transgresión de la voluntad general y los mandamientos del pueblo. Considerad, legisladores, que la energía en la fuerza pública es la salvaguardia de la flaqueza individual, la amenaza que aterra al injusto y la esperanza de la sociedad. Considerad que la corrupción de los pueblos nace de la indulgencia de los tribunales y de la impunidad de los delitos. Mirad que sin fuerza no hay virtud; y sin virtud perece la república. Mirad, en fin, que la anarquía destruye la libertad y que la unidad conserva el orden.

¡Legisladores! ¡A nombre de Colombia os ruego con plegarias infinitas que nos deis, a imagen de la Providencia que representáis, como árbitros de nuestros destinos, para el pueblo, para el ejército, para el juez y para el magistrado! ¡¡¡Leyes inexorables!!!"

****

Ésa fue la llamada Convención de Ocaña, considerada por muchos como el principio del fin de la Gran Colombia, ya en plena crisis de identidad desde dos años atrás. Las sesiones comenzaron el 9 de abril de 1828 y se extendieron hasta el 10 de junio del mismo año sin que el Libertador hiciera acto de presencia durante todo ese tiempo, aunque, desde el consabido "retiro de Bucaramanga" y a través de gente de su absoluta confianza, no se perdió detalle de las más jugosas intervenciones y, mucho menos, de todo lo que se podía captar de los posicionamientos de unos y de otros.

Según escribe Alexis González G. en su ensayo "Disolución de Colombia, ¿una traición sin traidores", allí había una notoria mayoría de santanderistas, quienes «Vienen con la disposición de oponerse a Bolívar, de desacreditarlo, de obligarlo a descender del gobierno, y para ello toman como bandera el federalismo. Los bolivarianos llegan desorganizados, confiados en el prestigio del Libertador, defendiendo el centralismo porque consideran que sin un gobierno vigoroso y fuerte la República se perderá dentro de la anarquía». Tanto Bolívar como Santander muestran en Ocaña sus estrategias: «Bolívar se traslada a Bucaramanga y deja la acción a sus amigos. Santander, por el contrario, va a la Convención como diputado y dirige personalmente su fracción. Aquí se enfrentan las dos tendencias».

El fracaso de la Convención de Ocaña, que antes de comenzar parecía inevitable, por las posiciones tan extremas que se habían asumido de parte y parte, deja a la República de Colombia en una posición bastante delicada, ya que se corría el riesgo de que los más exacerbados partidarios de uno u otro bando pudiesen adoptar acciones de agresión a sus adversarios, lo que representaba una seria amenaza de anarquía.

Era el punto de partida de la dictadura para Bolívar, quien ya la había ejercido en Venezuela desde la crisis del año 1814 y hasta la instalación del Congreso de Angostura, el 15 de febrero de 1819, cuando devuelve los poderes al Congreso. El mando que asumía Bolívar implicaba plenitud de poderes y una delicadísima misión; delicada por lo difícil, por lo peligrosa y por lo que estaba en juego: la paz ciudadana, la unidad republicana y, además, el propio nombre del Libertador...

«e124 de junio de 1828, Bolívar hace su entrada a la capital para asumir la dictadura. Inmediatamente comenzó a legislar sobre materias importantes y el 27 de agosto dictó un decreto orgánico que sustituyó la Constitución, por el cual se reglamentaba la dictadura, se suprimía la Vicepresidencia de la República y se organizaba en forma distinta el Consejo de Estado»34. Se encargaba Bolívar de ir eliminando los obstáculos políticos más notables para la gestión de la administración del Estado: la Constitución de Cúcuta de 1821 y el propio vicepresidente Santander y sus copartidarios.

Incluso Bolívar lo nombra Ministro Plenipotenciario en los Estados Unidos, con el fin de mantenerlo alejado de sus seguidores y de la posibilidad de conspirar. Sin embargo «Los más exaltados de ellos se dieron a la tarea de preparar un plan para asesinar a Bolívar. Con este objeto formaron una junta y después de varios intentos frustrados llevaron a cabo el vergonzoso acto del 25 de septiembre, cuando asaltaron el palacio y llegaron hasta la alcoba donde dormía El Libertador, salvándose éste milagrosamente por la entereza de su consecuente amiga y compañera de vida Manuelita Sáenz»

Los conspiradores, delatados por uno de ellos, el venezolano Pedro Carujo quien por la delación fue perdonado, fueron penalmente enjuiciados. Aun cuando Bolívar era partidario del perdón, Urdaneta no tuvo miramientos y llevó el proceso hasta las últimas consecuencias: los juicios fueron muy severos y sumarios, según el decreto de conspiradores, con saldo de 14 pasados por las armas y Santander sentenciado a la pena máxima, la cual le fue conmutada por el destierro y destitución del cargo militar como general. Además... «Después del 25 de septiembre, la Dictadura acentuó su poder al prohibir las sociedades secretas, perseguir la masonería, suprimir la libertad de imprenta, suspender las municipalidades, entre otras medidas de tipo represivo».

El Libertador se juega su última carta en su lucha por mantener la integridad de Colombia: convoca un Congreso Constituyente al cual dio la denominación de «Admirable»; el mismo se instala en Bogotá el 20 de enero de 1830 y es presidido por el Mariscal de Ayacucho, Antonio José de Sucre. Asisten al Congreso 47 diputados, ante los cuales presenta lo que a la postre será su último documento político de carácter público: su Mensaje al Congreso Constituyente de la República de Colombia:

1. Reseña los acontecimientos que llevaron a Colombia a tal situación.

2. Reconoce las dificultades que implica la tarea de «construir un pueblo», es decir, el rol de estadista en una república que se inicia como tal.

3. Solicita una nueva Constitución, que regiría los destinos de la nación a partir de entonces.

4. Explica las razones que llevaron a la implantación de su dictadura.

5. Comenta los sufrimientos de la Patria como consecuencia de lo hasta ahora ocurrido.

6. Renuncia a los poderes que, como dictador, le fueron conferidos y, en consecuencia, entrega el mando ante el Congreso.

Poco después, y casi paralelamente al Congreso Admirable, en Venezuela, el general José Antonio Páez, el 13 de enero del mismo año, promulga un decreto proclamando la autonomía de Venezuela con respecto a Colombia y convocando a la realización de elecciones para lo que será el Congreso Constituyente de Valencia.

Además, el líder llanero adoptado por Valencia era una figura de altura que bien podía representar política y militarmente, como en efecto lo hizo, los intereses de la clase oligarca venezolana y de las élites políticas caraqueña y valenciana. Colombia, como mucho se ha repetido, terminó siendo una República de un solo ciudadano: el Libertador Simón Bolívar.

****

Indignados y devotos, en contra y a favor, respectivamente mantienen en efervescencia las calles de Bogotá en un clima para cuya descripción cedemos la palabra al Nobel colombiano Gabriel García Márquez:

"El General no vio el desfile bajo su balcón, pero había oído los clarines y los redoblantes, y el barullo de la gente amontonada en la calle, cuyos gritos no alcanzó a entender. Les dio tan poca importancia, que mientras tanto revisó con sus amanuenses la correspondencia atrasada, y dictó una carta para el Gran Mariscal don Andrés de Santa Cruz, presidente de Bolivia, en la cual le anunciaba su retiro del poder, pero no se mostraba muy seguro de que su viaje fuera para el exterior. «No escribiré una carta más en el resto de mi vida» , dijo al terminarla. Más tarde, mientras sudaba la fiebre de la siesta, se le metieron en el sueño los clamores de tumultos distantes, y despertó sobrecogido por un reguero de petardos que lo mismo podían ser de insurgentes que de polvoreros. Pero cuando lo preguntó le contestaron que era la fiesta. Así no más: «Es la fiesta, mi general.» Sin que nadie, ni el mismo José Palacios, se hubiera atrevido a explicarle qué fiesta sería. Sólo, cuando Manuela se lo contó en la visita de la noche, supo que eran las gentes de sus enemigos políticos, los del partido demagogo, como él decía, que andaban por la calle alborotando contra él a los gremios de artesanos, con la complacencia de la fuerza pública. Era viernes, día de mercado, lo cual hizo más fácil el desorden en la plaza mayor. Una lluvia más recia que la de costumbre, con relámpagos y truenos, dispersó a los revoltosos al anochecer. Pero el daño estaba hecho. Los estudiantes del colegio de San Bartolomé se habían tomado por asalto las oficinas de la corte suprema de justicia para forzar un juicio público contra el general, y habían destrozado a bayoneta y tirado por el balcón un retrato suyo de tamaño natural, pintado al óleo por un antiguo abanderado del ejército libertador. Las turbas borrachas de chicha habían saqueado las tiendas de la Calle Real y las cantinas de los suburbios que no cerraron a tiempo, y fusilaron en la plaza mayor a un general de almohadas de aserrín que no necesitaba la casaca azul con botones de oro para que todo el mundo lo reconociera. Lo acusaban de ser el promotor oculto de la desobediencia militar, en un intento tardío de recuperar el poder que el congreso le había quitado por voto unánime al cabo de doce años de ejercicio continuo. Lo acusaban de querer la presidencia vitalicia para dejar en su lugar a un príncipe europeo. Lo acusaban de estar fingiendo un viaje al exterior, cuando en realidad se iba para la frontera de Venezuela, desde donde planeaba regresar para tomarse el poder al frente de las tropas insurgentes. Las paredes públicas estaban tapizadas de papeluchas, que era el nombre popular de los pasquines de injurias que se imprimían contra él, y sus partidarios más notorios permanecieron escondidos en casas ajenas hasta que se apaciguaron los ánimos. La prensa adicta al general Francisco de Paula Santander, su enemigo principal, había hecho suyo el rumor de que su enfermedad incierta pregonada con tanto ruido, y los alardes machacones de que se iba, eran simples artimañas políticas para que le rogaran que no se fuera". (G.G.M. El General en su laberinto)

****

El 4 de mayo de 1830 el "Libertador", seriamente tocado por la tuberculosis, dimitió de todos sus cargos y pretendió viajar hasta Europa para encontrar aquí su curación y, tal vez, nuevas fuerzas para no darse por derrotado. Cuatro días más tarde, con su escolta y un pequeño séquito de incondicionales, emprende el descenso desde Santa Fe de Bogotá, (más de 2.600 mts. de altitud) hasta Mompox a donde llega el 18 de mayo para, tres días más tarde, seguir el curso del río Magdalena con subsiguientes y largos descansos a medida que va encontrando los lugares propicios.

Fueron muchos los colombianos que se sintieron aliviados al saber que Bolívar, forzado o no, abandonaba el poder; de entre éstos, cabe citar a Lorenzo María Lleras (1811-1868), periodista, escritor y educador neogranadino, en el que "confluyen el poeta con el funcionario que tiene un ideal de nación; el ideólogo del Partido Liberal con el literato y el promotor de las artes y la educación para todos los ciudadanos". Estaba en Nueva York cuando le llega la noticia de la dimisión de Bolívar y, en acérrimo crítico de su política, el 25 de septiembre de 1830 publica una furibunda diatriba, cuya parcial transcripción nos sirve para hacernos una idea sobre lo que pensaban los que, por aquel entonces, habían tomado partido por Francisco de Paula Santander contra los bolivarianos y la actitud dictatorial de su jefe supremo:

"Nadie duda ya, ni en Colombia ni en los países extranjeros, que el General Simón Bolívar es criminal: el orbe todo sabe los medios por los cuales se elevó al poder, i el abuso que ha hecho de un pueblo inocente e inexperimentado. La patria, esta patria cuyo nombre solo hace palpitar nuestros corazones, y los prepara a los más arduos sacrificios, no ha sido jamás el móvil de las grandes empresas, que por más de veinte años han tenido suspensa la Europa, encantada la América, y en las bocas de los liberales de ambos mundos el nombre un nuevo hipócrita, al lado de los epítetos lisonjeros de Libertador, Padre y Fundador de tres naciones.../ Pero ese, a quien ciegos apellidamos padre, se ha convertido en padrastro cruel y bárbaro; ese esclarecido Libertador, no es más que un soldado afortunado, asesino alevoso de nuestras libertades, y ese fundador de tres naciones, ha sido el semillero de donde han brotado los gérmenes venenosos de la discordia, de la destrucción y de la muerte. Estas verdades son tan claras y sencillas, que basta una simple narración de los hechos para que el General Bolívar quede despojado de los laureles, que ha usurpado y que con más razón pueden reclamar otros héroes colombianos de talentos, valor y virtudes cívicas, que a él le son enteramente extrañas.../ Que el General Bolívar ha abrigado desde el principio de la revolución las ideas de su propio engrandecimiento; que su decantado desinterés no han sido más que una red tendida a los incautos; que ha atacado las leyes en sus fundamentos; que ha violado los sagrados derechos del ciudadano; y que ha cebado su crueldad carnicera en mil víctimas inocentes, son cuestiones demasiado ventiladas para que yo me detenga en probarlas con largos comentarios. Sus últimos esfuerzos para ceñir sus cienes con una corona, que por ningún título pudiera pertenecerle, en caso de que el pueblo colombiano tuviese la execrable debilidad de vendes sus destinos a un hombre levantado del polvo, y a ser el juguete de sus pasiones y caprichos, prueban suficientemente, que Bolívar, solo tenía por objeto a Bolívar cuando peleaba al frente de sus bravos camaradas, que su ambición y no el bien de la patria era el origen de sus ponderados sacrificios, y que el risible deseo de reinar se alimentaba en su alma desde muchos años atrás. Las frecuentes muestras de despotismo, que aun allá en el tiempo de su gloria se dejaron de percibir a través de su refinada hipocresía, despertaron el celo de algunos patriotas ilustrados, que nos predijeron, desde el congreso de Angostura, lo que debía aguardarse de un hombre, que había manchado los primeros pasos de su carrera política con acciones tan arbitrarias y degradantes.../ Nos importan mui poco los nombres, con que sus partidarios han querido disfrazar el más ominoso absolutismo. Dictador, Rey, presidente vitalicio o

Presidente constitucional, con facultades extraordinarias o sin ellas, son palabras que significan las mismas ideas, cuando hacer referencia al General Bolívar. Un hombre acostumbrado a mandar con cetro de hierro en el campo de batalla, a ver satisfecha su voluntad en el momento mismo de nacer el deseo, a oír las lisonjas de comprados aventureros, de blasfemos que al tributarle elogios insultaban a la divinidad, y que obraban como ciegos instrumentos de sus caprichos y ambición: dotado por naturaleza de pasiones fogosas, que nunca pudo templar la prudencia, pero que la hipocresía supo disimular para engañarnos mejor, he aquí el hombre, que mil y mil veces juró en aras de la patria sostener las leyes, defender a Colombia, y a quienes nosotros, en medio del calor del entusiasmo, osamos colocar a la derecha del héroe Norte Americano. El General Bolívar no es un Washington; solo es, como el mismo ha dicho, uno de aquellos azotes, que la Providencia envía de cuando en cuando para el castigo de los pueblos. Servil imitador de las debilidades y ambiciosos proyectos de coloso europeo, y de ninguna manera en aquellos rasgos sublimes que más de una vez distinguieron al héroe de Córcega, e hicieron su tiranía llevadera.../

El único deseo que los desgraciados habitantes de Colombia abrigaban, era verse libres de la aborrecible espada que amenazaba sus cabezas, y que les impedía toda clase de adelantamientos de cualquier género que fuesen. Es de esperarse que los ciudadanos que ahora ocupan las primeras magistraturas del estado hagan con sus virtudes y honradez renacer la patria de la abyecta servidumbre en que hacía, que destruyan el sistema prohibitivo, base de la antigua administración. Y que haciéndose temer y respetar de los enemigos de la paz de Colombia, hagan uso con mano firme de las medidas severas, que son necesarias en las grandes crisis. Pero tenemos dentro de nosotros mismos el principio desorganizador, existiendo el cual, apenas podemos prometernos un día de reposo. Si los individuos colocados a la cabeza de la administración, no obstante hallarse despojados de los trofeos militares, encuentra trabas que les impidan marchar con regularidad y orden para hacer el bien, no de ellos podemos quejarnos, no a ellos debemos acusar como culpables. Es preciso tener presente que el partido espirante del General Bolívar hará todo lo posible para efectuar una restauración en su favor, y que multiplicando los descontentos, las intrigas, y las calumnias, darán pábulo a las guerras civiles, para llamarlo la segunda vez como hombre necesario, como el ángel tutelar de la patria.../ Removamos pues estos obstáculos; en vez de pedir la expatriación del General Bolívar, hagamos que le forme una causa, que se la llame a Bogotá a dar cuenta de su criminosa conducta, y en caso de resistirse o rebelarse contra el Gobierno que se le declare facciosos, y se le trate como tal. Me es sensible tener que hablar ahora de la determinación tomada por el congreso de Venezuela de "No entrar en negociaciones con la Nueva Granada mientras el General Bolivar permanezca en el territorio de la República". Tal determinación es, a mi parecer, mui poco generosa, sin dejar de ser algún tanto impolítica. Bolívar no debe salir de Colombia, pues es fuerza de castigarlo como criminal, tampoco importa el obligarle a una expatriación voluntaria; esta, en los países extranjeros, le haría parecer inocente, y nosotros cargaríamos con la nota de ingratos. Ya no se considera el destierro como el castigo de un crimen, sino como la consecuencia necesaria del triunfo del fuerte sobre el débil, y se ha hecho durante el reinado del terrorismo boliviano, demasiado común y honorifico. El destierro sin que haya habido un juicio anterior supone la falta de pruebas, y nosotros tenemos desgraciadamente muchas para confundirle, y para mostrar a las naciones extrañas la justicia con que procedemos, y que si alguna vez fue acreedor a nuestra gratitud, si alguna vez presó servicios interesante a la causa de la América, Colombia se los ha suficientemente recompensado, y podrá premiarlos en adelante en su familia y sus descendientes; pero él debe satisfacer a la vindicta publica, y que su caída haga respetar a los ambiciosos las constituciones y los pueblos. Ya no más serán estos esclavos, ni aquellos libros que se pueden hollar impunemente, venezolanos, vuestros hermanos del centro y del sur anhelan unirse a vosotros, para atacar y derribar en masa el único enemigo de nuestro sosiego. Sea cual fuere el lugar en donde el nombre de la libertad ha resonado por la primera vez; sean cuales fueren los celos y diferencias de las dos secciones; sean cuales fueron sus destinos futuros, ahora todo nos pertenece en común; uno es nuestro enemigo, unos nuestros intereses, unos son nuestros votos ardientes por la libertad y la consolidación de la patria, unos solos deben ser nuestros conatos para extirpar el maléfico germen de la discordia, que fermenta donde quiera que el General Bolívar respira…/

¡Juventud Bogotana! Heroicos defensores de la patria, vosotros haréis que los días de luto y llanto no se miren segunda vez un nuestro hermoso suelo; a vosotros se halla confiado el noble empleo de vigilar la observancia de las leyes. Ya que precedisteis a los gallardos jóvenes parisienses en el valeroso esfuerzo de destronar al tirano, sabed imitarlos en la obediencia al gobierno establecido. Conservad esta patria, cuyos destinos algún día veréis en vuestras manos. Aprended a obedecer para poder regirla mejor…/ colombianos, mi corazón se llena de complacencia al veros libres del peso que os oprimía más este amaga aun vuestros altivos cuellos: sabed sacudirlo del todo, que no ya que no puedo ayudaros en la lucha elevaré al Eterno mis votos más ardientes por vuestra felicidad y por Colombia. - Nueva York-25 de septiembre de 1830. Lorenzo Lleras. (Patricia Cardona Z – Simón Bolívar visto por sus contradictores)

****

Por su parte, el general Juan José Flores (1800-1864), comandante militar del "Distrito Sur" (Ecuador), al saber que Venezuela se había separado y que Bolívar se retiraba en forma definitiva, declara su autonomía de la República de Colombia y el 13 de mayo de 1830, reúne en Quito una Asamblea de Notables con el fin de resolver la separación de esta región de la Gran Colombia y formar un Estado independiente, aunque inicialmente federado con él mismo como Jefe Supremo de Gobierno. Por demás, la Asamblea quiteña dispuso que Flores gestionara la integración de los otros departamentos sureños en consideración a que los gobernadores son militares bajo su mando; es así como el 19 y 20 de mayo, los Departamentos de Guayaquil y Azuay se separaron de Colombia y resolvieron conformar el nuevo Estado. Para el 14 de agosto, Flores convocó una Asamblea Constituyente en la ciudad de Riobamba para expedir la Constitución Política del Ecuador; dicha asamblea estaba integrada por sus partidarios quienes lo nombraron Presidente Provisional.

Fue ése un evento que, lejos de sorprender a Bolívar (ya en pleno forzado reposo), le motivó una breve carta cuyo texto íntegro hemos copiado de la Biblioteca Virtual Cervantes y creemos la pena evaluar desapasionadamente:

"A.S.E. el general Juan José Flores, presidente de la recientemente fundada República del Ecuador. Mi querido general: Ud. sabe que yo he mandado veinte años, y que de ellos no he sacado más que pocos resultados ciertos:

1° La América es ingobernable.

2° El que sirve a una revolución ara en el mar.

3° La única cosa que se podrá hacer en América es emigrar.

4° Este país caerá infaliblemente en manos de la multitud desenfrenada, para después ser pasto de tiranuelos de toda raza y color.

5° Devorados por todos los crímenes y extinguidos por la ferocidad, los europeos ni se dignarán a conquistarnos.

6° Si fuese posible que alguna región del mundo volviese al caos primitivo, esa sería América."

La primera revolución francesa hizo degollar las Antillas, y la segunda causará el mismo efecto en este vasto continente. La súbita reacción de la ideología exagerada va a llenarnos de cuantos males nos faltaban, o más bien los va a completar. Ud. verá que todo el mundo va a entregarse al torrente de la demagogia. ¡Desgraciados los pueblos y desgraciados los gobiernos! – Bolívar, Barranquilla, 9 de Noviembre de 1830".

****

Coincidente en el tiempo con el desmoronamiento de la Gran Colombia, sucede el final de la vida del Libertador, el cual, con solo cuarenta y siete años, se resiste a aceptar que está irremisiblemente enfermo y, aunque sueña con reemprender nuevas "quijotescas hazañas" (D. Miguel de Unamuno) ha de rendirse a la fatalidad, dramáticamente servida cuando, el 1° de Julio de 1830, al pie del Cerro de la Popa, cerca de Cartagena de Indias, recibe la noticia de la muerte de Sucre, más que su fiel escudero. El "delfín" con el que soñó en sus momentos de mayor gloria guerrera.

Tras nuevos penosos y largos descansos, el Libertador llega a Santa Marta el 1° de diciembre y, en una extremada debilidad, que se niega reconocer, pasa sus últimos días en la Quinta de San Pedro Alejandrino, propiedad del hidalgo Joaquín de Mier, hoy convertida por el Gobierno Colombiano en "Altar de la Patria".

En la Biblioteca virtual Miguel de Cervantes (Cronología) leemos que el Obispo de Santa Marta fue el encargado de hacerle saber su estado de extrema gravedad. El Libertador oye al Obispo con tranquilidad y, en seguida, se apresta debidamente para el trance final. El mismo día (1° de diciembre), procede a hacer su testamento; días después (10 de diciembre), recibe los Santos Sacramentos y dicta su última proclama según el siguiente texto:

"Simón Bolívar, Libertador de Colombia y del Perú, etc., etc., etc.   A los pueblos de Colombia…/ Colombianos: Habéis presenciado mis esfuerzos para plantear la libertad donde reinaba antes la tiranía. He trabajado con desinterés, abandonando mi fortuna y aun mi tranquilidad. Me separé del mando cuando me persuadí que desconfiabais de mi desprendimiento. Mis enemigos abusaron de vuestra credulidad y hollaron lo que me es más sagrado, mi reputación y mi amor a la libertad. He sido víctima de mis perseguidores que me han conducido a las puertas del sepulcro. Yo los perdono…/ Al desaparecer de en medio de vosotros, mi cariño me dice que debo hacer la manifestación de mis últimos deseos. No aspiro a otra gloria que a la consolidación de Colombia. Todos debéis trabajar por el bien inestimable de la Unión: los pueblos obedeciendo al actual gobierno para libertarse de la anarquía; los ministros del santuario dirigiendo sus oraciones al cielo; y los militares empleando su espada en defender las garantías sociales…/Mis últimos votos son por la felicidad de la patria. Si mi muerte contribuye para que cesen los partidos y se consolide la Unión, yo bajaré tranquilo al sepulcro…/Hacienda de San Pedro, en Santa Marta, a 10 de diciembre de 1830, SIMÓN BOLÍVAR" (Biblioteca Virtual Miguel de Cervantes).

****

Sin temor a insistir sobre el mismo asunto, antes de poner el punto final al relato de la "Formación y desmoronamiento de la Gran Colombia", extraordinario evento, cuya última etapa coincidió en el tiempo con el final de la vida del Libertador, su indiscutible principal actor, cedemos de nuevo la palabra a su ilustre compatriota, el inigualable Gabriel García Márquez, para recordar con él que el general amaneció tan mal el 10 de diciembre, que llamaron de urgencia al obispo Estévez, por si quería confesarse. El obispo acudió de inmediato, y fue tanta la importancia que le dio a la entrevista que se vistió de pontifical. Pero fue a puerta cerrada y sin testigos, por disposición del general, y sólo duró catorce minutos. Nunca se supo una palabra de lo que hablaron. El obispo salió de prisa y descompuesto, subió a su carroza sin despedirse, y no ofició los funerales a pesar de los muchos llamados que le hicieron, ni asistió al entierro.

El general quedó en tan mal estado, que no pudo levantarse solo de la hamaca, y el médico tuvo que alzarlo en brazos, como a un recién nacido, y lo sentó en la cama apoyado en las almohadas para que no lo ahogara la tos. Cuando por fin recobró el aliento hizo salir a todos para hablar a solas con el médico.

- «No me imaginé que esta vaina fuera tan grave como para pensar en los santos óleos», le dijo. «Yo, que no tengo la felicidad de creer en la vida del otro mundo».
- «No se trata de eso», dijo Révérend. «Lo que está demostrado es que el arreglo de los asuntos de la conciencia le infunde al enfermo un estado de ánimo que facilita mucho la tarea del médico»

El general no le prestó atención a la maestría de la respuesta, porque lo estremeció la revelación deslumbrante de que la loca carrera entre sus males y sus sueños llegaba en aquel instante a la meta final. El resto eran las tinieblas. «Carajos», suspiró, «¡Cómo voy a salir de este laberinto!»

Examinó el aposento con la clarividencia de sus vísperas, y por primera vez vio la verdad: la última cama prestada, el tocador de lástima cuyo turbio espejo de paciencia no lo repetiría, el aguamanil de porcelana descharchada con el agua y la toalla y el jabón para otras manos, la prisa sin corazón del reloj octogonal desbocado hacia la cita ineluctable del 17 de diciembre a la una y siete minutos de su tarde final.

Entonces cruzó los brazos contra el pecho y empezó a oír las voces radiantes de los esclavos cantando la salve de las seis en los trapiches, y vio por la ventana el diamante de Venus en el cielo que se iba para siempre, las nieves eternas, la enredadera nueva cuyas campánulas amarillas no vería florecer el sábado siguiente en la casa cerrada por el duelo, los últimos fulgores de la vida que nunca más, por los siglos de los siglos, volvería a repetirse.

****

Para el inconformista radical, cual fue don Miguel de Unamuno, Simón Bolívar entró en la Historia como un desaforado don Quijote con España tomada como escudero: figura literaria que, a la luz de los hechos, nos lleva a ver al llamado Libertador como un hombre, ni más ni menos que un hombre. Sin duda que él mismo lo sintió así en su postrer momento entre los seres humanos a los que, justo es decirlo, no había considerado iguales suyos. Así nos lo presenta Don Salvador de Madariaga, maestro en captar lo que don Miguel de Unamuno llamó "Intrahistoria" y puso en boca del Libertador un póstumo discurso:

Bolívar se adelantó hacia la barra de la Historia y dijo: Comparezco ante vosotros para presentaros la primera de mis renuncias que hago con toda el alma. Desde aquí, sólo con toda el alma se puede hablar. Vengo a presentaros mi renuncia como Libertador. No os asombréis. Lo esperaba. A la distancia a que me veis, cede el asombro. Pero aquellos que me acompañaron en la tierra y cuyas vidas corporales se entrenzaron con la mía habrían abierto ojos, no ya de asombro, sino de espanto al oírme lo que para ellos hubiera sonado como una blasfemia contra mí mismo. «Libertador» fue siempre mi título de gloria más excelso. «O libertador o muerto», dijo mi hermana una vez. Hoy, ante vosotros, renuncio a ser Libertador porque quiero vivir.

Quiero vivir como se vive en la Historia —con luz de verdad—. Desde estas alturas, ya libre del barro mortal que en la tierra empaña el espíritu, veo que ese título de Libertador que grabé con la espada en la carne de cinco naciones pesa hoy sobre mi ser perenne y le impide elevarse con toda su talla sobre el fondo real de las cosas verdaderas. No. Yo no soy Libertador, ni lo fui jamás.

¿Quién daría lo que no posee? Para libertaros, hubiera tenido que ser libre yo, pero ¿cómo daros la libertad si yo no la tenía? Y diréis: ¿pero no eras tú pudiente, noble? Noble, pudiente, sí; pero libre, no.

La libertad es un don del cielo que no es dado sino a muy pocos poseer. Yo no nací entre esos elegidos. Mi cuna se meció entre las cadenas doradas del privilegio. Nací esclavo de la pasión de mando, menos libre, como hombre, que los negros que yo mismo llamaba «mi esclavitud» siendo así que era yo más esclavo de ellos que ellos de mí.

Toda mi vida fui esclavo de mis pasiones. No os hablaré de la más escandalosa, al fin y al cabo, la más venial; sólo, de pasada, os recordaré que desde el día en que entré en Quito, viví atado a una mujer con cadena de rosas sin que ni las espinas que ocultaba me la hicieran menos llevadera. Pero padecí otras que me tiranizaron mucho más. Fui cruel. No lo neguéis. Ya desde aquí, ¿para qué me serviría vuestro piadoso disimulo? Fui cruel con los españoles, y tanto que un día exclamé: «Después de haber hecho el Nerón contra los españoles, me basta de sangre.» Fui cruel con los indios, y porque se cruzaron en mi camino los de Pasto, los hice exterminar.

Fui ambicioso; y para satisfacer mi ambición, no vacilé en desgarrar, apenas seca su tinta, constituciones que había jurado respetar; ni me tembló la mano al vaciar los hogares de su juventud por la recluta forzosa ni al desolar los campos y las ciudades con los horrores de la guerra. Crucé los Andes sobre una hecatombe y tomé a Guayaquil sobre otra.

Esclavo de mis pasiones, ¿cómo hubiera podido libertaros? Así, pues, no os liberté. Desgarré con la espada una tradición trisecular que entretejía vuestras díscolas libertades en un cañamazo social donde la Historia había bordado un gran diseño hispano-indio. Pero la espada no teje ni borda y cuando quise rehacer en tres años lo que España había hecho en tres siglos, la abigarrada maraña de hilachas humanas de aquel diseño roto, transfigurada en hidra demagógica, me devoró el corazón y me arrojó a la sepultura.

Ciento veinte años han transcurrido, y ¡qué años! Si un espíritu maligno me los hubiera revelado cuando juré en el Monte Sacro, cuando declaré la guerra a España, cuando hundí la cabeza entre las manos para ocultar mi vergüenza en Puerto Cabello, cuando triunfé en Boyacá y en Carabobo, cuando vi al fin Colombia hecha y derecha y el Perú rendido a mis pies, creédmelo, si hubiera entonces visto estos cien años repletos de Obandos, de Gamarras, de Páezes, forrados de constituciones de papel y de asambleas de viento, las cárceles, los proscritos, las dictaduras... quizá — Pero no. No me hubiera echado atrás. Porque no hubiera estado en mí el hacerlo. Verdad, mil veces verdad que no os he libertado. La esencia de la libertad estriba precisamente en que nadie puede libertar a nadie más que a sí mismo. Pero verdad también que cuando os decía que era vuestro Libertador lo creía sinceramente. Porque había llegado el momento en que la Historia exigía vuestra emancipación; y tanto la tierra como la sangre y como el espíritu clamaban por vuestra separación de España. Al día le hacía falta el hombre. El hombre fui yo. ¿Quién me designó para aquel destino histórico? — Mi ambición.

Entre mí y vosotros, pues, se forjó una sólida cadena de servicio mutuo; yo os emancipaba de España a vosotros; vosotros me emancipabais a mí de mi ambición y de esa pasión de mando que mandaba en mí. Así como la naturaleza se aprovecha del deleite del individuo para asegurar la especie, así la Historia se aprovechó de mi ambición para resolver el nudo del Imperio hispánico.

Vedme, pues, aquí en mi dimensión real, despojado por mi propio ser póstumo del título de Libertador que me otorgasteis. Ni yo Libertador, ni Cortés Conquistador, ni Colón Descubridor, ninguno de los tres protagonistas de esta trilogía del Nuevo Mundo es lo que parece ser. Los tres pisamos las tablas de la Historia con el pie firme de los creadores de su propia estirpe, ávidos de fama y de gloria. Los tres fuimos meros instrumentos de Algo que ni aun ahora nos ha sido dado penetrar. Colón no supo que descubría América; Cortés no supo que creaba la República mejicana; yo no -soñé que el alma en pena del tirano Aguirre que ardía en fuegos fatuos sobre las llanuras de Venezuela os tiranizaría al verterse en mar de petróleo estéril sobre vuestros valles antaño fértiles. El hombre propone y Dios dispone, dice un refrán, nuestro como español. Ni Colón se descubrió a sí mismo, ni Cortés se conquistó a sí mismo, ni yo me liberté a mí mismo — ni este que ha querido explicarnos a los tres sería capaz de explicarse a sí mismo ni de vislumbrar cómo repercutirá en la Historia el tríptico de tragedias que ha trazado con nuestras vidas.

Capítulo 13º

LA VENEZUELA INDEPENDIENTE, EL ILUSTRE AMERICANO Y EL CESARISMO DEMOCRÁTICO

Muerto Bolívar, su leyenda se arraigó *y creció*, nos dice la escritora hispanoamericana Marie Arana. Según ella, pocos héroes han sido tan exaltados por la historia, tan venerados en todo el mundo y tan inmortalizados en mármol cuando, en sus últimos días de vida y primeros años posteriores a su muerte, el rencor de muchos cubrió con creces la desenfrenada adulación de unos pocos: Expulsado de Bogotá, odiado por el Perú, ansiando regresar a su amada Caracas, pronto descubrió que incluso su tierra natal le había prohibido la vuelta a casa: "Adiós al espíritu del mal, autor de toda desgracia y tirano de la Patria", fue el indignado y coreado grito del gobernador de Maracaibo.

Esa diatriba era como un eco postrero de la actitud del general José Antonio Páez, jefe supremo militar y civil de Venezuela el cual, aun en vida del Libertador, a inicios de marzo de 1830, firmó una proclama que hizo colocar en pasquines en los lugares más visibles de Caracas anunciando que condenaba la inminente campaña militar contra Venezuela dirigida por Simón Bolívar, "que trae su espada dirigida sobre el corazón de la madre que le dio y el ser y pretende ocultar el veneno de la venganza que encierra en su pecho con el velo de obediencia y sumisión a la voluntad nacional». En los días siguientes se publicó un comunicado en el que se calificaba a Bolívar de «Generalísimo Supremo, Presidente, Dictador, Tirano, Déspota, Usurpador, Don Simón I de Los Andes y último de Venezuela para gloria de la Patria».

La prensa de Caracas también difundía sobre el Libertador opiniones similares a la publicada en el periódico "El Fanal" el 31 de marzo de ese mismo año:

"Después que Bolívar ha derrocado las instituciones que se había dado la nación; después que ha hecho sacrificar tantas víctimas a sus planes liberticidas; después que ha destruido el comercio, la agricultura y todos los ramos de la industria y, en fin, después que con una hipocresía vergonzosa ha querido engañarnos para ceñirse la corona, ¿se quiere que le tributemos elogios? Esto sería ser tan hipócritas como el mismo Bolívar, o estar colocados en el número de sus esclavos. Por consiguiente, repetiremos siempre lo que hemos dicho otras veces, que Bolívar es un déspota, un malvado y un ambicioso que pretendía elevarse sobre la ruina de los pueblos; y que, si el descanso y los honores de la magistratura los ha cambiado por las penalidades del soldado, sabemos el fin y los motivos por qué lo ha hecho. Su incapacidad, por un lado, y, por otro, la posición ventajosa en que deseaba permanecer para despotizar los pueblos y trabajar mejor en el plan de su coronación".

****

Hubieron de pasar uso cuantos años de la muerte de **Simón Bolívar**, llamado el **Libertador**, para que todos los odios se convirtieran en veneración, todas las calumnias en plegarias, todos sus hechos en leyenda. Muerto, ya no era un hombre sino un símbolo. Aquellos a los que él consideró compatriotas, pueblo tras pueblo, se apresuraron a convertir en mármol la gallarda imagen del caudillo criollo sobre su caballo sin que ello significara entretenerse en analizar lo mejorable de una política que, a la vista de sus derivaciones, tenía no poco de atropellada, incoherente y, no pocas veces, catastrófica.

Le temieron en vida y, ahora, le adoraban en muerte, algunos olvidando haber participado activamente en el desmoronamiento de lo que, durante muy breve tiempo, fue un trasunto visible de la soñada Gran Colombia de preciosa imagen, pero de dramática ejecución e imposible de consolidar sin la savia del realismo humanista que fue útil en el reciente pasado e imprescindible en el presente cuando, en realidad y a favor de las mal asimiladas corrientes de la ilustración, se pretendía sustituir a base de improvisaciones. Tanto peor si el pretendiente a liderar esa sustitución confundía al poder político con una pura y simple egolatría de marcado carácter militar llevando tras él una legión de imitadores que se esforzarían en asimilar su política a una pagana y populachera religión.

Tal como escribe Gerhard Masur, a los pocos años de la desaparición del Libertador ("hemos logrado la independencia a costa de infinitas calamidades"), se produjo una transfiguración que puede considerarse única en la historia moderna. Provincias y ciudades adoptaron su nombre; las plazas públicas se adornaron con monumentos a su gloria; se convirtió en más que un héroe: en un semidiós o en un superhombre. Los mismos hombres cuyo odio político y testarudez habían envenenado sus últimos días, daban ahora rienda suelta a los mayores elogios sobre sus méritos.

Esa afectiva apropiación del personaje viene acompañada de su reivindicación como paladín de los explotados y portavoz de los menesterosos, a pesar de que, tal como nos muestra la historia de los dos últimos siglos, el «Libertador» no logró cumplir con la supuesta misión de establecer una verdadera democracia social en los territorios "liberados", en los que, por el contrario, ayudó a la sustitución de la vieja oligarquía por otra más altiva y explotadora aunque, las más de las veces, se autodenominase y se siga auto denominando "social y progresista".

Es el citado historiador Masur el que nos dice que Bolívar fue recuperado por el liberalismo romántico europeo haciendo de él un precursor de movimientos como el "Resurgimiento italiano" o la «Primavera de los Pueblos» y, también, el defensor por excelencia de los valores de «orden y progreso» bajo una suprema y unívoca autoridad, pregonados por el positivismo materialista de Augusto Comte (1798-1857) en ambos lados de Atlántico.

En el primer cuarto del pasado siglo, los corolarios de esta interpretación autoritaria encontraron su manifestación en el interés que suscitaron en Europa la figura y el pensamiento de Bolívar como posibles antecedentes ideológicos del antiparlamentarismo de la Action Française, o de la concepción del Estado fuerte abogado por el fascismo mussoliniano, uno y otro de marcado carácter nacionalista, algo parecido a lo que los primeros bolivarianos tenían presente cuando hablaban de Patria Grande, tal vez, para compensar la decepción ante lo mucho que habían perdido a costa de una **independencia** que, a decir verdad y a la vista de lo que nos muestra la Historia, pudo haber sido realizada de forma gradual y sin el precio de tanta sangre y regresión.

Al sugerir que la independencia hispanoamericana pudo haber sido realizada de forma gradual y sin el precio de tanta sangre y regresión, nos vemos inclinados a bucear de nuevo en la historia de los primeros tiempos de la llamada "gesta del descubrimiento, conquista y evangelización del Nuevo Mundo", no sin puntualizar que, a nuestro juicio, no pocos de los "evangelizadores", más que por el Evangelio, se dejaron guiar por lo que algunos han llamado espíritu de raza y, consecuentemente, evangelización e hispanización corrieron en paralelo con progresiva ventaja de la última hasta llegar a una situación en la que una parte de los criollos, es decir, de los españoles que no habían nacido en España, creyeron haber llegado el tiempo de separarse de la Madre Patria a costa de lo que fuera con tal de ser ellos la nueva clase dirigente, ello sin tener en cuenta los derechos de los no españoles pero con raíces de miles de años en la Madre Tierra.

Para el inconformista y genial Francisco Quevedo y Villegas (1580-1645), era una cara aventura una independencia basada exclusivamente en la fuerza de las armas. Aun siendo justa aspiración sea por parte de los pueblos oprimidos, sea por la progresiva carencia de la igualdad, la fraternidad y la libertad a la que todos tenemos derecho (caso de las sociedades sumidas en ancestral barbarie) o sea por la tiranía de tal o cual consumado ególatra, ella debe ser propiciada a partir de la previa revolución de las conciencias de forma que éstas aprendan a diferenciar el grano de la paja desde un más cercano conocimiento de la **insobornable realidad**:

> "De su espada, no de su libro, dicen los reyes que tienen sus dominios; los ejércitos, no las universidades, ganan y defienden; victorias, y no disputas, los hacen grandes y formidables. Las batallas dan reinos y coronas; las letras, grados y borlas. En empezando una república a señalar premios a las letras, se ruega con las dignidades a los ociosos, se honra la astucia, se autoriza la malignidad y se premia la negociación, y es fuerza que dependa el victorioso del graduado, y el valiente del doctor, y la espada de la pluma. En la ignorancia del pueblo está seguro el dominio de los príncipes; el estudio que los advierte los amotina".

1.- La Venezuela independiente.

En el buceo de la historia, ayudados en este caso por el objetivo y bien documentado historiador Miguel Anxo Peña Gonzáles, nos remontamos con él hasta el siglo XVI para tropezar con un singular personaje, el agustino fray Alonso de la Veracruz (1509-1584), un hombre de Dios que vio en su papel de evangelizador un medio para que los hombres y mujeres del Nuevo Mundo, sintiéndose iguales en dignidad natural a los hombres y mujeres de cualquier otro lugar, vieran en la doctrina que él les traía el camino para ser todo lo que podían ser. Aquel buen fraile "no encontraba dificultad para defender la supremacía de todos los pueblos y, por lo mismo, también la de los americanos, así como la independencia y la igualdad de derechos de sus habitantes, sin distinciones religiosas. Por ello, las relaciones entre las naciones, consideró él, se deberían reglamentar por el derecho natural y de gentes, por ser lo común a todos los pueblos. A partir de ello, se infiere que los naturales no pudieron ser despojados de su jurisdicción por el simple hecho de ser infieles, porque la potestad y el verdadero dominio no se fundan en la fe. Es cierto que su argumentación no resultaba especialmente novedosa, ya que se basaba, en gran medida, en la reflexión hecha en Salamanca por su maestro fray Francisco de Vitoria. No obstante, esto, dicho desde la realidad de la Nueva España, le confería un valor peculiar que en su entorno se supo apreciar. Sostuvo, asimismo, que los. príncipes paganos eran legítimos señores, de igual manera que los monarcas cristianos, ya que su poder se derivaba del derecho natural, en el que todos los hombres son iguales. La conclusión a la que llegó es que los naturales no podían ser despojados de su dominio legítimo, por no haber causa justa para ello. La consecuencia para él fue clara: Moctezuma no podía enajenar unilateralmente su reino a favor del soberano de Castilla si no había consentimiento del pueblo. Esta idea, no es muy osado pensar, venía unida a la de los concejos castellanos que hacían un pacto con su soberano".

Claro que el excesivamente ensangrentado avatar de la independencia, dándole tiempo al tiempo, realismo a la realidad y concordia a la esperanza, podía haber transcurrido de otra manera; pero, para ello, habría sido necesario que los responsables del orden social se hubieran comportado de forma distinta a llegar a traducir en letra muerta las más significativas leyes sobre la humanitaria igualdad entre todos los pobladores del Nuevo Mundo.

Según fray Alonso, auténticamente cristiano hubiera sido situar siempre a la Cruz por delante de España desde la generosa y lógica preocupación por humanizar la gestión de gobierno de los jefes naturales, lo que, sin duda alguna, habría evitado buena parte de los ríos de sangre: En el pasado, así ocurrió con las más significativas de las grandes conversiones, como fue la de Recaredo en la Hispania gótica del siglo VI y, sin duda, ésa había sido la intención de Hernán Cortés al intentar atraer al Cristianismo a Moctezuma, proyecto que no pudo llevarse a cabo tras el asesinato de éste por sus propios compatriotas.

En cuanto muy pocos, casi ninguno, de los caudillos españoles obraron con la Cruz como principal guía de conducta, el poder político directo en Hispanoamérica cuenta con escasos jefes por ley natural, cuál habría sido si los antiguos caciques no hubieran sido depuestos o muertos en su práctica totalidad y, como lógica continuación de tal situación, los sucesivos gobernantes hubieran salido de entre los más capaces de los hijos de un estrecho hermanamiento entre "naturales y visitantes". Tal quiso hacer ver fray Alonso de Veracruz en un ensayo, del que solo se conserva una pequeña parte y que llevó por título **Releetio de dominio infidelium et de justo bello** ("Sobre el dominio de los infieles y la guerra justa").

Es de justicia reconocer que, fuera por propio convencimiento, por deferencia a las disposiciones de sus abuelos, los Reyes Católicos, o por recomendación del generoso y valiente fraile Alonso de la Veracruz, el rey emperador Carlos I de España y V de Alemania, el 9 de julio de 1538 emitió una Real Provisión en la que se disponía que, por ninguna causa de guerra, aunque fuera bajo título de rebelión, se redujera a servidumbre a los naturales. Este pronunciamiento fue confirmado de manera definitiva por medio de una Real Cédula el 20 de noviembre de 1542, en idénticos términos.

Proceder muy diferente habría sido si, en lugar de tratar de copiar de forma chapucera a "ilustrados" vendedores de utópicas humaradas, a sanguinarios promotores de la Revolución Francesa o al desaforadamente ambicioso Napoleón, un Simón Bolívar, que tenía el talento y, probablemente, la energía vital necesaria para abordar la empresa con la cual soñó, hubiera desdeñado las inconexas y extemporáneas enseñanzas de aquel Simón Rodríguez, al que no dejó de reconocer su principal maestro, y, con buenas dosis de generosidad, claro sentido de su propia responsabilidad y hambre de esa libertad personal que se alimenta de la libertad de todos, de la mano de ese gran hombre que resultó ser fray Alonso de la Veracruz, imponderable ideólogo práctico con la luz del Evangelio en todas sus premisas, hubiera tratado de entender, actualizar y aplicar lo que, a raíz de la presencia española en el Nuevo Continente, quiso hacer Isabel la Católica y, a renglón seguido, personajes de la honradez y talla intelectual de Francisco Suárez, Francisco de Vitoria, Martín de Azpilcueta o Juan de Mariana, tomaron como principal referencia para humanizar progresivamente las relaciones entre metrópoli y provincias hasta llegar a la madura autonomía de éstas.

****

Para bien o para mal, fue y sigue siendo Venezuela la región del mundo que más acusó y sigue acusando el paso por la Historia del caraqueño "mantuano" Simón Bolívar, el Libertador: hombre de su clase y de su tierra, a la cual vio pequeña para lo mucho que se consideraba capaz de abarcar, no de distinta forma a como el corso Napoleón veía a su Córcega natal. Pero, a diferencia de lo que ocurre con este último son muchos los hispanoamericanos de cualquier latitud que ven en Bolívar al Padre de la Patria.

Ser bolivariano, a fin de cuentas, es una etiqueta conveniente por lo indefinida y, en esencia, no significa nada concreto. Como lo advierte con propiedad el historiador venezolano Juan Morales: «Bolivarianos se declaran los socialdemócratas, comunistas, ultraizquierdistas, sacerdotes y hasta los terroristas [....] Bolivarianos se han declarado desde Fidel Castro (1926-2016) hasta Augusto Pinochet (1915-2006). ¿Qué implica, en definitiva, ser bolivariano? Una respuesta lógica podría ser: adherirse al pensamiento expresado por Bolívar en sus escritos, siempre y cuando este pensamiento fuese interpretado en forma lógica y coherente. Pero, al menos en el caso venezolano, ser bolivariano implica ante todo suscribir una religión civil, basada en una tautología identitaria: «Bolívar es la patria y la patria es Bolívar» –irónica declaración de principios, cuando uno sabe que la única vez, durante el proceso de independencia venezolana, que se le dijo a uno de los protagonistas de la gesta, «¡General! Usted es la Patria», no se trataba de Bolívar, sino de José Antonio Páez, el caudillo llanero. Además, como lo afirmara en su momento Germán Carrera Damas, esta religión civil es exclusiva y excluyente. Bolívar es inigualable y, en consecuencia, es el único demiurgo posible dentro de un proceso que, más que una emancipación política, define el punto de partida absoluto. No faltan quienes siguen pensando o diciendo que piensan que, antes de la Independencia y de Bolívar, todo era tinieblas. La patria venezolana vino entonces a ser creada como Dios creó al mundo.

Una vez admitida semejante dimensión teológica, la expresión del pensamiento bolivariano se convierte en palabra de Evangelio, recibida de pie, cuya exégesis, además de ser mal vista, se considera inútil. No es necesario explicar lo evidente: basta con recitarlo de memoria, como los suras del Corán y evocar leyendas al gusto de los que menos discurren para que el Libertador esté siempre presente en las ilusiones de una masa que aspira a resolver sus propios problemas sin esfuerzo personal alguno, sea como el Júpiter, que abate con sus rayos a un enemigo siempre al acecho, o sea un suministrador capaz de cubrir todas las imaginables necesidades.

Y, porque así conviene en determinados casos, no faltará alguien que, sin prueba alguna que lo corrobore, llegue a decir que una de las abuelas o bisabuelas de Bolívar era una esclava negra y que, "por eso, no aceptaba la forma como los españoles trataban a los esclavos" u otro que le atribuya una ascendencia indígena con gotas de sangre del mítico cacique Guaicaipuro (1530-1568), figura ideal de la causa indígena del siglo XVI, por los mismos tiempos y lugares en los que los "marañones" de Lope de Aguirre (1511-1561), andaban a la búsqueda del Eldorado y, sin el mínimo escrúpulo, asesinaban a todo el que se le oponía, nacido dentro o fuera de América. Llegados al colmo de los despropósitos, también habrá quien prestará al Libertador cierta concomitancia o filiación esotérica con la fabulosa María Lionza o Yara, cuyo culto cobró una gran fuerza en la década 50 del siglo XX, durante la dictadura de Marcos Pérez Jiménez, quien mandó que se erigiera en la autopista del este, cerca de la entrada de la Universidad Central de Venezuela, una estatua de ella montada en una danta (tapir venezolano), la cual se mantiene hasta nuestro días y en la que se le hacen numerosas ofrendas florales.

Para sus fieles, María Lionza o Yara, la diosa de los ojos color del agua, patrona del amor, de la salud y de la fortuna, "reina sobre cuarenta legiones, formadas por diez mil espíritus cada una". Su fiesta coincide con el de la Resistencia Indígena (12 de octubre), día en el que los peregrinos acuden en masa a la montaña de Sorte (estado de Yaracuy) en donde erigen un altar decorado con "fotografías, figuras estatuillas, vasos con ron o aguardiente, tabacos, cigarrillos en cruz, flores y frutos". Al lado de la imagen de María Lionza, además del retrato de Bolívar, colocan las del cacique Guaicaipuro, como presidente de la corte indígena, y del Negro Primero, el único oficial negro del Ejército Libertador, como presidente de toda aquella corte.

****

No fue esa veneración, ni mucho menos, lo que expresó Carlos Marx al escribir sobre la vida y obra de Simón Bolívar, fallecido veintitantos años atrás. El artículo, visto escasamente documentado y excesivamente crítico por Charles Dana, director del New York Daily Tribune, apareció en la New American Cyclopaedia con fecha 1 de enero de 1858. Presentaba al "apodado Libertador" como un egocéntrico personaje, más mediocre que excepcional y revestido por la fantasía popular con inmerecidas glorias sobre triunfos militares en los que tuvo muy escasa parte. Era algo que chocaba con la imagen habitual…. En carta a Engels, fechada el 14 de febrero de 1858, Marx escribe que Dana le había reprochado que

> "El artículo está escrito en un tono prejuiciado y duda de mis fuentes. Estas se las puedo proporcionar, naturalmente, aunque la exigencia es extraña. En lo que toca al estilo prejuiciado, ciertamente me he salido algo del tono enciclopédico. Hubiera sido pasarse de la raya querer presentar como Napoleón I al canalla más cobarde, brutal y miserable. Bolívar es el verdadero Soulouque".

Para el círculo en el que se movía Marx, Soulouque, es decir, Faustino Soulouque (1782-1867), el antiguo esclavo analfabeto que, en 1849, se había autoproclamado Emperador de Haití, representaba la imagen del fantoche que, sin mérito alguno, se cree dueño del mundo. Claro que, aun así, un personaje de esas características puede llegar a contar con el fervor popular porque (así lo explicó Marx a su amigo en otra carta), *"La fuerza creadora de los mitos, característica de la fantasía popular, en todas las épocas ha probado su eficacia inventando grandes hombres. El ejemplo más notable de este tipo es, sin duda, el de Simón Bolívar"*.

Recordando lo substancial de lo dicho hasta ahora, reconozcamos que identificar a Soulouque con Bolívar no podía ser más insultante, como insultante era todo el artículo de Marx, del que extraemos la parte que se refiere a los años en los que el propio Libertador creyó haber construido definitivamente la Gran Colombia:

"El Congreso de Colombia inauguró sus sesiones en enero de 1821 en Cúcuta; el 30 de agosto promulgó la nueva constitución y, habiendo amenazado Bolívar una vez más con renunciar, prorrogó los plenos poderes del Libertador. Una vez que éste hubo firmado la nueva carta constitucional, el congreso lo autorizó a emprender la campaña de Quito (1822), adonde se habían retirado los españoles tras ser desalojados del istmo de Panamá por un levantamiento general de la población.../Esta campaña, que finalizó con la incorporación de Quito, Pasto y Guayaquil a Colombia, se efectuó bajo la dirección nominal de Bolívar y el general Sucre, pero los pocos éxitos alcanzados por el cuerpo de ejército se debieron íntegramente a los oficiales británicos, y en particular al coronel Sands.../Durante las campañas contra los españoles en el Bajo y el Alto Perú --1823-1824-- Bolívar ya no consideró necesario representar el papel de comandante en jefe, sino que delegó en el general Sucre la conducción de la cosa militar y restringió sus actividades a las entradas triunfales, los manifiestos y la proclamación de constituciones. Mediante su guardia de corps colombiana manipuló las decisiones del Congreso de Lima, que el 10 de febrero de 1823 le encomendó la dictadura; gracias a un nuevo simulacro de renuncia, Bolívar se aseguró la reelección como presidente de Colombia.../Mientras tanto, su posición se había fortalecido, en parte con el reconocimiento oficial del nuevo estado por Inglaterra, en parte por la conquista de las provincias altoperuanas por Sucre, quién unificó a las últimas en una república independiente, la de Bolivia. En este país, sometido a las bayonetas de Sucre, Bolívar dio curso libre a sus tendencias al despotismo y proclamó el Código Boliviano, remedo del Napoleónico. Proyectaba trasplantar ese código de Bolivia al Perú, y de éste a Colombia, y mantener a raya a los dos primeros estados por medio de tropas colombianas, y al último mediante la legión extranjera y soldados peruanos.../Valiéndose de la violencia, pero también de la intriga, de hecho, logró imponer, aunque tan sólo por unas pocas semanas, su código al Perú. Como presidente y libertador de Colombia, protector y dictador del Perú y padrino de Bolivia, había alcanzado la cúspide de su gloria. Pero en Colombia había surgido un serio antagonismo entre los centralistas o bolivaristas y los federalistas, denominación esta última bajo la cual los enemigos de la anarquía militar se habían asociado a los rivales militares de Bolívar". Cuando el Congreso de Colombia, a instancias de Bolívar, formuló una acusación contra Páez, vicepresidente de Venezuela, el último respondió con una revuelta abierta, la que contaba secretamente con el apoyo y aliento del propio Bolívar; éste, en efecto, necesitaba sublevaciones como pretexto para abolir la constitución y reimplantar la dictadura. A su regreso del Perú, Bolívar trajo además de su guardia de corps 1.800 soldados peruanos, presuntamente para combatir a los federalistas alzados. Pero al encontrarse con Páez en Puerto Cabello, no sólo lo confirmó como máxima autoridad en Venezuela, no sólo proclamó la amnistía para los rebeldes, sino que tomó partido abiertamente por ellos y vituperó a los defensores de la constitución; el decreto del 23 de noviembre de 1826, promulgado en Bogotá, le concedió poderes dictatoriales".

****

Dijeran lo que dijeran comentaristas e ideólogos del fuste de un Carlos Marx, lo cierto fue que, muerto Simón Bolívar, la mayoría de las nuevas repúblicas hispanoamericanas, desde Argentina a Panamá, decían y pretendieron ajustar la base doctrinal de las respectivas políticas a los hechos y dichos del considerado por muchos el "**Libertador de la América del Sur**". El aldabonazo para el punto de partida de esa consideración fue dado cuando, pasados doce años del fallecimiento, en marcha triunfal, fueron llevados hasta Caracas los restos del Libertador por voluntad del "General Llanero, **José Antonio Páez Herrera** (1790-1873), presidente dictador de la **Cuarta República de Venezuela** (1830-1999).

Fue, precisamente, en la Cuarta República de Venezuela, en donde, andando el tiempo, más se haría notar la estela de Bolívar tras la paradójica y triste desavenencia en los últimos meses de la vida del **Libertador** entre éste y el creador de esa Cuarta República de Venezuela: José Antonio Páez Herrera, llamado el **Taita** (papaíto) y, también, el

Centauro de los Llanos, que había curtido su férreo carácter en las más duras tareas de los Llanos Venezolanos, empezando por la de lavar los pies al negro Manuelote, esclavo a la par que capataz en la hacienda en donde trabajó Páez como peón desde los quince años hasta que vio en la carrera militar el medio para llegar adonde se había propuesto llegar.

Con su carisma personal, una ambición forjada a base de dificultades y al amparo de las exigencias de la dramática situación subsiguiente a todo aquello de la **"Guerra a muerte"**, la demagogia de la **"Campañas admirable"**, la precipitada construcción y rápido desmoronamiento de la Gran Colombia a raíz de la **"Cosiata"** de ruptura y de todo lo anejo a la forma de actuar de los "libertadores", el "general llanero" **José Antonio Páez** introdujo en la **Presidencia de la Cuarta República Venezolana** un estilo de gobierno autocrático, militarizado y populista que, durante demasiado tiempo, marcó la pauta a muchos de sus sucesores y colegas hispanoamericanos al albur de múltiples rivalidades, sangrientos enfrentamientos y un clima de persistente corrupción gubernamental de la que abundan los ejemplos en esa Cuarta República de una Venezuela que, como ya hemos apuntado en el capítulo 2º de este relato, arrastra cierta singularidad histórica respecto a los territorios hermanos de su entorno con el añadido de que, aun siendo lugar de nacimiento tanto de **Francisco de Miranda**, el **Precursor,** como de **Simón Bolívar**, el **Libertador,** fue la primera en romper sus lazos con la Gran Colombia, ambicioso sueño compartido por ambos personajes de extraordinaria relevancia histórica.

****

No se habría producido esa ruptura y consecuente radical independencia venezolana sin la ciega e "interesada" obediencia de los llaneros venezolanos a su "jefe natural" y llanero como ellos: el **Taita**, es decir, **José Antonio Páez Herrera**.

La mayoría de ellos, animados por odio racial o de clase y por las promesas de compartir despojos, fueron fieles a la causa realista hasta que comprobaron que ya no les interesaba. Querían ser ricos, al igual que los canarios y peninsulares que se integraban en las filas republicanas y se identificaron con esa lucha porque querían obtener las tierras que arrebatarían a la oligarquía criolla. Se repartirían el botín, pero no se planteaban la abolición de la sociedad clasista. Era una contienda social pasional y violenta, pero no contenía una orientación política decidida. Se lucha más que en contra de un enemigo era a favor del que podía cambiar su situación, fueran sus jefes "godos" o "republicanos".

Los llaneros que, al mando del sanguinario e implacable general José Tomás Boves (1782-1814), habían logrado jugoso botín luchando por el Rey, no encontraron el reconocimiento que esperaban por parte del Capitán General Pablo Morillo (1775-1837) cuando llegado de la Metrópoli en 1815 con 10.000 soldados bien pertrechados, abordó con éxito lo que se llamó tarea de pacificación.

Al tiempo que los llaneros eran arrinconados dentro del ejército realista, entre los republicanos se operaba un cambio que será decisivo. El objetivo de Bolívar era organizar un ejército sobre la base de la igualdad legal y la americanidad, que posibilitara a los indios y pardos un cierto acceso al poder a través de la milicia. Gracias a ello, en Venezuela, un amplio número de llaneros, decepcionados con la marginación con que habían sido tratados por los nuevos dirigentes militares españoles, se integraron en el ejército republicano. Agrupados en torno a José Antonio Páez, el caudillo llanero, de origen isleño y de procedencia social baja, son conquistados por las promesas de sus nuevos jefes respecto a un "futuro de total libertad en tierra propia integrados en una sociedad sin discriminaciones de sangre ni condición social".

A casi dos siglos de la independencia venezolana, vemos un tanto eclipsada la memoria de Páez, el verdadero ejecutor, por todo lo que se dice e inventa sobre Bolívar, ese hombre en la historia del que solo Dios sabe si lo que hizo y deshizo fue pensando poco o mucho en el bien de sus compatriotas o por el exclusivo realce de su persona. Ello no obstante, los pormenores de la historia venezolana nos dicen que las cosas habrían transcurrido de muy distinta manera sin un personaje como Páez cuyas son las siguientes palabras pronunciadas el 11 de abril de 1831 en su toma de posesión como Presidente Constitucional de la República de Venezuela:

> "La verdad es que se abre ante nosotros uno de los mejores periodos de nuestra historia, y precisamente en lo referente a la organización política y moral de la República. Prudencia, firmeza, probidad, sagaz apreciación de la imposibilidad de separarse por entonces del jefe militar, pero a la vez valeroso propósito de vigilarlo y reducirlo; entusiasmo laborioso y consecuente para trabajar por una administración pública eficaz y

equilibrar la libertad y el orden, tales fueron las virtudes de aquella generación, que logró convertir en un movimiento patriótico y legalista la desmembración de Colombia, iniciado bajo tan funestos auspicios...".

Sin duda que, tomándose muy en serio sus propias palabras sobre ese posible equilibrio entre el orden (en teoría, garantizado por los militares) y la "libre opinión" (según los "ilustrados" cánones europeos), el general Presidente, José Antonio Páez, tal vez creyéndose que la "ilustrada libre opinión" puede llegar a ser el más firme freno de la "acción directa", procuró hacerse amigo de todos, incluidos los que, de una forma u otra, aspiraban a derrocarle.

El caso fue que Venezuela sufrió una oligarquía militar durante casi todo el siglo XIX con la dictadura presidencialista militarizada (fuera militar o civil el presidente) como forma habitual de gobierno predominante, empezando por el propio Páez (masón grado 33º), que presumía de filantrópica filiación masónica para, de seguido, caracterizarse por un progresivo ninguneo de la obra social del Catolicismo, no vacilar en aplicar la pena de muerte con mayor o menor rigor según conviniese a sus intereses y el continuismo de la esclavitud desde la perspectiva de que la sociedad seguía siendo piramidal, ahora con los jerarcas militares en la situación de los antiguos mantuanos.

También es cierto que Páez rehízo la economía lo suficiente para amortizar buena parte de la deuda nacional, construir vías de comunicación y dar impulso al comercio exterior con la venta del café y el cacao, a la par que se preocupó de mantener el respeto popular por los más caracterizados personajes de la oligarquía militar.

✳✳✳✳

Es a partir del 1 de febrero de 1839, tras unas elecciones en las que se llevó 212 votos de 222 grandes electores, cuando Páez, que se mantiene como general en jefe del Ejército, ocupa de nuevo el sillón presidencial, desde donde ha de poner orden en el persistentemente revuelto mundo militar y hacer frente a los efectos de la grave crisis económica internacional de 1838, se dice que desencadenada por la torpe política monetaria del poderoso cliente-proveedor del Norte cuando, el 10 de mayo de 1837, los bancos de Nueva York dejaron de hacer sus pagos en monedas de oro y plata, lo que produjo un pánico generalizado, pronto traducido en quiebras de bancos y subida vertiginosa del desempleo durante no menos de cinco años, mientras los especuladores al acecho redondeaban sus fortunas a costa de la progresiva miseria del pueblo llano trabajador.

Por demás, la oposición, que se auto titula federativa y liberal, se esfuerza por constituir un gobierno en la sombra en torno a una nueva entidad que, precisamente, toma el nombre de **Partido Liberal** bajo los auspicios y el liderazgo de **Antonio Leocadio Guzmán Agueda** (1801-1884) y **Tomás Lander** (1792-1845). El primero era un rico hacendado aficionado a la especulación filosófica y al periodismo, educado como muy liberal en España hasta que su padre, que figuraba como capitán de la Reina, lo devolvió a Caracas en 1823 para casarse con una **prima del Libertador**. El segundo, reputado entonces como "el gran pensador liberalista venezolano", figuraba como periodista, politólogo, rico empresario, editor y político, que presumía haber aprendido mucho de **Simón Rodríguez**, el singular filósofo rusoniano del que ya hemos hablado y que, años atrás, había sido recuperado para la enseñanza pública por el Libertador, que le tuvo por uno de sus primeros maestros.

Cuando, en abril de 1826, los independentistas venezolanos provocaron el levantamiento de la "Cosiata", Lander se puso de parte de Páez y, de seguido, fundó el "Cosiatero", que resultó ser el principal órgano de prensa separatista lo que, al menos, en teoría, le ponía en contra del Libertador al cual, si, antes, admiró ahora reprochaba "no mucha libertad y suprema escasez de realismo", lo que le valió al periodista el apelativo de "turbulento" por parte de Santander.

Desde esos condicionamientos, Guzmán Agueda y Lander, también educado y curtido en Europa hasta llegados los años veinte, organizaron y dieron fuste modernista al movimiento liberal con toda la retórica que cabía esperar por parte del segundo de ellos, fundador y director de varios periódicos, entre ellos, **"El Venezolano"** con el cual, al aire de los vaivenes de la libertad de prensa recién estrenada, ambos socios se marcaron el irrenunciable objetivo de abatir a "la tropa de godos, oligarcas y conservadores" con la estrecha colaboración de no pocos altos cargos de la milicia y la política, siempre dispuestos a fraguar lo necesario en el sempiterno afán de que "quítate tú para que me ponga yo" bajo la socorrida pantalla de mayor libertad, como era de esperar.

Fue así cómo, con la rebuscada y artificiosa pretensión de que la Libertad fuera cosa de todos, pero dirigida (o manipulada) desde arriba por los más responsables e "ilustrados", el 24 de agosto de 1840 nació **"El Venezolano"**, periódico de difusión nacional con el dicho **"más quiero una libertad peligrosa que una esclavitud tranquila"** como epígrafe de cabecera y que, desde su aparición, resultó ser el ineludible soporte doctrinal de un liberalismo que dice ser genuino heredero de los ideales de la ilustración y abanderado de una política que ha de involucrar a toda la población sin distinción de castas o razas. Debido a esas premisas, tal liberalismo promueve el voto universal, la eliminación de la pena de muerte y un desarrollo económico basado en la planificación y la libre competencia: son principios fundamentales en los que se basa le movimiento que, con toda propiedad, según Muñoz y Lander, ha de llamarse **Partido Liberal** y, como signo de identificación adoptará la **Bandera Amarilla** sin aditamento alguno y no les importó ser conocidos como los **liberales amarillos**. Al tildarse ellos de liberales, fueron llamados **conservadores** los militares y demás políticos de la órbita de Páez, convertido éste por sus partidarios en un caudillo de valor no inferior al del propio Libertador.

****

Consecuentemente, los primeros gobiernos de la independencia venezolana fueron de aire conservador y como Conservadores fueron llamados en tanto que la oposición, protagonizada por militares o civiles con vocación militar, fue considerada y llamada liberal, lo que no fue óbice para promover continuas desazones y rebeldías con las consiguientes guerrillas, guerras, y revoluciones, como la llamada **Revolución de las Reformas** que, entre 7 de junio de 1835 y el 1 de marzo de 1836, en abierta rebeldía contra el gobierno de José María Vargas (1786-1854), médico e ideólogo propuesto por Páez como sucesor suyo en las elecciones de 1834 a la Presidencia de la República que, ganadas por los conservadores, reactivaron el inconformismo de los llamados liberales con el derrotado general Santiago Mariño (1788-1854) a la cabeza y la destacada participación de otros "próceres de la independencia", entre ellos, José Tadeo Monagas (1784-1868) y el francés Luis Perú de Lacroix (1780-1837), al que recordaréis como amigo y depositario de las confidencias de Bolívar en Bucaramanga, luego plasmadas por Lacroix en el relato titulado "Diálogos de Bucaramanga".

De entre todos los que participaron en esa **Revolución de las Reformas**, fue el astuto general **José Tadeo Monagas**, que se decía liberal, el contendiente que más se hizo valer entre unos y otros como persona dialogante y conspicuo hombre de estado a la par que bastante menos fanfarrón que alguno de sus colegas, hasta el punto de que José Antonio Páez, que, además de máxima autoridad entre los "conservadores", seguía desempeñando el supremo cargo de general en jefe del Ejército, le propuso como candidato a la Presidencia en las elecciones de 1846.

Una vez en el poder, atrajo hacia sí a los más revoltosos (entre ellos, Antonio Leocadio Guzmán y Ezequiel Zamora, condenados a muerte por una de tantas rebeliones) y reformó todas las instituciones venezolanas sin ocultar un abierto interés por colocar a familiares y amigos que, pronto, constituyeron una especie de tribu en la que habían de confluir todos los resortes del poder. Fue lo que se llamó el **Monagato**, que resultó ser obra de un clan familiar situado en el centro de confluencia de las aspiraciones de conservadores y liberales sin mayor objetivo que el de crear una dinastía. Y tal fue puesto que dicho Tadeo Monagas fue presidente de Venezuela entre 1846 y 1851; "cedió" el puesto a su hermano Gregorio entre 1851 y 1855 para recuperarlo ese mismo año hasta, tras la llamada **Revolución de Marzo** del 58, verse obligado a exiliarse.

De nuevo el grupo de los "conservadores" resultan ser el remedio a la anarquía y Páez vuelve del exilio el 18 de diciembre de 1858 con todos sus títulos y honores recuperados y el encargo de hacer frente al descontento generalizado por la acción directa de los más exaltados monaguistas y las consiguientes réplicas de liberales y conservadores hasta que el 20 de febrero de 1859 estalla la llamada **Guerra Federal** (1859-63), sangriento conflicto civil, que se alargó por más de cuatro años, provocó no menos de cien mil muertes.

En plena contienda, un nuevo golpe militar termina con el derrocamiento y prisión del presidente interino Pedro Gual (1783-1862) y el 10 de septiembre de 1861 entrega el poder absoluto a Páez, que ejerce de Presidente Dictador y general en jefe de los ejércitos hasta junio de 1863, una vez que, derrotados los liberales y reconocidas las mutuas culpabilidades, "Pedro José Rojas, Secretario General del Jefe Supremo de la República (Páez) y Antonio Guzmán Blanco, Secretario

General del Presidente Provisional de la Federación (Falcón), firmaron, el 24 de abril de 1863, el llamado **Convenio de Coche**, por el cual «el ejército federal reconoce al Gobierno del Jefe Supremo de la República y de su sustituto".

Como excepcional gesto de buena voluntad, Páez no tuvo inconveniente en ceder a su anterior enemigo, el mariscal **Juan Crisóstomo Falcón** (1820-1870), la presidencia del gobierno y jefatura del ejército y, contra los deseos de sus recalcitrantes partidarios, el 13 de agosto del mismo año salió de Venezuela para no regresar más. Residió un tiempo en Nueva York hasta que, invitado por el Gobierno Argentino, viajó hasta Buenos Aires, en donde residió entre 1868 y 1871, año en el que viajó hasta Europa y regresó a su domicilio de Nueva York, en donde falleció el 6 de mayo de 1873 cumplidos sus 82 años.

Ciertamente, Falcón, no estuvo a la altura de las esperanzas que le acompañaron en su toma de posesión el 17 de junio de 1863, fecha en la que es designado presidente provisional de la República por la Asamblea Constituyente de La Victoria, de la que saldría la **Constitución Venezolana de 1864**, que le ratificó como Presidente Constitucional de Venezuela el 18 de junio de 1865, ya con una larvada oposición por parte de algunos de sus anteriores partidarios a la vez que militares de alta graduación-

Entre éstos, el rebelde más destacado fue su propio Ministro de Guerra y Marina, el general Manuel Ezequiel Bruzual (1830-1868), que le presentó su renuncia a los pocos meses del nombramiento para, de inmediato formar su propio ejército con el que sufrió una derrota, que le llevó a la cárcel, que sufrió durante dos años hasta que, sorpresivamente, el propio Presidente le liberó y nombró Jefe del Estado Mayor del Ejército, cargo que le permite entrar en tratos con la oposición armada, esta vez encarnada en el llamado "**Ejército del Pabellón Azul**", (fuerza de choque de la **Revolución Azul**), con cuya ayuda, derroca a Falcón y, una vez puesto en su lugar, es derrocado por los que, por iniciativa de su **jefe militar supremo** se auto titulan "**liberales azules**" en desafiante réplica a los "**liberales amarillos**" que, al menos, en teoría apoyan o apoyaban al presidente Falcón.

Sucedió que, llegado el año 1867, ya cumplidos sus 83 años, ese **jefe militar supremo de los azules,** que no es otro que el muy citado **José Tadeo Monagas**, a modo de patriarca de un clan, volvió a

Venezuela para "poner orden" encabezando la llamada **Revolución Azul.**

Con la referida y oportuna colaboración de dicho general Bruzual, Tadeo Monagas logró poner en fuga al presidente en ejercicio y, en el papel de General el Jefe de los ejércitos de la Revolución, declaró vigente la Constitución de 1864 y nombró una comisión con la responsabilidad de elegir como Presidente provisional asl que figuraba como General en Jefe del Estado Mayor (es decir, Bruzual) hasta las nuevas elecciones que él encabezaría como candidato con su hijo José Ruperto Monagas (1831-1880) como vicepresidente. Por desgracia para él, falleció de muerte natural durante el proceso electoral y fue su hijo Ruperto quien ocupó la Presidencia de Venezuela el 20 de febrero de 1869 hasta el 16 de abril de 1870, en que ha de abandonarla a causa de la llamada **Revolución Amarilla** (14 de febrero a 27 de abril de 1870), encabezada por **Antonio Guzmán Blanco** (1829-1899), lo que, en la Historia de Venezuela, es recordado como el capítulo final del **Monagato** y el primero del **Guzmanato.**

2.- El Ilustre Americano

Por lo que aconteció a partir de entonces, bien podemos decir que fue en el año 1870 cuando, verdaderamente, se inició la modernización de la nación que, desde la Constitución de 1864 hasta la del año 1953 se llamó **Estados Unidos de Venezuela.**

Promotor principal de esa modernización fue el militar, estadista, caudillo, diplomático, abogado y político **Antonio Guzmán Blanco,** supremo mandatario de Venezuela en 1870-77, 1879-84 y 1886-88, es decir, en tres ocasiones. Acendrado "patriota" por ser y sentirse de la estirpe de los "Libertadores" al ser hijo de doña Carlota Blanco Jerez de Aristeguieta, prima de Simón Bolívar, y "reformista liberal" en continuidad con la línea ideológica de su padre, **Antonio Leocadio Guzmán** (1801-1884), que, por cuatro veces, fue Ministro de Interior y Justicia y de quien ya hemos dicho que, con el ilustre periodista Tomás Lander, había dado forma institucional al **Partido Liberal** venezolano (1840), el mismo del cual, andando el tiempo, el joven Antonio fue reconocido como líder indiscutible.

Antonio Guzmán Blanco es el personaje que, a poco de iniciar su carrera presidencial, fue proclamado por el Congreso Venezolano "**El Ilustre Americano**, Regenerador de Venezuela", sobrenombre con el que ha pasado a la Historia. Fue ese mismo Congreso el que, en el lugar más concurrido de la Capital, mandó erigir una soberbia estatua con la figura del prócer a caballo lo que, sin duda alguna, contribuyó a realzar un ego ya de por sí muy propenso al narcisismo. Había crecido a la sombra de su padre y, en medio de una intensa formación intelectual, pasó su infancia y su adolescencia en una de las peores épocas de agitación política con múltiples ocasiones para conocer en su salsa a caudillos más pendientes de abatir al enemigo que de resolver cualquier problema derivado de la responsabilidad en la que los situaba la oligarquía militar de la que formaban parte: perseguían el poder para, una vez logrado, no saber qué hacer con él, constatación que al joven abogado le invitaba a crecerse sobre sí mismo al estar convencido de que la fuerza debía estar al servicio de las leyes y, a ser posible, de la razón; no al revés. En su época, pocos como él, dominaban varios idiomas, habían leído tantos libros de las nuevas tendencias académica o prestaban al Derecho el papel que él le otorgaba y que era exigido por una mínima estabilidad social.

Ello era así, no porque Antonio Guzmán Blanco se sintiera inclinado al servicio de sus semejantes, es decir, motivado por esa generosidad que coloca al otro en un plano de igualdad con uno mismo. Ni mucho menos, él se consideraba un igual a sus semejantes, fueran de la estirpe que fueran o hubieran protagonizado hechos históricos que él no pudiera protagonizar: se cree que, desde muy joven, se marcó la tarea de llegar por sí mismo a la cúspide de la pirámide social y, la verdad sea dicha, contaba con cualidades naturales que le daban pie para creerlo, entre ellas, el afán por la coherencia entre lo que era y lo que quería ser aunque, para ello, hubiera de menospreciar a su propio padre o sacrificar algunos de los principios morales al uso de las gentes sencillas. Ello no fue óbice para que, desde su asunción al poder en 1870, se sintiera obligado a decretar la fundamental instrucción pública gratuita para la infancia y la adolescencia.

Las cuestionables acciones de su padre conocido por pasar de oposición al gobierno y viceversa, a pura conveniencia, eran motivo de un generalizado desprecio para su familia, desprecio que en toda ocasión era un atentado directo al bien consolidado orgullo del joven Antonio Guzmán Blanco, por lo cual, se convenció de la necesidad de apartarse de la imagen de su padre, lo cual en efecto, mantuvo durante el resto de su vida, y que sería la razón principal para, en el futuro, promulgar en su reforma constitucional, el precepto de «Ningún pariente o relativo del presidente podrá a aspirar a cargo alguno, que sea de alto orden administrativo».

****

Guzmán se une a Falcón y comete un acto de audacia a 4 años de la guerra Federal: se ofrece a participar en la lucha armada y de ser un intelectual pasa a comandar las guerrillas del centro, logrando que aquellos bárbaros lo reconocieran como Jefe Militar y que lo siguieran. Consigue éxito y culmina la guerra con el tratado de Coche.

Falcón fue proclamado presidente provisional, nombra a Guzmán Blanco vicepresidente y, en 1864, proclama la nueva constitución federal por la que es elegido presidente constitucional el 18 de marzo de 1865. Más militar que político, abandona frecuentemente las habituales tareas de gobierno para erradicar por sí mismo las rebeldías de tal o cual caudillo regional, mientras que el vicepresidente se preocupaba de resolver con éxito los problemas políticos sin dejar por ello de participar en alguna acción guerrera en la que también demostró envidiable capacidad.

Cuando fracasa el gobierno de la Federación Guzmán se aleja de Falcón por la anarquía existente dentro de ella, convirtiéndose en la única figura que puede centralizar algo que produce sus efectos cuando muere Tadeo Monagas y queda él como líder capaz de abrir paso a un orden político medianamente moderno. Desde Curazao, encabeza la llamada la Revolución de Abril o Revolución Amarilla, pasa dos años combatiendo hasta imponer su autoridad, lo logra materialmente y organiza el país entre 1870 y 1877 una hazaña sin precedentes.

El ilustre escritor venezolano Arturo Uslar Pietri (1906-2001) nos dice que, con el omnímodo poder logrado en 1870. Guzmán Blanco, que, en París, había sido espectador de la gran obra urbanística que, por iniciativa del emperador Napoleón III, había llevado a cabo el barón George Eugène de Haussmann, se propuso hacer de la villa caraqueña un pequeño París. Desde ese afán, impulsó obras tan importantes como el Palacio Federal Legislativo, la fachada y el paraninfo de la

Universidad (hoy Palacio de las Academias), el Teatro Municipal, el Templo Masónico y la Basílica de Santa Teresa.

Sin embargo, su acción pública también tuvo aspectos desfavorables. Ejerció el poder de forma autocrática, se enemistó gravemente con la Iglesia católica y obtuvo un enriquecimiento dudoso. Ya en 1863 había negociado a nombre de la nación un empréstito en Londres que le dejó una jugosa comisión. El Ilustre Americano, como le gustaba ser llamado, llegó a poseer una inmensa fortuna.

Enamorado de la vida francesa quiere ejercer el trono desde Francia y después del septenio de su primer gobierno, elige a un teniente suyo: Francisco Linares Alcántara y le otorga un período de dos años, lo que resulta incompatible con cualquier idea de progreso, eso condenaba al país a no tener gobierno prácticamente. Alcántara reacciona contra la autoridad de Guzmán y prolonga el tiempo de gobierno, pero no lo logra porque Alcántara muere y vuelve Guzmán en lo que se conoce como la Reivindicación. Después de su segundo período gubernamental conocido como el quinquenio, le sigue el turno bianual Joaquín Crespo que cumple y le mantiene las espaldas cubiertas a Guzmán que vive en Paris como un príncipe extranjero gobernando desde allá. Regresa en 1886 pero no cumple el período de 2 años, se marcha antes a Paris y no regresa, se retira en el 87 y muere 12 años después en 1899 en Paris con lo que el **Guzmancismo** se desintegra, desaparece.

Vienen las presidencias civiles de Rojas Paul, Andueza Palacios y por último la conquista violenta del poder por las armas de Joaquín Crespo. Pero dominó la vida política de Venezuela desde el Gobierno Federal donde era la figura predominante hasta por lo menos 1887.

El balance es inmenso, claro que habría que preguntarse ¿lo logra mientras él está? ¿lo logra sin poder establecer un sistema estable al precio de un personalismo? ¿lo logra por medio de una autocracia corrupta en muchos aspectos aunque civilizadora y progresista en otros? Pero sobre todo lo logra sin poder establecer un sistema estable ya que solo se pudo mantener mientras él estaba.

Lo cierto es que el siglo XIX no se puede entender sin la figura de Guzmán, no hubo en esa época ningún caudillo que se le pudiera comparar en su visión de modernidad, de lo que era el estado, el destino colectivo liberal, progresista, porque no tenían una concepción del progreso político como lo revelan el Decreto de Instrucción Pública, la modernización de Caracas, la organización de la Hacienda Pública, cosas que revelan una voluntad de progreso que no tuvo ninguno de los caudillos antes o después de él. Con la parte negativa: su egolatría, su personalismo exagerado, su falta de probidad en cuanto a las ventajas que podían derivar de la presidencia de la república, su tendencia a resolver las cosas a su manera y sin tomar en consideración las opiniones de los demás y su falta de sentido para mantener un equilibrio entre gobierno y oposición que le hubiera ahorrado al país muchas duras experiencias que tuvo que vivir después de Guzmán.

****

Son muchos los historiadores que sostienen que la descollante personalidad de aquel "autócrata civilizador", llamado Antonio Guzmán Blanco, estuvo en razón directa con su filiación masónica, puesta de relieve por él mismo en el interés por dotar a la "hermandad filantrópica" con un templo inigualable en cualquier otra parte del mundo: Se trata del Gran Templo Masónico de Caracas, monumento histórico nacional, fundamentalmente dedicado al **Honor de los Próceres**. Los retratos de Simón Bolívar, Francisco de Miranda, José Antonio Páez y del propio Antonio Guzmán Blanco -entre otros ilustres practicantes de la masonería- se exhiben en los vitrales de las ventanas laterales de la cámara. En la pared central se halla el símbolo principal de la logia: la escuadra y el compás. Fue inaugurado solemnemente el 27 de abril de 1876 por él mismo con un discurso, que, a nuestro entender, ilustra sobre los objetivos que el **"Ilustre Americano"** se proponía desarrollar desde el poder:

Esto no es solamente un Templo Masónico; es más que eso, es el Templo que oficialmente levanta el Gobierno de Venezuela a la Independencia de la razón del hombre; templo en que caben sin estorbarse ni contradecirse tanto los hebreos como los cristianos, así los católicos como los cuáqueros, el deísta como el protestante. Este es el Templo de la humanidad civilizada lo he levantado sabiendo muy bien lo que hacía y asumiendo la totalidad de las responsabilidades que tan insólito hecho entraña. Desde este punto de vista, encontraréis explicado cómo es que al mismo tiempo que levanto este Templo de la Masonería, estoy construyendo otro al catolicismo, que será el más suntuoso de Sur América y como, si tuviera tiempo, erigiría una Sinagoga y otro templo a la secta protestante. La civilización del siglo XIX es el triunfo de la Masonería. Con el Decálogo, que es el código de la moral universal y eterno, primero, y con Jesucristo, como modelo, después: antes por medio de la asociación y después de Gutenberg, por medio de la imprenta, ha realizado una verdadera transformación en que a barbarie, la ignorancia, o el fanatismo, se han sustituido por la libertad, la igualdad y la fraternidad.

Jesucristo y Gutenberg son las dos grandes antorchas de la Edad Moderna : Jesucristo como generador de la redentora civilización y Gutenberg como inventor de la máquina para popularizarla hasta en las últimas extremidades sociales. Lo que se diga dentro y fuera de la República por todos los fanáticos, ilustrados o ignorantes, que para el caso poco importa, no me intranquiliza de manera alguna. Mis profundas convicciones me dicen que estoy sirviendo a la causa de la humanidad, a la causa de Dios, mejor, muchísimo mejor, que todos aquellos que quisieran detener el mundo, porque no comprenden la inmensidad del Eterno y la grandeza que desde el principio y en cada día, tiene destinada la especie humana.

La Masonería no tiene ya que discutir el libre pensar, ni la libertad del ciudadano, ni ninguna de sus prerrogativas individuales, porque la soberanía del individuo es dogma de la época, lo mismo bajo las monarquías que bajo las repúblicas; pero la Masonería tiene todavía una gran labor que cumplir, proponiéndose en cada nación del orden suyo el imperio del progreso y del porvenir pugnado por la paz como condición inexorable de toda saludable conquista y condenando la guerra como el único medio de éxito que han tenido y pueden tener todas las usurpaciones, y a los fanáticos, verdaderos y únicos enemigos de Dios y de su predilecta humanidad. Este programa es tan patriótico en la legal Inglaterra como en la inestable Francia, en la antigua España como en la moderna Alemania, como en el grande e insólito modelo de los Estados Unidos del Norte, como en Venezuela, como en cada una de las nacientes Repúblicas de la América del Sur.

Ojalá, ya que en Venezuela hemos logrado fundar la paz bajo un gobierno respetable moral y materialmente, ya que la República ha vindicado su soberanía, y ya que hemos entrado en el franco desenvolvimiento intelectual y material de la Patria, la Masonería juzgue de su deber ponerse a la cabeza de la propaganda que condena todos los medios de la fuerza y la violencia, para sustituirlos con los de la paz y la inteligencia. …Quizás sea ésta la ocasión de proponer a todos los masones que me oyen la reorganización de la Orden, tomando por tema concreto de sus trabajos, la paz, el bienestar y el porvenir de Venezuela. Así vendría a ser la Masonería Venezolana para la consolidación y adelanto de nuestra patria, lo que la Masonería Universal ha sido para los adelantos y civilización de la humanidad en los cinco últimos siglos.

¡Viva la independencia de la razón! ¡Viva la civilización! ¡Viva la confraternidad humana!

Antonio Guzmán Blanco había sido iniciado como masón en el año 1854 en la Logia Simbólica "Concordia", fue miembro fundador de la "Respetable Logia Esperanza" Nº 07 de Caracas y, desde que alcanzó el poder supremo de la nación, se aplicó a debilitar la influencia de la Iglesia Católica en la sociedad venezolana con un enfermizo empeño por imponer en detrimento del testimonio de Jesús de Nazareth y de todo lo que a los cristianos dicta el Evangelio tanto la "elitista fraternidad masónica" como el culto a los "próceres de la Independencia", entre los cuales, se colocaba él mismo no sin indisimulables pruebas de paganismo y egolatría. Al respecto, leemos en la "Historia de la masonería en Venezuela" de René A. Thomas:

"En esos días, el presidente Antonio Guzmán Blanco, Grado 33º que estaba en lo más alto del poder, ejercía las funciones de guarda templo de la Logia "Esperanza" Nº 7, y enterado de la dificultad que había surgido con la construcción del Templo, ordena al Ministerio de Fomento hacerse cargo de la conclusión de la obra, siendo inaugurado el día 27 de abril de 1.876. Las logias lo declararon Gran Protector de la Institución Masónica en Venezuela, teniendo que enfrentar el cisma que se produjo en 1.882 y que se resolvió en 1.884. A finales del año 1.882 la masonería venezolana estaba constituida según las denominaciones de la época por: un Superior Consejo del Grado 33, con 48 miembros, un Gran Consistorio con 54 príncipes, un Consejo de Caballeros Kadosh con 88 integrantes, un Soberano Consejo con 40 príncipes Rosacruces, una Gran Logia con 60 hermanos y 750 hermanos regulares pertenecientes a 19 logias simbólicas. Todos los presidentes de Venezuela, desde José Antonio Páez hasta Ignacio

Andrade, fueron masones. Eso solo demuestra que la política venezolana marcho al vaivén de las ideas que nacían dentro de la masonería, no con pocas discrepancias y choques, porque el pensamiento liberal tuvo diferentes protagonistas, desde la oposición conservadora de José Antonio Páez, la revolucionaria de Ezequiel Zamora, hasta el moderno liberalismo del General Antonio Guzmán Blanco".

A fuer de buen masón, el anticlericalismo de Guzmán Blanco ya se había puesto de manifiesto en abril de 1870, desde el momento mismo de su entrada triunfal en Caracas: el megalómano mandatario se enfrascó en una polémica con el arzobispo de Caracas, monseñor Silvestre Guevara y Lira (1814-1882), que culminaría con la expulsión del país del prelado y el inicio de una situación que hubiera llegado al Cisma de haber logrado el pretendido apoyo de una parte del Clero al que Guzmán Blanco pretendió desligar de la Sede Apostólica. Lo que, en actitud abiertamente volteriana, sí que logró fue anular los efectos legales del matrimonio canónico, el cierre de seminarios y conventos femeninos además de limitar la educación católica al ámbito de lo privado: Diríase que al "Ilustre Americano" le hacía daño la sombra de la **Cruz de Cristo**.

3.- El Cesarismo Democrático

La "Revolución Liberal Restauradora", también conocida como la "Invasión de los 60" por el número de hombres con los que se inicia ese movimiento, fue una expedición de venezolanos exiliados en Colombia al mando de Cipriano Castro (1858-1924). Iniciada el 23 de mayo de 1899, tuvo como finalidad derrocar el gobierno del presidente Ignacio Andrade (1825-1925), el último de los llamados liberales amarillos, que gobernó Venezuela desde el 20 de febrero de 1898 al 23 de octubre de 1899.

El 12 de septiembre, con dos mil tropas, Castro vence en la llamada Batalla de Tocuyito a cuatro mil soldados gubernamentales comandadas por el ministro de Guerra, el general Diego Bautista Ferrer, quien pierde dos mil hombres intentando asaltar las posiciones enemigas. Dos días después el vacilante presidente Andrade asume el mando personal de la guerra y Castro lanza una ofensiva coordinada contra Caracas logrando integrar en sus filas a varios caudillos y sus milicias con los que agrupa hasta diez mil soldados que le dan la victoria y le permiten entrar triunfalmente en Caracas el 23 de octubre de 1899.

Dos años más tarde, tiene lugar una nueva revolución: es la llamada Revolución Libertadora (1901-1903), una auténtica guerra civil, en la que una coalición de caudillos encabezados por el banquero Manuel Antonio Matos del Monte, aliados con empresas trasnacionales (New York & Bermúdez Company y la Orinoco Steamship Company, entre otras), intentaron derrocar al gobierno provocando no menos de 150 encuentros sangrientos en alguno de los cuales participó el propio Cipriano Castro que logró la rendición de los rebeldes el 21 de julio de 1903 con lo que, prácticamente, puede considerar en vías de liquidación el enrarecido clima bipartidista entre amarillos y azules con la consiguiente neutralización del poder de algún que otro caudillo regional, y dedicarse a desarrollar su proyecto de gobierno liberado de los anquilosantes prejuicios entre conservadores o "azules" y liberales o "amarillos", ello desde una rigurosa disciplina militar en la que, como era de esperar, incluye a los compañeros de armas que le merecen mayor confianza, cierra el camino a los movimientos políticos habituales en otros países y, muy torpemente, se enfrenta a una grave situación económica en la que los ingresos anuales no llegaban al 25 % de la deuda exterior con lo que se vio obligado a declarar suspensión de pagos con el consiguiente conflicto internacional y la necesidad de drásticas medidas sociales para cuyo remedio hubo de valerse de las vanas promesas y de una represión que pronto le hizo impopular. Se prolonga su gobierno hasta el 23 de septiembre de 1908, en que ha de someterse a una delicada operación quirúrgica en Alemania y delega el mando en el general Juan Vicente Gómez Chacón (1857-1935), su vicepresidente, el cual aprovecha la circunstancia para erigirse en supremo mandatario y prohibir la vuelta a Venezuela al legítimo Presidente.

De Juan Vicente Gómez nos dice la Historia que fue un político y militar venezolano, que gobernó de manera autoritaria su país desde 1908 hasta su muerte en 1935. Su logro más notorio fue la conformación de Venezuela en un Estado moderno tras la neutralización de sus rivales, el pago de la ingente deuda y el pleno restablecimiento de las relaciones internacionales con un peculiar desarrollo de la economía, muy favorecida por las ingentes reservas petrolíferas, pero, por lo mismo, remisa a la formación de su propio complemento industrial.

A pesar de ser conocido como un dictador, su gobierno siempre pretendió mantener una fachada constitucional y democrática, valiéndose de cortas presidencias títeres como las de Victorino Márquez Bustillos y Juan Bautista Pérez, y de sucesivas enmiendas a la constitución que le permitían quedarse en el poder directa o indirectamente y controlar la administración del país a su antojo en un régimen que conservaba las formas democráticas mientras que, de hecho, era autocrático y absolutista en cuanto todo dependía de la buena o mala voluntad del **César,** personalizado en este caso por el todo poderoso Juan Vicente Gómez, personaje singular que, probablemente, se veía a sí mismo con todos los derechos y privilegios de un patriarca venido a este mundo para marcarlo con su propia huella. Nos sentimos inclinados a tomar en serio tal fantasía egocéntrica al reparar en el hecho de que, según dice de él la Historia, tuvo 15 hijos legítimos de dos sucesivas esposas (Dionisia Gómez Bello y Dolores Amelia Núñez de Cáceres) y, al menos, setenta bastardos de un incontable número de ocasionales concubinas, dándose el caso de que no hacía distinciones entre unos y otros a la hora de incorporarlos a la Administración Pública, lo que le valió no pocas acusaciones de nepotismo. Claro que una cosa era la servidumbre de la carne y otra el ejercicio de un gobierno populista y, al menos, no peor de muchos que le habían precedido.

Sírvanos como motivo de reflexión el paso por la historia de un país hermano de un "paternalista dictador", **Juan Vicente Gómez Chacón** (1857-1935), que fue el dueño y señor de Venezuela desde 1908 hasta su muerte en 1935, justamente, en el período en el que los países emergentes, dotados de abundantes recursos naturales, podían aprovechar los avances de la técnica para entrar en lo que se llamaba la modernidad, circunstancia que ayudó considerablemente a la prosperidad material de Venezuela, que empezó a significarse como uno de los países con mayores yacimientos de petróleo.

A pesar de actuar y verse a sí mismo como un autócrata para el cual la oposición política es delito de lesa majestad, cara al exterior, el gobierno de Vicente Gómez siempre pretendió mantener una fachada constitucional y democrática con amañadas elecciones periódicas, que permitían figurar como primeros magistrados a incondicionales suyos como el periodista Victorino Márquez Bustillos, presidente nominal entre 1914 y 1922, o el abogado Juan Bautista Pérez, que desempeñó igual papel entre 1929 y 1931, mientras que él, directa o indirectamente, mantenía y manejaba a su antojo todos los resortes del poder como benemérito jefe de la Causa y Comandante en jefe del Ejército, general Juan Vicente Gómez, modelo de gobernante ya existente antes y que, en varias ocasiones, se repetirá en diversas ocasiones de la subsiguiente historia venezolana, no sin querer hacer ver su **talante democrático**.

Cesarismo democrático fue llamada esa forma de ejercer el gobierno de la Nación por el periodista e historiador venezolano, Laureano Vallenilla Lanz (1870-1936), uno de los más destacados paniaguados de aquel régimen.

Inspirado tanto en el estudio de la reciente historia patria como en las lecturas de Stuart Mill, Augusto Comte, Herbert Spencer o Charles Darwin, Vallenilla, como acreditado periodista, se gana la estima de la oligarquía militar venezolana por acertar a escribir lo que los militares en el poder esperan leer. Es así como hace una gratificante carrera diplomática que, como cónsul, le facilita largas residencias en Ámsterdam, París y Santander, ser admitido como socio de número en la Real Academia Española de Historia y regresar a Venezuela como ciudadano ejemplar para, muy pronto, hacerse valer como un consumado ideólogo del positivismo que, para él, significa una rígida pirámide social, en cuya cúspide ve al propio general Juan Vicente Gómez, al cual, en versión de los nuevos tiempos, atribuye lo más valioso de Simón Bolívar, el Libertador, y de José Antonio Páez, al que ve y llama **Gendarme Necesario** desde una óptica que vemos reflejada en la siguiente transcripción:

"Procedió entonces Páez de acuerdo con su nueva situación y con su carácter de "representante de la sociedad"; con sus altas funciones de Gendarme Necesario, que le alejaban por completo de sus antiguos tenientes con quienes ya no estaba obligado a ejercer aquella misma tolerancia que le imponía la necesidad en los días más crudos de la lucha contra las tropas peninsulares. Habiéndose hecho nombrar Jefe Supremo del Ejército por el Encargado de la Presidencia de la República, el General Carlos Soublette, cayó violentamente sobre la facción criminal de los Farfanes; y en un hecho de armas que le valió el nombre de "León de Payara", realizó la antigua amenaza de matar a lanzazos a sus antiguos compañeros de glorías y de afanes. De entonces comenzó el declinar de su popularidad; de entonces comenzó a sufrir la misma ley que ha conducido al pueblo en toda época de anarquía a quebrar sus ídolos, cuando éstos, guiados por otros sentimientos y otros intereses más elevados y más nobles, y con las responsabilidades que trae consigo el ejercicio del Gobierno, dejan de halagar las pasiones innobles de la turba, convirtiéndose de encubridores o cómplices de sus delitos, en defensores del orden social, en ejecutores de la justicia y en representantes de la soberanía nacional".

Es a partir de 1913 cuando dicho escritor se presenta como apasionado e incondicional apologista de Juan Vicente Gómez, que le corresponde con una larga serie de prebendas, a su vez, agradecidas con la publicación en 1919 del libro titulado **Cesarismo democrático**. Claro que Vallenilla siempre presumió de que "su persona" estaba por encima de sus ideas. Tal nos muestra cuando, en diciembre de 1935, recibe la noticia de la muerte de Gómez y, según el testimonio de su hijo, exclama:

"¡Se murió el loquero!" y luego explica: "El General Gómez me ha dado muchas veces la impresión de esos loqueros de antiguos manicomios que empleaban la terapia de la lata de agua y del látigo. No curaban, pero mantenían en orden al establecimiento. Fue un hombre importante y patriota, a su manera y de acuerdo con su formación. Un mediocre no se mantiene veintisiete años en el poder... Quedo pobre después de una larga colaboración con él, pobre a conciencia, pues nunca quise traficar con mis ideas. Me he limitado a exponerlas y las juzgo valederas para muchos años, a menos que en Venezuela se cumpla un proceso radical de transformación".

El descarnado maquiavelismo de la doctrina de Vallenilla, partidario del progreso a base de voluntarismo humano y a cualquier precio en la moderna línea de un Nietzsche o Bernard Shaw y a rebufo de todo lo que nos enseñaron Aristóteles y otros no menos grandes maestros, para acudir a Maquiavelo y emitir postulados como el siguiente:

"Si en todos los países y en todos los tiempos —aún en estos modernísimos en que tanto nos ufanamos de haber conquistado para la razón humana una vasta porción del terreno en que antes imperaban en absoluto los instintos— se ha comprobado que, por encima de cuantos mecanismos institucionales se hallan hoy establecidos, existe siempre, como una necesidad fatal "el gendarme electivo o hereditario de ojo avizor, de mano dura, que por las vías de hecho inspira el temor y que por el temor mantiene la paz".

Incluida la paz de los cementerios, cabría añadir si recordamos alguna de las lecciones de la reciente Historia.

*¡Llanura venezolana! Propicia para el
esfuerzo, como lo fue para la hazaña, tierra de
horizontes abiertos, donde una raza buena,
ama, sufre y espera.*

Rómulo Gallegos.

Capítulo 14º

SUEÑO Y REALIDAD DE UNA REPÚBLICA BOLIVARIANA

El 18 de diciembre de 1935, un día después del fallecimiento del presidente dictador, general Juan Vicente Gómez, asumió provisionalmente el mando presidencial de los **Estados Unidos de Venezuela**, nombre oficial de Venezuela desde 1864 a 1953, el general **Eleazar López Contreras** (1883-1973). Aunque no fue confirmado por el Congreso en el puesto hasta el 19 de abril del año siguiente, desde el primer momento, el nuevo mandatario hizo valer un talante de "reformista dentro de un orden" anunciando que haría lo posible para una mayor libertad política y eligiendo a parte de sus ministros y colaboradores entre destacados personajes de la sociedad civil, siendo uno de ellos el célebre escritor venezolano Rómulo Gallegos (1884-1969).

Poco sabemos de los primeros años de la vida de López Contreras, si no es que no pudo conocer a su padre, el general Manuel López Trejo, fallecido por fiebre amarilla el 7 de junio de 1883, un mes después de su nacimiento (5 de mayo del mismo año), y que pasó al cuidado de su tío el presbítero don Fernando María Contreras. Era éste el hermano de la madre, doña María Catalina Contreras (19 años) y párroco del andino pueblo de San José de Bolívar, fronterizo con Colombia, en donde, precisamente, tuvo especial eco la celebración del centenario del nacimiento del Libertador (24 de julio de 1783), circunstancia que, sin duda alguna, hubo de tener cierta importancia en la orientación de la vida del niño.

Tanto es así que, con apenas 16 años, Eleazar López Contreras, en añoranza del padre que no conoció y creciente fervor por el Libertador, rompió con la carrera de medicina, que era del gusto de su tío, el citado presbítero, y se pegó a una reducida patrulla de soldados que, procedente de Colombia, hablaban de una nueva liberación. Es así como, a poco, llegó a participar como capitán ayudante del Batallón Libertador en la llamada **Revolución Liberal Restauradora,** que, contra la presunta corrupción del gobierno del general Ignacio Andrade (1839-1925, p. 1898-99), habían desatado el general Cipriano Castro (1858-1924, p. 1899-1908) y el general Juan Vicente Gómez (1857-1935, p. 1908-1935).

Tuvo su bautismo de fuego el 12 de septiembre de 1899 (Batalla de Tocuyito) con una herida de bala en el brazo, lo que le valió la atención del general Juan Vicente Gómez, que le confió a los cuidados de una familia amiga para, una vez curado brindarle la oportunidad de hacer carrera política desde el propio ejército en donde fue ascendido a teniente coronel en 1900 (17 años) e incorporado al equipo del presidente dictador Cipriano Castro Ruíz (1858-1924, p. 1899-1908), en donde fue escalando puestos de responsabilidad tanto civil como militar dando muestras de saber hacer, prudencia y disciplina en las frecuentes ocasiones en las que los dos hombres fuertes del Régimen (Castro y Gómez) no ocultaban sus discrepancias.

Gracias a esa forma de actuar, cuando, en 1908, llegó el derrocamiento de Castro por parte de Gómez, éste ascendió a coronel a López Contreras para, de seguido, darle el mando de un regimiento, delegar en él en diversas funciones cívico-militares, ascenderle a general de brigada en 1923 y, en 1924, ponerle al frente de la delegación diplomática que, representando a Venezuela, participó en las solemnes fiestas peruanas del Centenario de la Batalla de Ayacucho (9 de diciembre de 1824). Leemos que fue elegido para tal evento porque, en su época, era el estudioso que más había leído y más sabía sobre Sucre y Bolívar, además de manifestar especial devoción por el Libertador. De allí, en 1926, nació su primer libro ("El Callao histórico"), en el cual glosó la capitulación del Callao al Libertador en 1826.

En 1930, siendo General Jefe del Estado Mayor Central, coincidiendo con la celebración del Centenario de la muerte del Libertador (17 de diciembre de 1830), López Contreras publicó "Síntesis de la vida militar de Sucre" y "Bolívar, conductor de tropas", como sugiriendo un ideal sistema de gobierno de en el que estuvieran fundidas las personalidades de uno y otro.

Al año siguiente, López Contreras pasó a ser ministro de Guerra y Marina, lo que le convirtió en el segundo militar de carrera más influyente del País de forma que, el 18 de diciembre de 1935, tras el fallecimiento de Juan Vicente Gómez, sus compañeros de Gabinete le eligen presidente provisional y ejerce como tal hasta el 19 de abril de 1936, fecha en la que el Congreso lo elige presidente constitucional para el período 1936-1941.

Desde su primer mensaje al país, anunció su deseo de reducir el período presidencial de 7 a 5 años y prohibir la reelección para el ejercicio inmediato siguiente, lo cual quedó sancionado en la reforma a la Constitución Nacional del 16 de julio de 1936. Tras la férrea dictadura de Gómez, parecía inevitable una guerra civil; pero López Contreras, a pesar de restringir la participación política de grupos opositores de la llamada «izquierda», logró mantener un difícil equilibrio entre las fuerzas políticas en juego y enderezar a su propia dictadura hacia una transición democratizante, sí que con mano fuerte, pero sin la acostumbrada violencia, tortura y demás atropellos que habían abundado en los veintisiete años del régimen de Gómez.

Más que en la promulgación de una nueva Constitución, cuyo artículo 95, redactado contra su propio interés personal, trataba de evitar los males consecuentes a la perpetuación en el poder de tal o cual dictador con la reducción del mandato presidencial de siete a cinco años y no repetir hasta pasada, al menos, una legislatura o en su preocupación por la justicia social con el dictado de normas como la Ley del Trabajo de 1936, López Contreras hizo historia por todos sus esfuerzos en resaltar la personalidad de Simón Bolívar.

Por Decreto Presidencial del 23 de marzo de 1938, se creó la **Sociedad Bolivariana de Venezuela** con la que se pretendió institucionalizar y difundir el culto al Libertador mediante la formación de una conciencia colectiva del ideal bolivariano.

Es una institución que, desde el mismo momento de su creación, ha venido sesionando y trabajando en difundir el pensamiento bolivariano a través de obras importantes, incluida la más completa recopilación de la obra de Bolívar; la creación del Instituto de Estudios

Bolivarianos y de la Fundación Rafael Urdaneta, al igual que la difusión de la obra bolivariana entre los jóvenes a través de las Sociedades Bolivarianas Estudiantiles que siguen funcionando en consonancia con los distintos niveles de formación cultural.

****

Elías del Pino Iturrieta, ilustre historiador venezolano de nuestro tiempo, nos ilustra sobre el clima de devoción popular que, en la primera mitad del siglo pasado, propició el tenaz empeño bolivariano de Eleazar López Contreras, con el cual, "el culto a Bolívar se vuelve frenético". La asiduidad de la publicidad que, entonces, se divulga para establecer un vínculo entre el Libertador y el país, que busca bonancibles horizontes a través de una férrea dictadura de carácter bolivariano, supera los anteriores intentos de deificación, inclusive los realizados por Guzmán Blanco.

A don Eleazar, sigue diciendo Iturrieta, le cae del cielo una tendencia familiar que le ha ayudado a sobrevivir y a escalar posiciones durante el gomecismo, pero también al resto de sus gobernados: el hábito de aferrarse al pasado histórico para disimular los horrores del presente y soñar con remedios infalibles: A través de "Bolívar conductor de tropas", "Vida militar de Sucre", "Páginas de historia militar", "El pensamiento de Bolívar Libertador" y "El Callao histórico", se empeñó en conectar a los lectores con una nómina de figuras ejemplares, especie de bienaventurados a quienes convocó la eternidad para la felicidad del pueblo. ¿Por qué no sacarlos ahora de sus páginas, encabezados por el más grande, para ponerlos a remendar un capote lleno de agujeros?

"(…) la verdad es que mi gobierno creyó necesario levantar el adormecido culto por nuestro héroe máximo, Bolívar, por su obra de Liberación Continental y por sus principios doctrinarios, para oponerlos a las nuevas doctrinas, llámense nazista, fascista o comunista, que han estado tratando de infiltrarse y dominar todas las actividades humanas, espíritu, mentalidad y conciencia. Aún más, con una doctrina patriótica y nacionalista se podrían contener y eliminar la tendencia a que cada grupo triunfante en nuestras guerras civiles y políticas, volviera con la funesta tradición de imponer una nueva Causa Sectaria con su correspondiente Caudillo y organizador de otro gobierno arbitrario y despótico. (…) Acusarme, pues, de bolivarianismo en beneficio de una política personalista y sectaria, es desconocer mis antecedentes de fervor bolivariano y mi probada actuación pública sin arrestos o pretensiones descabelladas de creerme caudillo militar o político".

¿Farsa? López Contreras cree firmemente en la solución bolivariana. Uno de sus servidores asegura que fue "un místico de Simón Bolívar" y no parece posible desmentir la afirmación. Si no existe en Venezuela la tradición de la convivencia partidista mientras acaba de morir un terrible mandamás y mientras llegan alarmantes rumores sobre los fascistas y los bolcheviques, un oficial de la cúpula gomecista que ha querido meterse desde sus confines de autodidacta en las profundidades de la historia, puede profesar con fe de catecúmeno la religión del padre que vuelve del sepulcro con su faro contra la incertidumbre y con su evangelio frente a la maldad.

Para ese cometido pone en marcha una institución ad hoc, la **Sociedad Bolivariana de Venezuela**, que estuvo precedida por pequeñas agrupaciones del siglo XIX, ahora convertidas en corporación oficial según los siguientes razonamientos:

- CONSIDERANDO Que el pueblo de Venezuela alienta indestructibles sentimientos de gratitud hacia los Fundadores de la Patria, y cumple al Gobierno Nacional estimular ese culto, mediante la creación y la tutela de instituciones que tengan por objeto expreso el honrar la memoria de aquellos varones meritísimos, de tal manera que los ideales generosos que ellos sustentaron encuentren forma i correspondencia en la realización de beneficios directos para la República (…)

- CONSIDERANDO Que el país aguarda una acción social y cultural informada precisamente en el ideario político del Libertador y de los Próceres que lo secundaron en la magna obra emancipadora, porque ese ideario contempla la mayor suma de bienestar para los pueblos; y que propender desde la esfera oficial a la efectividad de aquella acción , es dictado de patriotismo; de acuerdo con los resuelto en Consejo de Ministros y de conformidad con la atribución 14 del artículo 100 de la Constitución Nacional.

- DECRETA: Artículo 1. Se crea la Sociedad Bolivariana de Venezuela.

La **Sociedad Bolivariana** tiene una manera delicada de promover la fe. Así se deduce de un llamado al patriotismo que incluye en su revista de julio de 1936, en la cual se advierte: La Sociedad Bolivariana hace un llamamiento a los escritores nacionales de todos los estilos y tendencias para que observen una pauta de reverencia en sus escritos sobre el Libertador, sin perjuicio de la más libre expresión de las ideas. Desde luego, está muy bien que se censure, pero está muy mal la violación de obligados sentimientos para con el autor de nuestra libertad.

Por si fuera poco, el 3 de marzo de 1938, el primer mandatario envía una correspondencia circular a los presidentes de estado para comunicar las siguientes exhortaciones:

Unificar por medio de la Sociedad Bolivariana de Venezuela todas las fuerzas vivas del país, es procurar estrechar los nexos que nos unen a los venezolanos y es, a la vez, una invitación a deponer viejos rencores y odios lugareños para ir rectamente hacia la conquista de normas constructivas, por las que clama la totalidad de las regiones del país, para su mejoramiento, para la alteza de su dignidad y para el propio prestigio de la República.

"(…) desarrollar una campaña de depuración y de enseñanza, para fomentar diariamente el culto a los genitores de la nacionalidad, no solo en forma reverencia, sino tomando su ejemplo como estímulo para el avance, como deber sagrado de conservar su herencia y acrecentar el tesoro que nos legaron (…) a intensificar una acción social y cultural inspirada en el credo político del Libertador; a auspiciar de uno a otro extremo del país, cuanto se dirija al bienestar general. (…) la Sociedad Bolivariana debe constituir un poder moral (…) guía e instrumento de perfección individual y colectiva".

De lo contrario, no hubiera circulado el Decreto de 18 de abril de 1938 sobre el Día del Obrero. El presidente resuelve que la celebración se realice cada 24 de julio, aniversario del nacimiento del héroe, y ordena la entrega de reconocimientos en dinero a los obreros que tangan mayor número de hijos. Después de machacar tanta propaganda patriotera, alguno de los beneficiarios pudo imaginar que el dinero salía de la bolsa de Simón Bolívar. La manipulación nos indica, sin posibilidad de equívocos, que el presidente López Contreras abandona el misticismo para mezclar a su numen en un chanchullo de proporciones descomunales, maroma riesgosa por lo que atañe a las alternativas de democratización que entonces se requieren y por el ancho portón que abre para abusos semejantes en el futuro.

Para eso sirvió Bolívar en la agenda de un político que recomendó "Calma y cordura" a los venezolanos de su tiempo. Ya sabemos para qué sirve en nuestros días, puntualiza el ilustre historiador a la vista de lo que, ya muy metidos en el siglo XXI, está ocurriendo en el país que ahora se llama **República Bolivariana de Venezuela.**

Desde esa perspectiva, bien podemos recordar que, tras lo que, con evidente falta de propiedad, Laureano Vallenilla Lanz calificó de **"Cesarismo democrático"**, ha habido en Venezuela otras más o menos férreas dictaduras, golpes de estado y, también, algún ejemplar y ejemplarizante gobierno democrático, unos y otros contando con líderes que, como en un ritual, colocaban en las más estridentes rimbombancias de los discursos su afán de emular a Bolívar, **"Libertador de América"**. Al respecto, bueno será que hagamos un breve repaso de la historia venezolana desde ochenta años atrás.

****

Fue el 5 de mayo de 1941, cuando el general López Contreras, pretendido **"César democrático"**, hubo de hacer entrega del poder presidencial al general **Isaías Medina Angarita** (1897 - 1953), elegido por el Congreso Nacional Venezolano para el período 1941-1946. Era hijo del general Rosendo Medina, muerto en combate en 1901, huérfano militar a los cuatro años, por derecho y costumbre le correspondía ser militar de familia y carrera, desde muy joven, procuró compaginar la formación humanística con la militar de forma que, antes de llegar a la treintena, ya era muy apreciado como profesor tanto en la Escuela de Aspirantes a Oficiales como en las Escuelas Federales de Caracas, en el prestigioso liceo Andrés Bello o en la Escuela Normal de Hombres hasta que el presidente Juan Vicente Gómez vio en él un eficaz colaborador y le nombró jefe de su Estado Mayor. En 1935, ya con el grado de coronel, el presidente Eleazar López Contreras le nombra ministro de Guerra y Marina para, en 1940, ascenderle a general de brigada y proponerle como candidato a la propia sucesión como presidente de la República.

Desde el principio de su magistratura, Medina Angarita no ocultó su propósito de abrir un decidido y prudente camino hacia la democratización de un más o menos férreo régimen oligárquico militar que, como venimos apuntando, fue iniciado el 19 de abril de 1810 en la llamada Primera República de Venezuela, cultivado por el general José Antonio Páez (1790-1873), mantenido por sucesivos "generales presidentes" y potenciado gradualmente por los generales Antonio Guzmán Blanco (1829-1899) y Juan Vicente Gómez (1857-1935) hasta ser un tanto desvirtuado por el general Eleazar López Contreras (1883-1973): todos ellos en la órbita de lo que el citado ideólogo Vallenilla llamó "**Cesarismo democrático**" y bajo la progresivamente prestigiada sombra tutelar de **Simón Bolívar, el Libertador.**

Tampoco Medina Angarita dejó de presentar como principal personaje de la Historia de Venezuela al Libertador; no podía ser de otra manera en un pueblo en el que lo bolivariano, para cualquier circunstancia y lugar, no dejaba de ser la genuina imagen de una libertad siempre deseada y nunca vivida. También es verdad que, para cualquier político mínimamente realista, cuál era el nuevo primer mandatario de Venezuela, la categoría de "principal personaje de la Historia", no superaba las limitaciones que nos caracterizan a todos los seres humanos. Es así como siempre presentó a Bolívar como un hombre cuyo mérito principal fue el de cambiar el rumbo a una buena parte de la América hispana; pero, también, no más que un hombre.

En sus biografías, leemos que el General Medina fue un hombre de grandes convicciones, sencillo y plural; su temple de estadista propició la dinámica necesaria para convertir a Venezuela en una república moderna. Su legado más importante es la siembra del espíritu democrático en la conciencia del pueblo venezolano y el estímulo que entregó al colectivo nacional para tomar protagonismo decisivo en la lucha por la igualdad social. No obstante, el impacto a largo plazo de su obra de gobierno abarcó prácticamente todos los ámbitos del desarrollo.

Otro de sus legados fue la renovación del Congreso por mitad cada 2 años y en el cual concedió el voto a la mujer. Fue intenso el movimiento electoral durante el gobierno del General Medina Angarita; bien para elegir popularmente concejales o bien para que los concejos municipales eligieran a los diputados y las asambleas legislativas a los senadores, lo cierto es que durante su período presidencial hubo elecciones todos los años y que le corresponde el mérito de varias reformas substanciales:

* La Reforma Fiscal con la Ley de Impuesto sobre la renta (1942); cuyo objetivo fue establecer tributaciones progresivas para así proteger a los sectores menos adinerados, reduciendo los impuestos indirectos que hasta entonces recaían por igual en personas con ganancias muy pequeñas o abultadas, como los de la gasolina y de la sal.

* La Reforma Petrolera con la Ley de Hidrocarburos de 1943, que extendía por 40 años más las concesiones a las empresas extranjeras. Medina, consciente de que en aquella época Venezuela no poseía personal capacitado para tomar el control de la industria petrolera, estimaba sin embargo que para 1983 ya existiría una generación suficientemente preparada para ello

* El aumento de la participación del Estado venezolano al 50% de dichos beneficios, estableciendo además la obligación para los concesionarios de pagar, no sólo los impuestos consagrados en dicha ley, sino todos los impuestos generales que se establecieren, por lo que las compañías petroleras quedaron sujetas desde ese momento al pago del impuesto sobre la renta.

* La fijación de un plazo, hasta que terminara la Segunda Guerra Mundial, para refinar en territorio venezolano el petróleo producido en el país, vieja preocupación del presidente Medina a la cual opusieron resistencia las petroleras hasta el último momento.

* La Reforma Agraria con la Ley de Reforma Agraria de 1945. No se pudieron conocer los resultados porque fue puesta en vigencia el 20 de septiembre de 1945 y quedó en suspenso al producirse el golpe de estado el 18 de octubre del mismo año; pero estaba orientada a inducir cambios sociales al promover la redistribución de la tierra para incorporarla al proceso productivo del país.

Podemos pensar que lo substancial de la Reforma Petrolera seguía la línea preconizada por Arturo Uslar Pietri unos años atrás: el 14 de julio de 1936, fecha en la que el prestigioso escritor publicó en el diario "Ahora" un artículo titulado «Sembrar el petróleo» apuntando la necesidad de utilizar los cuantiosos beneficios del petróleo para disponer de medios de producción propios más que para importar lo que podía fabricar o desarrollar la Nación en los diversos ámbitos de la Agricultura, la Industria y los Servicios en una línea de desarrollo sostenido:

"Cuando se considera con algún detenimiento el panorama económico y financiero de Venezuela se hace angustiosa la noción de la gran parte de economía destructiva que hay en la producción de nuestra riqueza, es decir, de aquella que consume sin preocuparse de mantener ni de reconstituir las cantidades existentes de materia y energía. En otras palabras la economía destructiva es aquella que sacrifica el futuro al presente".../"Que en lugar de ser el petróleo una maldición que haya de convertirnos en un pueblo parásito e inútil, sea la afortunada coyuntura que permita con su súbita riqueza acelerar y fortificar la evolución productora del pueblo venezolano en condiciones excepcionales… repoblar los bosques… construir todas las represas y canalizaciones necesarias para regularizar la irrigación y el defectuoso régimen de las aguas" (Uslar Pietri, 1936, Artículo citado).

****

También es a destacar que Medina fue el primer presidente venezolano que, en ejercicio de sus funciones, hizo múltiples visitas oficiales al Exterior. Según leemos en Wikipedia, fue el 17 de julio de 1943, cuando comienza una gira por las naciones autocalificadas como bolivarianas: Colombia, Ecuador, Perú, Bolivia y Panamá, correspondiendo así a las visitas de estado hechas a Venezuela por los presidentes Manuel Prado Ugarteche, de Perú; Alfonso López Pumarejo, de Colombia y Carlos Arroyo del Río, de Ecuador, en 1942; y de Enrique Peñaranda, de Bolivia y de Higinio Morínigo, de Paraguay, en 1943; estableciéndose una nueva modalidad en las relaciones de los países latinoamericanos en la búsqueda de unidad de intereses comunes y de acción conjunta. En enero de 1944, Medina visita también Estados Unidos y se entrevista en Washington con el presidente Franklin Delano Roosevelt, con ocasión de discutir el apoyo venezolano al esfuerzo aliado en la Segunda Guerra Mundial y ofrecer el punto de vista venezolano respecto al cambio de soberanía de Aruba y Curazao. Durante la administración de Medina, Venezuela establece relaciones con China en 1943 y con la Unión Soviética en 1945; asiste a la reunión de cancilleres en Río de Janeiro en 1942, a la de Conferencia de Chapultepec en 1945 y a la firma de la Carta de las Naciones Unidas en San Francisco, en junio de ese mismo año.

Sin duda que tales viajes y consiguiente actividad diplomática avivó en Medina el deseo de homologar su forma de gobernar con la de algunos países, que ya vivían cierta normalidad democrática, por la que ya se había inclinado abiertamente a poco de asumir la autoridad presidencial. Bien se recordará que eran tiempos de extraordinaria convulsión mundial con las fuerzas del Eje (Alemania, Japón e Italia) y las principales naciones democráticas en la mayor confrontación bélica de la Historia y un revoltijo de ideologías políticas en el trasfondo de los respectivos posicionamientos.

Como venimos apuntando, en el caso de Venezuela, ya no era el autoritarismo militar a ultranza el que regía la actitud del gobierno, por otra parte, deseoso de no enemistarse con el gran vecino del Norte y, también, de que no prendiese demasiado entre los más pobres el revolucionarismo comunista propalado por los medios de propaganda de la Unión Soviética.

En un clima de intensa efervescencia ideológica destacaron personalidades de alta nombradía intelectual y política como las de los citados **Arturo Uslar Pietri** (1906-2001), **Rómulo Gallegos** (1894-1969) y **Rómulo Betancourt** (1908-1981). El primero, muy conocido en España, tanto por sus ensayos y novelas ("Las lanzas coloradas", en especial) como por haber sido galardonado con el Premio Príncipe de Asturias 1990. Fue ministro del gobierno venezolano en varias ocasiones hasta su adscripción al **Partido Democrático Venezolano** (**PDV**) por él fundado en 1943. Rómulo Gallegos, no menos seguido en el mundo literario hispánico por novelas muy bien urdidas y mejor relatadas con "Doña Bárbara" como obra maestra, destacó en su tiempo como político de relieve al lado del dinámico e inconformista periodista **Rómulo Betancourt**, ambos principales animadores del partido llamado **Acción Democrática** (**AD**), fundado por este último el 13 de septiembre de 1941 y descrito como "**democrático, poli clasista, nacionalista, integrador, americanista, antiimperialista y de**

ideología leninista". Sin duda que leninista y no comunista para no incurrir en la prohibición decretada por el gobierno de entonces contra el comunismo estalinista.

En consonancia con la caracterización de "Acción Democrática", Rómulo Betancourt, en los primeros años de su carrera política iniciada en el exterior como miembro del Buró Político del Partido Comunista Costarricense entre 1931 y 1935, no ocultaba abierta simpatía por un marxismo revolucionario aliñado con el romántico recordatorio de algunos de los más reiterados dichos de Simón Bolívar, el Libertador. De ahí nació el movimiento político que se llamó y sigue llamándose de los "**Adecos**".

Medina, por su parte, se afilió públicamente **Partido Democrático Venezolano (PDV)** de Uslar Pietri, tomada como plataforma de los considerados liberal conservadores para participar en la nueva forma de hacer política y concurrir en las sucesivas convocatorias electorales, salvo en la relativa a la elección del presidente, la cual, puesto que había de ajustarse a la constitución en vigor, no sería directa por parte de la generalidad de los ciudadanos y sí desde el Senado y el Congreso a favor o en contra del candidato propuesto por el Consejo de Gobierno u otro acreditado organismo. Tal había sido el caso Del propio, **Isaías Medina Angarita**, elegido el 5 de mayo de 1941, como **33º Presidente** de los **Estados Unidos de Venezuela** por ciento veinte votos contra los trece que obtuvo el que fue entonces su opositor, el citado famoso escritor **Rómulo Gallegos**.

Ya en 1945, gracias a un consenso que preveía una reforma constitucional para que, en el futuro, la elección presidencial fuera secreta y abierta a toda la ciudadanía, para las inmediatas de 1946 el candidato acordado por el oficialista Partido Democrático Venezolano (PDV) y Acción Democrática (AD) fue Diógenes Escalante (1877-1964), político con experiencia en la dirección de diversos ministerios bajo los presidentes Gómez Jiménez y López Contreras además de eficiente diplomático como embajador del gobierno de Medina Angarita en Estados Unidos.

Ocurrió que, a poco de regresar a Venezuela, Escalante sufrió una grave depresión mental, lo que imposibilitó su candidatura y, en sustitución, el presidente Medina propuso a su ministro de Agricultura y Cría, el jurista Ángel Biaggini (1899-1975), muy abierto a la nueva política y que había demostrado sentido de la responsabilidad y buen hacer en la Comisión para la Reforma Agraria, por él presidida y encauzada. Fue entonces cuando Betancourt, al cual le habían llegado rumores de "ruido de sables" entre militares de segundo nivel, manifestó su disconformidad pretendiendo hacer ver que el pueblo llano esperaba mucho más de lo que el "conservadurismo" del candidato era capaz de ofrecer.

Transcurrieron quince días de estériles discusiones hasta que, el 17 de octubre de 1945, Medina es informado de los preparativos de un complot coincidente con un mitin celebrado el mismo día por AD en el Nuevo Circo de Caracas. De inmediato, son arrestados el coronel Marcos Pérez Jiménez, cabecilla del complot y dos oficiales más, lo que, al día siguiente, motiva una generalizada revuelta por parte de los alumnos de la Escuela Militar de Caracas con un tibio seguimiento en varios cuarteles. Analizada la situación, en la noche de ese mismo día, Medina se niega a seguir la recomendación de atacar la Escuela Militar por temor a provocar la muerte de los cadetes, muchos de los cuales habían sido sus alumnos años atrás. Por la mañana del 19 de octubre, las noticias de que la aviación y la plaza de Maracay se encontraban en manos de los alzados y de que el Cuartel San Carlos había sido tomado por grupos de civiles insurrectos determinan la decisión de Medina de rendirse. Posteriormente, esa misma noche se constituye en Miraflores una Junta Revolucionaria de Gobierno presidida por Rómulo Betancourt, con lo cual se inicia una nueva etapa en la vida política del país y para muchos la entrada de Venezuela en el siglo XX.

****

Desde todos los posibles ángulos políticos, mucho se ha escrito sobre el paso de la dictadura a la democracia en Venezuela, coincidiendo la mayoría de las referencias en que lo más notable de la primera fase del proceso acaeció entre ese 18 de octubre de 1945, fecha de la caída de Isaías Medina Angarita, "general presidente", al que, con toda justicia, cabe atribuir la promoción de las libertades democráticas, y el 23 de enero de 1958, fecha del derrocamiento de la última dictadura militar venezolana del siglo XX, precisamente personalizada por el citado coronel Marcos Pérez Jiménez (1914-2001).

El buen entendimiento entre los golpistas y AD (Acción Democrática) se hizo evidente en la formación de lo que se llamó Junta Revolucionaria de Gobierno, presidida por Rómulo Betancourt y "tutelada" por Marcos Pérez Jiménez, puesto inmediatamente en libertad y, a poco, ascendido a General en Jefe de Sección del Estado Mayor del Ejército, desde donde, adaptando a la realidad venezolana la fábula de la rana y el escorpión, aprovecha el momento oportuno para terminar con el llamado **"Trienio Adeco"**, es decir, del gobierno de AD, con Rómulo Betancourt como presidente interino entre el 18 de octubre de 1945 y el 17 de febrero de 1948, fecha en la que traspasó los poderes presidenciales a su colega Rómulo Gallegos, elegido previamente Presidente Constitucional de los Estados Unidos de Venezuela, ejerciendo como tal durante ocho meses al ser derrocado el 24 de noviembre de ese mismo año por un nuevo golpe militar con Marcos Pérez Jiménez y Carlos Delgado Chalbaud como altos mandos más destacados.

Carlos Delgado Chalbaud (1909-1950) ocupa el sillón presidencial hasta el 13 de noviembre de 1950, fecha en la que es secuestrado y asesinado. Es Germán Suárez Flamerinch (1907-1990), otro general, quien ocupa la presidencia hasta el 2 de diciembre de 1952, en que todos los poderes recaen en el propio **Marcos Pérez Jiménez**, que, oficialmente, ha sido nombrado Presidente Provisional de la República por la llamada Asamblea Constituyente, la misma que, tras las preceptivas elecciones, le declara **Presidente Constitucional de la República de los Estados Unidos de Venezuela** el 19 de abril de 1953.

Respecto a la presidencia dictatorial de Pérez Jiménez, leemos que, bajo el lema del **Nuevo Ideal Nacional**, su mandato se caracterizó por un marcado progreso económico y social. Con el aumento en la producción de petróleo con precios en continua alza, azuzados por las crecientes necesidades mundiales de energía (con la guerra de Corea como uno de los principales factores), se generan cuantiosos ingresos que, además de facilitar escandalosas corrupciones sirven para numerosas obras públicas con las consiguientes demandas de empleo sin que ello sirva para consolidar las perspectivas futuras ni, tampoco, para garantizar la estabilidad del Gobierno que, por aquello de que "el que a hierro mata a hierro muere", cae el 23 de enero 1958 a causa de una asonada perpetrada por los propios compañeros de armas, que conminan a Pérez Jiménez a refugiarse en la República Dominicana desde donde viaja a España para instalarse en una lujosa vivienda de la Moraleja madrileña hasta su fallecimiento el 20 de septiembre de 2001.

La Historia nos dice que, con la caída de Pérez Jiménez en 1958, se abre en Venezuela el camino hacia la democracia formal, primero avalada por una junta cívico militar presidida por el vicealmirante Wolfang Larrazábal (1911-2003) el cual, dentro del mismo año, convocó elecciones para la Presidencia de la República a las que se presentó con la esperanza de ser confirmado en el puesto en línea del **Nuevo Ideal Nacional** ("**Cesarismo democrático**") de su antecesor, pero con mayor libertad de expresión y acción para los partidos de la oposición civil, que no podrían lograr grandes resultados en cuanto estaban en perpetua rivalidad entre sí.

Con lo que no contó fue con el hecho de que el socialdemócrata **Rómulo Betancourt** (1908-1981), líder de **AD** (Acción Democrática), el "socialcristiano" **Rafael Caldera** (1916-2009), líder de **COPEI** (siglas del partido Comité de Organización Política Electoral Independiente) y el liberal **Jóvito Villalba** (1908-1989), líder de **UDR** (Unión Republicana Democrática), reunidos el 31 de octubre de 1958, suscribieran el llamado **Pacto de Puntofijo** (nombre de la residencia de Caldera en donde se firmó dicho pacto), por el cual se comprometían a reconocer como Presidente de la República al más votado entre ellos.

Fue Rómulo Betancourt quien logró la mayoría y gobernó como presidente constitucional entre el 13 de febrero de 1959 y el 13 de marzo de 1964, iniciando así la época venezolana de una "normalidad democrática" con sucesivos presidentes del mismo o de distinto signo político por períodos de cinco años: entre 1964 y 1969, fue Raúl Leoni (1905-1972) de AD: entre 1969 y1974 fue Rafael Caldera (1916-2009), el cual, veinte años más tarde, fue de nuevo presidente entre 1994 y 1999.

De ese último se dice que fue la figura central de la política venezolana del siglo XX, sin apartarse de los presupuestos ideológicos del partido político de orientación social cristiana, por él fundado en los años cuarenta. También se dice que sobre él recae buena parte de la responsabilidad de lo acaecido en Venezuela durante las primeras décadas del siglo XXI.

✳✳✳✳

Llegados a este punto, cabe reiterar que, como en la mayoría de los países ricos en petróleo, casi nada de la riqueza obtenida del petróleo llegó a sus ciudadanos comunes. La inmensa mayoría de los venezolanos siguió subsistiendo en la pobreza con poca o ninguna infraestructura educativa o de salud, mucho menos acceso a vivienda razonable. El dinero rápido que provino del petróleo también propició que se descuidara la agricultura y el desarrollo de otros tipos de producción. Era más fácil simplemente importar todo del extranjero, lo que funcionó por un tiempo, pero después resultó ser inviable.

Durante la primera presidencia (1974–1979) del socialista **Carlos Andrés Pérez** (1922-2010) no sólo se incrementó la producción de petróleo sino, más importante aún, el precio se cuadriplicó tras la guerra árabe-israelí en 1973. En 1975 Pérez nacionalizó las industrias del mineral de hierro y del petróleo y se embarcó en una ola de gastos; productos de lujo importados se suministraban en grandes cantidades a las atiborradas tiendas y la nación tuvo la impresión que las míticas riquezas del El Dorado finalmente se habían materializado. A finales de la década de 1970, la creciente recesión internacional y el excedente petrolero comenzaron a agitar la economía de Venezuela hasta la raíz. Las ganancias petroleras disminuyeron, agudizando el desempleo y la inflación y forzando una vez más al país a adquirir deuda externa.

El problema se agravó cuando, de manera insospechada, los precios del petróleo sufrieron considerables bajadas, lo que colocó a Venezuela en la imposibilidad de hacer frente a la deuda externa, por lo que CAP (Carlos Andrés Pérez), elegido de nuevo en 1989 para un período de cinco años, hubo de imponer fuertes medidas de austeridad en el gasto público, lo que generó el llamado "**Caracazo**", una desenfrenada revuelta que se llevó más de 300 vidas civiles, a la que siguió una serie de motines de más en más violentos, tomados como circunstanciales argumentos por algún que otro personaje con vocación revolucionaria, el capitán Chávez, por ejemplo.

****

Hugo Chávez Frías (1954-2013), sin duda alguna, el personaje hispano americano más destacado de la segunda mitad del siglo XX y dos primeras décadas del siglo XXI, fue un militar de carrera obligado a dejar el ejército tras haberse decantado como revolucionario en una abierta rebelión con la llamada Política de Puntofijo, según la cual, el Presidente de la República, por mandato de cinco años sin posibilidades de repetir de inmediato (sí en posteriores convocatorias), debía ser siempre el ganador de las alecciones sin segunda vuelta y aunque no fuese por mayoría absoluta , que de seguido, no podía repetir el mandato de cinco años.

Desde mucho antes de verse obligado a dejar el ejército, Chávez dio muestras de radical disconformidad con el régimen nacido del Pacto de Puntofijo fuera de un signo o de otro, aunque con mayor calor cuando el gobernante de turno decía ser de izquierdas. Como peculiaridades personales cabe destacar una inteligencia superior a la media, extraordinaria capacidad de comunicación con la gente sencilla, paciencia y tesón frente a las dificultades, sólida fe en sí mismo y una envidiable perspicacia para calibrar las debilidades del rival.

Por lo que el mismo dice, su ideario político, al que presentaría como soporte de una **Segunda Revolución Bolivariana**, era como un árbol de tres raíces personificadas por los tres principales personajes de la historia venezolana: **Simón Bolívar**, naturalmente, en primer lugar y como el más aventajado discípulo del segundo, **Simón Rodríguez** (1769-1854), también llamado Samuel Robinson, a quien el propio **Libertador** consideraba su primer maestro y al cual, en sus momentos de mayor gloria, llegó a calificar como **"el más inspirado de los filósofos"**, mostrándole un fervoroso agradecimiento con expresiones como ésta: "Usted formó mi corazón para la libertad, para la justicia, para lo grande, para lo hermoso. Yo he seguido el sendero que usted me señaló". Las aportaciones de esos sus dos maestros son amalgamadas por Hugo Chávez con el revitalizado recordatorio de la trayectoria heroica de **Ezequiel Zamora** (1817-1860), ejemplo de valiente y generoso militar, el cual, por su manifiesta simpatía por los pobres, se había ganado el sobrenombre de **General del Pueblo Soberano** hasta caer muerto en uno de los más sangrientos episodios de la Guerra Federal (1859-1863).

El vivo recuerdo de las vidas y obras del Libertador, de Simón Rodríguez y de Ezequiel Zamora venían a representar las tres raíces del árbol de la **"Segunda Independencia"**, esta vez del **"Imperialismo Americano"**, no menos tenaz y duro que el viejo y dominado **"Imperialismo Hispánico"**.

Con un remedo de ese bagaje ideológico, fue el **17 de diciembre de 1982**, a falta de unos meses para cumplirse el **Segundo Centenario del Libertador**, nacido el **24 de julio de 1783**, cuando un grupo de jóvenes militares venezolanos, liderados por el capitán **Hugo Chávez Frías**, con la mayor solemnidad de que fueron capaces, realizaron su

"**Juramento Bolivariano**" bajo el histórico **Samán de Güere** (Estado de Varagua), mítico árbol que, durante siglos, ha sido testigo de numerosas ensoñaciones. Al respecto, conviene recordar que, en 1933, ese árbol, con un ampuloso ramaje de más de 180 metros de circunferencia, fue declarado monumento nacional bolivariano por el tan citado dictador presidente **Juan Vicente Gómez**; desde entonces, a modo de museo de símbolos hacia la libertad, rodean al árbol viejos cañones, rifles de una sola carga y otros pertrechos de la Independencia, en cuya época ya despertaba cierta devota religiosidad, apuntalada por el hecho de que Bolívar, en su paso por Aragua, se había detenido allí con parte de sus tropas.

Dicho **Juramento Bolivariano**, compartido por Chávez con cinco de sus compañeros de armas (Felipe Antonio Acosta Carles, Yoel Acosta Chirinos, Francisco Arias Cárdenas, Jesús Urdaneta Hernández y Raúl Isaías Baduel), fue recordado como el punto de partida del **Ejército Bolivariano Revolucionario** que, meses más tarde, en consonancia con el bicentenario del natalicio del Libertador y con el claro propósito de convertirlo en adalid de una auténtica revolución, tomó el nombre de **MBR-200,** equivalente a **Movimiento Bolivariano Revolucionario 200** y cuyo primer nombre fue **EBR 200**, por las iniciales de Ezequiel, Bolívar y Rodríguez o Robinson. La importancia de todo lo ocurrido entonces es señalada por el propio Chávez en su **Libro Azul** (especie de catecismo chavista, según Nicolás Maduro) y múltiples referencias como la del 15 de septiembre de 2001 en la Escuela Ideológica de Mérida (Venezuela):

> "Aquellos que estábamos construyendo el Movimiento Bolivariano que condujo a la rebelión militar del 4 de febrero, entonces diseñábamos, buscábamos ideas. Fue cuando surgió el árbol de las tres raíces, producto de muchas discusiones, de años de discusiones. Teníamos escuelas pequeñas, pero eran escuelas, y trabajo, especialmente los fines de semana, las madrugadas. Fue cuando salió, después de muchas discusiones, el pensamiento bolivariano, robinsoniano, zamorano, como raíz que hoy debemos tomar con fuerza, que debemos estudiar con mayor profundidad y fortaleza y difundirlo".

Es, entre el 27 de febrero y el 8 de marzo de 1989, cuando tiene lugar el llamado "**Caracazo**", serie de disturbios y protestas populares ocurridos en Caracas contra las corrupciones y deprimentes consecuencias de la "política petrolera" del gobierno socialista de **Carlos Andrés Pérez**. Con un destacado lugar entre los más revoltosos, **Hugo Chávez** empieza a lograr nombradía popular por su encendida retórica y apasionada inclinación hacia la pretendida defensa de las aspiraciones de los más desfavorecidos, notablemente perjudicados por la considerable subida de precios en productos de "primera necesidad".

Fue el martes 4 de febrero de 1992, cuando Chávez, al mando de un grupo de militares, entre cuyos mandos se encontraban varios oficiales que, se habían juramentado con él bajo el "Samán de Güere" aquel 17 de diciembre de 1982, antes citado, intentó un golpe de Estado que, tras varias decenas de muertos, derivó en rotundo fracaso con la detención de buena parte de los implicados, entre ellos, Hugo Chávez, que, años más tarde justificó su acción de la siguiente manera: "La rebelión del 4 de febrero era una necesidad histórica; Venezuela no tenía salida, había que sacudir a la patria, solo por la vía de la revolución podíamos salir del abismo en el que estábamos".

En el momento de su rendición, Chávez había exigido que, para deponer las armas, se le permitiera hablar por televisión en breve alocución que él mismo calificó de **mensaje bolivariano** para reconocer su derrota y aprovechó para insinuar que no renunciaría a un nuevo intento dado que, según dijo, "lamentablemente, por ahora, los objetivos que nos planteamos no fueron logrados".

Junto con los principales líderes de la intentona, a la espera del juicio sumarísimo por rebelión, Chávez paso dos años en la prisión de San Francisco de Yare mientras crecía su popularidad y el presidente Carlos Andrés Pérez era procesado y destituido por corrupción (marzo de 1983).

Durante ese tiempo, Chávez escribió "Como salir del laberinto". Fue excarcelado por orden del nuevo presidente, Rafael Caldera, el 27 de marzo de 1994 y, como civil con todos sus derechos, pudo dedicarse plenamente a fraguar su futuro político como líder indiscutible de un movimiento político electoral que, en principio, llamó **Movimiento Quinta República** (**MVR**), dando a entender el claro propósito de enviar todo lo viejo al "Museo de Antigüedades", que habría dicho el padre del "Socialismo Científico".

****

Con una arrolladora facilidad de la palabra, su ideología de las tres raíces o inspiraciones fundamentales, un programa de cambios radicales y el sentido de la oportunidad que siempre le caracterizó, Chávez pudo verse convertido en un fenómeno político de masas con sobrada capacidad para acaudillar un amplio frente de izquierdas que le llevó a ganar con un 56,20% de los votos populares las elecciones de diciembre de 1998 en competencia con el liberal conservador Enrique Salas Romer (n. 1936), que logró un 39,97% e Irene Sáez Conde (n. 1961, Miss Venezuela y Miss Universo 1981), que se quedó con un 2,82% de apoyo electoral.

Chávez asumió el poder presidencial de la República de Venezuela el 2 de febrero de 1999 jurando sobre la Constitución de 1961 con las siguientes palabras:

> "Juro delante de Dios, de la Patria y de mi pueblo que sobre esta moribunda Constitución haré cumplir e impulsaré las transformaciones democráticas necesarias para que la República tenga una Carta Magna adecuada a los nuevos tiempos".

****

La Historia nos dice que, después del acto en el Capitolio Federal, sede del Congreso de la República, Hugo Chávez Frías se dirigió al Palacio de Miraflores acompañado por un grupo de simpatizantes. Desde allí decretó la activación del "Poder Constituyente". Pocos meses más tarde, tuvo lugar el Referéndum constituyente el 25 de abril de 1999 con el que se buscó modificar la Constitución de 1961 y que fue aprobado por más del 81% de la votación. El 23 de mayo inició su programa televisivo "Aló Presidente". Para el 20 de noviembre de 1999, la Asamblea Nacional Constituyente culminó el proyecto de Constitución y, el 15 de diciembre de 1999, impulsó un segundo referéndum constitucional que fue aprobado con más del 71% de la votación popular que resultó en la ratificación de la Constitución de Venezuela de 1999.

Hugo Chávez gobernó la **República Bolivariana de Venezuela** entre 1999 y 2013. Como hemos señalado reiteradamente, su pensamiento base está dentro del concepto denominado el «Árbol de las Tres Raíces» que toma de inspiración de tres «raíces»: la raíz bolivariana (por Simón Bolívar), la raíz zamorana (por Ezequiel Zamora) y la raíz robinsoniana (por Samuel Robinson, pseudónimo de Simón Rodríguez).5? A su vez, el chavismo incorpora ideas de otros líderes de la izquierda como Karl Marx, Vladímir Lenin, Che Guevara, Antonio Gramsci, Gamal Abdel Nasser, Fidel Castro y León Trotski. Todo ello sin dejar de hacer ver que no daba de lado al Cristianismo, sin tener reparo para calificar de "socialista" a Jesús de Nazareth.

Tan pronto como asumió el poder en 1999, se empeñó en el alumbramiento de la V República, que otorgaba gran importancia a la democracia participativa y que enterró, sin funeral y con abundantes tics autoritarios, a las instituciones identificadas con las formaciones tradicionales dominantes hasta entonces, las viejas AD y COPEI y la más reciente Convergencia. A todas barrió el huracán chavista tras demasiados años de mal gobierno, corrupción, ajustes sociales dolorosos y desatención de las capas más desfavorecidas de la población.

Siguiendo su programa, Chávez convocó elecciones a una Asamblea Constituyente, de donde salió la redacción de la **Constitución** de la llamada **República Bolivariana de Venezuela**, que fue adoptada el 15 de diciembre de 1999 mediante un referéndum popular. El carácter y objetivos de esa Carta Magna ya son apuntados en el Preámbulo y Art. 1°, según vemos en su literal transcripción:

> "El pueblo de Venezuela, en ejercicio de sus poderes creadores e invocando la protección de Dios, el ejemplo histórico de nuestro Libertador Simón Bolívar y el heroísmo y sacrificio de nuestros antepasados aborígenes y de los precursores y forjadores de una patria libre y soberana; con el fin supremo de refundar la República para establecer una sociedad democrática, participativa y protagónica, multiétnica y pluricultural en un Estado de justicia, federal y descentralizado, que consolide los valores de la libertad, la independencia, la paz, la solidaridad, el bien común, la integridad territorial, la convivencia y el imperio de la ley para esta y las futuras generaciones; asegure el derecho a la vida, al trabajo, a la cultura, a la educación, a la justicia social y a la igualdad sin discriminación ni subordinación alguna; promueva la cooperación pacífica entre las naciones e impulse y consolide la integración latinoamericana de acuerdo con el principio de no intervención y

autodeterminación de los pueblos, la garantía universal e indivisible de los derechos humanos, la democratización de la sociedad internacional, el desarme nuclear, el equilibrio ecológico y los bienes jurídicos ambientales como patrimonio común e irrenunciable de la humanidad; en ejercicio de su poder originario representado por la Asamblea Nacional Constituyente mediante el voto libre y en referendo democrático, decreta la siguiente constitución:

Artículo 1. La República Bolivariana de Venezuela es irrevocablemente libre e independiente y fundamenta su patrimonio moral y sus valores de libertad, igualdad, justicia y paz internacional en la doctrina de Simón Bolívar, el Libertador. Son derechos irrenunciables de la Nación la independencia, la libertad, la soberanía, la inmunidad, la integridad territorial y la autodeterminación nacional".

Para gobernar de acuerdo con la Constitución de la República Bolivariana de Venezuela, Chávez convocó elecciones generales a celebrar el 30 de julio de 2000 con la particularidad de que, para revalidar su Presidencia hubo de enfrentarse a Francisco Arias Cárdenas (n. 1950), su antiguo íntimo amigo y estrecho colaborador en el fallido golpe de estado 1992; ahora decía que se presentaba a las elecciones por el hecho de que Hugo Chávez no respetaba lo suficiente el legado del Libertador, que él se comprometía a realizar hasta sus últimas consecuencias. El resultado de las elecciones favoreció a Chávez con un 59,76% contra el 37,52% para Cárdenas y un resto del 2,72% para Claudio Fermín, el tercer candidato.

Partiendo de sus excepcionales lazos con Cuba, donde los hermanos Castro hallaron en su admirador venezolano un socio estratégico de primer orden hasta el punto de confiar en él la sostenibilidad económica del régimen, y publicitándola con su sensacionalismo viajero y declarativo, Chávez comenzó a desarrollar una agenda en extremo ambiciosa que, cual ofensiva geopolítica, perseguía alterar la balanza del continente y construir una América bolivariana a espaldas de Estados Unidos. Enfrascada en sus guerras en Irak, Afganistán y contra Al Qaeda, la superpotencia, de hecho, facilitó los planes de Chávez y su nacionalismo inspirado en la obra de Simón Bolívar, el idolatrado Libertador. En 2004 Fidel Castro y Chávez, los cuales habían establecido un íntimo vínculo paternofilial, presentaron la Alianza Bolivariana para los Pueblos de Nuestra América (ALBA), marco de integración con vocación hemisférica, más allá del ámbito sudamericano e incluso el latinoamericano, que era radicalmente político y estaba impregnado de la ideología antineoliberal y anti globalista de sus creadores. La Bolivia de Evo Morales (2006), la Nicaragua de Daniel Ortega (2007), la Honduras de Mel Zelaya (2008) y el Ecuador de Rafael Correa (2009) fueron sucesivamente reclutados para el ALBA, desde 2006 inseparable del Tratado de Comercio de los Pueblos (TCP), formulado por La Paz.

Chávez, al que muchos han visto como el Bolívar del siglo XXI, era, esencialmente chavista y, como tal, se veía con la responsabilidad de separar el grano de la paja de todo lo que habían ideado y hecho las "tres raíces" de su "árbol ideológico": Simón Bolívar, Simón Rodríguez y Ezequiel Zamora: el primero, como Libertador; el segundo, como insuperable Filósofo de la modernidad y el tercero como Caudillo del pueblo llano. Por demás, el chavismo se ha caracterizado por una oposición a la política exterior estadounidense, declarando a la Revolución bolivariana como «antiimperialista» y con el claro objetivo de consolidar para los siglos venideros la "Segunda Independencia de Sudamérica".

Bajo las banderas de la **Revolución Bolivariana** y el **Socialismo del Siglo XXI**, el gobierno de Chávez abundó en rasgos autocráticos al predominar el personalismo y una cadena de mando vertical, sin perder el marchamo democrático en cuanto gozaba de una legitimidad electoral indiscutible y, normalmente, contaba con el favor mayoritario para someter a Venezuela a profundas transformaciones en todos los ámbitos. A ello contribuía el programa de televisión Aló Presidente a través de un canal de comunicación directa y pródiga en alocuciones pintorescas, resultando ser el instrumento favorito de este gran heterodoxo a la hora de expresar sus ideas e informar sobre lo más populista de sus decisiones.

✷✷✷✷

Al respecto de las peculiaridades de aquel gobierno, no falta quien recuerde alguna muy significativa para calibrar el ser y obrar del **Comandante** (así tratado cariñosamente por buena parte de su gente). Este es el caso del general venezolano retirado Guaicaipuro Lameda (n. 1954), presidente de la petrolera PDVSA (Petróleos de Venezuela) entre 2000 y 2002 y, como tal, con frecuentes encuentros con Chávez, antes y después de aquellos años. Suyo es el relato que hizo en el programa **Vivoplay** sobre una de sus reuniones con Hugo Chávez en el palacio de Miraflores:

"En la sala del consejo de ministros, estaba José Vicente Requena, Héctor Navarro, Jorge Antonio Giordani para conversar con el presidente Chávez sobre los problemas económicos y financieros que se le avecinaban al país. Y entonces me dice -se refiere a Hugo Chávez-, con normalidad: "Caramba, usted no ha comprendido la revolución. La revolución trata de mantener a los pobres, pobres. Pero con esperanza. Porque los pobres son los que votan por nosotros. Los pobres son los que nos dan el poder. Y mientras nosotros hacemos el discurso de la defensa de los pobres, no los podemos sacar a la clase media, porque dejan de ser pobres y pasan a ser nuestros enemigos. Los pobres tienen como destino ser pobres hasta tanto nosotros hagamos la transformación cultural que se requiere en este país". (Mil21.es, 9 de mayo de 2020)

****

El resultado de la singular presidencia de la **República Bolivariana de Venezuela** por parte de **Hugo Chávez** ha sido un modelo lleno de claroscuros en el que el debate sobre cuánto ha ganado o ha perdido el país sudamericano en calidad democrática, desarrollo económico y bienestar social no puede ignorar dos premisas básicas del sistema chavista, a saber: que este ha girado absolutamente en torno a la figura abrumadora de su fundador y líder, y que, energías humanas aparte, la savia que lo vitaliza es el petróleo, concretamente el petróleo caro. En el momento en el cual falla un soporte y falta el otro (muere Chávez), el futuro de la República Bolivariana de Venezuela se cubre de obscuridad.

En el marco de la Revolución bolivariana, Chávez señaló que para llegar a este socialismo habrá una etapa de transición que denomina como «democracia revolucionaria». En un discurso a mediados de 2006, Hugo Chávez expresó: "Hemos asumido el compromiso de dirigir la Revolución bolivariana hacia el socialismo y contribuir a la senda del socialismo, un socialismo del siglo XXI que se basa en la solidaridad, en la fraternidad, en el amor, en la libertad y en la igualdad".

En su programa de gobierno para el previsto período 2013-2019, conocido como el **Plan de Patria**, Chávez afirma que, a diferencia de la postura marxista-leninista, su **Socialismo del Siglo XXI** acepta la propiedad privada pero no esa "propiedad que degenera en la acumulación egoísta" en cuanto la nueva economía socialista se debe construir «sobre la base de un amplio sustento público, social y colectivo de la propiedad sobre los medios de producción» y generar «relaciones de producción e intercambio complementarias y solidarias» puesto que debe nutrirse de las corrientes más auténticas del cristianismo, dentro de una democracia participativa y protagónica que debe conjugar igualdad con libertad con la "creación de comunas socialistas con su sistema económico comunal, el apoyo al control obrero por medio de la autogestión obrera y la cogestión". Es una forma de hacer política que, tras conocer su nuevo triunfo en las elecciones generales del 7 de octubre de 2012. pone de relieve en su discurso de agradecimiento, cuyos son los siguientes párrafos:

"¡Aquí está la espada de Bolívar! La espada libertadora de América, la espada de los pueblos. Una espada que no se quedó en el pasado, sino que está con nosotros hoy en el presente y estará en el futuro. Con esta espada, aquí en el balcón del pueblo, aquí en la Caracas de Bolívar, ¡rindo tributo a Simón Bolívar, el padre de la patria.../Bolívar ha vivido hoy, como seguirá viviendo en el corazón del pueblo bolivariano, que ha despertado. Ustedes saben que nuestro padre Bolívar poco antes de morir lo dijo: «La independencia es el único bien que hemos conquistado a costa de los demás». Pero esa independencia, decía Bolívar, con esta misma espada en las manos, en enero de 1830, en la hermana ciudad de Bogotá, decía: «Después de 20 años de revolución, el único bien que hemos conservado o conquistado es la independencia. Pero la independencia es la puerta abierta que nos permitirá conquistar todos los demás bienes para la patria».../Pues bien, aquí estamos hoy, hoy 7 de octubre, pasaron muchas cosas en Venezuela, una victoria del pueblo en toda la línea de batalla, la batalla perfecta, y la victoria perfecta.../Le hemos dado una lección al mundo, de lo que es Venezuela, de lo que es el pueblo venezolano. Por eso les decía, hoy pasaron muchas cosas en Venezuela, todas, todas, así lo digo, cosas buenas como bases para seguir construyendo el futuro; pero para mí, lo más grande que ha ocurrido hoy es que hemos logrado el primer objetivo histórico, el primer gran objetivo histórico del plan de gobierno de Chávez para el 2013-2019. Gran objetivo histórico, que no es otro que, el haber conservado el bien más preciado que hemos conquistado, después de 500 años de lucha.../Nosotros venimos del Caracazo, nosotros somos los del 4 de febrero de 1992, nosotros somos los del 27 de noviembre de 1992. Y aquí estamos y hemos llegado para vencer y para seguir venciendo. No habrá fuerza imperialista, por más grande que sea y hoy lo hemos demostrado, que pueda con el pueblo de Simón Bolívar.../Venezuela más nunca volverá al neoliberalismo, Venezuela seguirá transitando hacia el socialismo democrático y bolivariano del siglo XXI. Por eso 7 de octubre, bendito seas, hemos escrito otra página memorable en esta historia. Por eso, gracias, Dios mío, gracias Cristo nuestro, gracias pueblo amado, gracias Venezuela, gracias venezolana, gracias venezolano, gracias a la juventud venezolana. Gracias, gracias, muchas gracias".

****

Antes de cerrar el capítulo final, no podemos obviar que, en 2002, el gobierno de Chávez fue objeto de una fallida asonada golpista cívico-militar que, por 49 horas (11-13 de abril de 2002), elevó a la presidencia nominal de la República a Pedro Carmona (n. 1941), presidente de la patronal Fedecámaras. Prisionero por dos días en la Isla de la Orchila, Hugo Chávez fue repuesto en sus funciones gracias a la acción de fracciones del Ejército Nacional y de sus partidarios, y el país retornó al orden constitucional.

La oposición organizó nuevas manifestaciones que desembocaron en una huelga general entre diciembre de 2002 y febrero de 2003. Los conflictos con la oposición no cesaron, y en agosto de 2004 Chávez hubo de hacer frente a un referendo revocatorio de su mandato presidencial, del que salió fortalecido al conseguir el 59% de los votos, lo que le habilitó para gobernar a su manera hasta su fallecimiento, ocurrido el 5 de marzo de 2013 a sus 58 años.

Fue el 28 de enero de 2013, apoco más de un mes de esa fecha, cuando, ante los reunidos en la Cumbre de la llamada **Comunidad de Estados Latinoamericanos y Caribeños (CELAC)** fue leído el siguiente mensaje de **Hugo Chávez Frías**, Presidente de la **República Bolivariana de Venezuela**:

"Estas líneas son la manera de hacerme presente en esta Cumbre de la Comunidad de Estados Latinoamericanos y Caribeños; son la manera de reafirmar, hoy más que nunca, el compromiso vivo y activo de Venezuela con la causa histórica de la unión.

Imposible no sentir a Simón Bolívar palpitando entre nosotros en esta cumbre de la unidad. Imposible no evocar a Pablo Neruda, a Pablo de Chile y de América, en esta tierra y en este presente de Patria Grande del que estamos hechos:

Libertador, un mundo de paz nació en tus brazos.
La paz, el pan, el trigo de tu sangre nacieron
de nuestra joven sangre venida de tu sangre
saldrán paz, pan y trigo para el mundo que haremos...

El espíritu de la unidad ha vuelto con toda su fuerza; es el espíritu de nuestros **Libertadores** y **Libertadoras** que ha reencarnado en los pueblos de Nuestra América latino-caribeña; es el espíritu en el que confluyen muchas voces para hablar con una sola voz. Fue el entrañable espíritu de la Cumbre de América Latina y del Caribe que le dio nacimiento a la CELAC en Caracas; es el entrañable espíritu de esta Cumbre en Santiago de Chile...

Desde aquel diciembre de 2011, cuando fundamos en Caracas la CELAC, los acontecimientos mundiales no han hecho más que ratificar la extraordinaria importancia del gran paso hacia adelante que dimos. Ahí está la crisis golpeando a EE. UU. Y a Europa y arrojando a la miseria a miles de seres humanos...

La CELAC es el proyecto de unión política, económica, cultural y social más importante de nuestra historia contemporánea. Tenemos todo el derecho de sentirnos orgullosos: la «**Nación de Repúblicas**», como la llamaba el **Libertador Simón Bolívar**, ha comenzado a perfilarse como una hermosa y feliz realidad...

Todo cuanto hagamos por la unidad no solo estará justificado por la historia, sino que además se convertirá en el más luminoso legado que podamos dejarles a las nuevas generaciones… Igualmente, estaremos honrando activamente la memoria de nuestros "Libertadores y Libertadoras".

En la CELAC, como quería Bolívar, hemos vuelto a ser una sola Patria".

A. F. B.
2/9/2020
28924 - Madrid

BIBLIOGRAFÍA BÁSICA

Américo Carnicelli: "La Masonería en la independencia de América" (Tom. I y II.)

Atlas Histórico sobre Latinoamérica y el Caribe (Vol. I, II y III)

Biblioteca virtual Miguel de Cervantes

Carlos Rangel: "Del buen salvaje al buen revolucionario"

Daniel O'Leary: "Memorias de Bolívar y sus generales"

Francisco Quevedo y Villegas: "Los Sueños"

Fray Bartolomé de las Casas: "Brevísima relación de la destrucción de las Indias"

Gabriel García Márquez: "El General en su Laberinto"

Gerhard Masur: "Simón Bolívar"

Hugo Chávez Frías: "Libro Azul"

José Martí: "Nuestra América"

José Ortega y Gasset: "Verdad y perspectiva"

José Vasconcelos: "La Raza Cósmica"

Laureano Vallenilla Lanz: "Cesarismo democrático y otros ensayos"

Luis Perú de Lacroix: "Diario de Bucaramanga"

Marie Arana: "Bolívar, Libertador de América".

Nicolás de Maquiavelo: "El Príncipe" y "Discursos sobre la primera carta de Tito Livio.

Roberto Barletta Villarán: "Breve historia de Simón Bolívar"

Sagrada Biblia de Jerusalén

Salvador de Madariaga: "Bolívar" (Tomo I y II)

Simón Bolívar: "Carta de Jamaica" (1815), "Discurso de Angostura" (1819), Mensaje al Congreso Constituyente de la República de Colombia" (1830), "Manifiesto de Cartagena" (1812), "Mensaje al Congreso Constituyente de Bolivia" (1826)

ACERCA DEL AUTOR

Antonio Fernández Benayas, nacido en 1933, es un estudioso de la Historia que se define a sí mismo como aprendiz de filósofo. Ha viajado por todo el mundo, leído, trabajado, reflexionado y rezado por ayudar a encontrar respuestas a las preguntas que todos nos hacemos: ¿De dónde venimos? ¿Quiénes somos? ¿Adónde vamos? ¿Qué hemos de hacer para que nuestra vida cobre verdadero y trascendental sentido?

Por los años sesenta del siglo pasado, viajando por Europa, compartió mucho tiempo con veteranos exiliados españoles a la par que buceaba en lo que Lenin llamó "las tres fuentes del Marxismo", de donde sacó materia para lo que llamó "Raíces y Dimensiones del Marxismo", ensayo que valoraron algunas editoriales españolas sin llegar a publicarlo en su integridad, pero sí en una parte que pudiera pasar la censura de entonces. Fue la Editorial ZYX la que, con relativo éxito entre los universitarios, publicó ***Dimensiones del Marxismo*** y ***Karl Marx*** en 1970 y 1972, respectivamente.

Fue 1970 el año en que contrajo un feliz matrimonio que le ha dado cuatro hijos, que, a su vez, le han regalado un bonito número de nietos, los cuales le han enseñado mucho respecto a la obligación de **separar el grano de la paja** y, también, a trabajar y amar sin esperar nada a cambio.

Ya jubilado, retomó sus actividades literarias y de ahí nacieron *"Lecciones de Amor y de Libertad"* (**PS Editorial, 2004**), *"Ser y poder ser de España"* (**Mira Editores**, 2008), *"Dios y nosotros en la Historia"* (Ed. **Bendita María**, 2014) y otros 20 más entre ensayos y novelas, ofrecidos en **Amazon**, librerías especializadas y otros portales de la Red. Temas diversos enfocados desde una misma perspectiva y con la

317

voluntad de contribuir en la obligada tarea común de mejorar lo mejorable sin abusar de la paciencia del lector.

Habrás comprobado que el Bolívar del presente relato sigue vivo en la memoria de millones de seres humanos que, probablemente, esperan de él o de sus más incondicionales seguidores mucho que ni uno no otros pueden dar; pero no habremos perdido el tiempo si, de tal consideración, llegamos al convencimiento de que no hay más efectiva revolución que aquella que empieza por potenciar lo que uno tiene de valor en sí mismo.